한
계
전
의

명
시
읽
기

한계전의
명시
읽기

한계전 지음

문학동네

책머리에

나는 내년 봄에 정년을 맞는다. 오랫동안 시를 읽고, 이론을 공부했으며, 대학에서 시를 강의하고, 또한 글을 써왔다. 그런데 어찌된 일인가. 시작품을 읽으면서 올바르게 이해하고 감상하는 일이 무엇보다도 중요하다는 사실을 이제서야 깨달은 일이.

어느 대학을 막론하고 시론, 시인론, 시문학사, 작품론 등 다양한 강좌가 개설되어 있다. 그러나 그중 유독 작품론만이 다른 분야에 비해 소외되어왔고, 학계에서도 연구가 부진했다. 대부분의 작품론은 작품 자체의 분석보다 작품 외적 자료나 정보로 작품을 재단하는 약점을 지니고 있다. 뿐만 아니라 기존의 작품론을 다룬 연구서들은 거의 모두가 공동 저작으로 되어 있다. 한 사람이 많은 작품을 다루는 것은 그만큼 어려운 일인데, 공동 저작으로 엮을 경우 작품을 보는 일관된 안목이 결여될 우려가 있다.

대학에 비해 중고등학교의 경우, 문학교육은 더욱 불모성을 나타내고 있다. 시중에 '시감상'이라는 제목을 달고 수없이 많은 책들이 출간되고 있지만, 거의 모두 참고서 수준을 넘지 못하고 있다. 우리 국민들이 시를 통해 문화적 식견과 교양을 높이는 데 조금이라도 보탬이 될 수

4

있는 책을 쓰고 싶었다. 그러나 이 책이 얼마나 충족시킬 것인가는 자신이 없다. 칠팔 년 전에 『한국현대시 해설』이란 책을 낸 바 있다. 이 책이 출간된 것은, 1980년대 후반 월북 시인들의 해금이 이루어지고 얼마 지나지 않아서였다. 따라서 월북 시인들 중 우리의 관심을 끌 만한 시인 다수를 포함시키는 것이 관심사였다. 때문에 그때는 해설서보다 훌륭한 사화집을 엮는 것이 선결 과제였다.

앞서 언급한 대로 이 책은 전문 연구서가 아닌, 시를 사랑하는 이들을 위한 시 읽기 교양서에 가깝다. 따라서 문학사에 남을 만한 시인들을 공정하게 선정하고 그들의 대표작을 객관적으로 골라내는 일에 학문적으로 접근했다고 볼 수는 없다. 단지 1920년대 이후 최근에까지 발표된 작품들 가운데, 소위 인구에 회자되는 시, 교과서에 수록된 작품, 다른 사화집에 빈번하게 수록된 작품들을 우선 택했고, 나머지는 전적으로 내가 좋아하는 작품을 뽑았다. 그러나 아직 다루어야 할 작품이 많이 남아 있다.

이 책을 발간하게 된 직접적인 동기는 『문학사상』 주간을 맡았던 권영민 교수의 권유로 연재를 시작하면서였다. 이 자리를 빌려 고마운 생각을 전하고 싶다. 나의 교실원 박주현군의 도움이 컸다. 그리고 내 아내의 꼼꼼한 교정도. 이 책을 만드는 데 수고하신 문학동네 편집인께 감사한 마음을 전한다.

2002년 여름
한계전

차례

책머리에

1. 전통, 자연 그리고 인생

2. 순수 서정과 내면의 울림

5. 사물의 비밀과 존재의 탐구

1
전통, 자연 그리고 인생

김소월

서정주

박목월

박재삼

민영

문병란

김용택

| 김소월 |

진달래꽃

나 보기가 역겨워
가실 때에는
말없이 고이 보내드리우리다.

영변(寧邊)에 약산(藥山)
진달래꽃
아름 따다 가실 길에 뿌리우리다.

가시는 걸음걸음
놓인 그 꽃을
사뿐히 즈려밟고 가시옵소서.

나 보기가 역겨워
가실 때에는
죽어도 아니 눈물 흘리우리다.

—『개벽』1922년 7월호

*

　「진달래꽃」은 대중들에게 널리 사랑받아온 김소월의 대표작이며, 그가 남긴 유일한 시집의 표제시이기도 하다. 김소월이 활동한 1920년대는 3·1운동의 여파로 식민지 상황에 대한 의식이 강했던 시기이다. 그 예로 '조선의 마음'이라거나 '조선의 맥박'과 같이 민족의식을 직접적으로 드러내는 제목을 지닌 시집이 다수 출간되기도 했다. 그 속에서 소월의 『진달래꽃』은 민족주의적 인식을 추상적이 아닌 시적인 방식으로 드러낸 것으로 평가된다. 「진달래꽃」이라는 작품 자체는 민족의식을 담고 있지 않음에도 불구하고, 조국의 산천에 지천으로 피어 있는 진달래꽃을 소재로 채택함으로써 그만의 조선주의를 잘 살렸다는 것이다.(유종호, 「임과 집과 길」, 『세계의문학』 1977년 봄호)

　김소월의 시세계에서 되풀이되는 주제 중의 하나는, 이루어지지 못한 사랑, 즉 이별이다. 그 극한적인 경우로 사별, 망자에 대한 그리움을 시인은 노래했다. 그 대표적인 작품으로 「초혼」과 「금잔디」가 있다. 「초혼」은 산 사람이 죽은 사람에게 말을 건네는 형식으로 절규하는 어조("선 채로 이 자리에 돌이 되어도 / 부르다가 내가 죽을 이름이여! / 사랑하던 그 사람이여! / 사랑하던 그 사람이여!"—마지막 연)가 주조를 이루고 있다. 「초혼」이 어둡고 격앙된 감성을 보여주는 데 비해서, 「금잔디」는 "가신 님 무덤"을 배경으로 하고 있으면서도 밝은 색채와 여유 있는 분위기가 지배적이다. 「진달래꽃」은 이와 달리 살아 있는 사람끼리의 이별을 다룬 작품이다. 김소월 시의 대부분 주제가 살아 있는 이들 사이의 이별로부터 나온다. 떠나가는 님 앞에 환송하듯 꽃을 뿌리겠다는 모호한 역설적 장치가 이 시의 묘미이다.

　7·5조의 정형률을 지닌다는 점도 「진달래꽃」의 독특한 점이다. 시의

새로운 형식을 탐구해야 한다는 1920년대의 시사적 요구 속에서 김소월은 새로운 정형시를 추구하는데, 잘 알려져 있듯이 그것은 민요조의 7·5조를 원용함으로서 이루어진다. 그의 시적 성과는 7·5조를 단순한 자수율로 활용하는 데 그치지 않고, 변형을 가함으로써 탄력을 부여했다는 데 있다. 2연 "영변에 약산／진달래꽃"에서 변격이 이루어져 시의 전체적 리듬이 지루해지지 않게 된다. 또한 7·5조를 두 행에 나누어 배열(각 연 1, 2행)하기도 하여 시형에 대한 배려를 보이고 있다.

이 시에서 님은 표면에 드러나지 않은 채 청자로 상정되어 있다. 즉 화자가 님에게 말을 건네는 형식으로 되어 있다. 그 내용은, 당신이 만약 내가 싫어져 떠나려 한다면, 나는 붙잡지 않고 그저 곱게 보내주겠다, 떠나가는 길 위에 꽃을 뿌려 축복해주겠다는 것이다. 김소월의 훌륭한 시가 대부분 그렇듯이, 이 시 역시 표면적 의미의 단순함에도 불구하고, 혹은 그 단순함 때문에 더욱더 그 함축적 의미가 모호성을 띠어 다양한 해석을 가능하게 한다.

1연과 4연에서 반복되는 "나 보기가 역겨워／가실 때에는"이라는 가정법의 구절은, 이별이 현재가 아니라 미래적 상황으로서 설정되어 있다는 것을 나타낸다. 그리고 3연을 제외한 세 연의 종결어미가 '－우리다'라는 의지가 개입된 미래형으로 되어 있다. 이로 볼 때 이 시가 제시하는 것은 이별의 상황 자체라기보다는, 언젠가는 일어날 이별에 대한 염려, 불안이다. 이는 모든 것은 필연적으로 변화하고, 생성된 것은 소멸로 이어진다는 존재론적 성찰과 통한다. 아름답게 핀 진달래꽃 또한 시간의 흐름 속에서 시들게 마련이다. 만개한 꽃은 절정을 지나 땅에 떨어져 시간에 의해 "즈려밟"힐 수밖에 없다. 이는 시간 속에 포박당한 모든 존재의 운명이다.

이 시의 화자는 시들어버린 사랑, 떠나가는 님에 대해 "말없이 고이 보내드리"겠다는 태도를 표명한다. 뿐만 아니라 길 위에 꽃잎을 뿌려 님의 떠나감을 축복하고자 한다. 이는 언뜻 볼 때, "잡ᄉ와 두어리마ᄂᆞᄂ/선ᄒ면 아니 올셰라(붙잡아둘 것이지만/서운하면 아니올까 두려워)" 보낸다는 고려가요 「가시리」의 자세와 유사한 것처럼 보인다. 붙잡지 않고 보내는 행위가 동일하며, 거기에는 식은 사랑이 다시 회복되기를 바라는 계산이 깔린 것으로 여겨지기 때문이다. 그것은 "가시는 듯 돌아(가시ᄂᆞᆫ 듯 도셔)" 오기를 바라는 소망의 우회적인 표현이 된다. 그러나 「가시리」가 재해후를 기약하는 것과는 달리, 「진달래꽃」에는 그러한 후약에 대한 미련이 보이지 않는다.

오히려 「진달래꽃」을 특징짓는 것은 "죽어도 아니 눈물 흘리"겠다는 맨 마지막 행이다. 떠나가는 님 앞에서 눈물을 보이지 않겠다는 것은 이별, 소멸이라는 존재론적 섭리에 저항하지 않고 그를 수락하려는 결연한 태도에 다름아니다. "죽어도"는 이 수락이 수반하는 고통의 크기를 표현한다. 그것은 자기를 파괴할 만큼의 고통, 자아의 한계를 벗어나는 고통이다. 즉 이별(시간성에 관련된 존재론적 숙명)을 수락, 포용하는 것은 불가능에 가깝도록 어려운 일이다. 화자는 이 불가능성을 인식하면서도 그를 시도하고 있는 셈이다.

산유화(山有花)

산에는 꽃 피네.
꽃이 피네.
갈 봄 여름 없이
꽃이 피네.

산에
산에
피는 꽃은
저만치 혼자서 피어 있네.

산에서 우는 작은 새여
꽃이 좋아
산에서
사노라네.

산에는 꽃 지네.
꽃이 지네.
갈 봄 여름 없이
꽃이 지네.

—『영대』 3호(1924년)

이 시는 김소월의 대표작이면서도 김소월의 전반적인 시세계와 변별적인 특징을 지닌 작품으로 평가된다. 김소월은 정한의 시인으로 불리우듯이 그의 많은 시들은 시인 혹은 화자의 주관적 감정, 정서를 노래하고 있다. 많은 경우 그의 시에서는 객관적 사물이 등장하더라도, 그것은 주관적 감정을 표출하기 위한 방편이 된다. 소월의 시에서 전면에 등장하는 것은 정서의 토로이며, 객관적 대상은 그를 효과적으로 전달하는 소도구로 기능한다. 가령, 「예전엔 미처 몰랐어요」에서 달은 그 자체로서, 즉 객관적으로 존재한다기보다는 화자의 비애를 효과적으로 형상화하는 수단이 된다. 「진달래꽃」에서도 진달래꽃은 화자의 주관적 감정(상실, 비애)을 표현하는 데 기여한다. 소월의 대부분의 시에서 중요한 것은 화자의 주관 표출이며 객관적 사물은 그에 종속되어 있다. 반대로, 「산유화」에서는 객관적 사물 자체(꽃, 새, 산)가 시의 전면에 부각된다. 그에 따라 주관적 정서는 배후에 감추어져 있다. 이런 점에서 이 시는 소월시의 예외적 작품으로 논의되며 보다 성숙한 경지를 보여주는 작품이라는 평가를 받기도 한다.

이 시에서 먼저 눈에 띄는 것은 형태에 대한 세심한 배려이다. 첫 연과 마지막 4연의 행 배열이 동일하고, 2연과 3연은 형태상 대칭을 이루고 있다. 전체적으로 볼 때 네 연이 1, 2연과 3, 4연으로 나누어져 대칭되는 형태를 보인다. 그 결과 형태상의 균제미(均齊美)를 얻고 있다. 또한 3음보의 율격을 띠고 있는데, 3음보를 하나의 행에 담지 않고, 두 행, 혹은 세 행에 나누어 처리하고 있는 것도 흥미롭다. 3음보를 유지하면서 그것을 기계적으로 받아들이지 않고, 변화를 주어 묘미를 이루고 있다.

1연과 4연에서 각각 꽃의 핌과 짐을 노래하고 있는데, 피다-지다라는 어휘만이 바뀌고 다른 시어는 동일하게 유지된다. 이는 개화가 낙화로 이어지는 것은 자연스러운 섭리임을 간명하게 나타낸다. 마찬가지로 낙화는 다시 개화로 이어질 것이다. 변형을 포함한 이러한 수미쌍관식 구성은, 생성과 소멸의 순환원리를 암시하고 있다. 2, 3연에서는 그러한 순환의 흐름 속에 있는 꽃의 존재양식이 드러난다. 꽃은 "저만치 혼자서" 피어 있을 뿐이고, 그러한 꽃을 좋아하는 새가 울고 있지만 꽃은 그마저에도 무심하다.

　이 시는 이렇게 외견상 아주 단순한 의미를 담고 있다. 그를 산문적으로 풀이하면, 산 속에 꽃이 홀로 피어 있다는 것이다. 표면적 의미의 단순함과는 달리, 논자의 시각에 따라 이 시의 함축적 의미는 크게 달라진다. 해석의 차이는, 숨어 있는 화자 혹은 시인의 위치가 어디인가에 관련된다. 즉, 화자가 꽃-산(꽃이 머물러 있는 공간으로서의 산)의 바깥에 있는 것으로 보는가, 아니면 화자와 꽃을 동일한 것으로 보는가에 따라 달라진다.

　화자가 꽃의 바깥에 위치한다고 보았을 때 포착되는 것은 인간과 자연의 거리이다. 김동리는 소월이 청산과의 거리를 "저만치"라고 손가락질하고 있다고 보았다. 자연과 인간 사이에 놓인, 가 닿을 수 없는 숙명적 거리가 "저만치"라는 시어 속에 집약되어 있다고 보는 것이다. 즉 이 시에서 김동리가 읽은 것은, 자족적인 자연의 공간에 대한 향수와 그에 동화되고자 하는 갈망이다.

　이와는 달리, 꽃과 인간을 대립적인 관계로 놓지 않고, 꽃을 인간의 비유로 이해할 수도 있다. 즉 화자와 꽃을 동일시할 수도 있다. 그러한 시각에서는 "저만치 혼자서" 피어 있는 꽃의 고고한 고독이 부각된다. 서정주는 여기에서 "우리나라 고고한 수세의 난처한 아름다움"을 본다.

이때 "저만치"라는 말은 거리가 아니라 수세, 겸양의 의미를 띠게 된다. 삶의 중심부에 서려는 들뜬 열망이 아니라 한적한 주변부를 선호하는 초연함을 잘 보여주고 있는 것이다.

김소월(1902~1934)
평북 정주에서 태어났다. 오산학교 중학부에 입학한 후 스승 안서를 만나 시를 쓰기 시작했다. 1920년 「낭인의 봄」 등 5편을 『창조』에 발표하며 등단했다. 관동대지진으로 일본 도쿄 상대를 중퇴하고 귀국했다. 1925년 유일한 시집 『진달래꽃』을 출간했다. 그의 시는 소박하고 향토색 짙은 서정을 민요적 가락과 반복적 운율을 사용하여 표현한 점이 특징이다.

화사(花蛇)

사향(麝香) 박하(薄荷)의 뒤안길이다.
아름다운 배암……
얼마나 커다란 슬픔으로 태어났기에, 저리도 징그러운 몸뚱아리냐

꽃대님 같다.
너의 할아버지가 이브를 꼬여내던 달변의 혓바닥이
소리 잃은 채 낼룽거리는 붉은 아가리로
푸른 하늘이다…… 물어뜯어라, 원통히 물어뜯어,

달아나거라, 저놈의 대가리!

돌팔매를 쏘면서, 쏘면서, 사향 방초(芳草)길
저놈의 뒤를 따르는 것은
우리 할아버지의 아내가 이브라서 그러는 게 아니라
석유 먹은 듯…… 석유 먹은 듯…… 가쁜 숨결이야

바늘에 꼬여 두를까부다. 꽃대님보다도 아름다운 빛……

클레오파트라의 피 먹은 양 붉게 타오르는
고운 입술이다…… 스며라! 배암.

우리 순네는 스물 난 색시, 고양이같이 고운 입술…… 스며라! 배암.

—『시인부락』 1936년 12월호

서정주의 초기시를 대표하는 이 작품은 원래 『시인부락』 2집(1936년 12월)에 발표된 것으로 첫 시집 『화사집』(1938)에 수록되어 당시 커다란 반응을 일으켰던 작품이다. 그것은 무엇보다도 이 시가 충격적인 어휘를 사용하는 한편 관능적이고 대담한 이미지를 구사하여 당시의 일반적인 시적 관념을 깨뜨리고 있기 때문이다. 이러한 그의 초기시의 시풍은 모더니즘이 풍미하던 당시 1930년대 시단에, 육성의 절규와 생명의 몸부림의 추구라는 새로운 영역을 개척함으로써 소위 생명파라는 시사(詩史)상의 유파를 형성하는 계기를 마련하였다.

서정주가 추구한 생명 혹은 생명의 본질이란 이 시에서 보듯 꽃배암에 의해 위악적 이미지로 상징된 것이다. 또한 그것은 사향 박하의 관능적 쾌락과 육체적 욕망을 담은 것인 동시에 꽃대님과도 같은 아름다운 표상이기도 하다. 즉, 생명이란 근원적으로 원죄의 구속을 받고 있다는 생각과 존재의 현실은 실존적 고뇌와 모순에 가득 찬 것이라는 점을 날카롭게 인식함으로써, 그러한 모순된 생명성으로부터 벗어나려는 몸부림의 과정을 통해 삶의 본질적 의미를 찾고자 한 것이다. 1연에서 아름다운 꽃의 모양을 하고 있으면서도 징그러운 속성을 떨쳐버릴 수 없는 꽃배암의 존재는 생명의 모순성과 그로 인한 고뇌를 간직하고 있으나, 한편으로는 삶의 본질에 대한 충격과 의문을 던져주기도 한다.

또한 2연에서는 이브로부터 물려받은 인간의 원죄적 숙명 때문에 뱀의 붉은 혓바닥과 날름거리는 아가리처럼 방황하고 저항하는 몸부림을 볼 수 있다. 따라서 3, 4연에서 원죄적 숙명을 극복하고 자신을 해방시키기 위해서 뱀을 쫓아버리려 하지만 존재의 허무를 초월하기에는 자신의 한계가 너무 커서 관능적이고 위악적인 길에 빠지고 만다. 즉, 운명에의 적극적인 대결에서 패배하고 절망으로 귀착하게 된다.

이 시의 화자는 철저히 실존적이며, 내면화된 모습을 통해 심층적인 무의식의 세계를 드러내 보여주고 있다. 우선 화자는 자신의 능동적 욕망을 야성적이고 위악적인 몸짓으로 형상화하고 있는데, 이것은 선과 악, 미와 추의 모순된 대립을 역설적으로 부각시키는 효과를 자아내며, 자신을 해체시키려는 자학적 행위 역시 생명의 모순된 한계를 극복하려는 자기 해방의 노력이라 할 수 있다. 또한 거칠고 급박한 어조로 불안한 정서와 반(反) 지성적 태도를 드러내고 있는 것도 시적 광기(狂氣)를 통해 불합리한 인간조건에 적극적으로 대결하려는 의도를 엿보게 해준다.

이러한 독특한 시적 발상법은 사실상 서정주의 독자적인 것이라기보다 서양의 보들레르나 니체 등의 상징주의 내지 실존주의적 인식에 뿌리를 두고 있는 것이다. 그러나 이로 인해 우리 시는 인간의 생명성에 대한 진지한 형이상학적 탐구라는 깊이를 가지게 되었다. 이런 의미에서 서정주 초기시가 갖는 시사적 의미는 매우 크다. 그러나 한편으로 일제하의 현실적 강박관념이 그의 시에서 운명과의 적극적인 대결을 지속시키지 못하고 패배와 절망, 그리고 퇴폐와 도피로 귀착시킨 점은 한계로 지적될 수도 있을 것이다.

| 서정주 |

동천(冬天)

내 마음속 우리 님의 고운 눈썹을
즈믄 밤의 꿈으로 맑게 씻어서
하늘에다 옮기어 심어놨더니
동지섣달 날으는 매서운 새가
그걸 알고 시늉하며 비끼어 가네

─『현대문학』1966년 5월호

＊

단연으로 이루어진 작품이다. 이 시에서 시인이 다루고 있는 대상은
"우리 님의 고운 눈썹"이다. 시인은 마음속 깊이 신성한 존재로 제시해
서 그것을 하늘에 옮겨놓음으로서 그것에 대한 애착과 외경심을 표현하
고자 한다.

이 시는 단 한마디의 설명도 배제한 채 고도의 상징적 수법을 통해 팽
팽한 시적 긴장과 함축성을 자아내고 있다. 상징이란 표현된 언어 하나
하나에 각각 독립된 의미를 부여하는 것이 아니고, 언뜻 무의미해 보이
는 그 언어들이 망라되어 어떤 내용을 암시하게 하는 표현수법이다. 가
령 이 시에서 '눈썹을 꿈으로 씻었다' 라는 내용과 '매서운 새가 그 눈썹
을 비끼어 간다' 는 내용은 부분적으로는 무의미하고 비논리적이라는 생
각까지 든다. 그러나 이처럼 추상화되어 제시된 이미지 속에서 우리는
관념의 진술 내지 표백을 읽어낼 수 있다. 따라서 이 작품을 이해하는
관건은 무엇보다도 시적 심상이 부여하는 배경적 요소를 그려내는 데
있다. 이 시에서 우리는 긴 능선과 검은 하늘, 맑은 초승달과 쓸쓸히 날
아가는 새가 그려진 한 폭의 담백한 수묵화를 연상할 수 있을 것이다.
그런데 그 그림은 단순한 풍경화가 아니라, 오랫동안 시인이 간직했던
그리움이 "님의 고운 눈썹"에 맺히고, 그것이 다시 초승달이 되어 춥고
차가운 겨울 밤하늘에 투영되며, 하늘을 날던 새 한 마리가 그 싸늘한
아름다움을 감히 범하지 못하고 피해가는 신비로운 조응을 이루는 마음
의 그림인 것이다. 이러한 신비감 속에서 우리는 이 시의 상상적 의미를
구성해낼 수 있다.

그렇다면 이 시에 나타나는 중요한 심상은 무엇일까. 가장 핵심이 되
는 것은 "눈썹"과 "새"이다. "눈썹"은 슬픈 운명을 지닌 미모의 여인을

연상시키는 초승달로 비유된 것이라고 볼 수 있다. 그러나 그것은 고귀한 것으로서 "즈믄 밤의 꿈으로 맑게 씻어" 하늘에 오르는 존재라는 점에서 가치 있는 삶 혹은 인간의 근원적인 생명을 암시하는 동시에 완전 무결한 존재로서 보름달에 대한 지향을 내포한 상징물이라 할 수 있다. 그러나 1~3행에 나타난 이러한 상승의 이미지와 달리, 4, 5행에서 제시된 "새"의 이미지는 급격한 시상의 단절과 하강을 표상하면서 시 전체에 또다른 상징성을 부여하게 된다. 천체의 운행을 따라가는 "매서운 새"는 영원과 무한을 동경하는 인간의 용감성을 상징한다. 그러나 매섭기는 하지만 하늘 끝까지 날아오르지 못하고 별수 없이 지상으로 되돌아오는 한 마리 새의 모습에서 시인은 인간의 본원적인 한계를 절감하고 있는 것이다. 그러나 "매서운 새"는 추운 겨울, 즉 불모의 시대를 사는 구도적 자세를 견지하고 있으며, 따라서 인간의 숙명적 한계라는 극한점에까지 날아오를 수 있을 만큼 치열한 삶의 자세를 보여주는 존재이기도 하다.

여기서 우리는 동양적 우수를 담은 풍경화로서 이 시의 전체적 의미를 생각해볼 수 있다. 영원한 운행으로서의 보름달과 찰나적 비상으로서의 한 마리 새의 대비는 곧 천상과 지상, 이승과 저승, 영원과 찰나 사이의 메울 수 없는 숙명적 단절을 표상한다. 이러한 상극의 요소가 비약적으로 결합함으로써 빚어지는 고도의 긴장과 정중동(靜中動)의 역설에서 우리는 생명의 초월적 경지를 발견하게 될 것이다.

서정주(1915~2000)
호는 미당(未堂). 전북 고창에서 태어났으며 중앙불교전문강원에서 수학했다. 1936년 동아일보 신춘문예에 시 「벽」이 당선된 후 동인지 『시인부락』을 주재하면서 본격적인 시작활동을 하게 되었다. 시집 『화사집』(1941), 『귀촉도』(1946), 『신라초』(1960), 『동천』(1968), 『질마재 신화』(1975), 『산시』(1991) 등과 『미당 서정주 시선집』(1991) 등이 있다. 초기에는 강렬한 생명력을 추구하는 경향을 보였으나, 1960년대 이후 동양적 전통의 신비주의 경향에 경도되었다.

| 박목월 |

나그네
술 익는 강 마을의 저녁노을이여—지훈(芝薰)

강나루 건너서
밀밭 길을

구름에 달 가듯이
가는 나그네

길은 외줄기
남도 삼백 리

술 익는 마을마다
타는 저녁놀

구름에 달 가듯이
가는 나그네

—『청록집』(1946년)

  박목월이 청록파 시인으로 활동한 초기에 자연과 향토적 정서를 노래했다는 사실은 잘 알려져 있다. 이 작품 역시 유랑하는 나그네의 정서를 자연물에 비추어 효과적으로 형상화하고 있으며 자연과 인간의 조화가 빚어내는 달관의 자세를 적절하게 드러내고 있다고 볼 수 있다. 이 작품의 주요 제재는 '나그네'인데 극도로 압축된 시어를 통해 초연한 정신세계를 잘 표현하고 있는 것이다. 박목월 자신은 자작시 해설집 『보랏빛 소묘』(1958)에서 "생에 대한 가냘픈 꿈과 그 꿈조차 오히려 체념한, 바람같이 떠도는, 절망과 체념의 모습"인 나그네는 " '버리는 것' 으로서 스스로를 충만하게 하는 그 허전한 심정"을 나타낸다고 설명한다.

  시인의 술회에 따르면, 「나그네」는 "『청록집』에 수록한 작품들과 모조리 통하는, 그 무렵의 내 정신의 전 우주 같은 느낌"을 지니는 작품이다. 이는 시인 자신이 이 작품에 지니는 애착의 깊이를 짐작할 수 있게 하며, 박목월의 전체 시세계에서 이 작품이 지니는 중요성을 암시한다. 이 작품에 나오는 "술 익는 마을"이라는 표현과 유사한 구절은 조지훈의 「완화삼(玩花衫)」에서도 나타난다는 점이 흥미롭다. 「나그네」의 부제는 '술 익는 강마을의 저녁노을이여'로, 이 작품이 조지훈의 「완화삼」에 대한 화답의 의미로 씌어졌음을 말해준다. 조지훈의 「완화삼」 전문을 여기에 옮겨본다.

  완화삼
  ― 목월에게

  차운산 바위 위에 하늘은 멀어

산새가 구슬피 울음 운다.

구름 흘러가는
물길은 칠백 리

나그네 긴소매 꽃잎에 젖어
술 익는 강마을의 저녁노을이여.

이 밤 자면 저 마을에
꽃은 지리라.

다정하고 한 많음도 병인 양하여
달빛 아래 고요히 흔들리며 가노니……

「완화삼」과 「나그네」는 소재와 정서의 측면에서 친연성을 지닌다. 두 작품 모두 '나그네'를 중심 제재로 취하고 있으며 나그네가 환기하는 체념과 달관의 정서를 머금고 있다. 그러나 스케일의 면에서 두 작품은 차이를 나타내는데, 그것을 상징적으로 드러내는 것은 "칠백 리"와 "삼백 리"의 차이이다. 박목월은 "삼백 리"라는 시어와 관련하여, 예이츠의 「이니스프리의 호도(The Lake Isle of Innisfree)」의 "아홉 니랑 콩을 심어"라는 구절을 인용하면서, 중요한 것은 산술적 숫자가 아니라 정서와 감정의 면적이나 거리라고 말한다. 즉 "삼백 리"가 뜻하는 것은 물리적 거리가 아니라 "내 서러운 정서가 받아들일 수 있는 거리"인 심리적이고 정서적인 거리라는 것이다. 시인의 말을 참고할 때, "칠백 리"와 "삼백 리"의 차이는 물리적인 대소, 장단의 차이가 아니라 정서의 응축도의 차이를 보여주는 것으로 생각된다. 보다 축소된 공간을 택함으로써 감정과 의미는 보다 응집될 수 있는 것이다.

이와 비유적으로 시행의 길고 짧음이 지니는 의미를 생각해볼 수 있다. 특히 「나그네」에서 두드러진 형식적 특징은, 1연을 제외하고는 각 연이 명사형으로 마무리되어 있다는 점이다. 그래서 군더더기가 완전히 제거된 절제된 느낌을 준다. 시인에 의하면, 각 연을 명사로 끝맺은 이유는 '감동의 집중도'를 강화시키기 위해서이다. 가령, "구름에 달 가듯이 / 가는 나그네"에서 "가는 나그네"가 아니라 '나그네가 가네'라고 끝을 맺는다면, 의미와 감동이 '나그네가 가는 것'에 실리게 되어 '나그네'에 주어진 정서의 집중이 희박해지기 쉽다는 것이다. 즉 명사형으로 각 연을 끝맺는 것은, 다음 연으로 감정이 계속해서 흘러 분산되는 것을 막고 독자에게 고도로 응축된 정서를 전달하기 위한 의도의 소산이다. 「완화삼」과 비교해볼 때, 「나그네」는 그 시어 하나하나와 전체적 형식이 '정서의 집중도'를 배려하고 있음을 더욱 뚜렷이 알 수 있다.

「나그네」에서 2연과 5연은 동일한 구절을 반복하고 있어서 "구름에 달 가듯이 / 가는 나그네"라는 구절은 이 시의 핵심적 모티프라 할 만하다. 나그네는 우선 유랑의 의미를 지니고 있어 정착과 대조를 이룬다. 유랑과 정착의 대립으로 인해 나그네라는 존재는 현실 일탈의 이미지를 강하게 지닌다. 그것은 현실에서의 패배와 좌절, 낙오를 나타낼 수도 있으며 세속적 현실의 초월이나 달관을 나타낼 수도 있다. 하지만 이 둘은 결국 분리된 것이 아니라 대개는 전자와 후자가 맞물려 있는 것이다. 대부분의 문학작품이 그렇듯이 이 시 역시 여러 시적 장치를 통해 나그네의 의미를 전자(현실에서의 패배)에서 후자(현실에 대한 초월)로 승화시키고 있다고 할 수 있다.(역사주의적 독법으로 읽는다면, 전자는 일제시대의 고통과 자연스럽게 연결될 수도 있다.)

그 승화의 과정이자 산물이 우선적으로는 "구름에 달 가듯이"라는 구절이다. 신라 향가인 「찬기파랑가」에서 기파랑이라는 화랑의 모습은 '달이 구름을 열어젖히는' 듯한 찬란한 모습으로 묘사된 바 있다. 이때 달은 구름의 장막을 찢고 나와 찬연한 빛을 발하는 화려한 이미지를 띤다. 어둠(구름)은 밝음(달)과 대립을 이루어 밝음을 부각시키는 데 사용되고 있을 뿐이다. 그러나 「나그네」에서 달은 구름을 찢고 나오지 않고 구름과 더불어 유유히 운행하고 있다. 즉 어둠과 밝음은 대립하지 않고 한데 어울려 서로 조화를 이루는 것이다. 정확히 말하자면, 어둠과 밝음이 공존함으로써 단순한 병치에 머무르는 것이 아니라 어둠과 밝음, 악과 선 등의 이분법을 뛰어넘는 달관의 자리에 도달하게 된다. 이렇게 해서 나그네는 기파랑의 화려한 모습과는 달리 세속적 현실을 초탈한 유유자적한 이미지를 얻게 되는 것이다.

그렇지만 이 시가 나그네라는 방랑의 존재를 섣불리 낭만화하는 위험에 빠져 있다고는 볼 수 없다. 3연의 "길은 외줄기"라는 구절은 나그네의 상황을 낭만주의적인 자유를 향유하는 것으로 그리는 데에서 벗어나 있음을 보여준다. 나그네가 갈 길은 외길이라서 여러 길의 가능성을 자유롭게 선택할 수 있는 것이 아니다. 나그네의 여정은 오히려 강요된 것이며 그래서 그의 유랑은 고통스러운 것임을 보여준다. 유랑의 이러한 고통을 시적으로 형상화하는 대목이 1연의 "강나루 건너서"라는 구절이다. 동서고금의 많은 문학작품에서 물, 특히 강물은 죽음과 관련된다. 가령, 백수광부의 죽음을 노래한 고대가요가 그렇고, 셰익스피어의 「햄릿」에서 오필리어의 죽음이 그렇다. 또한 인간이 죽어서 저승에 갈 때 배를 타고 죽음의 강을 건너야 한다는 전설이 그렇다. 인류의 원형적 상상력에서 강물은 죽음을 내포하는 이미지인 것이다. 이런 의미에서 "강나루 건너서"라는 구절은 죽음, 혹은 단절을 연상하게 하며, 이는 나그네가 과거(나그네가 되기 이전)의 화해로운 상태에서 분리되고 축출된 존재임을 암시한다.

　과거와의 단절을 상징하는 1연에서는 푸른색의 이미지가 드러난다. 강물과 강가에 펼쳐진 밀밭은 모두 푸른색을 띠기 때문이다. 이와 대조적인 색채를 드러내는 부분은 4연의 "술 익는 마을마다 / 타는 저녁놀"이다. 여기에서는 붉은색 이미지가 부각된다. 술 자체가 붉은색은 아니지만 술은 상상력 속에서 타오르는 물, 즉 불을 함축하고 있는 물이 된다. 이런 상상력을 변형시켜 표현한 것이 "타는 저녁놀"이라는 구절이다. 불은 지상(마을의 술)과 천상(하늘의 노을)에서 동시에 타오르고 있는 것이다. 죽음, 단절, 고통을 상징하는 푸른 강물 이미지는 이렇게 4연에 이르러 붉은 불 이미지로 전이된다. 이를 통해 나그네의 고통이나 한이 승화된다고 할 수 있다. 물 이미지에서 불 이미지로 옮겨가면서 어둠("구름")과 밝음("달")의 이분법을 뛰어넘어 현실의 고통이 승화되고 있는 것이다.

| 박목월 |

윤사월

송홧가루 날리는
외딴 봉우리

윤사월 해 길다
꾀꼬리 울면

산지기 외딴집
눈먼 처녀사

문설주에 귀 대이고
엿듣고 있다

—『청록집』(1946년)

 이 작품은 윤사월의 적막한 산을 배경으로 하여 눈먼 처녀를 주인공으로 등장시키고 있다. 외딴 산에 송홧가루가 날리는데, 긴 해는 이제야 서서히 저물고 있어서 비스듬한 햇살이 내리고 있다. 사양 속에서 꾀꼬리가 우는데, 눈먼 처녀가 문설주에 기대어 새소리에 귀를 기울이고 있는 풍경이다. 앞의 두 연은 자연의 정경을, 뒤의 두 연은 눈먼 처녀라는 인간의 모습을 비추고 있어서, 자연과 인간의 어울림과 어긋남을 동시에 절묘하게 형상화하고 있다. "외딴"이라는 시어가 한 번은 "봉우리", 또 한 번은 "산지기 집"을 수식하고 있어, 고독하고 적막한 분위기가 은은하게 배어 있다.

 또한, 이 시는 형태적으로 볼 때 「나그네」와 유사하게 간결한 압축미를 지니고 있다. 특히 1연은 "외딴 봉우리"라는 명사로 끝나고 있는데, 이는 박목월 시인 자신이 중요하게 여기는 기법이다. 하나의 연을 명사로 끝맺음으로써 정서의 흐름이 다음 연으로 이어지는 것을 통제하는 효과를 낳는다는 것이다. 정서는 하나의 연 안에서 단절되고 맺어진다. 이를 통해 '생략의 여운'을 낳는다는 것이 시인의 생각이다. 명사에 의한 정서의 정지를 통해 독자는 연과 연 사이에 존재하는 여백의 공간 속에서 보다 풍부한 암시를 느낄 수 있다는 것이다. 이는 박목월 시인이 압축과 절제의 미덕을 얼마나 중시했는지를 잘 나타낸다.

 이와 더불어 중요한 형식적 특징으로 7·5조를 들 수 있다. 글자 수를 세어보면 1연은 7·5, 2연과 3연은 6·5, 4연은 7·5로 이루어져 있음을 알 수 있다. 시인은 7·5조가 "언어와 언어, 구절과 구절 사이의 움직일 수 없는 유기적인 관련성"을 나타낸다고 말한다. 그것은 쉽게 읊기 위한 안이한 방법이 아니라, "시상을 형식으로서 나타내기 위한 막다른, 다른

방법으로는 불가능한 필연적인 그 무엇"이라고 한다. 4연의 "엿듣고 있다"는 시인이 매우 고심한 표현인데, '엿듣네'라고 한다면, 경쾌한 어감이 되긴 하지만 서러움이라는 정서와 균형을 이루지 못한다고 한다. 시인에게 7 · 5조라는 형식은 작품의 정서와 분리 불가능한 필연적인 형태인 것이다.

시인 장만영은 이 작품에 대해 '동화를 읽는 느낌'을 준다고 평하였다. 눈이 먼 산골 처녀가 '무슨 행운이라도 찾아오나' 하고 꾀꼬리 소리에 귀를 기울이는 것은 퍽 곱고 아름다운 정경이라는 것이다. 그러나 박목월 시인 자신은 이에 대해 반박한다. 이 작품이 지니는 성격의 핵심은 동화적이기보다는 애상적인 데 있다는 것이다. 어떤 작품을 감상하고 이해하는 데 있어서 시인 자신의 의도를 절대시할 필요는 없겠지만, 시인이 어떤 생각과 느낌으로 작품을 썼는가를 아는 것은 어떤 방식으로든 도움이 될 것이다.

시인은 이 시의 제목이기도 하고 시간적 배경이기도 한 '윤사월'에 큰 중요성을 부여한다. 4월이나 5월이 아니고 윤사월이라는 점에 중요한 정서적 의미가 있다는 것이다. 윤달은 태음력과 태양력의 차이에서 나오는 시간의 간극을 메우기 위해 따로 설정한 기간이다. 즉 태양력에 비해볼 때 태음력에는 오 년에 두 번 꼴로 한 달이 남는다. 이 남는 잉여의 기간을 윤달이라고 정해놓은 것이다. 시인은 여기에서 '덤으로 얻은 것처럼 너그러운 느낌'을 받는다. 그러나 바로 이 때문에 윤사월은 애상적인 느낌을 준다. "계절적인 착오감을 느끼게 되는 무슨 회상적인 세계에서 솟아나는 설움 같은 것이 어려" 있다는 것이다. 태양력의 합리적인 틀에 정확하게 들어맞지 않고 남게 되는 과잉의 시간이 윤달에 어떤 신비감과 더불어 서러움을 부여한다. 시인이 윤사월을 택한 것은 바로 이 낯설고 서러운 정조 때문이다.

시인은 이 서러운 자연의 정경에 자연과 인간 사이의 미묘한 간극을 겹쳐놓는다. 눈먼 산골 처녀는 꾀꼬리 소리를 그냥 듣는 것이 아니라 "문설주에 귀 대이고 / 엿듣고 있다". 이 구절은 산골 처녀와 꾀꼬리 사이의 자연스런 합일, 조화를 나타내지 않고, 자연을 동경하나 자연의 흐름에 융합되지 못하는 인간의 모습을 암시한다. 이를 시인은 '자연과 대립한 자리의 고독감'이라고 표현한다. 앞에서 "외딴"이라는 시어가 한 번은 자연을, 한 번은 인간을 꾸며주는 형용사로서 두 번 등장하는데, 이는 자연의 고독(윤사월의 서러움)과 인간의 고독(눈먼 처녀의 내면적 고뇌)을 중첩시켜 고독과 서러움을 증폭시키고 있음을 나타내는 것이다.

박목월(1916~1978)

본명은 영종(泳鍾). 경북 경주에서 태어났으며 계성중학을 졸업했다. 1936년 『문장』 추천으로 등단했다. 시집 『청록집』(1946, 공저), 『산도화』(1955), 『난 기타』(1959), 『청담』(1964) 등이 있다. 제3회 자유문학상(1955)을 수상했다. 초기시는 동시로 출발했던 만큼 동심의 세계와 민요풍의 영향이 짙은 목가적이고 애상적인 감미로운 시정이 주목을 끌었다. 이런 시풍은 중기시의 성숙하고 깊이 있는 자연 친화의 시나, 후기시의 소박하고 소탈한 생활시에 이르기까지 일관되어 있다.

봄 바다에서

1

화안한 꽃밭 같네 참.

눈이 부시어, 저것은 꽃 핀 것가 꽃 진 것가 여겼더니, 피는 것 지는 것을 같이한 그러한 꽃밭의 저것은 저승살이가 아닌 것가 참. 실로 언짢 달 것가. 기쁘달 것가.

거기 정신없이 앉았는 섬을 보고 있으면,

우리가 살았닥 해도 그 많은 때는 죽은 사람과 산 사람이 숨소리를 나 누고 있는 반짝이는 봄 바다와도 같은 저승 어디쯤에 호젓이 밀린 섬이 되어 있는 것이 아닌 것가.

2

우리가 소싯적에, 우리까지를 사랑한 남평 문씨 부인은, 그러나 사랑 하는 아무도 없어 한낮의 꽃밭 속에 치마를 쓰고 찬란한 목숨을 풀어헤 쳤더란다.

확실히 그때로부터였던가. 그 둘러썼던 비단 치마를 새로 풀며 우리 에게까지도 설레는 물결이라면

우리는 치마 안자락으로 코 훔쳐주던 때의 머언 향내 속으로 살 달아 마음 달아 젖는단 것가.

　　　　　　　　　　　　　*

돛단배 두엇, 해동갑하여 그 참 흰나비 같네.

　　　　　　　　　　　　—『현대문학』27호(1957년)

　　　　　　　　　　　　*

　2부 3연과 부기로 이루어진 독특한 구성의 작품이다. 1부는 2연으로,
2부는 단연으로 구성되어 있으며, 맨 마지막에 부기가 덧붙어 있어 여운
을 만들어낸다. 어딘가에 숨어 있는 시적 화자가 독백을 읊조리는 듯한
어조를 띠고 있어 신비감을 자아낸다. "화안한 꽃밭"과도 같은 봄 바다
의 정경에 화자의 서러우면서도 절제된 독백이 어우러져 묘한 긴장감을
형성하고 있다. 또한, '것가' 라는 박재삼 시인 고유의 종결어미가 쓰인
것도 눈여겨볼 만하다. '것인가' 라는 말을 줄여 써서 인생무상의 정조를
암시적으로 드러내는 효과를 주고 있다.

　1부에서는 꽃밭과도 같은 봄 바다를 이승과 저승이 뒤섞여 있는 장
소, 혹은 이승과 저승이 순환하는 연결고리로 묘사하고 있다. 1연의 경
우 봄 바다를 꽃밭으로 형상화하는데, 그곳은 꽃의 피고 짐이 구분되지
않는 곳이다. 그로 인해 그곳은 저승인지 이승인지, 기쁨인지 언짢음인
지 분별할 수 없는 애매모호한 상태가 된다. 2연에서는 봄 바다에 떠 있
는 섬에서 삶과 죽음의 경계가 허물어진 지대를 발견한다. 우리의 삶의
많은 부분이 이미 죽음의 일부라는 통찰이다.

　1부에서 봄 바다와 섬을 매개로 하여 삶과 죽음, 이승과 저승의 순환
구조를 깨닫고 있다면, 2부는 그러한 통찰을 가능하게 한 유년기의 사건
을 다루고 있다. 화자의 유년기에 각인된 남평 문씨 부인의 자살이 그것
이다. 봄 바다에 뛰어든 그 부인으로 인해 화자는 바다 물결에서 아련한
추억을 느낀다. 바다는 누군가가 자살한 음울한 공간이 아니라 아름다
운 추억을 환기시키는 공간이 되는 것이다.

　마지막의 부기에서는, 봄 바다에 떠다니는 돛단배를 흰나비로 묘사하
고 있다. 여기서 나비 역시 이승과 저승을 연결시키는 공간적 매개자가

되는 듯하다.

　인류의 상상력에서 물의 이미지는 흔히 '죽음'을 연상시킨다. 물과 죽음의 관련은 일종의 원형적 상상력이라고도 볼 수 있을 것이다. 박재삼 역시 이 작품에서 물을 소재로 하여 이승과 저승의 순환을 노래함으로써 독특한 미학을 개척하고 있다. 이 작품은 어느 여인이 바다에 빠져 죽은 사건을 제재로 취하고 있는데, 그 여인의 한스러움을 어둡게 다루기보다는 밝고 초연하게 승화시키는 데 성공하고 있다.

　이러한 승화를 가능하게 한 장치는 무엇보다도 봄 바다를 화려한 꽃밭으로 묘사한 데 있다고 여겨진다. 부드럽게 일렁이는 봄 바다의 표면에 비치는 무수한 햇살, 그로 인해 화려하게 반짝이는 물결, 이러한 정경을 시인은 꽃밭으로 포착한다. 물은 검푸른 색채, 아래로 하강하는 방향으로 인해 죽음을 함축하는 이미지이지만, 빛은 그와는 반대로 손에 쥘 수도 없이 가볍고 언제나 상승하는 질료로 삶의 기쁨, 즐거움과 관련을 맺는 이미지이다. "꽃밭"은 물과 빛의 이러한 상반된 이미지를 결합시키는 시어이다.

　꽃밭으로 묘사된 봄 바다가 이승과 저승, 삶과 죽음, 기쁨과 슬픔을 한몸에 지니게 되는 것은 바로 이 때문이다. 꽃밭이라는 시어는 물의 무거움과 빛의 가벼움을 동시에 함축함으로써 무겁지도 가볍지도 않은 제3의 전혀 다른 차원을 개척하게 된다. 제3의 차원이란, 밝음과 어둠, 가벼움과 무거움, 이승과 저승이 모순되지 않고 서로 순환하는 관계라는 깨달음을 뜻한다. 그래서 이 시는 자살이라는 어둡고 불길한 사건을 "화안한 꽃밭"으로서의 봄 바다와 연결시킴으로써 초연한 경지, 기쁨과 서러움을 모두 초탈한 경지에 도달하게 된다. 봄 바다가 지니고 있는 빛의 요소가 어둠, 불길함, 한스러움을 승화시킨다고 볼 수 있다.

울음이 타는 가을 강

마음도 한자리 못 앉아 있는 마음일 때
친구의 서러운 사랑 이야기를
가을 햇볕으로나 동무 삼아 따라가면,
어느새 등성이에 이르러 눈물나고나.

제삿날 큰집에 모이는 불빛도 불빛이지만,
해질녘 울음이 타는 가을 강을 보겠네.

저것 봐, 저것 봐,
네보담도 내보담도
그 기쁜 첫사랑 산골 물소리가 사라지고
그 다음 사랑 끝에 울음까지 녹아나고
이제는 미칠 일 하나로 바다에 다 와가는
소리 죽은 가을 강을 처음 보겠네.

—『사상계』 67호(1959년)

3연으로 된 자유시이다. 세 연이 도입-전개-절정의 구성을 취하고 있다. 먼저 1연은 '친구의 사랑 이야기'가 촉발시킨 여정의 발단을 노래하고 있다. "친구의 서러운 사랑 이야기"를 듣고 시적 화자는 길을 떠나 "등성이"에 이르러 있다. 이 여정은 현실적인 것일 수도, 상상적인 것일 수도 있지만, 그 원인이나 동기가 친구의 서러운 이야기임을 알 수 있다. 등성이는 친구의 이야기가 지니는 서러움의 절정인 동시에, 다음 연과의 관련을 고려할 때, 노을로 빛나는 가을 강이 바라다보이는 장소인 산등성이이기도 하다.

2연의 경우, 이러한 중의적인 용법을 지니는 산등성이에서 시적 화자는 노을이 타는 가을 강을 발견한다. 여기서 가을 강에 비친 노을 빛은 "제삿날 큰집에 모이는 불빛"과 대조를 이룬다. 양자는 빛이라는 점에서는 동일하지만, 후자가 인위적인 것임에 반해 전자는 자연에 속해 있는 빛이다. 사랑의 서러움을 치유할 수 있는 것은 후자가 아니라 전자일 것이다. 그런데 노을 빛을 받는 가을 강을 화자는 "울음이 타는 가을 강"이라 표현한다. 사랑의 서러움은 울음으로 직접 연결되며, 이러한 사랑의 고통에 대한 객관적 상관물을 시적 화자는 노을이 비치는 가을 강에서 발견하고 있는 것이다.

3연에서는 노을로 빛나는 강이 지니는 사랑과의 관련성이 구체화되어 있다. 화자가 바라보는 가을 강은 바다에 이제 막 닿으려 하는 지점에 위치해 있다. 그래서 바다와 합치될 강은 사랑의 기쁨과 고통을 모두 함축하고 있으면서도 그것을 극복한 존재가 된다. 화자는 "소리 죽은 가을 강"을 통해 사랑의 서러움을 순화·정화할 수 있게 되는 것이다. 요컨대, 이 작품은 사랑의 서러움(1연)을 노을이 비치는 가을 강에서 발견하고(2연), 가을 강이 지니는 정화의 드라마(3연)를 통해 서러움을 승화시키고 있다. 친구의 사랑 이야기를 제시하는 1연이 도입부라면, 사랑의 서러움을 나타내는 객관적 상관물인 가을 강이 등장하는 2연은 전개부이며, 강물의 역사를 드라마틱하게 형상화함으로써 서러움의 승화를 보여주는 3연은 절정이자 결말부라고 할 수 있다.

이 시는 『춘향이 마음』(1962)이라는 시집에 실려 있다. '울음이 타는 가을 강'이라는 제목이 나타내는 것은, 가을 저녁의 노을 빛으로 물들어 있는 강의 모습이다. 시적 화자가 노을이 타는 강을 주시하게 된 배경에는 친구의 서러운 사랑 이야기가 있다. 즉 노을로 물든 가을 강은 "울음이 타는" 강으로 사랑의 고통과 그에 대한 승화를 상징한다. 박재삼이 한국 특유의 정서인 '한'을 노래한 시인이라는 것은 잘 알려져 있는 사실이다. 그의 시세계에서는 '한'에 대한 형상화가 주로 물의 이미지를 통해 매개되어 있는 점도 주목할 만하다.

이 작품 역시 서러움의 정서가 물의 이미지, 즉 강물의 이미지로 매개되어 있다. 그런데 특이한 것은 여기에서의 강은 노을로 빛나는 강, "울음이 타"오르는 강이다. 바슐라르의 시각을 빌려서 말한다면, 불의 상상력이 물의 상상력을 감싸안고 있는 것 같다. 다시 말해 물의 상상력이 불의 상상력 속으로 포섭되어 들어가 있는 것 같다. 박재삼의 가을 강물은 "울음"을 통해서 마치 불꽃처럼 타오르고 있는 것이다. 사랑이 시적 화자에게 안겨주었던 서러움은 강물이라는 대상 속에서 불처럼 타오름으로써 '정화'되고 있다. 이 서러움의 극복, 혹은 승화는 맨 마지막 연에서 더욱 구체화되지만, 이는 이미 2연의 '타오름'에서 예비되어 있던 셈이다.

마지막 연에서 서러움의 극복은 친구의 서러운 사랑과 나의 서러운 사랑이 합치됨으로써 일어나는 것으로 보인다. "네보담도 내보담도"라는 구절이 이를 나타낸다. 서러움의 정서가 너와 나를 관통하여 그 경계를 허물 때, 그것은 극복된다. 이러한 너와 나의 합일은 강물이 바다에 도달하는 모습으로 더욱 뚜렷해진다. 강물은 바다로 나가 다른 강물들과 뒤섞임으로써 사랑의 기쁨("그 기쁜 첫사랑 산골 물소리")과 고통("그 다음 사랑 끝"에 생긴 "울음")을 모두 순화하게 되는 것이다. 개별적 인간은 바다로 표상되는 더 큰 자아(가령, 민족)로 흡수됨으로써 서러움이나 고통을 승화시킬 수 있게 된다. 그래서 바다에 도달하게 되는 가을 강은, 사랑의 기쁨과 울음을 모두 녹여내고 "소리 죽은" 채 흘러간다. 가을 강은 이제 사랑이 야기한 모든 정념과 혼돈으로부터 정화된 초탈한 존재가 된 것이다.

수정가

집을 치면, 정화수 잔잔한 위에 아침마다 새로 생기는 물방울의 선선한 우물집이었을레. 또한 윤이 나는 마루의, 그 끝에 평상의, 갈앉은 뜨락의, 물 냄새 창창한 그런 집이었을레. 서방님은 바람 같단들 어느 때고 바람은 어려올 따름, 그 옆에 순순(順順)한 스러지는 물방울의 찬란한 춘향이 마음이 아니었을레.

하루에 몇 번쯤 푸른 산 언덕들을 눈 아래 보았을까나. 그러면 그때마다 일렁여오는 푸른 그리움에 어울려, 흐느껴 물살 짓는 어깨가 얼마쯤 하였을까나. 진실로, 우리가 받을 산신령은 그 어디 있을까마는, 산과 언덕들의 만리 같은 물살을 굽어보는, 춘향은 바람에 어울린 수정빛 임자가 아니었을까나.

—『춘향이 마음』(1962년)

 2연으로 이루어진 산문시이다. '-었을레' '-을까나' 라는 종결어미를 사용하여 춘향과 이도령이라는 허구적 인물과 그를 감싸는 신화적인 공간에 신비감을 더해준다. 춘향과 이도령의 관계를 집과 바람의 관계에 비유함으로써 춘향전을 새롭게 해석하고 있다.

 1연에서 춘향과 이도령을 집과 바람으로 제시함으로써 둘 사이의 거리감을 형상화하며, 2연에서는 이 거리감으로 인한 춘향의 그리움을 "수정빛" 물로 묘사하고 있다.

 1연에서 춘향으로 등치되는 집의 주된 질료는 "물"이다. 그것은 "선선한 우물집"이며 "물 냄새 창창한" 집이어서 물로 이루어진 집이라고 할 수 있다. 이렇게 볼 때, 1연에서 제시된 집과 바람의 관계는 다시 물과 바람의 관계로 환원될 수 있다.

 2연에서 춘향은 그리움에 "물살 짓는" 존재로, 역시 물로 형상화되고 있다. 그런데 물과 바람은 여기에서 하나가 된다. 춘향은 "바람에 어울린", 즉 바람을 머금은 물이 되기 때문이다. 이는 춘향의 그리움이 "흐느껴 물살" 지음으로써 가능하게 된다. 흐느낌을 통해 춘향은 스스로 바람을 불러일으키고 그 바람은 물에 녹아드는 것이다. 바람을 머금은 물을 시인은 "수정빛"으로 표현한다. 다른 시편들에서처럼 이 작품에서도 그리움, 한의 승화는 빛을 띤 물을 통해 이루어진다.

 1연은 춘향과 이도령을 자연적 존재로 비유함으로써 두 사람의 관계를 암시한다. 즉 춘향을 집으로 친다면, 정결한 물 냄새가 풍기는 집, 즉 물로 만들어진 집일 것이다. 이도령은 바람 같지만, 그렇다고 해도 바람은 물에 녹아들 수밖에 없을 것이다.

 2연에서는 이도령을 향한 춘향의 마음과 존재의 변모가 형상화되고 있다. 이도령을 향한 춘향의 그리움이 깊어질수록, 춘향은 바람을 머금은 수정빛 물이 된다. 춘향의 그리움은 흐느낌 때문에 물살을 만들고 바람을 일으킨다. 춘향은 그 바람이 녹아든 수정빛 물이다.

이 작품 역시 사랑하는 이를 향한 그리움의 정서, 한의 정서를 제재로 취하고 있다. 특이한 점은 춘향과 이도령의 사랑이라는 전통적 모티프를 새롭게 해석하여 한의 승화를 다루고 있다는 것이다. 춘향의 그리움이 물이라는 질료로 형상화된다는 점, 결국 이 물이 빛(수정빛)을 띰으로써 한의 정서가 결정(結晶)되고 순화된다는 점 또한 박재삼의 시세계에서 지배적인 경향이다.

춘향전을 새롭게 해석함으로써 춘향을 집에, 이도령을 바람에 비유적으로 등치시킨다는 점이 매우 신선하다. 이 비유로써 춘향은 정착적인 존재, 이도령은 부유하는 존재로 형상화된다. 그런데 이 집을 물로 된 집("정화수 잔잔한 위에 아침마다 새로 생기는 물방울의 선선한 우물집" "물 냄새 창창한 그런 집")으로 묘사함으로써 비유의 기발함을 넘어서 이미지의 깊이를 얻고 있는 점도 흥미롭다.

춘향과 도령의 관계를 물-집과 바람의 관계로 설정함으로써 우선 이 둘 간의 넘을 수 없는 거리가 제시된다. 그런데 1연에서 바람은 물에 어리며 물방울은 바람에 의해 순순히 스러지는 것으로 묘사된다. 바람과 물은 서로 거리를 취하고 있어서 그리움의 정서가 개입되지만, 또한 그와 동시에 상호침투의 관련을 맺고 있는 것이다.

2연으로 넘어가면, 이 물과 바람의 상호관련이 극대화되는 것은 거리가 가장 멀 때, 즉 그리움이 가장 깊어질 때라는 것을 알 수 있다. 절실한 그리움에 도달할 때 비로소 춘향은 "바람에 어울린 수정빛 임자"가 된다. 그리움으로 인해 춘향은 바람을 머금은 수정빛 물이 되는 것이다. 사랑하는 대상을 향한 그리움과 한은 이렇게 춘향이를 통해 '수정'으로 아름답게 승화됨을 이 작품은 노래하고 있다.

박재삼(1933~1997)
일본 도쿄에서 태어났으며 고려대 국문과를 중퇴했다. 1953년 『문예』에 시조 「강물에서」, 『현대
문학』에 시조 「섭리」, 시 「정적」을 발표하며 등단했다. 시집 『춘향이 마음』(1962), 『햇빛 속에서』
(1970), 『해와 달의 궤적』(1990) 등이 있다.

| 민영 |

용인 지나는 길에

저 산벚꽃 핀 등성이에
지친 몸을 쉴까.
두고 온 고향 생각에
고개 젓는다.

도피안사(到彼岸寺)*에 무리 지던
연분홍빛 꽃너울.
먹어도 허기지던
삼춘(三春) 한나절.

뱉**에 역겨운
가구가락(可口可樂)*** 물 냄새.
구국구국 울어대는
멧비둘기 소리.

---

* 도피안사 : 강원도 철원군 동송읍 관우리에 있는 절. 통일신라시대 경문왕 5년(865년)에 지어짐.
** 뱉 : '배알' 의 준말. 창자.
*** 가구가락 : '코카콜라' 의 중국어식 표기.

48

산벚꽃 진 등성이에
뼈를 묻을까.
소태같이 쓴 입술에
풀잎 씹힌다.

—『월간문학』101호(1977년)

*

이 시에서 서정적 자아는 경기도 용인 땅을 지나가다 산등성이에 피어난 산벚꽃을 바라보며 고향 생각으로 감상에 잠긴다. 그러나 산벚꽃이 핀 산등성이가 있는 곳이 굳이 용인 땅일 수만은 없다. 그런 곳은 우리나라 산천 어디에도 있고, 시인의 고향 땅의 풍경 역시 마찬가지다. 따라서 그 산등성이는 조국의 산천이라는 의미로 확장될 수 있다. 그런데 서정적 자아는 고향을 떠나 오랜 타향살이로 인해 몸이 지칠 대로 지쳤다. 이제 쉬고 싶다. 그러나 고향 생각을 하면 그저 쉴 수만은 없는 노릇이다. 이대로 죽을 수도 없다. 고향 생각이 간절해진다.

이 시인의 고향은 강원도 철원이다. 철원은 지금 휴전선이 가로지르고 있는 민족분단의 대표적 현장이다. 이른바 '철의 삼각 지대(철원, 김화, 평강)'의 하나로, 동족상잔의 참화가 극에 이르렀던 민족 현실을 상징적으로 웅변해주는 곳이다. 일례로 철원의 월정리 역사(驛舍)나 조선노동당사, 혹은 녹슨 철로와 기차는 분단현실의 상징이 되고 있다. 고도(古都)인 철원읍은 군사보호구역이 되어 민간인이 자유로이 드나들기 쉽지 않은 곳이어서, 그 남쪽에 새로이 군소재지로 신철원(갈말)이라는 도시를 만들었고, 조그마한 마을이었던 동송읍도 이젠 철원군의 중요한 도시가 되었다. 분단과 전쟁으로 인해 파괴되고 변해버린 고향에 대한 그리움은 그래서 더욱 간절하다.

'도피안사'는 철원에 있는 절이다. 어린 시절 봄날의 춘궁(보릿고개)으로 인해 늘 배고팠던 기억이 향수(鄕愁)와 더불어 가슴 아프게 다가온다. 삼춘(三春)은 봄철 세 달을 말한다. 이때가 농촌에서는 가장 식량이 귀할 때다. 지난가을에 추수했던 쌀도 거의 떨어질 때이고, 보리는 아직 여물지 않아 양식이 되지 못한다. 그래서 이때 사람들은 초근목피로 연

50

명할 수밖에 없었다. 가난했던 과거가 고향에 대한 그리움을 더욱 절실하게 한다.

1960~1970년대 근대화정책의 추진으로 경제가 윤택해져 굶주림은 면하게 되었지만 오히려 이제는 서양의 것까지 무분별하게 들어와 우리의 입맛을 바꾸어놓고 있는 실정이 되었다. '가구가락'은 미국의 다국적기업에서 만든 음료 '코카콜라(Coca-Cola)'를 중국에서 음역(音譯)한 말이다. 이 말은 이 시에서 서구의 물질문명을 대표하는 의미로 사용되었다. 서구 물질문명의 무분별한 침탈로 인해 우리의 민족적인 것, 전통적인 것, 토착적인 것이 마구 파괴되고 있다. 서정적 자아에게 서구적인 것은 입맛에 맞지 않는다. 따라서 그것은 역겹기 그지없다. 이러한 서구적인 것, 제국주의적인 것에 대하여 "멧비둘기"(여기서는 민족적인 것을 상징한다)가 "구국(救國)"하고 울어댄다. 비둘기의 울음소리(구국구국)와 구국(救國)이라는 단어가 발음상 동일한 것임을 효과적으로 살려내고 있다. 이 음성적 동일성의 효과는 시의 맛을 더욱 높여주고 있다.

마지막 4연에서는 1연의 분위기로 돌아간다. 산벚꽃이 진(이번에는 "핀"이 아니라 "진"이다. 이는 1연과 대구를 이룬다) 산등성이에 뼈를 묻을까, 즉 죽어서 아름다운 조국산천의 품에 그저 편안하게 묻힐까 하는 나약한 생각에 잠시 사로잡힌다. 그러나 서정적 자아는 고향에 대한 애절한 마음 때문에, 또 서구 물질문명의 침략에 대한 '역겨움'과 우려 때문에 쉽게 휴식이나 안락, 도피(죽음)를 선택할 수 없다.

서정적 자아의 심상은 향수(1연)와 고향에서의 가난했던 어린 시절에 대한 회상(2연)으로, 다시 민족적 본분과 조국애(3연)로 옮아가면서, 그 간절하고도 안타까운 마음에 더욱 씁쓸함을 느낀다. 그래서 "소태같이 쓴 입술에 / 풀잎 씹힌다"는 심정이 되고 그 씁쓸함은 하나의 각성으로 발전된다. 이 부분에서 '와신상담'의 의미를 떠올린다면 지나친 비약일까.

민영(1934~)
강원도 철원에서 태어났으며 1937년 부모를 따라 만주로 이주하였다. 간도의 명신소학교를 중퇴했고 해방이 되자 귀국했다. 1959년 『현대문학』에 「죽어가는 이들에게」가 추천되어 등단했다. 시집 『단장』(1972), 『용인 지나는 길에』(1977), 『냉이를 캐며』(1983), 『엉겅퀴꽃』(1987), 『바람 부는 날』(1991) 등이 있다. 제6회 만해문학상(1991)을 수상했다. 부두노동자, 인쇄공, 출판사 편집자 등 여러 직업을 전전하였는데 이것이 그의 시세계 탄탄한 체험이 되었다. 간결하고 응축된 단시가 주조를 이룬다.

직녀에게

이별이 너무 길다.
슬픔이 너무 길다.
선 채로 기다리기엔 은하수가 너무 길다.
단 하나 오작교마저 끊어져버린
지금은 가슴과 가슴으로 노둣돌을 놓아
면도날 위라도 딛고 건너가 만나야 할 우리,
선 채로 기다리기엔 세월이 너무 길다.
그대 몇 번이고 감고 푼 실을
밤마다 그리움 수놓아 짠 베 다시 풀어야 했는가.
내가 먹인 암소는 몇 번이고 새끼를 쳤는데,
그대 짠 베는 몇 필이나 쌓였는가?
이별이 너무 길다.
슬픔이 너무 길다.
사방이 막혀버린 죽음의 땅에 서서
그대 손짓하는 연인아.
유방도 빼앗기고 처녀막도 빼앗기고
마지막 머리털까지 빼앗길지라도
우리는 다시 만나야 한다.
우리들은 은하수를 건너야 한다.
오작교가 없어도 노둣돌이 없어도
가슴을 딛고 건너가 다시 만나야 할 우리,

칼날 위라도 딛고 건너가 만나야 할 우리,
이별은 이별은 끝나야 한다.
말라붙은 은하수 눈물로 녹이고
가슴과 가슴을 노둣돌 놓아
슬픔은 슬픔은 끝나야 한다, 연인아.

—『땅의 연가』(1981년)

*

이 시는 잘 알려져 있는 견우와 직녀 이야기를 바탕에 깔고 있다. 은하수를 사이에 두고 헤어져 일 년에 오직 단 하루 까마귀와 까치가 놓아준 오작교를 건너 재회의 기쁨으로 눈물을 흘리지만, 그것도 잠깐, 다시 헤어져 또 일 년을 기다려야만 한다는 이야기다. 그런데, 이 시는 설화의 기본적 틀을 차용하고 있으면서도 그것을 변형, 재구성하고 있다. 화자와 연인이 놓여 있는 상황은 설화 속 주인공들처럼 서로 헤어져 그리움과 슬픔에 잠겨 있지만, 보다 혹심한 정황을 드러내고 있는 것이다.

시의 앞부분은 우리가 이해하고 접근하기에 별 어려움이 없다. 견우와 직녀의 이야기를 크게 손상시키지 않고 있을 뿐 아니라 시어나 상상의 구조도 평이하기 때문이다.

하나의 연으로 이루어진 이 작품은 13행을 전후로 해서 두 부분으로 나눌 수 있다. 첫 부분은 "이별이 너무 길다 / 슬픔이 너무 길다"라는 두 행이 앞뒤로 감싸고 있다. 여기에서 설화와의 차이를 명확하게 보여주는 구절은 "단 하나 오작교마저 끊어져버린"이다. 설화 속의 주인공들이 일 년에 한 번씩 재회할 수 있는 것에 비해, 이들은 암소가 새끼를 몇 번이나 치도록 못 만났으며 만남을 가능하게 하는 "단 하나 오작교마저 끊어져버린" 상황인 것이다. 시적 정황으로 보아 이 오작교는 다시 놓일 가능성이 거의 없다. "면도날 위라도 딛고 건너가 만나야 할" 만큼 재회는 절실하건만, 그것이 기약 없는 기대임은 실 감고 풀기와 베 짜고 풀기를 거듭한 직녀의 행위에서 드러난다. 그러기에 세월과 이별과 슬픔이 "너무 길다"고 하는 것이다.

14행부터 시작되는 두번째 부분에서 그 부정적인 상황은 더욱 충격적인 진술로 나타나 있다. 시적 화자와의 만남을 기다리고 있는 "연인"이

문병란 55

처한 상황은 매우 처참하다. 그녀는 "사방이 막혀버린", 탈출과 변화가 불가능한 죽음의 땅에 있는 것이다. 따라서 15행의 "손짓"은 만남을 갈망하는 손짓을 넘어 구원을 요청하는 손짓과도 같은 느낌을 준다. 더구나 만남의 당위성을 강조하고 있는 16~17행의 진술은 직녀가 처한 절박한 상황을 더욱 극단적으로 드러내고 있다. "유방" "처녀막" "머리털" 즉 여자로서의 모든 가치와 생명이 상실된다 하더라도 "우리는 다시 만나야 한다"라고 절규하고 있다.

이 시에서 화자가 절박하게 원하는, 연인과의 '만남'이란 어떤 것일까? 여기서 화자가 연인과 헤어져 있는 상황은, 소중한 것이 현재 결여되어 있으며 자칫하면 아주 소실되어버릴지도 모르는 절박한 위기를 뜻한다. 연인과의 만남이란 그러한 현실을 돌파해내야 한다는 상황인식과 신념을 상징하고 있다. "말라붙은 은하수 눈물로 녹이고"라는 구절은 이러한 상황을 돌파하려는 절절한 의지를 보여준다.

시인이 직녀로 상징하는 그 소중한 것은 과연 무엇일까? 작품 속에서는 알 수 없으며, 또 그것을 밝히는 것이 시의 의미를 축소시키기 쉽기에 그다지 바람직한 것은 아니지만, 이 시가 씌어진 1970년대 중반은 10월 유신 직후로 문학적, 정치적으로 파란의 시기였다는 것을 상기해볼 만하다. 김지하의 「타는 목마름으로」와 「1974년 1월」, 양성우의 「겨울 공화국」 등도 이때 발표된 시들이다.

문병란(1935~)
전남 화순에 태어났으며 조선대 국문과를 졸업했다. 1959년 『현대문학』에 「가로수」 「꽃밭」 등을 발표하며 등단했다. 시집 『문병란시집』(1970), 『죽순 밭에서』(1977), 『5월의 연가』(1981) 등이 있다. 그의 시는 민족과 민중의 삶과 현실에 주목하면서 그로부터 얻어지는 정서를 간명하면서도 직정적으로 표현하고 있다.

섬진강 3

그대 정들었으리.
지는 해 바라보며
반짝이는 잔물결이 한없이 밀려와
그대 앞에 또 강 건너 물가에
깊이 깊이 잦아지니
그대, 그대 모르게
물 깊은 곳에 정들었으리.
풀꽃이 피고 어느새 또 지고
풀씨도 지고
그 위에 서리 하얗게 내린
풀잎에 마음 기대며
그대 언제나 여기까지 와 섰으니
그만큼 와서 해는 지고
물 앞에 목말라 물 그리며
서러웠고 기뻤고 행복했고
사랑에 두 어깨 깊이 울먹였으니
그대 이제 물 깊이 그리움 심었으리.
기다리는 이 없어도 물가에서
돌아오는 저녁 길
그대 이 길 돌멩이, 풀잎 하나에도
눈 익어 정들었으니

이 땅에 정들었으리.
더 키워나가야 할
사랑 그리며
하나둘 불빛 살아나는 동네
멀리서 그윽이 바라보는
그대 야윈 등,
어느덧
아름다운 사랑 짊어졌으리.

— 『섬진강』(1985년)

　이 시는 '섬진강' 연작 이십 편 중 세번째 작품이다. 이 시에서 시인은 섬진강과 그 마을을 사랑하며 살아가는 시인의 마음을 "그대"라는 삼인칭을 사용하여 아름답게 형상화하고 있다. 시인의 마음은 "그대"를 통해 시를 읽는 독자에게 확장되고, 이는 다시 모든 한국인이 이런 마음을 가질 수 있었으면 하는 시인의 바람이 간곡한 표현으로 나타난다.

　"물 앞에 목말라 물 그리며" 보내던 화자는 "언제나 여기까지 와" 서게 된다. 그만큼 시인은 섬진강에 "정들었"다. 자신도 모르게 "물 깊은 곳에 정들었으"니 그 강 근처에 피어나는 풀꽃과 서리, 돌멩이 하나에도 정들게 되고, 이것이 확대되어 국토에 대해서까지 정들었음을 보여준다. 그러나 이 국토는 시인에게 항상 문명의 야박함에 의해 희생되지 않은, 정결하고 따뜻한 자연이다. 이 자연 속에 묻혀 살아가는 것이 시인에게는 크나큰 행복이고 기쁨이다. 그래서 "물 깊이 그리움 심"어놓고 있는 것이다.

　섬진강 가에 살아가는 시인의 마음이 자신의 즐거움과 기쁨, 정듦에 한정되어 있지 않다는 점에서 이 시는 그 보편적 울림을 충분히 얻고 있다. 이 땅에 정들었으니 이제는 사랑을 더 키워나아가야겠다는 시인의 마음은 아주 자연스럽게 울림을 전해준다. 섬진강 가에서 마을로 돌아오는 길에 동네에 켜진 불빛을 그윽이 보면서 강과 땅에 대한 정듦이 이젠 마을과 사람들에 대한 사랑으로 이어지는 장면은 상당히 자연스럽다. 이 자연스러움 때문에 시인의 사랑에 대한 갈구는 정직해 보이고, 깊은 울림을 준다. 섬진강을 그리워하듯이 이제는 나아가 그 속에 살아가는 사람들을 사랑해야겠다는 시인의 다짐은 그 현장 속에서 살아가는 자에게만 나타날 수 있는 구체적 다짐이다. 자연에 대한 그리움과 사람들에 대한 믿음이 시인이 전해주는 최대의 전언이라고 할 수 있다.

김용택 (1948~)
전북 임실에서 태어났으며 순창농림고를 졸업했다. 1982년 창작과비평사의 『21인 신작시집』에 「섬진강 1」 등을 발표하면서 작품활동을 시작했다. 시집 『섬진강』(1985), 『맑은 날』(1986), 『누이야 날이 저문다』(1988), 『꽃산 가는 길』(1988), 『그리운 꽃편지』(1989), 『그대 거침없는 사랑』(1994), 『강 같은 세월』(1995), 『연애시집』(2002) 등이 있다. 김수영문학상(1986), 소월시문학상(1998)을 수상했다. 농촌에서 살아가면서 농촌의 현실을 울림 있는 서정적 형식으로 보여주는 시를 쓰고 있다.

2 순수 서정과 내면의 울림

떠나가는 배

나 두 야 간다.
나의 이 젊은 나이를
눈물로야 보낼 거냐.
나 두 야 가련다.

아늑한 이 항구인들 손쉽게야 버릴 거냐.
안개같이 물 어린 눈에도 비치나니
골짜기마다 발에 익은 묏부리모양
주름살도 눈에 익은 아! 사랑하는 사람들.

버리고 가는 이도 못 잊는 마음
쫓겨가는 마음인들 무어 다를 거냐.
돌아다보는 구름에도 바람이 회살짓는다.
앞 대일 언덕인들 마련이나 있을 거냐.

나 두 야 가련다.
나의 이 젊은 나이를
눈물로야 보낼 거냐.
나 두 야 간다.

—『시문학』 창간호(1930년)

용아 박용철은 1930년대 우리 시사의 벽두를 장식한 『시문학』을 주재한 일과, 또 세칭 '기교주의 논쟁'으로 일컬어지는 임화와의 논쟁으로 더잘 알려진 시인이다. 김영랑 정지용 등 이른바 시문학파의 순수시에 대한이론적 기반을 제공하여 시문학 이론가로서는 높은 수준을 보여주었지만,실제 시작품에 있어서는 그에 이르지 못했다는 것이 박용철에 대한 지금까지의 일반적인 평가이다. 비교적 널리 회자되는 그의 작품 「떠나가는배」 역시 전달하고자 하는 바가 명징하지 않다는 이유로 그리 높은 평가를 받지 못하고 있는 것이 저간의 실정이다. 하지만 실제로 이 작품이 갖는 시사적 의의는 그리 만만한 것이 아니다. 무엇보다도 「떠나가는 배」는이른바 그가 표방한 '덩어리'의 시론과 밀접하게 연관을 맺고 있다.

박용철의 시론이 영혼, 그의 표현대로라면 '덩어리'를 인식하게 되는것은 「떠나가는 배」를 쓰면서였다. 박용철이 그의 절친한 문학적 동지였던 김영랑에게 보낸 편지에는, 「떠나가는 배」에 대한 평을 구하면서,"그 전에는 기교만 있으면 거저 지을 셈 잡았단 말이야. 그것을 이제 와서야 속에 덩어리가 있어야 나오는 것을 깨달았으니 내 깜냥에 큰 발견이나 한 듯 가소(可笑)"라고 부기되어 있다. 여기서 말하는 '덩어리'는말할 것도 없이 심령(心靈) 혹은 영혼(靈魂)을 말하는 것이다. 요컨대 그에게 있어서 시란 "심령의 가장 깊은 곳에 뿌리박고 있는" 것이어야 하고, "쓰지 않으면 죽을 수밖에 없는, 쓰지 않고는 못 배길, 죽어도 못 배길 그런 내심(內心)의 요구"에 의해 씌어져야 하는 그런 것이었다.

이 시에서 우선 눈에 띄는 것이 일반화된 떄어쓰기를 무시하고 "나 두야"와 같이 의도적으로 음절 단위로 나누어 쓰고 있다는 점이다. 이러한양상은 마지막 연에서도 마찬가지로 반복되어 나타난다. 그리 파격적인 시어 구사라 할 것은 못 되지만, 아무튼 시작상의 의도적인 배려임에는 분명하다. 앞서 지적한 대로 그가 시에서 말하는 내용과 그것을 말하는 방식이 불가분의 긴장된 결합을 이루어야 한다는 생각을 가지고 있었다는 사실을 고려할 때 이는 더욱 분명해진다. 그렇다면 흔한 생각처럼 그 것이 '가겠다'라는 의미를 강조하기 위한 것일까? 1행만 놓고 본다면 일단 그렇다고 할 수도 있다. 하지만 같은 연의 4행이 지극히 피곤하고 우울한 어조로 축 늘어지고 있음은 어인 일인가? 또 2연이 떠남의 의지보다 망설임을 말하고 있음은 어인 일인가?

일단 이 시가 박용철이 동경에서 돌아온 후 실의에 빠져 고향에서 지내던 시절(1929년을 전후한 3～4년)의 작품이라는 사실을 상기할 만하다. 하지만 차라리 그것은, 박용철이 언명한 시적 변용의 바탕을 이루는 기본 철학을 염두에 둘 때, 시적 함의가 보다 분명해진다. 그가 유별나다고 말할 수 없는 변화를 통해 겨냥했던 것은 본질적으로 시란 변설(辨說) 이상의 것임을 분명하게 드러내는 것이었다. 그가 형상화하고자 한 바는 가슴의 가장 깊은 곳 즉 '위(胃)의 명치'로부터, 아니 심령(心靈)으로부터 스며나오는 고통의 분비물로서의 시혼(詩魂)이었던 것이다. 점차 늘어지는 호흡에 조응하면서 심령은 현현되는 것이며, 또 명징성을 잃어가면서 점차 흐려지는 심상의 흐름에 조응하면서 심령은 현현되는 것이다.

그렇다면 심령의 시적 현현을 가능케 한 근원은 무엇인가? 2연은 그 것에 대한 중요한 시사를 던지고 있다. "안개같이 물 어린 눈"이 그것인데, 이것은 그가 고평하는 정지용의 「유리창」과 대응된다는 사실을 주목할 필요가 있다. 말할 것도 없이 '흐려진 눈'은 시적 자아의 우울한 내면을 말하는 것이며, 우울한 내면은 곧 순수한 영혼을 말하는 것이다. "물 어린 눈"으로 인해 아니 우울한 내면으로 인해 "눈에 익은" 사람들이 풍경으로 피어나는 것이다. "주름살도 눈에 익은 아-사랑하는 사람들"이 아름다운 풍경으로 비로소 피어나는 것이다. 이러한 사정은 정지용의 「유리창」에서도 마찬가지이다. '입김에 흐려진 유리창'으로 인해 저 세상으로 떠나버린 아이의 영혼이 날아가버린 '한 마리 산새'로 피어나는 것이다.

아름다운 사람들의 눈에 익은 주름살로부터 비루함을 지우는 것은 다름아닌 의식을 흐리우고 몽롱함을 가져오는 안개와 같은 눈물인 것인데, 이처럼 때로 눈물은 그 순수성으로 인하여 하나의 풍경 아니 심화(心花)를 피워내는 것이다. 이처럼 때로 눈물은 마음의 꽃(心花)이 된다. 그러나 그 심화(心花)는 "모도 빼앗기는 듯 눈덮개 고이 나/리면 환한 윗몸은 새파란 불 붙어/있는 인광(燐光)"(박용철, 「싸늘한 이마」)처럼 어둠과 절망 그리고 공허와 같은 고통의 '덩어리'로부터 피어나는 희미한 빛과 같은 것이다.

하지만 박용철의 「떠나가는 배」는 영혼의 울림을 전하는 음악성이 결여되어 있다는 점에서 아쉬움을 남기는 작품이기도 하다. 수미쌍관의 내적 구조를 지니고 있음에도 불구하고 그것은 어디까지나 영혼의 울림을 건져올리는 서정시의 본질을 이루는 음악성과는 일정한 거리를 지니는 것이다. 그의 시가 서정시의 본령을 이루는 '심혼(心魂)'의 존재를 우리 시사에 내놓는 성과를 보여주었음에도 불구하고, 그가 음악에 생래적으로 둔감했던 것으로 알려져 있거니와, 어쩌면 그의 시의 음악성 결여는 그의 운명적인 한계이기도 하다.

박용철(1904~1938)
전남 광산에서 태어났다. 김영랑 정지용 등과 함께 『시문학』『문예월간』『문학』 등을 발간했다. 유고시집 『박용철 전집』(1940)이 있다. 프로 시를 비순수하고 생경하다고 비판하고, 예술의 순수성을 옹호하는 논문을 다수 발표하여, 소위 순수문학파를 리드했다. 그의 시론은 특히 하우스만의 신낭만주의 영향을 많이 받은 것으로 전해진다.

아직 촛불을 켤 때가 아닙니다

저 재를 넘어가는 저녁 해의 엷은 광선들이 섭섭해합니다
어머니 아직 촛불을 켜지 말으셔요
그리고 나의 작은 명상의 새 새끼들이
지금도 저 푸른 하늘에서 날고 있지 않습니까?
이윽고 하늘이 능금처럼 붉어질 때
그 새 새끼들은 어둠과 함께 돌아온다 합니다
언덕에서는 우리의 어린 양들이 낡은 녹색 침대에 누워서
남은 햇볕을 즐기느라고 돌아오지 않고
조용한 호수 위에는 이제야 저녁 안개가 자욱이 나려오기 시작하였습
니다
그러나 어머니 아직 촛불을 켤 때가 아닙니다.
늙은 산의 고요히 명상하는 얼굴이 멀어가지 않고
머언 숲에서는 밤이 끌고 오는 그 검은 치맛자락이
발길에 스치는 발자국 소리도 들려오지 않습니다
멀리 있는 기인 둑을 거쳐서 들려오는 물결 소리도 차츰차츰 멀어갑
니다
그것은 늦은 가을부터 우리 정원을 방문하는 까마귀들이
바람을 데리고 멀리 가버린 까닭이겠습니다
시방 어머니의 등에서는 어머니의 콧노래 섞인
자장가를 듣고 싶어하는 애기의 잠툿이 있습니다
어머니 아직 촛불을 켜지 말으셔요

이제야 저 숲 너머 하늘에 작은 별이 하나 나오지 않았습니까?

— 조선일보 1933년 11월 30일자

                                    *

　19행으로 이루어진 자유시이다. 어머니를 부르며 얘기를 건네는 대화
의 형식으로 이루어져 있지만 사실상 그 내용은 독백에 가깝다. 시적 화
자가 반복해서 어머니를 부르는 것은 목가적인 성격과 관련이 있는 듯
하다. 아름다운 자연의 풍경을 노래함으로써 형상화한 자연 친화적인
태도는 모성성에 대한 경사와 결부되어 있다. 이 시에서 자연은 인간(화
자)과 전혀 거리를 두지 않고 있다. 인간을 따뜻하게 품는 자연은 그 자
체로 모성을 함축하고 있기 때문이다.

　이 시는 단연으로 이루어져 있지만 전체적으로 보아 두 부분으로 나
널 수 있다. 해가 지는 어스름의 순간이 시간적 배경이자 제재인데, 크
게 보아 앞부분은 동적인 분위기를 지니는 반면, 뒷부분은 상대적으로
정적인 분위기를 띤다. 앞부분과 뒷부분의 이러한 대비는 시간의 경과
를 통해 이루어진다. 앞부분의 정경을 지배하는 것이 저물어가는 해의
잔광이라면, 뒷부분에서 그것은 저녁 안개이며 작은 별이다.

　1～8행까지의 전반부에서 화자는 저녁 해의 잔광이 여전히 머물러
있으니 촛불을 켜지 말아달라고 어머니에게 청한다. 저녁 햇살 속에는
아직도 새가 날고 있고 양들이 햇볕을 쬐고 있다. 새, 양이라는 작고 귀
여운 동물들을 등장시켜 따뜻하면서도 활기에 찬 정경을 묘사하고 있
다. 그리고, 9～19행까지의 후반부에서는, 저녁 안개가 호수에 내리기
시작한다고 서술하고 있다. 전반부가 저녁 햇살을 다루고 있다면 후반
부는 저녁 안개를 제시하고 있어 다소 정적이고 차분하며 고요한 분위
기를 만들고 있다. 저녁 안개를 배경으로 한 장면 속에서 산은 멀어지지
않고 숲 속의 소리가 들려오지 않으며 물결 소리가 멀어진다. 여기에서
서술어의 대부분이 부정형(否定形)으로 이루어져 있다는 점이 인상적이

다. 이는 고요, 부재의 분위기에 상응하는 형식적 장치라고 볼 수 있다. 작은 별이 하나 떠오르니 아직 촛불을 켜지 말아달라고 다시 한번 어머니에게 청함으로써 이 시를 마무리짓고 있다.

'아직 촛불을 켤 때가 아닙니다'라는 제목의 의미는, 이 시의 시간적 배경이자 제재가 해 저무는 무렵의 어스름한 박명(薄明)의 순간이라는 점을 이해해야 밝혀질 수 있다. 시적 화자는 이 어렴풋한 찰나의 순간을 최대한 지연시켜 느끼고 음미하고자 한다. 이것이 이 시의 주제이다. 화자는 시각, 청각, 촉각 등의 모든 감각기관을 동원하여 자연의 풍경 속에서 꿈을 꾸고자 하는 것이다. 이를 단적으로 드러내는 시어는 두 번 되풀이되는 "명상"이라는 단어이다. 이를 '몽상' 혹은 '꿈꾸기'라는 말로 바꿀 수도 있을 것이다.

이러한 어스름한 박명의 순간에 꿈꾸기를 가능하게 하는 것은 엷은 빛이다. 그것은 전반부에서는 "저녁 해의 엷은 광선"이며, 후반부에서는 자욱한 "저녁 안개"와 "작은 별"이다. 바슐라르가 말했듯이 인간은 너무 명증한 시선 속에서는 꿈을 잘 꾸지 못한다. 사물을 어슴푸레하게 만드는 잔광이나 안개, 작은 별빛이 있을 때, 즉 어렴풋이 볼 수 있을 때 비로소 인간은 꿈을 꿀 수 있게 된다. 명증한 시선 속에는 상상력이 자리할 여지가 없기 때문이다. 인간의 꿈을 가능하게 하는 어슴푸레한 빛은 물론 자연적인 것이다. 인위적인 것과 상상력은 잘 화해하지 않는다.

이러한 이유에서 화자는 청자인 어머니에게 아직 촛불을 켜지 말아달라고 청한다. 촛불을 켜 세상을 환하게 만들 때, 몽상의 영역은 끝날 수밖에 없다. 인위적인 밝음은 명상이나 몽상을 허락하지 않는 것이다. 그래서 화자는 자연의 아름다운 정경을 좀더 잘 상상적으로 체험하기 위해 촛불을 허락하지 않는다. 어슴푸레한 시야 속에서 화자는 새와 양,

그리고 산과 숲, 바람 등을 상상적으로 체험하는 것이며, 이 박명의 시간을 가능한 한 최대로 지연시키고 싶어하는 것이다.

신석정(1907~1974)
전북 부안에서 태어났다. 1924년 조선일보에 「기우는 해」를 발표하며 등단했으며 『시문학』 동인으로 활동했다. 시집 『촛불』(1939), 『슬픈 목가』(1947), 『망하』(1956), 『산의 서곡』(1967), 『대바람 소리』(1979) 등이 있다. 주로 전원적인 감상을 담은 목가적 서정시를 발표했다.

| 김광섭 |

마음

나의 마음은 고요한 물결
바람이 불어도 흔들리고
구름이 지나도 그림자 지는 곳

돌을 던지는 사람
고기를 낚는 사람
노래를 부르는 사람

이 물가 외로운 밤이면
별은 고요히 물위에 나리고
숲은 말없이 잠드나니

행여 백조가 오는 날
이 물가가 어지러울까
나는 밤마다 꿈을 덮노라

—『문장』5호(1939년 6월호)

*

 「성북동 비둘기」로 널리 알려진 김광섭은 1930년대 후반에 시작활동을 시작한 시인이다. 「성북동 비둘기」로 대표되는 후기시가 일상을 제재로 취하며 여유와 달관의 세계를 보여준다면, 초기시는 고독, 적막과 같은 다소 어두운 내면을 지적인 언어로 그린 것으로 평가된다. 이 작품을 통해서 시인은 "마음"은 "물"이라는 은유를 취함으로써 자신의 내면적 고독을 관조적으로 노래하고 있다.

 첫 연을 "나의 마음은 고요한 물결"이라는 비유로 열고 있다. 마음의 물결은 "고요"하여 그 '정적'이 물을 투명한 거울과 같은 것으로 만든다. 고요함 덕분에 마음의 물은 바람, 구름과 같은 자연현상의 움직임을 거울처럼 비추어내고 있다. "바람이 불어도 흔들리고 / 구름이 지나도 그림자 지는" 것이다. 이 자연물의 투영은 마음의 물이 지니는 '고요함'을 드러내는 것인 동시에, 그 고요함은 아직 외부 자극에 의해 쉽게 깨지는 것임을 또한 보여준다.

 물의 고요함을 훼손시키는 것으로 1연에서는 자연물이, 2연에서는 인간이 등장한다. "돌을 던지는 사람 / 고기를 낚는 사람 / 노래를 부르는 사람"에서 보듯, '-하는 사람'이라는 구절을 세 행에서 동일하게 되풀이하고 있을 뿐이어서 생략과 여운의 맛이 느껴진다. 그 여운 속에서 떠오르는 것은, 물의 초연함이다. 물가에 놀러 온 사람들이 파문과 소란을 일으키지만 물은 개의치 않는다. 그것은 2연에서는 물이 전혀 나타나지 않는다는 점에서 알 수 있다. 바람, 구름에 의한 것보다 더 큰 훼손을 인간에 의해 입지만, 물은 싫어지지도, 좋아하지도 않은 채 그저 그대로 있을 뿐이다. 이는 포용과 가까워 보이지만, 그것과도 다른 철저한 무심함을 보여주는 것 같다.

3연에서는 시간적 배경이 "밤"으로 설정되어 1, 2연과 다른 국면을 보인다. "외로운 밤"이 되어, 마음의 물은 자신을 어지럽히던 모든 것들이 사라진 '고독'의 시간을 맞는다. "말없이 잠"든 그 '침묵'의 지대 속에서 "별은 고요히 물위에 나리고" 있다. 별은 자연현상이라는 점에서는 1연의 바람, 구름과 일치하지만, "고요히" 움직인다는 점에서 차이가 있다. 그것은 '고요한' 동작을 통해 물의 '고요함'과 완전히 일치한다. 뿐만 아니라 마음의 물이 원래 지니고 있던 '고요함'은 별을 통해 보다 높은 빛의 차원으로 전환한다. 그것을 돕기 위해 물가를 둘러싼 숲은 '침묵' 속에서 수면을 취하고 있다.

3연까지가 외부정경 묘사에 치중되어 있다면, 마지막 연에 이르러 비로소 "나"라는 주어와 더불어 화자의 내면에 대한 진술이 나타난다. "나는 밤마다 꿈을 덮노라"라는 토로에서 꿈이 가리키는 것은 마음의 혼란을 초래하는 욕망, 열정인 것 같다. 그것을 화자는 절제하고 다스리기를 원한다. 그것은 "행여 백조가 오는 날 / 이 물가가 어지러울까" 경계하는 뜻에서이다. 여기서 화자가 기다리는 "백조"는 순백색의 고고한 이미지로 '적막'의 분위기와 잘 부합한다. 그런 점에서 "백조"는 마음의 바깥에 존재하는 외적 실체라기보다는 "별"과 더불어 화자가 지향하는 정신의 경지를 나타낸다. 그 백조가 찾아왔을 때 화자는 마음이 혼란에 빠지는 것을 막기 위해 어떤 열정이나 욕망도 품지 않기를 원하고 있는 것이다.

네 개의 연이 모두 3행으로 이루어져 있어서 단정한 형태를 취하고 있다. 낮/밤이라는 시간적 경과에 따라 1, 2연과 3, 4연으로 다시 나누어진다. 크게 보아 1, 2연은 낮의 혼란을 3, 4연은 밤의 평정을 다루고 있다. 우선, 마음-물의 고요함을 깨뜨리는 것은 바람 구름 인간과 같은 외적 대상이다.(1, 2연) 그러나 그것은 외부에 존재하는 대상에 불과하기 때문에 고독의 시간인 밤이 오면 자연히 사라지는 것이다.(3연) 마음의 물이 고요함을 유지하는 데 결정적인 장애는 바로 밤에 꾸는 꿈, 즉 내면의 욕망, 열정이다. 그것을 '덮어' 다스릴 수 있을 때에야 비로소 마음의 물가에 백조가 찾아들 것이다.(4연)

성북동 비둘기

성북동 산에 번지가 생기면서
본래 살던 성북동 비둘기만이 번지가 없어졌다.
새벽부터 돌 깨는 산울림에 떨다가
가슴에 금이 갔다.
그래서 성북동 비둘기는
하느님의 광장 같은 새파란 아침 하늘에
성북동 주민에게 축복의 메시지나 전하듯
성북동 하늘을 한 바퀴 휘 돈다.

성북동 메마른 골짜기에는
조용히 앉아 콩알 하나 찍어 먹을
널찍한 마당은커녕 가는 데마다
채석장 포성이 메아리쳐서
피난하듯 지붕에 올라앉아
아침 구공탄 굴뚝 연기에서 향수를 느끼다가
산 1번지 채석장에 도로 가서
금방 따낸 돌 온기에 입을 닦는다.

예전에는 사람을 성자(聖者)처럼 보고
사람 가까이서
사람과 같이 사랑하고

사람과 같이 평화를 즐기던
사랑과 평화의 새 비둘기는
이제 산도 잃고 사람도 잃고
사랑과 평화의 사상까지
낳지 못하는 쫓기는 새가 되었다.

—『월간문학』1968년 11월호

*

　「성북동 비둘기」는 김광섭 후기시의 대표작으로, 시인의 초기시 경향을 지배했던 지적, 관념적 성향으로부터의 탈피를 뚜렷이 보여주고 있다. 그 대신 인간에 대한 근원적 탐구, 즉 사랑과 화해의 세계로 이행했다는 평가를 받는다. 그 예로 이 작품에는 관념적인 난해한 시어가 나타나지 않는다.

　그러나 우리가 간과해서 안 될 사실은 시를 관념성 여부로 평가하는 것이 반드시 시를 보는 옳은 태도는 아니라는 점이다. 시가 관념을 표상하기 때문에 실패작이 되고, 거꾸로 관념을 탈피했기 때문에 성공작이 된다는 단순 논리는 시를 어떤 고정관념에서 바라보는 태도로부터 비롯된 발상이라 할 수 있다. 이것은 시를 어려운 시와 쉬운 시로 구별해서 평가하는 것만큼이나 위험한 논리이다. 이 작품을 평가할 때에 이러한 우려가 결코 기우에 그쳐서는 안 된다.

　이 시에서 "비둘기"가 상징하는 바에 대해서는 다음의 몇 가지 해석이 가능하다. 첫째, 성북동에서 살고 있는 사람들, 즉 서민들을 가리킨다는 해석이다. 이 견해에 의하면, 이 시는 '성북동 사람들의 이야기'를 소재로 삼은 것이며, "쫓기는 새"는 서민의 애환을 상징한다. 이는 주로 민중주의자들의 시각에 가까운 것으로, '민중과의 위화감'을 극복하고 '이웃과의 완전한 일체감'을 이루었다고도 논의된다. 둘째, 비둘기를 서민으로 보는 견해와는 달리 비둘기가 시인 자신의 표상이라는 견해가 있다. 비둘기를 시인 자신의 상징물로 대치시켰을 때 "가슴에 금이 갔다" "사랑과 평화의 사상까지 / 낳지 못하는 쫓기는 새가 되었다" 등의 시행에서 보듯 물질 문명에 대한 시인 자신의 소외감 내지 상실감을 읽어낼 수 있다.

이상의 두 견해가 지닌 타당성을 확인하기 위해서는 이 작품 한 편뿐만이 아니라 시인이 동시대에 쓴 작품 전체를 광범위하게 검토하는 작업이 필요하다. 이때 우리가 생각할 수 있는 것은 달관의 세계관이다. 시에 있어서 달관의 세계는 시작(詩作)과 시인의 삶이 일치하는 데서 이루어진다. 그것은 시인이 '죽음'을 경험하지 않고서는 불가능하다.(김광섭 시인은 이 시를 쓰기 직전에 고혈압으로 쓰러졌다가 일 주일 만에 의식을 회복했다.) 죽음을 극복한 자연과의 화합, 사랑을 통한 삶과 자연과의 화해, 이런 것들은 달관의 사상이 아니고서는 도달할 수 없는 하나의 아름다운 세계이다.

　일반적으로 달관의 세계관은 과거에 대한 추억과 동경에 바탕을 두고 있다. 과거에는 별로 가치를 부여할 수도 없고 또한 사랑이 될 수 없었던 일들조차 새삼 가치와 애정을 부여하기에 이르는 것은 그 때문이다. 달관의 인생관은 대상에 사랑과 가치를 부여하는 특성을 지니고 있으나 또한 반대로 대상 모두를 무화시켜 허무의 늪으로 빠지게 하는 일면도 지닌다. 그러나 그것은 긴장과 갈등 속에 나타나는 허무의 세계와는 다르다. 전자가 긍정적 특성을 지녔다면 후자는 부정적 특성을 지닌다. 김광섭의 시에서 '고향' '어린이' '우정' 등이 빈번하게 시의 소재로 등장하면서도 이것들이 허무의 세계로 내딛지 않는 것은 이 때문이다.

　결국, 성북동 비둘기는 더이상 성북동 사람들도, 시인 자신도 아니다. 그것은 상실한 사랑과 평화의 상징물일 뿐이다. 사랑이 전제되지 않고서는 어떤 대상과의 위화감도 해소시킬 수 없다. 그러나 사랑과 평화의 사상은 "가슴에 금이 갔"고 "쫓기는 새"가 되었기 때문에 시인에게 있어서 더욱더 "아침 구공탄 굴뚝 연기"에 향수를 느끼게 되는 것이며, "금방 따낸 돌의 온기"에 입을 닦을 정도로 갈망하기에 이른다. 「성북동 비둘기」는 시인의 달관의 세계관이 집약되어 있는 근원에의 향수를 그린 작품이다.

김광섭(1906~1977)
호는 이산(怡山). 함북 경성에서 태어났으며 일본 와세다대 영문과를 졸업했다. 『해외문학』 동인으로 외국문학 번역 및 소개와 신극운동에 참여하다가 시를 쓰기 시작했다. 시집 『동경』(1938), 『마음』(1949), 『해바라기』(1957), 『성북동 비둘기』(1969) 등이 있다. 서울시문화상(1957)을 수상했다. 초기에는 사변적이고 추상적인 절제된 시를 썼으나 뇌졸중으로 쓰러진 후에는 공동체의 일원으로서의 자아의 발견을 쉬운 단어를 사용해 표현하였다. 해방 후에 우파 문단에 적극 참여했고, 신문사 사장, 공보처장, 대통령 비서 등 사회활동을 활발하게 하는 한편 『자유문학』을 발행했다.

| 오장환 |

The Last Train

저무는 역두에서 너를 보냈다.
비애야!

개찰구에는
못 쓰는 차표와 함께 찍힌 청춘의 조각이 흩어져 있고
병든 역사가 화물차에 실리어간다.

대합실에 남은 사람은
아직도
누굴 기다려

나는 이곳에서 카인을 만나면
목놓아 울리라.

거북이여! 느릿느릿 추억을 싣고 가거라
슬픔으로 통하는 모든 노선이
너의 등에는 지도처럼 펼쳐 있다.

—『헌사』(1939년)

*

　오장환은 30년대 후반기에 활발히 활동했던 시인으로, 서정주가 주재했던 『시인부락』 동인이기도 했고, 모더니스트인 김기림에 의해 높은 평가를 받기도 했다. 그러나 그는 어느 특정한 유파에 속하지 않고, 개성적인 시세계를 펼쳐 보인다. 이 시는 잡지 『비판』(1938년 5월호)에 실렸다가 나중에 오장환의 두번째 시집 『헌사』에 수록된다. 매우 젊은 나이인 21세에 쓴 시이다. '마지막 열차'로 번역되는 제목이 영어로 씌어져 다소 치기가 느껴지기도 하지만, "당시 젊은이들의 절망적, 허무적 정서를 가장 잘 표현한 작품"(신경림, 『시인을 찾아서』, 우리교육, 1998)으로 평가받는다.

　우선 첫 연 첫 행 "저무는 역두에서"라는 구절에서 시·공간적 배경이 나타난다. 화자는 해가 저물어가는 황혼녘, 열차가 도착했다가 다시 떠나는 역에 있다. 거기에서 화자는 뭔가를 전송하고 있다. 그 전송의 대상은 비애(1연)이며, 청춘, 병든 역사(2연), 그리고 추억, 슬픔(5연)이다. 여기서 전송의 행위는 다시 만날 것을 기약하는 아쉬운 이별이라기보다는 결연한 단절, 영원한 결별에 가깝다. 그것은 "싣고 가거라"(5연)라는 명령형 어투나 "병든"이라는 부정적 시어에서 드러난다. 화자는 "병" "비애" "슬픔" 등 뭔가 부정적인 것을 보내고자 하는데 그것은 특정 대상, 실체라기보다는 지금까지의 시간 전체라고 할 수 있다. 즉, 그것은 병약함과 슬픔으로 가득 찬 지나온 시간, 과거인 것이다. "병든 역사"라는 시어에서 알 수 있듯, 이 과거에 대한 부정적 태도에는 부정적인 역사적 상황이 자리잡고 있다. 또한 "청춘"이라는 시어가 나타내듯이 "병든 역사"는 개인적 역사를 가리키기도 할 것이다. 과거와 결별하려는 화자의 태도에는 일제 치하라는 집단적, 민족적 상황과 병약하고 센

82

티멘털한 개인적 상황이 겹쳐 있는 듯하다.

역사, 추억, 청춘 등 지나온 과거 전체는 화자에게 부정적인 것으로 비쳐지고 있다. 그 과거를 싣고 멀어지는 것이 이 시의 제목이기도 한 '마지막 열차'이다. 황혼녘이라는 시간적 배경, 그리고 '마지막'이라는 형용사가 몰락, 붕괴에 대한 예감을 자아낸다. 이는 과거를 전면적으로 부정하는 태도를 강화하고 있다. 그런데, 몰락이나 결별, 파괴는 새로운 것의 도래, 만남, 창조를 포함하고 예비할 때 의미를 띤다. 아니, 전자가 만약 철저한 것이라면 자연스럽게 후자를 잉태하게 마련이다. 이 시 역시 지나온 과거에 대한 부정은 새로운 미래에 대한 기대와 맞물리고 있다. 화자로 추측되는 "대합실에 남은 사람은 / 아직도 / 누굴 기다"(3연)리는데, 기다림의 대상은 "카인"이다. 카인을 만나게 되는 때 "목놓아 울리라"라는 화자의 토로는 기다림의 열렬함, 절실함을 보여준다.

카인은 잘 알려져 있듯이 동생을 살해하고 신에게 반항하는, 성서 속의 인물이다. 이러한 악의 화신을 화자는 새로운 미래의 담지자로서 간절히 기다리고 있다. '악'은 전통적인 시각에서는 교화나 배제, 박멸의 대상일 뿐이지만, 현대철학에서는 기존 질서에 포섭되지 않는 도전적이고 창조적인 힘으로 이해되어 중요한 개념으로 취급된다. 이 시에서 "카인"으로 표상되는 악은 비애 슬픔 등으로 나타나는 나약함과 대비되는 위치에 있는 듯하다. 화자는 악을 미래에 도래해야 할 긍정적인 가치로 여긴다. 과거를 이루고 있는 나약함과는 달리, 악은 기존의 규범을 파괴하고 새로운 질서를 창조할 수 있을 만큼 강인한 것이기 때문이다. 그러나 이 시에서 카인을 기다리는 화자의 태도는 여전히 센티멘털한 감정에 머물러 있는 것 같다. 화자는 카인과의 만남에 대해 단지 대성통곡만을 준비할 뿐이다. 악의 표상인 카인을 새로운 미래를 개시할 존재로 여기는 것은, 과거로부터 단절하고자 하는 시인의 갈망이 얼마나 큰가를 나타낸다. 그리고 그 기다림의 자세가 여전히 감상적인 것은 비애에 차 있는 과거로부터 벗어나는 것이 얼마나 힘든 것인가를 말해주고 있다

고향 앞에서

흙이 풀리는 내음새
강바람은
산짐승의 우는 소릴 불러
다 녹지 않은 얼음장 울멍울멍 떠내려간다.

진종일
나룻가에 서성거리다
행인의 손을 쥐면 따뜻하리라.

고향 가까운 주막에 들러
누구와 함께 지난날의 꿈을 이야기하랴.
양구비 끓여다놓고
주인집 늙은이는 공연히 눈물지운다.

간간이 잔나비 우는 산기슭에는
아직도 무덤 속에 조상이 잠자고
설레는 바람이 가랑잎을 휩쓸어간다.

예제로 떠도는 장꾼들이여
상고(商賈)하며 오가는 길에
혹여나 보셨나이까.

전나무 우거진 마을
집집마다 누룩을 디디는 소리, 누룩이 뜨는 내음새……

—『나 사는 곳』(1947년)

*

　고향을 그리워하는 시적 화자가 고향 근처에서 배회하는 모습을 형상화한 작품이다. 1, 2연의 경우, 고향에 대한 그리움이 발생하게 된 화자의 정신적 상황이 묘사되어 있다. 봄이 와 얼었던 땅이 녹기 시작한다. 그런데, 얼었던 강물은 아직 채 녹지 않아 얼음장 갈라지는 소리를 내며 얼음조각들이 떠내려간다. 동결되었던 상태가 해동의 상태로 이행하는 과도기를 언 강물이라는 매개를 통해 포착하고 있다. 그 얼음 갈라지는 소리를 내는 강어귀의 나루터에서 방황하는 시적 화자는 행인의 손에서라도 따뜻함, 온정을 느끼고 싶어한다.

　그 다음 3, 4연에서는, 고향 쪽을 향해 있는 화자의 심리적 상태가 그려진다. 고향 근처의 주막에서 지난날에 대한 회상을 타인과 함께 나누고 싶어하지만 의문문을 통해 그럴 수 없음을 암시한다. 주막집 주인이 "공연히 눈물지운다"는 표현은, 중의적으로 읽힐 수 있다. 주막집 주인이 눈물을 짓는 것일 수도 있지만, 주막집 주인의 모습이 시적 화자로 하여금 공연히 눈물짓게 하는 것일 수도 있다. 어느 쪽을 강하게 보든 결국, 이 구절은 시적 화자와 주막집 주인과의 교감, 소통(간접적이나마)을 보여준다고 볼 수 있다. 원숭이 우는 소리를 듣고, 그 산기슭의 무덤 속에 묻혀 있을 조상을 생각해본다. 나뭇잎이 바람에 휩쓸려가는 풍경을 제시하여 무상함의 감각을 환기하고 있다. 5연에서는 고향을 그리워하나 거기에 도달할 수 없다는 역설적인 심리를 그리고 있다. 떠도는 장사꾼들에게 고향마을을 보았느냐고 물어본다. 고향에 대한 그리움을 암시적으로 표현하는 동시에 자신은 고향에 갈 수 없다는 슬픈 인식을 내비치고 있다. 장사꾼들을 통해서나마 고향 풍경을 간접적으로 접해보고 싶다는 심리를 드러낸다.

오장환은 1930년대 후반부터 문학활동을 시작한 시인으로 초기에는 모더니즘 시편을 썼다. 「고향 앞에서」는 원래 '향토망경시(鄕土望景詩)'라는 제목으로 1940년에 발표한 작품으로서 중기시에 속한다고 할 수 있다. 죽음에 대한 집착이나 악마의식을 드러낸 초기시와는 달리, 중기시에서는 서정성을 표출하고 있는데 이는 주로 고향에 대한 그리움으로 구체화된다. 그런데, 고향을 제재로 한 시편들은 중기에만 나타난 것이 아니라 초기에도 나타난다. 고향을 노래한 초기시에는, 자식을 걱정하는 어머니에 대한 애착, 돌아가신 아버지에 대한 회한, 도시의 타락한 현실 속에 살아가는 자신에 대한 자책 등의 내용이 담겨 있다.

그렇지만, 고향에 대한 형상화 방식에서는 초기와 중기에서 차이를 드러낸다. 초기시에서 고향에 대한 향수는 개인적인 방랑과 고립 속에서 나타난다. 향수를 지니는 화자의 위치는 고향에서 멀리 떨어져 있으며 정신적으로 고립된 상태인 것이다. 반면, 중기시에서 화자는 공간적으로 고향에 속해 있거나 적어도 고향 근처에 위치한다. 그리고 고립된 상태를 고수하는 것이 아니라 다른 사람과 향수를 나누기를, 즉 소통하기를 원한다는 데 큰 차이가 있다.

이 시의 시간적 배경은 1연에서 보듯이 봄이 오기 시작하는 순간으로, 얼었던 강물이 풀리기 시작하는 시점이다. 그래서 강물은 아직 완전히 풀리지 않고 얼음장이 소리를 내며 갈라지고 있다. 이를 단순한 배경이 아니라 시적 화자의 심리 상태를 나타내는 것으로 읽을 수도 있다. 화자, 혹은 시인은 악마의식에 탐닉했던 고립의 상태를 벗어나 인간적인 온정을 갈구하기 시작하는 것이다. 이러한 심리를 2연에서 엿볼 수 있다. 화자는 어디로 가야 할지 몰라 서성거리지만 지나가는 행인의 손이라도 잡아 따뜻한 온기를 느끼고 싶어하는 것이다.

타자와 소통하기를 원하는 이러한 심리는 3, 4연에서 구체화된다. 고향 근처의 주막에서 화자는 낯선 타자인 주인의 감정과 교류하고 있으며, 원숭이의 울음소리를 따라 조상의 존재감을 인식하기도 한다. 화자는 조상의 존재를 통해 집단적 정체성이 주는 안온함을 느끼고 싶어하는 듯하다. 선조와의 수직적 연대감을 통해 화자는 자신의 정체성을 찾고 싶어하는 것인지도 모른다. 2, 3연에서 낯선 사람(행인, 주막집 주인)과의 소통이 수평적 연대감을 뜻한다면, 4연에 나타난 조상의 존재에 대한 환기는 수직적 연대감의 표현이다.

그렇지만, 조상의 무덤가에 가랑잎이 휘날리고 있듯이 이 시는 전반적으로 무상함이나 쓸쓸함이 강조되고 있을 뿐, 화자는 아직 타자와의 연대에 적극적으로 투신하지는 못하고 있다. 이 시는 고향을 그리워하나 거기에 귀환할 수 없음을 암시하며 장사꾼들을 부르는 것으로 마무리되고 있는 것이다. 이 시에서 시적 화자는 타인과의 따뜻한 소통, 연대를 꿈꾸지만, 그것은 소망일 뿐 그 주변에서 서성거리고 방황할 뿐이다.

오장환(1918~?)
충북 보은에서 태어났으며 일본 명치대 문예과를 중퇴했다. 1933년 『조선문학』에 시 「목욕간」을 발표하며 등단했다. 『낭만』(1936), 『시인부락』(1936), 『자오선』(1937) 동인으로 활동했다. 해방 후 조선문학가동맹에 가담해 활동하다가 1946년 월북하였다. 시집 『성벽』(1937), 『헌사』(1939), 『병든 서울』(1946), 『나 사는 곳』(1947)과 번역시집 『예세닌 시집』(1946)이 있다. 1988년에는 『오장환 전집』이 간행되었다. 초기에는 모더니즘의 영향으로 문명 비판적인 시와 보들레르적인 위악적 태도의 시를 썼으나, 1940년을 전후해 서정적 사색을 기반으로 한 건강한 생명력을 추구했다.

목마와 숙녀

한잔의 술을 마시고
우리는 버지니아 울프의 생애와
목마를 타고 떠난 숙녀의 옷자락을 이야기한다
목마는 주인을 버리고 그저 방울 소리만 울리며
가을 속으로 떠났다. 술병에서 별이 떨어진다
상심한 별은 내 가슴에 가볍게 부서진다
그러한 잠시 내가 알던 소녀는
정원의 초목 옆에서 자라고
문학이 죽고 인생이 죽고
사랑의 진리마저 애증의 그림자를 버릴 때
목마를 탄 사랑의 사람은 보이지 않는다
세월은 가고 오는 것
한때는 고립을 피하여 시들어가고
이제 우리는 작별하여야 한다.
술병이 바람에 쓰러지는 소리를 들으며
늙은 여류작가의 눈을 바라다보아야 한다
……등대에……
불이 보이지 않아도
그저 간직한 페시미즘의 미래를 위하여
우리는 처량한 목마 소리를 기억하여야 한다
모든 것이 떠나든 죽든

그저 가슴에 남은 희미한 의식을 붙잡고
우리는 버지니아 울프의 서러운 이야기를 들어야 한다
두 개의 바위 틈을 지나 청춘을 찾은 뱀과 같이
눈을 뜨고 한잔의 술을 마셔야 한다
인생은 외롭지도 않고
그저 잡지의 표지처럼 통속하거늘
한탄할 그 무엇이 무서워서 우리는 떠나는 것일까
목마는 하늘에 있고
방울 소리는 귓전에 철렁거리는데
가을 바람 소리는
내 쓰러진 술병 속에서 목메어 우는데

—『시학』5호(1955년)

하나의 연이 32행으로 이루어진 자유시이다. "페시미즘"을 노래하고 있는 작품이지만, 각 문장이 거의 대부분 '-ㄴ다'나 '-해야 한다'라는 종결어미로 마무리되어 있어 감정의 절제가 이루어지고 있다. 이러한 절제를 통해 비관적 정서가 센티멘털리즘에 빠지지 않고 깊이 있는 울림을 획득하고 있다고 볼 수 있다.

1행에서 11행까지는 '-ㄴ다'라는 어미가 사용되었는데, 이 전반부는 '떠남'의 이미지로 채워져 있다. 목마, 숙녀로 성장한 소녀, 별과 같이 상징적인 구체적 대상이 떠나기도 하고, 문학 인생 사랑 등과 같은 관념적 대상 역시 소멸한다. 반면, 12행부터 24행까지는 '-해야 한다'는 어미가 쓰였으며 중반부는 '직시'의 이미지로 이루어져 있다고 볼 수 있다. 전반부에 제시된 '떠남'의 대상들을 "바라다보아야"하며 "기억하여야" 하고 "들어야" 한다. '-해야 한다'라는 시어가 지니는 당위의 뉘앙스는 떠남, 소멸의 상황에 눈 돌리지 않고 그것과 대면해야 한다는 '현실 직시'의 시적 전언과 맞물려 있는 것이다.

'떠남'과 그에 대한 냉철한 '직시'가 변증법적으로 통합되는 것이 25행부터 마지막까지의 후반부이다. 시인은 '떠남'과 '직시'를 종합하여 "인생은 외롭지도 않고 / 그저 잡지의 표지처럼 통속하거늘"이라는 구절을 이끌어낸다. '삶의 통속성'을 노래하는 이 결말은 허무주의적 냄새를 짙게 풍기고 있다. 요컨대, 이 작품은 크게 세 부분으로 나뉘어 정-반-합의 변증법적 구도를 이룬다고 볼 수 있다. 소중한 것들이 떠나고 소멸하는 상황을 냉정하게 직시하는 태도가 결국 허무주의로 귀결되고 있는 것이다.

11행까지의 전반부의 경우, 지배적인 모티프는 '떠남'이다. 소녀는 숙녀로 성장하여 떠났으며, 목마는 주인인 숙녀를 버리고 떠났다. 이런 정황에 의해 떠남의 행위는 이중화되고 있다. 목마와 숙녀의 떠남과 더불어 별이 부서진다. 이에 따라서 문학과 인생, 사랑마저 공허해진다. 전반부는 '소멸'의 이미지로 뒤덮여 있는 것이다. 떠남과 소멸을 드러내는 대상은 이렇게 여러 가지이지만, 그 중심에 놓여 있는 것은 역시 이 시의 제목이기도 한 "목마"와 "숙녀"이다. 여러 대상들의 떠남, 소멸, 해체를 야기한 원인이 바로 목마와 숙녀의 떠남이기 때문이다.

목마와 숙녀의 떠남은 다의적으로 해석될 수 있다. 그것은 시적 화자의 "내가 알던 소녀"와의 이별일 수도 있고, 이 시가 씌어진 전후(戰後)의 불안하고 절망적인 상황일 수도 있다. 이를 포괄적으로 말한다면, '긍정적인 가치의 부재'라고 말할 수 있을 것이다. 목마와 숙녀의 떠남은 "인생"마저도 사멸하게끔 만드는 치명적인 것이어서, 시적 화자는 "한잔의 술"을 손에서 놓을 수가 없다. 이런 점에서 이 시는 도처에서 비관적인 정서를 발산하고 있다.

그런데, 이러한 비관적 정서는 중반부에서 다른 정서로 반전되는 듯하다. 그것은 '직시'해야 한다는 태도이다. "눈을 뜨고" "기억하여야 한다" "바라다보아야 한다" 등의 구절은, 비관적 상황에 냉철하게 대응하려는 시적 화자의 의지를 나타내는 것 같다. 시적 화자가 기억하거나 듣고 보아야 한다고 말하는 중심적 대상은, 목마의 방울 소리이다. 이는 목마가 떠난 상황에 눈을 떠야 한다는, 즉 직면해야 한다는 전언으로 읽힐 수 있다. 주어진 상황을 냉정하게 바라보려는 태도는 그러나 "페시미즘의 미래"와 연결된다. 긍정적 가치가 소멸한 상황을 직시하는 태도는 염세주의로 연결이 되는 것이다.

그래서 후반부에서 시적 화자가 발견하는 통찰은 "인생은 외롭지도 않고 / 그저 잡지의 표지처럼 통속"적이라는 것이다. '삶은 통속적인 것이다'라는 시적 주장은 프랑스인들이 흔히 쓰는 '세라비(C' est la vie, 인생이 그런 거지)'라는 말을 연상케 한다. 체념과 냉소가 적당히 혼합된 듯한 이러한 태도는 허무주의적인 것이다. 이는 삶에는 원래부터 긍정적인 가치가 존재하지 않았고, 목마는 처음부터 없었다는 입장이다. 여기에서 중반부의 '직시'는 '냉소' 혹은 '체념'으로 이행하게 된다. 긍정적인 가치가 파괴된 상황을 반성한 결과, 긍정적인 가치는 원래부터 없었다는 성찰을 낳게 되는 것이다.

이러한 허무주의는 그 자체로서는 삶에 대한 긍정으로도, 극단적인 염세주의로도 나갈 수 있는 분기점이다. 긍정적 가치가 처음부터 없는 것이라 할 때, 새로운 가치를 창조할 수도 있는가 하면, 가치의 부재 상태를 위악적으로 수락할 수도 있다. 박인환의 다른 시편들을 볼 때, 그가 선택한 길은 후자인 듯하다. 특히 「불행한 신」과 「검은 신이여」를 볼 때 이를 알 수 있을 것이다.

세월이 가면

지금 그 사람의 이름은 잊었지만
그의 눈동자 입술은
내 가슴에 있어

바람이 불고
비가 올 때도
나는 저 유리창 밖
가로등 그늘의 밤을 잊지 못하지

사랑은 가고
과거는 남는 것
여름날의 호숫가
가을의 공원
그 벤치 위에
나뭇잎은 떨어지고
나뭇잎은 흙이 되고
나뭇잎에 덮여서
우리들 사랑이 사라진다 해도

지금 그 사람 이름은 잊었지만
그의 눈동자 입술은

내 가슴에 있어
내 서늘한 가슴에 있건만

(1956년)

「세월이 가면」은 박인환이 사망한 해(1956년)에 씌어진 거의 마지막 작품이며, 그의 이름을 대중적으로 널리 알린 작품 가운데 하나이다. 여기에 곡이 붙여져 유행가로 불리기도 했는데, 그에 걸맞게 이 시는 '통속시(通俗詩)'의 전형적 성격을 보여준다. 아마도 이 시는 이진섭의 아름다운 곡 때문에 더욱 유명해진 것 같다. 박인환의 일반적 시세계가 지니는 어두운 정서, 지적인 관념 등이 이 작품에서는 나타나지 않는다. "그의 대다수 작품들이 지니고 있는 결함들, 즉 관념적이고 추상적인 한자어를 남발하는 경향이나 이미저리의 통일을 기하지 못하는 약점 등이 보이지 않으며, 또 집요하게 그를 따라다녔던 죽음 허무 절망의 냄새도 이곳엔 없다"(이동하 편저, 『박인환 평전 ― 목마와 숙녀와 별과 사랑』, 문학세계사, 247쪽)는 지적도 있다.

첫 연에는 연인의 이름은 잊었으나, 그 눈동자와 입술은 잊지 않고 있다는 그 유명한 구절이 나온다. "지금 그 사람의 이름은 잊었지만 / 그의 눈동자 입술은 / 내 가슴에 있어". 망각한 대상과 망각하지 않은 대상이 병치되어 대조를 이루고 있다. 이름을 잊었다는 고백은 그 사랑이 절실하지 않았다는 산문적인 의미가 아니라, 제목이 보여주듯이 그만큼 오랜 세월이 흘렀음을 뜻한다. 그렇지만, 시간의 흐름 속에서도 잊혀지지 않고 남아 있는 것이 있다. 그것은 "눈동자 입술"로 시각, 촉각 등 감각과 맞닿아 있는 것이다. 반면, 망각 속으로 사라진 "이름"은 언어─이성과 연결된다.

2연에서는 1연의 2, 3행을 강조하듯, '잊지 못함'에 대해 노래한다. "저 유리창 밖 / 가로등 그늘의 밤"은 사랑의 순간에 관여했던 시·공간일 것이다. 그때 그곳에서는 또한 바람이 불고 비가 왔을 것이다. 오랜 세월이 지났으나, 바람과 비는 항상 그 사랑의 순간을 연상시키는 계기가 된다.

"사랑은 가고 / 과거는 남는 것"으로 시작되는 3연 역시 "과거는 남는 것", 즉 추억의 지속에 대해 말하고 있다. 사랑이 타올랐던 순간은 돌이킬 수 없이 지나갔으나, 추억을 반추함으로써 그 과거는 지금 여기 남아 있게 된다. 연인과의 추억이 담긴 호숫가, 공원에서 나뭇잎이 떨어지고 흙이 되어 사라진다 해도, 그리고 그 소멸의 시간 속에서 사랑 또한 사라진다 해도 그렇다. 시간의 파괴력을 나타내는 이 절(3~9행)의 조사가 '-라 해도'로 쓰여, 시간의 파괴력 속에서도 손상되지 않는 것이 있음을 강조하고 있다. 그렇지만, 그러한 단선적인 의미로 그치는 것은 아니고, 그 두 대립적인 항('사랑의 지나감'과 '추억의 지속') 사이의 긴장을 자아내고 있다. 1행과 2행("사랑은 가고 / 과거는 남는 것")의 연결이 역접('가지만')이 아니라 순접의 관계이기 때문이기도 하다.

마지막 연은 1연을 그대로 되풀이한 후 "내 서늘한 가슴에 있건만"이라는 행을 덧붙이고 있다. "서늘한"이라는 형용사가 새로 첨가된 것인데, 이 시어가 이 시 전체의 분위기를 절묘하게 결정짓는다. 그것은 사랑의 뜨거움과 망각의 차가움 사이의 중간지대를 나타낸다. 사랑은 지나갔으나 추억은 남아 있다고 토로해보지만, 그 반대로 추억은 남아 있으나 사랑은 이미 지나가버린 것이다. 그 사이에서 서성대는 쓸쓸함을 "서늘한"이라는 말이 표현하고 있다.

이 시는 전체적으로 보아 대비 구도를 이루고 있다. 세월의 흐름 속에서 사라지는 것과 사라지지 않는 것, 그리고 잊혀지는 것과 잊혀지지 않는 것이 대립적 관계를 맺고 있다. 시간 속에서 사랑은 마모되나 추억은 유지된다.(3연) 그에 대응하여 "이름"은 망각되나 "눈동자 입술"은 그렇지 않다.(1연, 4연) 이를 언어-이성 작용과 감각으로 대별해볼 때, 전자는 기억(기억력)과, 후자는 추억과 관련을 맺는다. 인간정신의 내밀한 영역에 가까이 닿아 있는 것은 후자이며, 그래서 그것은 "가슴"에 남아 있다. 기억력은 감퇴하나 추억은 마멸되지 않는다는 것에서 위안을 구할 수도 있다. 그렇다고 하더라도 추억은 추억일 뿐이다. "세월이 가면" 추억을 반추하는 것 이외의 가능성은 없다. 그래서 그 가슴은 "서늘"하다. 서늘한 감촉처럼, 이 시는 지나간 사랑에 대한 안타까움을 애절하지 않은, 가벼운 어조에 실어보내고 있다.

박인환(1926~1956)
강원도 인제에서 태어났으며 평양의전을 중퇴했다. 1947년 『신천지』에 「남풍」을 발표하며 등단했다. 1949년 합동시집 『새로운 도시와 시민들의 합창』을 상재했으며 1955년 『박인환 시선집』을 발간했다. 1956년 31세의 나이에 사망했다. 전후의 허무주의와 도시적 서정에 바탕을 둔 페이소스를 담은 시들을 써서 젊은 사람들을 매료시켰으며, 한국에서 통속시의 가능성을 성취한 대표적인 시인으로 평가받는다.

| 정한모 |

가을에

맑은 햇빛으로 반짝반짝 물들이며
가볍게 가을을 날고 있는
나뭇잎
그렇게 주고받는
우리들의 반짝이는 미소로도
이 커다란 세계를
넉넉히 떠받쳐나갈 수 있다는 것을
믿게 해주십시오

흔들리는 종소리의 동그라미 속에서
엄마의 치마 곁에 무릎을 꿇고
모아 쥔 아가의
작은 손아귀 안에
당신을 찾게 해주십시오

이렇게 살아가는
우리의 어제오늘이
마침내 전설 속에 묻혀버리는
해저 같은 그날은 있을 수 없습니다

달에는

은도끼로 찍어낼
계수나무가 박혀 있다는
할머니의 말씀이
영원히 아름다운 진리임을
오늘도 믿으며 살고 싶습니다

어렸을 적에
불같이 끓던 병석에서
한없이 밑으로만 떨어져가던
그토록 아득하던 추락과
그 속력으로
몇 번이고 까무러쳤던
그런 공포의 기억이 진리라는
이 무서운 진리로부터
우리들의 소중한 꿈을
꼭 안아 지키게 해주십시오

—『여백을 위한 서정』(1959년)

*

이 시는 아름다운 진리에 대한 소망과 생명에 대한 신뢰를 노래하고 있다. 각 연이 '-해주십시오'라는 기원형 어미, 혹은 '-싶습니다'와 같은 소망형 어미로 종결되어 있다. "당신"이라는 절대적 존재를 향해 희구하는 간절한 기원을 담고 있는 것이다.

가을날 맑은 햇빛으로 반짝반짝 물들며 가볍게 떨어지는 나뭇잎과 같이, 그리고 그렇게 반짝이는 순수한 미소와 같이 이 세계를 살아나갈 수 있음을 믿게 해달라는 기원이 1연에 나타난다. 그 이미지가 지니는 순수함, 투명함, 맑음의 이미지가 2연에서도 여전히 이어지고 있다. 종소리를 들으며 엄마의 치마 옆에서 무릎을 꿇고 있는 아가의 작은 손 안에서 "당신"을 찾게 해달라고 하고 있다. 3연에서는 이러한 마음가짐과 자세로 살아가는 현재의 나날들이 결국 아득한 전설 속에 묻혀버리는 날이 와서는 안 된다고 한다. "해저 같은 그날"은 바다 속 깊은 심연의 암흑이 그렇듯이 아득하고 혼미한 종말의 시대를 표상한다. 현재의 아름답고 순수한 상태가 지속되기를 바라는 희망을 표현한 연이다.

다음 연에는 "달에는/은도끼로 찍어낼/계수나무가 박혀 있다"는 동화적 상상이 영원히 아름다운 진리임을 믿고 싶다는 소망이 나타난다. 과학의 시대에 그러한 전설의 세계를 믿는 사람은 아무도 없는데, 그 전설이 진리인 것처럼 믿고 사는 순수함을 시인은 바라고 있다. 마지막 연은 공포로부터 벗어나기를 희망하는 부분이다. 어렸을 때 병석에서 겪었던 천길 깊이의 추락과 그로 인한 삶의 공포를 얘기하며 그것이 인생의 진리일 리 없음을 깨닫게 해주기를 기원하고 있다. 그 공포로부터 벗어나 참되고 따뜻하게 살 수 있도록 우리의 소중한 꿈을 지키게 해달라는 소망이다. 여기서 "추락"의 의미는 3연의 "해저" 이미지와 상통한다.

이 시의 화자는 "당신"이라는 절대자를 향해 간절히 기도하고 있다. 헤아릴 길 없는 허무의 깊이로 빠져들어가는 우리 인생을 보다 밝고 알차게 해주기를 기원하는 시인의 마음이 잘 드러나 있다. 우주의 합일에 의한 영원히 아름다운 진리를 간직하고자 함은 인간이 좀더 높은 차원에서 인간다울 수 있는 새로운 질서에 이른다는 것을 의미한다. 4연에서 현대의 물질문명과 그 메커니즘에 의한 인간 상실에 비애를 느끼고 원초적인 생의 순결함을 기원하고 있음을 알 수 있다.

그러나 5연에서와 같이 그런 소망과 믿음이 파괴될지도 모르는 불안감이 우리의 현실에는 존재한다. 그것은 어린 시절 병마에 시달리며 겪었던 아득한 추락에 대한 무서운 기억과도 같은 것이다. 그러나 성인인 시인이 정작 두려워하는 것은 그런 어린 시절의 공포가 현실적으로 나타나고 있다는 점이다. 바로 "무서운 진리"로 표현되고 있는 그것은 시인에게 전쟁이나 폭력 같은 것을 암시한다. 이러한 불안감으로 인해 절대자를 향해 올리는 간절한 기도는 아름다움과 진실됨을 향한 열망을 강하게 느끼게 해준다. 이는 휴머니즘 정신에 바탕을 두고 순수의 본질을 탐구하려는 시인의 태도에서 비롯된다.

이 점은 이 시인의 대표적인 작품인 「아가의 방」을 보면 짐작된다. 시인은 순수성과 밝음, 소망 등을 표상하는 "아가"의 이미지를 통하여 전쟁과 같은 현실의 어두움, 참혹함을 대립적으로 부각시키는 방식을 사용한 바 있다. 이 작품 역시 그러한 분위기를 띠고 있다.

어머니 6

어머니는
눈물로
진주를 만드신다

그 동그란 광택의 씨를
아들들의 가슴에
심어주신다

씨앗은
아들들의 가슴속에서
벅찬 자랑
젖어드는 그리움
때로는 저린 아픔으로 자라나
드디어 눈이 부신
진주가 된다
태양이 된다

검은 손이여
암흑이 광명을 몰아내듯이
눈부신 태양을
빛을 잃은 진주로

진주를 다시 쓰린 눈물로
눈물을 아예 맹물로 만들려는
검은 손이여 사라져라

어머니는
오늘도
어둠 속에서
조용히
눈물로
진주를 만드신다

—『새벽』(1975년)

이 시는 어머니의 사랑을 통해 시인의 휴머니즘적 정신을 보여주는 작품이다. 시인에게서 "어머니"는 "검은 손"이나 "암흑"과 같은 어둠의 이미지에 대립하는 밝음과 행복의 이미지("진주" "태양" "광명")를 표상한다. 불안하고 어두운 시대의 고난을 극복하게 하는 "어머니"의 이미지를 통해 휴머니즘적 시정신을 잘 구현해내고 있다. "어머니"와 같이 가장 보편적인 소재를 동원하여 아주 평이한 언어로써 참다운 인간적 가치를 추구하는 것이 이 시인의 특징이다. 시인은 그의 네번째 시집 『새벽』(1975)에 '어머니'라는 제목의 연작시를 수록하고 있는데, 이 시도 그중 하나이다.

또한, 이 시는 형식적인 면에서 5연에서 1연을 반복함으로서 수미쌍관의 형태를 취하고 있다. 그리고 1, 2, 3, 5연의 마지막 행이 '-ㄴ다'로 끝나는데, 이는 각운에 의해 리듬감을 살려냄으로써 이 시가 평이하게 서술되는 약점을 보완하는 효과를 낸다.

첫 연에서 어머니의 눈물은 "진주"라는 은유가 제시되고, 다음 연에서 그것이 아들들에게 전해짐이 나타난다. 어머니가 흘리는 눈물은 아들들의 마음에 새겨져 마침내 진주처럼 빛나는 가치 있는 삶이 되게 한다. 어머니는 고운 정성으로 닦인, 그래서 광택이 나는 동그란 눈물의 씨앗을 자식들의 가슴에 심어주시는 것이다. 3연에서 그 씨앗은 발아하여 진주가 되고, 태양이 된다. 눈물은 자식들의 가슴속에서 벅찬 자랑으로 차오르거나 모정에 대한 그리움으로 젖어들기도 하며, 때로는 어머니의 뜻을 거스르는 저린 아픔으로 자라나기도 한다. 그 같은 삶의 여러 도정 속에서 드디어 눈이 부신 진주와 같이 훌륭한 삶의 결실이 된다. 또 빛나는 태양처럼 영광된 삶이 된다. 4연은 "검은 손이여"라는 돈호법으로 시작되는 특이한 형태를 보여주며, 그에 부응하여 시상의 전환이 일어나고 있다. 훌륭하고 영광된 삶을 향한 인생의 과정에는 역경이 따르게 마련이다. 그것의 정체가 분명하게 제시되지는 않았지만, 악이나 불의의 화신인 "검은 손"일 것이며 이는 곧 참다운 삶의 가치나 인간성을 파괴하는 세력을 상징한다. 암흑이 광명을 몰아내듯이 "검은 손"은 눈부신 태양을 빛 잃은 진주로 만들어버려 자식들의 미래를 망치려 한다. 그러면 그 빛을 잃은 진주는 어머니에게 쓰린 눈물을 안겨준다. 심지어 "검은 손"은 그 사랑의 눈물마저도 아예 맹물로 만들려고 한다. 그래서 "검은 손"이 사라지기를 화자는 강력하게 희망하고 있다. 마지막 연에서는 첫 연의 내용이 다시 되풀이된다. 어머니는 오늘도 어둠, 즉 "검은 손"이 판을 치는 세상 속에서 조용히 눈물로 진주를 만드신다. 즉 자식들이 잘되길 진심으로 소망하며 자식들로 인해 흘리는 눈물조차도 그 자식들이 훌륭하게 장성할 수 있도록 하는 소중한 가치인 것이다.

자식들이 잘못 성장할 때 어머니는 종종 눈물을 흘린다. 그 눈물은 자식들의 마음에 전해져 자식들로 하여금 자신을 반성케 하고 가치 있는 삶을 살아가도록 만들어준다. 즉 그 눈물은 자식들의 가슴속에 자랑으로, 그리움으로, 아픔으로 자라나, 자식들이 고귀하고 영광된 삶을 영위하게끔 한다. 그러나 이 세상에는 그러한 어머니의 사랑을 쓸모 없는 것으로 만드는 악한 요소들이 늘 있게 마련이다. 자식들을 잘못된 곳으로 끌어가려 하는 현실의 부정적 요소가 "검은 손"이다. 시인은 "검은 손이여 사라져라"고 외침으로써 어머니의 사랑과 정성을 헛되이 하지 않으려는 강한 의지와 소망을 보여주고 있다.

정한모(1923~1991)
충남 부여에서 태어났으며 서울대 국문과와 동대학원을 졸업했다. 1945년 『백맥』에 「귀향시편」을 발표하며 등단했다. 시집 『카오스의 사족』(1958), 『여백을 위한 서정』(1959), 『아가의 방』(1970), 『새벽』(1975), 『아가의 방 별사』(1983), 『원점에 서서』(1989) 등이 있다. 한국시인협회상(1972), 서울시문화상(1984), 예술원상(1987), 대한민국문학상(1990) 등을 수상했다.

| 오세영 |

질그릇

질그릇 하나 부서지고 있다.
질그릇 밑바닥에 잠긴 바다가
조용히 부서지고 있다.
스스로 부서져 흙이 되는
저 흔들리는 바다.
질그릇에 담긴 생선의 뼈.
질그릇에 담긴 폭풍,
질그릇에 담긴 공간
그 공간 하나 스스로 부서지고 있다.

—『가장 어두운 날 저녁에』(1982년)

*

    이 시는 "그릇"이라는 구체적인 사물을 하나의 존재론적인 상징으로 보고 있다. 오세영 시인은 초기에는 모더니즘적인 기법으로 분열된 자아의 내면풍경을 보여주다가, 점차 삶의 존재론적 진실을 탐구하는 방향으로 나아갔다. 특히 「그릇」 연작을 통해 서정과 이념의 조화로운 결합을 추구하면서 "그릇"이라는 독특한 개인적인 상징을 만들어냈다. 시인은 이 "그릇"을 다른 시에서 "욕망을 다스리는 영혼의 / 형식이여, 그릇이여"(「그릇 6」)라고 노래한 바 있다. 그릇은 나날의 일상 속에서 우리 욕망을 위해 식탁 위에 놓이고, 우리 육체를 위해 음식을 담아낸다. 그릇은 물처럼 무정형적인 물질에도 하나의 형태를 준다. 그러므로 그릇은 하나의 질서이자 동시에 속박이다. 시인의 형이상학적인 테마가 출발하는 지점이 바로 여기이다. 이 평범하기 짝이 없는 구체적인 사물에서 시인은 존재라는 무거운 테마를 발견하는 것이다. 그것은 그릇이 갖고 있는 야릇한 공간 때문이다. 그릇은 모든 것을 담고 있으면서 동시에 비어 있다. 또한 그것은 모든 것을 지탱하고 감싸고 있으면서도 부서질 수 있다. 흙으로 빚어졌지만 부서지면 다시 흙이 되는 나약하기 짝이 없는 존재인 것이다. 이러한 그릇의 속성을 다른 시에서는 "흙이 되기 위하여 / 흙으로 빚어진 그릇"이라고 말하며 "생애의 영광을 잔치하는 / 순간에 / 바싹 / 깨지는 그릇, / 人間은 한 번 / 죽는다"라고 인간의 필멸의 운명과 비교한다.(「모순의 흙」) 그릇이 형태를 잃고 깨어짐으로써 본래 모습인 흙으로 돌아간다는 것은, 흙에서 태어나 흙으로 돌아가는 인간의 그것과 흡사한 존재의 모순이다.

    이 시에서 그릇은 인간의 존재에 대한 비유에 그치지 않고 더 폭넓은 상상력으로써 빚어지고 있다. 역시 이 시에서도 그릇은 '깨짐, 부서짐'

의 존재로서 또다른 역설적 의미를 생성해낸다. 이 역설적 상상력은 다양한 물질적인 원소들의 결합에 의해서 확장된다. '질그릇-바다-흙-생선 뼈-폭풍-공간'은 얼핏 보기에는 의미 맥락을 가늠하기 어려울 정도로 이미지의 연결이 비약적이다. 그러나 이 이미지들 사이의 비약은 사물들을 이루는 원소들의 역동적인 운동으로 추적할 수 있다. 기본적인 원소는 바슐라르가 4원소라고 부른 '물, 불, 흙, 공기'이다. 질그릇은 구워질 때 불의 힘을 받아, 물과 흙이 함께 이루어진 것이다. 그릇이 부서질 때의 충격도 하나의 불이라고 본다면, 그릇을 생성시킨 불은 다시 그릇을 파괴시켜 본래의 흙으로 돌아가게 한다. 이때 그릇에 담겨 있던 밑바닥의 물, 즉 그릇의 형태 안에 갇혀 있던 물질의 속성이 깨어난다. 그 물질의 유동적인 움직임을 바다라고 부를 수 있을 것이다. 질그릇이 부서지면 그 바다도 부서지고 깨어나 흔들린다. 그런데 시인은 놀랍게도 "스스로 부서져 흙이 되는/저 흔들리는 바다"라고 말한다. 질그릇이 깨어져 흙이 되는 과정에서 형태에 속박되어 있던 본질의 물질적인 움직임도 흙이 되는 것이다.

이제 이 혼돈 속에서 모든 물질은 섞이고, 질그릇의 형태 안에 있던 것들도 튀어나온다. 생선의 뼈와 같은 고체, 그것은 아직 죽음의 흔적을 가지고 있다. 폭풍, 그것은 혼돈스런 뒤섞임이고 고체의 형태마저 증발한 격렬한 대기의 요동이다. 이어 그 대기의 파동과 함께 연상되는 공간, 그것은 모든 존재와 혼돈까지 모여드는 곳이다. 시인의 상상력은 질그릇의 부서짐 속에서 하나의 우주와 같은 공간의 부서짐까지 통찰하는 것이다.

생성과 소멸, 질서와 혼돈의 변증법이 이 물질들의 순환 속에서 일어난다. 이 안에는 순간과 영원의 모순된 관계도 함께 내포되어 있다. 그릇이 질서이고 순간이라면, 그릇이 깨어지는 것은 혼돈이지만 그것은 또다른 생성과 소멸을 준비하며, 흙이라는 영원성과 결합되어 있다. 이 시에서 그릇의 구체성과 흙의 영원성, 그 모순의 생성과 존재는 상상력의 힘에 의해 역설적인 진리로 나타난다.

원시(遠視)

멀리 있는 것은
아름답다.
무지개나 별이나 벼랑에 피는 꽃이나
멀리 있는 것은
손에 닿을 수 없는 까닭에
아름답다.
사랑하는 사람아,
이별을 서러워하지 마라.
내 나이의 이별이란
헤어지는 일이 아니라 단지
멀어지는 일일 뿐이다.
네가 보낸 마지막 편지를 읽기 위해선
이제
돋보기가 필요한 나이,
늙는다는 것은
사랑하는 사람을 멀리 보낸다는
것이다.
머얼리서 바라다볼 줄을
안다는 것이다.

　　　　　　　—『꽃들은 별을 우러르며 산다』(1992년)

*

이 시는 '멀리 봄(遠視)'이라는 행위를 통해 인식론과 존재론에 대한 사유를 비유적으로 형상화하고 있다. 멀리 보는 행위는 대상과 주체 사이에 관조할 수 있는 적절한 거리를 두는 것이다. 관조하는 주체는 대상을 침범하거나 훼손할 수 없으며, 완전히 소유할 수도 없다. 그러한 거리 속에서 대상은 대상 자체의 빛을 발하고, 그 자체의 본질 속에서 존재할 수 있는 것이다.

구성적인 측면에서 볼 때 이 시는 크게 세 부분으로 나누어 이해할 수 있다. 1행에서 6행까지는 사물을 보는 행위에 대하여, 7행부터 11행까지는 사랑하는 사람과의 이별에 대하여, 12행부터 마지막 19행까지는 이별의 승화에 대하여 말하고 있다. 각각의 부분은 모두 보는 행위로 의미가 이어지고 있다. 바라본다는 것은 대상이 멀리 떨어져 있기 때문이다.

첫번째 부분에서 멀리 있는 대상은 무지개나 별, 벼랑의 꽃과 같은 사물이다. 두번째 부분에서 그 대상은 이별한 연인이다. 세번째 부분에서 연인으로부터 온 마지막 편지를 읽는 화자는 이별을 받아들이고 승화시키고 있다. 이것은 '멀리 바라본다'는 행위의 의미를 깨닫는 내면적인 성숙으로부터 가능한 것이다. 어떻게 이러한 과정에 이르게 되는가.

이 시의 초두를 열고 있는 "멀리 있는 것은/아름답다"는 명제에는 미적 판단이 포함되어 있다. 여기에서 대상과 주체 사이의 거리는 미적인 관조를 위한 거리가 된다. 이 거리 속에서 "멀리 있는 것은/손에 닿을 수 없는 까닭에/아름답다". 미지의 것으로 남아 있는 대상은 그 본질의 불꽃 속에 타오르기 때문에 아름답게 보인다. 주체 또한 그 불빛을 받아 한없는 낭만적인 동경의 심리상태에 놓이게 되는 것이다.

이 첫번째 부분의 대상들이 물리적으로 다가갈 수 없는 것이라면, 두 번째 부분에서 이야기하고 있는 대상인 연인은 공간적, 시간적으로 떨어져 있다. 공간적으로는 두 사람이 헤어져 있는 거리 때문이고, 시간적으로는 시적 화자가 이제는 돋보기가 필요한 나이이기 때문이다. 노년으로 접어드는 나이의 사랑은 젊은 날의 열정적인 사랑의 허무함을 안다. 그렇기 때문에 연인으로부터 온 마지막 편지를 읽는 그리움 속에서도 연인에 대한 사랑은 더욱 그윽할 수 있다.

편지 읽기도 바라봄의 한 방식이다. 이별의 헤어짐은 사랑하는 사람을 더 멀리 바라볼 수 있게 한다. 이러한 바라봄 속에서 연인은 무지개처럼, 별처럼, 벼랑의 꽃처럼 닿을 수 없는 안타까움을 주는 더욱 아름다운 존재가 되어 빛난다. 이별을 헤어짐이나 상실로 받아들이는 것이 아니라, 이별을 통해 사랑하는 이에 대한 더 커다란 동경을 간직하고 바라본다는 역설이 성립하는 것이다.

이 바라봄의 미학으로부터 존재론적인 성숙에 이르는 길이 나타난다. 대상으로부터 떨어져 있음, 홀로 있음은 미적인 관조를 가능하게 하면서, 동시에 실존적인 탐구를 열어주기 때문이다. 고독은 세계에 내던져진 인간실존의 조건이다. 늙음이나 이별은 그러한 고독을 더욱 깊게 하는 상처가 될 수 있다. 그러나 이 시에는 연인과의 이별에 대한 안타까움이 있지만, 그것을 서러워하지는 않는다. 이별이 헤어짐이 아니라 멀리서 바라보는 일이라는 것을 깨닫기 때문이다. 이별은, 타인을 소유하는 사랑이 아닌 그 자체로 받아들이는 더 큰 사랑을 위한 것이 된다. 이러한 역설적인 깨달음을 통해서 내면적인 성숙에 도달하는 것이다.

결국 이 시에 나타나는 미적인 거리두기는 사물의 본질을 보는 방식

이자 인간의 존재 조건을 깨닫는 일이며, 사랑을 완성하는 방법을 배우
는 길이라고 할 수 있다.

오세영(1942~)
전남 영광에서 태어났으며 서울대 국문과와 동대학원을 졸업했다. 1960년 『현대문학』에 「잠 깨
는 추상」 등이 추천되어 등단했다. 『현대시』 동인으로 활동했다. 시집 『반란하는 빛』(1970), 『가
장 어두운 날 저녁에』(1982), 『무명연시』(1986), 『불타는 물』(1988), 『사랑의 저쪽』(1990) 등
이 있다. 한국시인협회상(1983), 녹원문학상(1984), 소월시문학상(1987), 편운문학상(1992),
정지용문학상(1992) 등을 수상했다.

여승

어느 해 봄날이던가, 밖에서는
살구꽃 그림자에 뿌여니 흙바람이 끼고
나는 하루 종일 방 안에 누워서 고뿔을 앓았다.
문을 열면 도진다 하여 손가락에 침을 발라가며
장지문에 구멍을 뚫어
토방 아래 고깔 쓴 여승이 서서 염불 외는 것을 내다보았다.
그 고랑이 깊은 음색과 설움에 진 눈동자 창백한 얼굴
나는 처음 황홀했던 마음을 무어라 표현할 순 없지만
우리집 처마 끝에 걸린 그 수그린 낮달의 포름한 향내를
아직도 잊을 수가 없다.
나는 너무 애지고 막막하여져서 사립을 벗어나
먼발치로 바리때를 든 여승의 뒤를 따라 돌며
동구 밖까지 나섰다.
여승은 네거리 큰 갈림길에 이르러서야 처음으로 뒤돌아보고
우는 듯 웃는 듯 얼굴상을 지었다.
(도련님, 소승에겐 너무 과분한 적선입니다. 이젠 바람이 찹사온데 그
만 들어가보셔얍지요.)
나는 무엇을 잘못하여 들킨 사람처럼 마주 서서 합장을 하고
오던 길로 뒤돌아 뛰어오며 열에 흐들히 젖은 얼굴에
마구 흙바람이 일고 있음을 알았다.
그 뒤로 나는 여승이 우리들 손이 닿지 못하는 먼 절간 속에

산다는 것을 알았으며 이따금 꿈속에선
지금도 머룻빛 이슬을 털며 산길을 내려오는
여승을 만나곤 한다.
나는 아직도 이 세상 모든 사물 앞에서 내 가슴이 그때처럼
순수하고 깨끗한 사랑으로 넘쳐흐르기를 기도하며
시를 쓴다.

—『꿈 꾸는 섬』(1982년)

*

이 작품은 마치 소설의 한 토막을 엿보는 듯한 느낌을 주는데, 이 시가 시간적 질서에 따라 씌어진 '이야기시' 형태를 취하고 있기 때문이다. 또한 이 시에 사용된 언어는 우리가 일상생활에서 사용하는 것들이다. 그리하여 이 시를 감상하는 데 그다지 어려움이 느껴지지 않는다. 그럼에도 불구하고 이 시가 단순한 산문의 한 토막을 넘어선 듯한 긴장감을 준다면 그 이유는 무엇일까.

그것은 시인의 독특한 시어 구사에 있다고 할 것이다. "살구꽃 그림자에 뿌여니 흙바람이 끼고" "수그린 낮달의 포름한 향내" "애지고 막막하여져서" "열에 흐들히 젖은" 같은 시구를 보자. 이들 구절에는 남도 방언이 하나씩 들어 있다. "뿌여니" "포름한" "애지고" "흐들히"가 그것인데, "뿌여니"는 '뽀얗다' 라는 우리에게 익숙한 단어를 그냥 남도식으로 표현한 것에 불과한 것이지만, "포름한" "애지고" "흐들히" 같은 단어들은 그 지방 독자가 아니면 그 어감을 충분히 느낄 수 없다.

일상생활에서는 표준어를 사용하는 것이 원칙이지만, 이처럼 시에서는 관습화되고 규격화된 표준어보다는 자연스러운 생동감을 가지고 있는 방언이 더 효과적이다. 시에는 일상생활에서 배제된 것들이 보존되어 있고, 일상의 논리성 뒤에 감춰진 삶의 고통과 경이가 살아 있다. 그것이 시의 존재이유이자 구성논리이다.

송수권의 시들은 이처럼 남도 특유의 단아하고 어감이 풍부한 시어들을 사용하고 있다. 시를 이해하는 데 있어서 방언은 장애요소가 되기도 하지만, 그만큼 살아 있는 질감 그 자체와 마주칠 수 있기도 하다. 방언에는 표준화되어가는 삶으로부터 소외된 것들이 자리잡고 있어, 그것들은 자연스럽게 사라져간 것에 대한 그리움과 한의 정서와 연결되기 쉬운 법이다. 송수권의 시들은 특히 근대화 과정에서 잃어버린 것들을 한 서린 언어로 포착하는 데 훌륭한 성과를 보여주고 있다. 그리고 그의 시에는 우리 전래의 민간설화가 풍부하게 보존되어 있다. 이 시에서 뒤쫓아온 화자에게 여승이 하는 말은 신분 차이를 넘어서지 못하는 남녀에 관한 전통적 연애담에서 흔히 볼 수 있는 대목이다.

이야기시란 제한된 시공간 속에서 펼쳐지는 사건을 진술하는 시를 일컫는다. 그러나 그때 시 속에서 진술되는 사건이 펼쳐지는 시공간은 대체로 극히 제한되어 있다. 「여승」은 감기를 앓는 화자의 어느 봄날 한순간의 신비스러운 경험을 담담한 어조로 진술하고 있다. 시인은 시의 초두에서 화자의 정황을 간략히 묘사한 후, 곧바로 시적 화자의 체험에 대해서 진술하고 있다. 그 체험은 여승을 훔쳐본 어느 하루의 짧은 시간과 집에서 동네 어귀라는 제한된 공간에서 이루어진 것이다.

화자가 체험한 시간적 질서는 다음과 같다. 장지문 틈으로 훔쳐본 여승의 인상이 뇌리에 깊이 박힌 시적 화자는 그 여승을 따라 문을 박차고 나서게 되고, 계속 쫓아오는 화자를 향해서 여승은 묘한 인상을 지어 보인다. 그리고 화자는 여승에게서 받은 인상처럼 시를 쓰겠노라 다짐한다. 이 정도가 사건의 뼈대다. 이처럼 한 편의 시를 요약해놓고 나면 너무나 진부한 내용이 된다. 이것이 이야기시의 가능성이 될 수도 있고, 한계가 될 수도 있다. 훌륭한 이야기시는 산문적 진술의 진부함을 뛰어넘는 시적 긴장을 유지하는 시이다. 뒤쫓던 여승이 돌연히 돌아설 때의 화자의 심정을 "열에 흐들히 젖은 얼굴"이라고 진술할 때 이 시의 긴장감은 절정에 다다른다.

「여승」은 일상에서 체험할 법한 간단한 사건을 그냥 보아넘기지 않고, 그것을 훌륭히 재구성하고 있다. 특히 여승을 신비에 감싸인 존재로 그려낸 점이 그렇다. "어느 해 봄날이던가"라는 시간 지정은 마치 이 시

속의 사건이 실제로 있었던 일인 것처럼 보이게 한다. 그리하여 나중에 등장하게 되는 신비한 여승의 존재에 더욱 현실감을 부여해준다. 그러나 이것이 시인의 실제적 경험의 반영인가 아닌가는 문학의 관점에서는 그리 중요하지 않다. 그리고 "살구꽃 그림자"와 "흙바람", 화자의 "고뿔"을 제시함으로써 앞으로 뭔가 심상치 않은 일이 있을 것임을 암시하고 있다. 그리고 여승과의 만남이 훔쳐보기라는 관음증의 시선하에서 이루어짐으로써, 은밀한 매력이 배가된다. 훔쳐보기란 일 대 일의 정면대결이 아니라 보는 나 자신의 존재를 은폐함으로써만 가능한 것이다. 따라서 시적 화자의 훔쳐보기를 지켜보는 입장에 설 때 우리는 쉽사리 화자와 동일한 위치에 감정 이입하게 마련이다.

화자가 훔쳐본 여승의 모습은 처연하다. 목소리에는 삶의 간난신고를 겪은 깊이가 느껴지고, 눈동자에는 "설움"이 깔려 있고, 얼굴은 창백하다. 그 모습에서 화자는 표현하기 힘든 감정에 사로잡힌다. 그러나 그것은 미인에게서 느낄 수 있는 감정은 아닌 듯하다. 여승에게서 받은 미묘한 격정을 이기지 못하여 화자는 그 여승을 좇게 되지만, 여승의 뒤돌아봄으로 인해 화자의 발걸음은 멈칫한다. 시의 화자에게 여승은 마치 이루어질 수 없는 사랑에 좌절한 여인이 남자에게 하듯이 얘기한다. 이 여승은 말 못 할 사연을 가슴에 품고 있는 여인의 표상이다.

이와 같은 여승의 모습은 이미 일제시대 백석이나 조지훈의 시에서 묘사된 바 있는데, 특히 백석의 시에 등장하는 여승의 표상이 송수권의 「여승」과 밀접한 관련성을 가지고 있다. 백석의 시에도 '여승'이라는 똑같은 제목을 가진 작품이 있는데 거기에서도 시적 화자가 포착하는 여승은 송수권의 여승처럼 말 못 할 사연을 품은 존재로 묘사된다. "여승은 합장하고 절을 했다 / 가지취의 내음새가 났다 / 쓸쓸한 낯이 옛날같이 늙었다 / 나는 불경처럼 서러워졌다". 이것은 백석 시 「여승」의 1연이

120

다. 여기서 시적 화자의 시선에 포착된 여승은 애처로운 모습을 하고 있
다. 그리고 이 여승은 우리 민족의 정서라고 익히 지적되어온 한을 품은
여인의 형상이다. 백석이 시 속의 여승을 일제시대 생존권을 빼앗긴 민
중의 한으로 형상화한 반면, 송수권은 시 외부현실과의 직접적인 관련
성을 상정하지 않았다는 데 차이가 있다. 이와 같은 차이는, 백석이 뿌
리뽑힌 존재의 시선으로 여승을 바라본 반면 송수권은 좀더 탐미적인
시선으로 대상을 바라보고 있다는 점에 기인한다. 이 외에도 송수권은
여러 시들에서 백석 시의 흔적을 보여주고 있음을 알 수 있다.

　이 시에서처럼 송수권의 초기시들은 우리 전래의 설화를 차용하거나
이야기시의 전통에 뿌리를 두고 있다. 물론 시에는 그 나름의 새로움이
필수적이지만, 그에 못지않게 전통에 대한 의식도 중요하다. 만약 자신
의 뿌리를 형성해줄 전통에 대한 의식이 결여된다면 시의 발전은 순탄
하지 못할 것이다. 시인 송수권은 이런 측면에서 볼 때 그 뿌리가 매우
튼튼한 경우라고 하겠다. 그는 뿌리 없는 새로움의 지향이 가져다줄 수
있는 위험에서 벗어나, 우리 시의 전통에 끊임없이 착목하여 거기서 현
대적 변용을 꾀하고 있는 것으로 보이며, 그의 시는 근대화되어가는 우
리 사회가 쉽게 폐기처분한 것들을 보존하고 있는 창고이다.

송수권(1940~　)
전남 고흥에서 태어났으며 서라벌예대 문예창작과를 졸업했다. 1975년 「산문에 기대어」 외 4편
으로 『문학사상』 신인상을 수상하며 등단했다. 시집 『산문에 기대어』(1980), 『꿈꾸는 섬』(1982),
『아도』(1984), 『파천무』(2001)와 시선집 『지리산 뻐꾹새』(1991), 『들꽃세상』(1999), 『초록의
감옥(육필시선)』(1999), 『여승』(2002) 등이 있다. 소월시문학상(1988), 김달진문학상(1996),
정지용문학상(1999) 등을 수상했다.

| 조창환 |

피보다 붉은 오후

푸른 잔디 가운데로 투명한 햇살이 폭포처럼
쏟아진다
피보다 붉은 모란 꽃잎이
툭
떨어진다
아그배나무 가득 희고 작은 꽃이
바글바글
피어 있다
첫 키스를 기다리는 숫처녀처럼
숲을 설레게 하는 두려움이
파도처럼
술렁인다
이 하늘 아래 빈 발자국 몇 개 남겨놓은 일이
너무 눈부셔
어깨에 묻은, 달빛 같은 바람을
쓸어안는다

—『피보다 붉은 오후』(2001년)

'피보다 붉은 오후'라는 강렬한 제목을 갖고 있는 이 시는, 오후의 어느 한순간을 포착하고 있으며 공간적 배경은 숲으로 설정되어 있어 자연이 지니는 신비감을 묘사하고 있다. 짧은 행갈이가 빈번하게 나타나 여백의 미를 풍기고 있는데, 그것은 오후의 한순간이 지니는 고요하고 적막한 분위기와 잘 호응한다. 그러한 적막과 그 이면에 존재하는 강렬함 사이의 긴장이 이 시의 묘미를 이룬다.

푸른 잔디가 펼쳐져 있고 모란꽃, 아그배나무가 있다. 이 공간이 단지 정원이나 공원이 아니라 숲이라는 것이 알려짐으로써(10행), 인적 없는 고요, 자연의 자족성이 부각되고 있다. 그러한 정적감은 역설적으로, "폭포처럼 / 쏟아"지는 햇살, "툭" 소리내어 떨어지는 모란꽃, "바글바글" 피어 있는 아그배나무 등 강한 움직임을 함축하는 구절들에서 드러난다. 이 사물들, 자연적 존재들은 역동적 묘사를 통해 자신의 존재감을 최대한 드러낸다. 달리 말하면 시인은 매우 예민한 감각으로 이 자연물들의 내밀한 움직임을 감지하고 있다. 이는 인간의 소음이 차단된 상태, 숲의 공간에서 비로소 가능해진다. 인간이 개입하지 않은 정적, 적막 속에서 자연의 사물들은 자신의 존재를 최대한 드러내고 있는 것이다.

이러한 내밀한, 그러나 강렬한 움직임을 거느리고 있는 숲은 어떤 두려움을 지니고 있다. 그것은 어찌나 강한지 "파도처럼 / 술렁인다". 그러나 이 두려움은 단순한 공포가 아니라 오히려 예감이나 기대, 설렘에 가깝다. 숲은 "첫 키스를 기다리는 숫처녀"와도 같이 어떤 절정에의 순간을 기다리고 있다. 모란꽃잎의 떨어짐에서 그 절정의 순간이 지났음을 연상할 수도 있겠지만, 이 시에서 그것은 단지 절정의 징후, 예감만을 보여주고 있다. 인간세계와 단절된 숲을 설정함으로써, 숲이라는 공간의 내밀한 깊이와 아울러, 절정의 순간은 유예되고 미지의, 미완의 순간으로 남아 있다. 이를 통해 충만한 자연의 세계가 지니는 신비로움이 더욱 배가되고 있다.

마지막 네 행에서 유일하게, 그리고 언뜻 인간의 목소리가 어렴풋이 개입하고 있다. 이 시에서 시인은 숨어 있다가 마지막 부분에서 잠깐 자신의 목소리를 드러낸다. "이 하늘 아래 빈 발자국 몇 개 남겨놓은 일 / 너무 눈부"시다는 것이다. 시인은 자연의 아름다운 자족성을, 절정에의 도달을 방해할까봐 조심스럽다. 그 조심스러움이 발자국의 비어 있음으로 표현된다. 화자는 자신의 존재를 최대한 숨기고 공백으로 남고 싶어한다. 하지만 그것마저도 화자는 겸손함을 취한다. 자연에 대한 '눈부심' 즉 커다란 경외감이 화자를 감싸고 있기 때문이다.

이 경외감을 통해 화자는 이미 자연 바깥에 소외되어 있지 않고, 자연 안으로 들어와 그와 동화된다. 바람은 화자를 스쳐 지나가는 것이 아니라 그 "어깨에 묻"어 있다. 그리고 화자는 그 바람을 "쓸어안는다". 바람에 대한 포용, 혹은 바람과의 동화로 인해 시인은 자연이 곧 도달할 절정의 순간을 방해하지 않고도 방문자로 남을 수 있게 된다. 화자는 이제 자연의 흐름을 훼방하는 인간이 아니라 바람과도 같이 자연의 움직임에 부드럽게 조응하는 존재가 된다.

풀잎

풀잎 속을 가만히 들여다보면
향기가 드나드는 작은 숨구멍들이 보인다

숨구멍들은 늘 열려 있기도 하고
늘 닫혀 있기도 한 회전문이다

회전문으로
깃털처럼 부드러운 바람이 드나들어
바람이 흘리고 간 얼룩이 남아 있다

가을 잠자리 파르르 떨고 있는
풀잎 속을 가만히 들여다보면
토마토 국물 같은 눈물 자국이
떨고 있는 것도 보인다

—『피보다 붉은 오후』(2001년)

*

    풀잎을 제재로 택해 미세한 영역을 발견하는 미소(微小)함의 시학을 성취하고 있는 시이다. 식물의 호흡작용을 관찰하여 공기(향기, 바람)가 드나드는 현상을 포착함으로써 존재의 소통이라는 철학적 주제를 다루고 있다. "회전문"이라는 비유를 통해 동화적 상상력을 보여주고 있기도 하다. 아주 작은 세계에서 우주를 발견하는 신비로움도 맛볼 수 있게 한다.

    미세한 세계와 마주하기 위해 시인은 우선 "가만히 들여다" 본다. 소우주의 경이로움을 만나기 위해 시인은 자신의 숨조차 죽이고 대상을 "가만히" 응시한다. 그때서야 비로소 풀잎이 지니는 "작은 숨구멍들이 보인다". 그것을 보는 주체로서 시인이 존재한다기보다 대상 자체가 스스로 떠올라 보여지는 것이다. 선입견을 배제한 채 순수한 시선으로 관찰하면 비밀스럽게 감추어져 있던 우주적 현상들이 서서히 나타난다. 존재의 경이로운 영역을 발견하게 되는 것이다.

    "숨구멍"은 향기와 바람이 출입하는 곳, 즉 풀잎이 그것들과 만나서 소통하는 곳이다. 시인은 이 호흡기관을 "회전문"이라 부른다. 회전문의 비유를 통해 풀의 호흡작용은 경쾌하고 발랄한 것이 된다. 그것은 구르는 동작의 이미지를 지니고 있어 풀잎의 호흡은 율동감을 지닌 하나의 즐거운 유희가 된다. 또한 그것이 연상하게 하는 동그란 원의 이미지는 그 호흡에 부드럽고 탄력성을 지니면서도 완결된 인상을 부여한다.

    특히 이 회전문의 비유는 외계와 소통하는 어떤 독특한 방식을 담고 있다. 회전문의 고유한 특성은 바로 "늘 열려 있기도 하고 / 늘 닫혀 있기도" 하다는 데 있다. 언제나 열려 있는 동시에 닫혀 있다는 이 모순은, 열려 있음과 닫혀 있음이 구분되지 않고 또한 미리 고정되어 있지도 않다는 것을 뜻한다. 회전문의 경우는 보통 문과 달리 어떤 상태에서도 열려 있다거나 닫혀 있다고 규정 지을 수 없다. 열림과 닫힘은 드나드는 사람이 문을 밀며 가는 동작을 통해서만 순간순간 발생할 뿐이다. 그러므로 어떤 점에서 드나드는 존재는 보통 문에서보다 회전문에서 더욱 많은 에너지를 쓰고 더욱 풍부한 감각을 느낀다. 문은 결코 그냥 열려 있는 적이 없으므로, 그는 문을 스스로 밀고 걸어가야 하며 문을 미는 데서 미세한 저항감, 마찰마저 느낄 수 있다.

회전문의 비유는, 풀잎이 공기와 소통하고 교감하는 방식이 이렇게 보다 풍부하고 복잡하게 이루어진다는 것을 암시한다. 이 회전문 숨구멍을 통해 출입하는 공기는 부드럽게, 그러나 보다 치열하게 풀잎과 만나는 것이다. 그 치열성을 시인은 3, 4연에서 노래하고 있다. 숨구멍에는 "바람이 흘리고 간 얼룩"이 남아 있으며, "토마토 국물 같은 눈물 자국"이 보이기도 한다. 전반부에서 보인 경쾌함에 비하면 이 후반부에서의 "얼룩"이나 "눈물"이 함축하는 다소 어두운 분위기는 낯설게 느껴지기도 한다. 독자는 이 낯섦에서, 소통의 즐거움, 경쾌함은 이면에 치열함과 그로 인한 고통을 지니고 있다는 시인의 통찰을 이해하게 될 것이다.

조창환(1945~)
서울에서 태어났으며 서울대 국문과와 동대학원을 졸업했다. 1973년 『현대시학』 추천으로 등단했다. 시집 『빈집을 지키며』(1980), 『라자로 마을의 새벽』(1984), 『그때도 그랬을 거다』(1992), 『파랑 눈썹』(1993), 『피보다 붉은 오후』(2001) 등이 있다. 제17회 한국시인협회상(1985)을 수상했다.

3 새로운 감수성의 언어

카페 · 프란스

옮겨다 심은 종려나무 밑에
비뚜루 선 장명등,
카페 · 프란스에 가자.

이놈은 루바슈카
또 한 놈은 보헤미안 넥타이
버쩍 마른 놈이 앞장을 섰다.

밤비는 뱀 눈처럼 가는데
페이브먼트에 흐느적거리는 불빛
카페 · 프란스에 가자.

이놈의 머리는 비뚜른 능금
또 한 놈의 심장은 벌레 먹은 장미
제비처럼 젖은 놈이 뛰어간다.

"오오 패롯(鸚鵡) 서방! 굿 이브닝!"

"굿 이브닝!"(이 친구 어떠하시오?)

울금향(鬱金香) 아가씨는 이 밤에도

경사(更紗) 커 – 튼 밑에서 조시는구료!

나는 자작의 아들도 아무것도 아니란다.
남달리 손이 희어서 슬프구나!

나는 나라도 집도 없단다.
대리석 테이블에 닿는 내 뺨이 슬프구나!

오오, 이국종(異國種) 강아지야
내 발을 빨아다오.
내 발을 빨아다오.

―『학조』 1926년 6월호

'프란스' (요새는 아마도 '프랑스'로 읽힐 듯한)라는 이름의 카페를 제목과 배경으로 한 작품이다. 인간을 사물로 형상화(가령, "이놈의 머리는 비뚜른 능금")하고, 동식물을 의인화의 수법으로 묘사하여 독특한 표현 방식을 보여주고 있다. 앞의 일곱 연이 감정을 배제한 상태에서의 감각적 묘사를 주로 보여주는 반면, 뒤의 세 연은 탄식을 주조로 하고 있어 감정을 노출하고 있다. 이러한 부조화는 처녀작이 지닐 법한 습작기의 미숙함을 드러내고 있는 듯하다. "루바슈카" 등등의 외래어를 많이 사용한 것은, 서구적·이국적 분위기를 조성하는 다소 치기 어린 방식이며, 이는 당시의 모더니즘 시인들이 공유한 폐습이기도 하다.

전반부 중에서 우선 1~4연에서는 카페 프란스 바깥의 정경이 묘사된다. 화자는 카페 프란스의 외부장식과 그리로 통하는 거리 정경을 묘사하면서 카페 프란스에 가자고 청한다. 카페 프란스에 동행하는 친구들의 모습을 간결하게 소묘하는 방식, 비 오는 거리에 대한 묘사가 아주 인상적이다. 이는 대상을 감각기관에 호소하는 방식으로 묘사하는 이미지즘 기법의 대표적인 예이다. 그 다음, 5~7연에서는 카페 프란스에 와서 카페에 놓인 대상들을 그리고 있다. 5, 6연의 대화는 상대방의 말을 따라하는 앵무새의 특징을 포착하고 있으며, 7연에서는 튤립을 의인화시켜 묘사한다.

후반부인 8~10연에서는 분위기가 반전되어 시적 화자가 자신의 심정을 토로하고 있다. 룸펜과도 같이 무위도식하는 자신의 생활에 대한 자책(8연), 나라 잃은 설움(9연)을 다소 상투적인 방식으로 드러내고 있다. 이국종 강아지에게 발을 빨아달라고 청하는 마지막 연은, 역사주의적 시각에서는 일제에 대한 경멸감을 드러내는 것으로 해석되기도 한다.

이국종 강아지를 이국(異國)인 일본 제국주의와 등치시킨 것이다. 하지만 그러한 해석은 시 전체의 어조와는 좀 어긋나는 감이 있다. 그보다는 오히려 이국적인 것에 대한 경사(외래어 남용에서 명백히 나타나는)를 통해 자신의 불안정한 처지를 위로받으려는 심리의 소산으로 읽을 수 있다.

정지용은 우리말의 묘미를 누구보다도 감각적으로 살려 형상화한 시인으로 평가받는다. 정지용의 시세계는 크게 이미지즘 시, 종교시, 산수시라는 세 단계로 나뉜다. 특히 1920년대 중반에 발생한 이미지즘 시의 개척에서 정지용은 중요한 위치를 차지한다. 1920년대 초반에는 한편에서는 감정을 분출하는 낭만주의 시 경향이, 다른 한편에서는 내용을 위주로 하는 카프 계열의 시가 주류를 이루었다. 이미지즘 시는 이러한 두 경향에 모두 반대하여 감정을 절제하고 시어를 감각적으로 사용할 것을 주장하면서 등장한다.

「카페·프란스」는 이미지즘 시의 대표작으로 알려져 있다. 하지만 이 시는 정지용이 지면에 발표한 첫 작품으로서, 높은 완성도를 보여주고 있다고 하기는 어렵다. 다만 이미지즘 경향의 시를 우리 시단에서 처음으로 썼다는 점에서 시사적 의의를 지니는 작품이다. 이런 점에서 독자는 어느 정도의 치기와 얕은 재치를 발견하게 된다.

이 시에서 감각적인 형상화가 돋보이는 부분은 바로 3연이다. "밤비는 뱀 눈처럼 가는데 / 페이브먼트에 흐느끼는 불빛"이라는 구절에 나타난 묘사 방식은 60년이 지난 지금 읽어도 감탄을 자아낼 만하다. 어두운 밤에 부슬부슬 비가 내리는 배경 속에서, 비에 젖은 포장도로(아스팔트쯤으로 생각하면 되겠다)에 비치는 불빛을 포착함으로써 비 오는 밤의 정경을 감각적으로 그리는 데 성공하고 있다.

우선, 밤비를 뱀 눈에 비유함으로써, 서늘하고 약간 촉촉하며 비릿한

134

후각을 환기시킨다. 또한 시각적인 측면에서 뱀 눈의 가는 모양을 떠올리게 하여 밤비가 보슬보슬 내리고 있음을 그리고 있다. 그 다음에, 포장도로에 비친 불빛을 흐느적거리는 것으로 묘사한다. 비가 지금 내리고 있는 중이기 때문에, 바닥에 비친 불빛은 움직이는 비로 인해 끊임없이 조금씩 흔들리게 된다. 정적인 장면에 이렇게 움직임을 부여함으로써 비 오는 밤거리의 정경은 생동감을 부여받게 되는 것이다.

향수(鄕愁)

넓은 벌 동쪽 끝으로
옛이야기 지줄대는 실개천이 휘돌아 나가고,
얼룩배기 황소가
해설피 금빛 게으른 울음을 우는 곳,

─그곳이 차마 꿈엔들 잊힐리야.

질화로에 재가 식어지면
비인 밭에 밤바람 소리 말을 달리고,
엷은 졸음에 겨운 늙으신 아버지가
짚베개를 돋아 고이시는 곳,

─그곳이 차마 꿈엔들 잊힐리야.

흙에서 자란 내 마음
파아란 하늘빛이 그리워
함부로 쏜 화살을 찾으려
풀섶 이슬에 함추름 휘적시던 곳,

─그곳이 차마 꿈엔들 잊힐리야.

전설 바다에 춤추는 밤 물결 같은
검은 귀밑머리 날리는 어린 누이와
아무렇지도 않고 예쁠 것도 없는
사철 발 벗은 아내가
따가운 햇살을 등에 지고 이삭 줍던 곳,

― 그곳이 차마 꿈엔들 잊힐리야.

하늘에는 성근 별
알 수도 없는 모래성으로 발을 옮기고,
서리 까마귀 우지짖고 지나가는 초라한 지붕,
흐릿한 불빛에 돌아앉아 도란도란거리는 곳,

― 그곳이 차마 꿈엔들 잊힐리야.

―『조선지광』 1927년 3월호

10연으로 이루어진 자유시이다. 차례로 두 연이 하나의 파트를 이루는, 그래서 크게 다섯 파트로 다시 나뉠 수 있는 구성을 취한 점이 독특하다. 2연을 비롯한 짝수의 연은 "—그곳이 차마 꿈엔들 잊힐리야"라는 동일한 시구로만 이루어져 노래의 후렴구와 같은 느낌을 준다. 제목 그대로 고향에 대한 그리움을 노래한 작품인데, 어떤 시적 사유를 찾아내기는 어려우며, 고향마을의 정경을 아름다운 언어로 형상화한 점이 돋보인다. 화자의 시선이 고향집의 외부와 내부를 번갈아가며 묘사하고 있는데, 첫째 셋째 넷째 파트는 외부를, 둘째 다섯째 파트는 내부를 대상으로 하고 있다.

첫째 파트인 1, 2연의 경우, 넓게 펼쳐진 벌판을 먼 배경으로 하여 작은 개천과 황소를 묘사하고 있다. 실개천이 흐르는 소리를 "옛이야기 지줄"댄다고 하여 의인법을 사용하고 있으며, "휘돌아 나"간다는 표현에서는 역동성을 잘 살리고 있다. 이는 먼 거리에서 피사체를 잡음으로써 가능한 표현이다. 황소가 "해설피 금빛 게으른 울음을" 운다는 표현은 탁월한 감각적 형상화를 보여준다. 청각적 이미지(울음)를 시각적으로(금빛) 형상화하여, 햇살을 받으며 한가로이 풀을 뜯는 소의 모습을 개성적으로 포착하였다.

둘째 파트인 3, 4연에서는 시·공간적 배경이 옮아가, 어느 겨울 밤 노친이 주무시는 방의 분위기를 그리고 있다. 밖에서 들리는 바람 소리를 "밤바람 소리 말을 달리고"라고 표현하여, 소리를 눈에 보일 듯이 시각적으로 형상화하고 있으며 역동성 또한 잘 느껴진다. "엷은 졸음에 겨운 늙으신 아버지가 / 짚베개를 돋아 고이시는 곳"에서는 연민의 정이 보일 듯 말 듯하다.

그 다음 셋째 파트 5, 6연은 유년기 화자의 모습을 생생하게 그리고 있는 대목이다. 여기에서 보이는 것은 유년기 화자가 지녔던 꿈과 아름다운 현실이다. 유년기에는 꿈뿐만 아니라 현실 또한 아름답다는 것을 보여준다. 꿈("하늘"로 표상되는)을 겨냥해 쏜 화살은 그냥 떨어질 뿐이며 몸을 굽혀 화살을 애써 찾아야 하지만 땅에서 화살을 찾는 것 또한 아이에게는 기쁜 일이다. 화살을 찾으며 풀숲 이슬에 "함추름" 몸을 적실 수 있기 때문이다.

넷째 파트인 7, 8연에서 회상되는 화자는 특이하게도 더이상 어린아이가 아니다. "아내"가 등장하기 때문이다. 대개 그리움의 대상인 고향은 유년시절의 추억과 중첩되어 나타나게 마련인데, 이 시는 그러한 경향을 벗어나고 있다. 어린 누이와 아내가 따가운 햇살 속에서 이삭을 줍고 있는 풍경이다. 누이의 머리를 "전설 바다에 춤추는 밤 물결 같"다고 비유하여, 발랄함과 신비감을 부여하고 있다. 아내를 "아무렇지도 않고 예쁠 것도 없는 사철 발 벗은" 모습으로 표현했지만, 이러한 형상이 오히려 원시적인 건강성을 느끼게 한다.

마지막 9, 10연에서는 다시 시간적 배경이 겨울 밤으로 옮아간다. 공간의 측면에서, 화자의 시선은 집 밖에서 집 안으로 들어간다. 하늘에서 별은 미지의 장소로 이동하는 중이며, 그 아래쪽 집 안에서 가족들은 "도란도란" 대화를 나누고 있다. 별의 이동은 미지의 것을 갈망하는 유년기 화자의 심리를 드러내는 듯하며, 하늘과 집 안을 대비시킴으로써 고향집이 지니는 초라하지만 안온한 분위기를 부각시키는 효과를 낳는 것 같다.

고향에 대한 그리움은 어떤 점에서는 인간 본원의 감정이어서 문학의 영원한 테마 중의 하나라고 할 수 있지만, 1930년대 시에서 특히 자주 등장하는 제재이기도 하다. 이는 일제 치하에서 발생한 이농현상이나,

근대문명의 도입으로 인한 도시의 형성과 관련이 있을 것이다. 정지용의 「향수」에서 특징적인 점은, 그리움의 정서가 전혀 애조를 띠지 않으며 이를 완벽할 정도로 감각적인 언어로 형상화한다는 데에 있다. 시적인 통찰을 찾아보기 힘듦에도 불구하고, 아름다운 우리말을 구사하여 고향의 정경을 다채롭고 생생한 여러 장의 그림으로 그렸다는 데 이 작품의 의의가 있을 것이다. 특히 "해설피" "함추름"과 같은 고유어를 개성적으로 구사한 점이 인상적이다. 또한, 시·공간을 자유롭게 넘나들며 다양한 구도에서 여러 장의 풍경화를 그렸다는 점도 탄복할 만하다.

유리창 1

유리에 차고 슬픈 것이 어른거린다.
열없이 붙어서서 입김을 흐리우니
길들은 양 언 날개를 파닥거린다.
지우고 보고 지우고 보아도
새까만 밤이 밀려나가고 밀려와 부딪치고,
물먹은 별이, 반짝, 보석처럼 박힌다.
밤에 홀로 유리를 닦는 것은
외로운 황홀한 심사이어니,
고운 폐혈관이 찢어진 채로
아아, 늬는 산새처럼 날아갔구나!

—『조선지광』1930년 1월호

*

　유리창을 매개로 하여 상실된 존재를 그리워하는 내용을 담은 시이다. 유리창은 그 투명성으로 인해 안과 밖을 소통시키기도 하지만, 동시에 질료적인 단단함 때문에 안과 밖을 차단시킨다. 이런 점에서 유리창은 양가성을 뚜렷하게 담지하는 이미지를 지닌다고 할 수 있다. 이 작품은 유리창의 이러한 속성에 착안하여 상실감과 황홀함의 양가적 심리(8행의 "외로운 황홀한 심사")를 드러내고 있다. 이 시는 하나의 연으로 이루어져 있지만, 내용상 세 부분으로 나눌 수 있다.

　첫 부분인 1~3행에서 시적 화자는 유리창에서 "차고 슬픈" 어떤 존재를 발견한다. 다시 말하면, 화자는 유리창에 뿌옇게 서리는 김을 보고 무언가를 떠올리고 있는 것이다. 유리창에 서린 뿌연 형상은 "차고 슬픈 것"이며 "언 날개를 파닥거"리는 애처로운 존재이다. 차고 얼어 있다는 점에서 독자는 시신의 차가움, 죽음을 연상할 수 있다. 화자는 뿌연 형상에서 사망한 누군가를 슬프게 그리워하고 있는 것이다. 그 형상은 차갑게 얼어 있는 것이지만, "파닥거"린다는 동적인 표현을 통해 죽음과 부활의 순환을 암시하고 있기도 하다.

　그 다음 4~6행에서 화자는 슬픔을 잊으려 유리창에 서린 형상을 지우지만, 김은 다시 서려 슬픈 형상을 다시 보여준다. 그 너머에서 화자는 어둠이 끝없이 밀려드는 것을 본다. 그런데 끝없는 어둠을 응시하다 보면, 그 속에서 반짝이는 별을 발견하게 된다. 유리창 너머의 한없는 어둠은 화자의 내면에 지닌 어둠과 상응할 것이다. 화자의 내면적 고통이 어둠을 불러들이는 것이다. 화자가 고통에 침잠하는 끝에서 별이 솟아오른다. 별은 우선 어둠의 승화를 나타내는 것이겠지만, 여기에서 중요한 것은 어둠과 밝음, 밤과 별이라는 양면이 화자의 내면에 존재한다는 점인 것 같다. 화자는 사랑하는 대상을 잃었다는 상실감으로 고통받지만, 동시에 사랑하는 대상이 화자의 마음속에, 혹은 상상 속에 여전히 존재한다는 사실로 인해 기쁨을 느끼는 것이다. 이러한 이중적인 심리가 어둠과 별이라는 모순된 이미지로 표상된다.

마지막 7~10행에서 화자는 유리를 닦는 것이 외롭고도 황홀하다고 말한다. 유리에 서린 형상에서 너의 부재를 확인하게 되는 것은 외롭고 괴로운 일이지만, 뿌연 형상에서나마 너의 존재를 환기할 수 있다는 사실은 황홀한 일이다. 외로움과 황홀함이라는 이러한 모순된 감정은 어둠과 별이 드러내는 이중적 이미지의 연장선상에 있다. 여기서 화자는 유리에 비친 형상에 "너"라는 이인칭을 부여하며 너의 떠나감을 탄식하고 있다. 화자에게 있어 너는 "폐혈관이 찢어진 채" "산새처럼 날아"간 존재이다. 여기서 독자는 화자가 그리워하는 존재가 폐병으로 죽었음을 짐작할 수 있다.(전기적 사실에 의하면, 이 존재는 정지용 시인 자신의 어린 아들이라고 한다.) 너를 "산새"에 비유한 점은 의미심장하다. 산새는 인간의 품을 떠나 자유롭게 날아가지만 길들임(3행)의 여부에 따라 인간을 다시 찾아오기도 하는 존재이다. 화자는 너를 산새로 표상함으로써 떠남에 대한 회한을 드러냄과 동시에 회귀, 재생에 대한 소망을 표현하는 것이다.

이 작품은 어린 아들을 잃고 지은 것으로 알려진 정지용 시인의 대표작이다. 실제로 겪은 고통스러운 경험을 소재로 하고 있으면서도, 비탄의 감정을 절제한 채 외부 사물의 절묘한 배합과 신선한 시각을 통해 형상화한 점이 인상적이다. 이 시에서 특히 눈에 띄는 것은 밤과 별, 어둠과 밝음, 외로움과 황홀함 등의 이중적인 이미지와 정서이다. 화자의 목소리는 이 두 항의 어느 쪽에도 기울어지지 않고, 두 항 모두를 동시에 끌어안고 있다.

시인은 사랑하는 대상의 부재와 현존을 동시에 포괄하여 취하고 있는
것이다. 물론 사랑하는 존재는 상상으로만 현존하는 것이고, 현실적으
로는 엄연히 부재해 있는 상태이지만, 시적 통찰의 힘은 상상적 현존과
현실적 부재 사이에서 심리적인 균형을 취하고 있다. 이러한 양가적인
심리는 궁극적으로 유리창이라는 사물을 통해 발현되고 있는 것 같다.
유리창은 안과 밖을 연결시키는 동시에 단절시키는 이중적인 속성을 지
닌 이미지이다. 화자는 유리창을 통해 너의 부재를 확인하는 동시에 너
의 현존을 엿볼 수 있게 된다. 이 작품의 묘미는 바로 이러한 양가성을
절묘하게 형상화했다는 점에 있다.

백록담

1

절정에 가까울수록 뻐꾹채 꽃키가 점점 소모(消耗)된다. 한마루 오르면 허리가 슬어지고 다시 한마루 위에서 모가지가 없고 나중에는 얼굴만 갸옷 내다본다. 화문(花紋)처럼 판(版) 박힌다. 바람이 차기가 함경도 끝과 맞서는 데서 뻐꾹채 키는 아주 없어지고도 팔월 한철엔 흩어진 성신(星辰)처럼 난만(爛漫)하다. 산 그림자 어둑어둑하면 그러지 않아도 뻐꾹채 꽃밭에서 별들이 켜든다. 제자리에서 별이 옮긴다. 나는 여기서 기진했다.

2

암고란(巖古蘭), 환약(丸藥)같이 어여쁜 열매로 목을 축이고 살아 일어섰다.

3

백화(白樺)* 옆에서 백화가 촉루**가 되기까지 산다. 내가 죽어 백화처럼 흴 것이 숭 없지 않다.

4

　귀신도 쓸쓸하여 살지 않는 한모롱이, 도체비꽃이 낮에도 혼자 무서워 파랗게 질린다.

5

　바야흐로 해발 육천 척(尺) 위에서 마소가 사람을 대수롭게 아니 여기고 산다. 말이 말끼리 소가 소끼리, 망아지가 어미 소를 송아지가 어미말을 따르다가 이내 헤어진다.

6

　첫 새끼를 낳노라고 암소가 몹시 혼이 났다. 얼결에 산길 백 리를 돌아 서귀포로 달아났다. 물도 마르기 전에 어미를 여읜 송아지는 움매-움매-울었다. 말을 보고도 등산객을 보고도 마구 매어달렸다. 우리 새끼들도 모색(毛色)이 다른 어미한테 맡길 것을 나는 울었다.

7

　풍란(風蘭)이 풍기는 향기, 꾀꼬리 서로 부르는 소리, 제주(濟州) 휘파

람새 휘파람 부는 소리, 돌에 물이 따로 구르는 소리, 먼 데서 바다가 구
길 때 쏴-쏴-솔소리, 물푸레 동백떡갈나무 속에서 나는 길을 잘못 들
었다가 다시 칡넝쿨 기어간 흰돌배기 꼬부랑길로 나섰다. 문득 마주친
아롱점말이 피하지 않는다.

8

　고비 고사리 더덕순 도라지꽃 취 삿갓나물 대풀 석용(石茸) 별과 같은
방울을 달은 고산식물을 새기며 취(醉)하며 자며 한다. 백록담 조촐한
물을 그리어 산맥 위에서 짓는 행렬이 구름보다 장엄하다. 소나기 놋낫
맞으며 무지개에 말리우며 궁둥이에 꽃물 이겨붙인 채로 살이 붓는다.

9

　가재도 기지 않는 백록담 푸른 물에 하늘이 돈다. 불구에 가깝도록 고
단한 나의 다리를 돌아 소가 갔다. 쫓겨온 실구름 일말(一抹)에도 백록
담은 흐리운다. 나의 얼굴에 한나절 포긴 백록담은 쓸쓸하다. 나는 깨다
졸다 기도조차 잊었더니라.

─『백록담』(1941년)

* 백화 : 자작나무.
** 촉루 : 해골.

*

    아홉 부분으로 나뉘어진 산문시이다. 한라산 백록담 근처의 자연풍경을 묘사함으로써 화자의 정신적 지향점을 은은하게 내비치고 있다. 백록담에 이르기까지의 여정을 몇 개의 장면으로 포착해 순차적으로 열거해놓은 듯한 구성이다. 특히 1과 2는 기진한 화자의 모습에 열매를 따먹고 기운을 차리는 장면이 이어져 매끄럽게 연결된다. 다른 부분에서는 특별한 연결점이 보이지 않지만 맨 마지막 부분이 백록담을 다루고 있어 총 아홉 부분이 순서대로 배열된 것임을 짐작할 수 있다.

    1 : 산을 오를수록 뻐꾹채의 키가 작아져 마침내 줄기 부분은 아예 사라지고 얼굴만 보인다. 어둠 속에서 그것은 마치 별 밭처럼 보인다. 나는 기진한다.

    2 : 열매로 목을 축이고 일어선다.

    3 : 자작나무 옆에서 오래도록 살고 싶다. 내가 죽으면 자작나무처럼 희어졌으면 좋겠다(자작나무에 동화되고 싶은 바람).

    4 : 인적 없는 모퉁이의 쓸쓸함이 제시된다. 도체비꽃의 파란색을 공포에 빗대어 동화적인 상상력을 드러낸다.

    5 : 마소가 사람을 피하지도 않고 평화롭게 어울려 있는 정경이다.

    6 : 어미를 잃고 사람에게 안기려는 송아지를 보고 잃었던 자식을 떠올리며 슬퍼한다.

    7 : 꽃 향기, 새소리, 물소리, 바람 소리 등 자연의 존재를 오감으로 느끼며 길을 걷는다. 길을 잃고 헤매다 칡넝쿨을 보고 길을 발견한다. 우연히 마주친 말은 나를 피하지도 않는다.

    8 : 온갖 고산식물을 보고 도취되어 자기도 하며 산을 오른다. 백록담을 보러 산을 오르는 일행은 고단해도 (마음은) 풍성하다.

9 : 백록담 물에 하늘이 비친다. 작은 구름 조각에도 흐려질 만큼 백록담은 투명하다. 내 얼굴을 비추어보니 쓸쓸함이 느껴진다. 나는 깨다 졸다 한다.

정지용의 시세계는 크게 세 단계로 나뉜다. 이미지즘 시작(詩作) 이후에 가톨릭에 경도되어 '종교시'를 발표하고, 그후에 '산수시'라고 불리우는 단계에 들어간다. 이 세번째 단계는 1940년을 전후해서 이루어지는데, 기법과 정신 두 측면에서 산수화와도 같은 시를 썼다는 평을 받는다. 「백록담」은 두번째 시집의 표제시이기도 한 작품으로 소위 산수시에 속한다. 이 시기의 시에는 동양적인 정신세계인 은둔과 고절(高節)의 테마가 주조를 이룬다. 이 작품 역시 전통적인 탈속의 정신을 보여준다고 할 수 있다.

이 시는 한라산 백록담이라는 비세속적인 공간을 무대로 삼음으로써 탈속고절의 정신세계에 대한 지향을 드러낸다. 이를 단적으로 보여주는 부분이 1이다. 산을 오를수록 꽃의 키가 작아진다는 것은 이 공간이 일상적 질서와는 다른 질서를 지니고 있음을 암시한다. 나중에는 키가 아주 없어지고 얼굴만 보이는데 어둠이 내리면 이 꽃들은 별이 된다. 천상의 아름다움이 지상에서 현현되는 것이다. 천상과 지상이 완벽하게 결합하는 경지를 보여줌으로써 이제 이곳은 일종의 신성의 공간이 된다. 이를 본 화자가 기진한다는 것은 단순한 육체적 피로를 나타낸다기보다는 이러한 경지에 대한 황홀경, 도취감을 드러내는 것 같다. 인간은 자연과 대립하기를 그치고 신성한 공간으로 동화되는 것이다.

천상과 지상이 결합하는 완벽한 자연의 질서 속에서 인간은 자아를 망각하고 몰아지경을 느끼는 것이다. 자아의 망각, 몰아지경은 9에서도 나타난다. 화자는 백록담 물의 투명함에 압도되어 기도조차 잊는다. 인간은 자연이 지니는 고고한 정신성에 자연스럽게 동화되고 흡수된다.

이러한 지향이 나타나는 부분이 3이다. 화자는 자작나무 옆에서 언제까지나 살다가 죽은 후에는 자작나무처럼 희게 되고 싶어한다. 또한 2에서 화자는 자신의 의지에 의해서가 아니라 자연의 도움을 받아 일어설 수 있게 된다. 7과 8은 이러한 인간과 자연의 동화를 감각적으로 형상화한 부분이다. 길을 잘못 들었다가도 칡넝쿨로 표상되는 자연을 좇아가다보면 사람이 지나다닐 만한 길을 찾게 된다. 소나기를 맞으면 무지개에 말리면 되고 궁둥이에 붙은 꽃잎은 살이 된다. 인간은 자연에 수동적으로 자신을 맡김으로써 오히려 순리를 찾게 된다. 이 작품은 이렇게 인간과 자연의 동화, 자연이라는 신성한 공간에의 몰입을 노래하고 있다. 그러나 인간적 감정은 아직 완전히 순화되지 않았다. 6과 9에서 보이는 쓸쓸함이나 슬픔의 정서는, 이 작품이 동양적 정신에 대한 지향을 드러낼 뿐, 그에 대한 완성에는 아직 미치지 못했음을 말해준다.

정지용(1903~1950)
충북 옥천에서 태어났으며 일본 도시샤대 영문과를 졸업했다. 1926년 『학조』에 「카페·프란스」를 발표하며 작품활동을 시작했으며 『시문학』 동인으로 활동했다. 한국전쟁중에 납북되었다. 시집 『정지용시집』(1935), 『백록담』(1941)이 있다. 초기에는 감각적 이미지를 중시하는 모더니즘 계열의 시를, 후기에는 고전적인 서정시를 주로 썼다.

거울

거울속에는소리가없소
저렇게까지조용한세상은참없을것이오

거울속에도내게귀가있소
내말을못알아듣는딱한귀가두개나있소

거울속의나는왼손잡이오
내악수를받을줄모르는 — 악수를모르는왼손잡이오

거울때문에나는거울속의나를만져보지못하는구료마는
거울이아니었던들내가어찌거울속의나를만나보기만이라도했겠소

나는지금거울을안가졌소마는거울속에는늘거울속의내가있소
잘은모르지만외로된사업에골몰할께요

거울속의나는참나와는반대요마는
또꽤닮았소
나는거울속의나를근심하고진찰할수없으니퍽섭섭하오

—『카톨릭청년』1933년 10월호

「거울」은 이상의 작품 중 가장 완성도 높은 대표작으로 손꼽힌다. 거울 속에는 소리가 없으며 거울 속 나는 거울 밖 나와 악수를 할 수 없다는 당연한 사실의 포착을 통해, 자의식의 분열에서 오는 암울함의 역설을 탁월하게 표현했다는 평가를 받는 작품이다.

1, 2연은 거울 세계의 청각에 대해 묘사하고 있으며, 3연은 거울 속 세계와 거울 밖 세계의 단절 혹은 대립이라는 주제를 더욱 강화한다. 즉 1연은 거울 속 성질에 대한 묘사이다. 2연은 1연에 나타났던 거울 속 세계의 청각적 성격을 더욱 구체적 이미지 ─ 내 말을 못 알아듣는 딱한 귀 ─ 로 표현한다. 여기서 거울은 반영함으로써 시각적으로는 접촉을 가능하게 하지만 청각적으로는 냉정히 단절시킨다는 모순을 지닌다. 3연 역시 이 모순된 이중성을 나타내면서 분리자로서의 성격을 강하게 드러낸다. 결국 1~3연은 메시지의 차원에서는 같은 주제로 묶이면서도 코드의 차원에서는 '─오'라는 각운을 가진 병행구문으로 같은 계열로 묶일 수 있다.

반면 4연에서는 형태적인 파격이 일어난다. 1연부터 3연까지 계속되어오던 병행구문과 종결형 어미인 '─오'가 깨어지고 단문이 사라지면서 복문이 등장한다. 이 형식의 파격은 내용의 전환과 동시에 일어나는데, 1연에서 3연까지가 거울 속 세계와 그 세계가 자아에게 미치는 영향을 보여준다면, 4연에서는 거울의 모순을 설명하고 있다. 4연의 1행은 거울의 차단, 분리적 성격을, 2행은 거울의 연결하는 기능, 접촉매개로서의 기능을 드러낸다.

그러나 5연에서는 지금껏 거울을 향해 가졌던 시선이 갑자기 거울 없는 공간으로 옮겨지면서 절대존재로서의 거울의 양상이 드러난다. 이제

거울은 내가 그 앞에 없을 때도 나의 부재를 존재로 변모시키는 능동적이고 자율적인 역동성을 지닌다.

6연에서는 1연이 3행으로 이루어진 예외적인 형태가 등장한다. 6연은 1연부터 5연까지의 주제를 종합하고 있으며 '-요' 혹은 '-료'의 말음 및 '오'의 각운이 드러난다는 점에서 앞 부분을 형태론적으로 종합하고 있기도 하다. 6연 1행에서는 거울의 반대 측면이 다시 지적되고 2행에서는 반영성, 분신이라는 긍정의 측면이 재차 지적된다. 3행은 거울 때문에 두 자아가 결코 합치될 수 없음을 희극적 아이러니로 처리하고 있다.

오감도(烏瞰圖)
시제1호

13인의아해(兒孩)가도로로질주하오.
(길은막다른골목이적당하오)

제1의아해가무섭다고그리오.
제2의아해도무섭다고그리오.
제3의아해도무섭다고그리오.
제4의아해도무섭다고그리오.
제5의아해도무섭다고그리오.
제6의아해도무섭다고그리오.
제7의아해도무섭다고그리오.
제8의아해도무섭다고그리오.
제9의아해도무섭다고그리오.
제10의아해도무섭다고그리오.

제11의아해가무섭다고그리오.
제12의아해도무섭다고그리오.
제13의아해도무섭다고그리오.
13인의아해는무서운아해와무서워하는아해와그렇게뿐이모였소.
(다른사정은없는것이차라리나았소)

그중에1인의아해가무서운아해라도좋소.

그중에2인의아해가무서운아해라도좋소.
그중에2인의아해가무서워하는아해라도좋소.
그중에1인의아해가무서워하는아해라도좋소.

(길은뚫린골목이라도적당하오)
13인의아해가도로로질주하지아니하여도좋소.

― 조선중앙일보 1934년 7월 24일자

이 작품은 이상 시의 난해성을 보여주는 대표적인 시로, 수학 혹은 기하학의 원리를 교묘하게 해체해놓아 표면적으로는 논리에 맞지 않는 듯 보인다. 이 시의 구성을 이해하기 위해서는 우선 가장 명확한 수학 이론이 이처럼 요령부득하게 변모하는 과정을 규명해야 한다.

근대에 이르러 이성중심주의, 합리주의가 지배적인 가치로 대두되었다. 그러나 현대사회에서 이 합리주의 사상은 정치, 경제, 사상 등 여러 방면에서 모순을 노정함에 따라 회의와 비판의 대상으로 변한다. 특히 1차대전의 발발은 세기말적 사상을 전 유럽에 확산시켜 합리주의에 대한 비판의 풍조는 문학을 크게 변모시키기에 이른다.

20세기 초에 일어난 이러한 반합리주의를 바탕으로 일어난 사조가 다다이즘이다. 다다이즘은 합리주의에 기반한 일체의 문화전통을 부정하는데, 이 부정정신은 시 표현에 있어서 일체의 기성언어에 대한 부정과 파괴로 나타나게 된다. 다다이즘은 통일된 의미도, 표현의 질서도 없고 이미지도 없는 언어의 아수라장을 이룬다. 그러나 부정과 파괴는 언제까지 계속될 수 없다. 그 뒤에 따르는 새로운 건설과 긍정이 있어야만 한다.

초현실주의는 프로이트의 이론을 적극적으로 수용하여 다다의 무비판적 부정을 극복한다. 프로이트는 인간의 심리를 의식과 무의식의 두 층으로 구분하고 무의식이 인간을 강력하게 지배함을 역설했다. 이것은 이성의 통제력이 미치지 않는 경험이 단편적으로 축적된 상태를 말한다. 무의식의 세계는 우리 자신도 모르게 우리 안에 축적, 방치되어 있어 인간의 영감이나 욕망의 원천이 되는 심층부의 심리이다.

합리주의의 한계에 부딪쳐 새로운 돌파구를 찾던 시인들은 이 이론을 받아들여 새로운 문학형식을 창출하게 된다. 지금까지 인간은 지성과 이성에 억눌려 생명의 약동하는 힘을 상실해왔기 때문이다.

그런데 이성 중심의 합리주의에 대한 회의는 비단 문학 분야에만 온 것이 아니었다. 가령 과학 분야에서 아인슈타인의 상대성이론이나 위상수학은 종래 유클리드 기하학이나 뉴턴 물리학이 갖고 있었던 안/밖, 직선/곡선, 시간/공간 등의 이분법을 해체시켜버렸다. 이 방식은 미술과 건축에도 큰 영향을 미쳐 입체파, 미래파, 신건축 이론이 나오게 되었다. 이 이론의 골자는 시간을 배제한 공간이 성립할 수 없다는 것인데, 예를 들어 입체파는 대상의 외관을 한 점에 고정시켜 표현하는 원근법을 부정하고 대상의 주위를 돌면서 그 내적 구성을 파악하려 하였다. 즉 그들은 삼차원의 세계를 부정하고 시점이 이동하는 과정에서 사물의 전면을 펼쳐 전개함으로써 공간에 시간을 도입하고 있는 것이다.

「오감도」는 이러한 사상의 맥락 속에서 이해될 수 있다. 우선 이 작품은 철저한 대칭에 입각해 있다. 1연과 4연은 형식 면에서의 유사와 내용 면에서의 반대, 즉 일종의 수미쌍관을 이루고 있다. 둘째, 13이란 숫자는 12+1, 즉 12진법의 변형이다. 12진법은 현재 시계에서 쓰이고 있으며 이 시에 시간 개념이 잠복해 있음을 아울러 암시한다. 이상은 수학의 규칙적인 진법에 1을 첨가함으로써 수의 합리성을 해체하고 공포의 이미지를 표현하고 있다. 셋째, 아해의 질주는 공간 속의 운동감을 상징한다. 이 시의 제목 '烏瞰圖'는 '鳥瞰圖'의 변형이다. 즉 이 시는 공중에서 내려다본 신건축 이론에서 건물의 메타포이다.

신건축 이론은 이성 중심의 서구사상에 대한 회의에서 출발했다는 점에서 초현실주의 발상법과 유사하다. 따라서 이 시에 띄어쓰기 무시, 무의미어 나열 등의 초현실주의적 요소와 건축학의 요소가 동시에 나타나는 것은 양자의 상호연관성에서 말미암은 것이다.

이상(1910~1937)
본명 김해경. 서울에서 태어났으며 경성고등공업학교 건축과를 졸업했다. 1931년 조선총독부 내
무국 건축과 기수(技手)로 근무하던 당시 『조선과 건축』에 「이상한 가역반응」 등의 시를 발표하며
등단했다. 「날개」 「종생기」 등을 쓴 소설가이기도 하다. 폐결핵으로 일본 도쿄 체류중 요절했다. 다
다이즘 혹은 초현실주의 계열의 모더니즘 시인으로 분류되며, 시풍은 자의식이 두드러진 지적인
계열로 평가되고 있다.

여승(女僧)

여승은 합장하고 절을 했다
가지취의 내음새가 났다
쓸쓸한 낯이 옛날같이 늙었다
나는 불경처럼 서러워졌다

평안도의 어느 산(山) 깊은 금점판
나는 파리한 여인에게서 옥수수를 샀다
여인은 나 어린 딸아이를 때리며 가을밤같이 차게 울었다

섶벌같이 나아간 지아비 기다려 십 년이 갔다
지아비는 돌아오지 않고
어린 딸은 도라지꽃이 좋아 돌무덤으로 갔다

산꿩도 섧게 울은 슬픈 날이 있었다
산절의 마당귀에 여인의 머리오리가 눈물방울과 같이 떨어진 날이 있
었다

—『사슴』(1936년)

시집 『사슴』(1936)으로 대표되는 백석 초기시는 유년기 화자를 등장시켜 동화적이고 신비로운 공동체의 모습을 그리고 있다. 그의 유년기 공동체의식은 사람과 사물의 합일(合一), 혈연관계의 합일, 계층간의 합일 등 주체와 대상의 합일을 통해 풍요롭고 화해로운 고향의 세계를 재현하고 있다. 그의 초기시에 나타난 축제성은 「여우난 곬족」처럼 명절날의 풍경을 통해 직접적으로 드러나기도 하지만, 많은 경우 「모닥불」처럼 비극적인 형태로, 혹은 「연자간」에서처럼 희극적이랄 수 있는 형태로 드러나기도 한다. 시집 『사슴』 이후 백석은 스스로 유랑자가 되었고, 기행시편들을 썼다. '남행시초' '항주시초' '서행시초' 등의 부제가 붙은 이들 기행시편, 혹은 유랑시편들은 타향의 풍물을 통해 고향에 대한 향수를 그리고 있다. 1930년대에는 김팔봉, 임화 등의 비평가에 의해 이야기시의 가능성에 대한 진지한 논의가 이루어졌는데, 이야기시의 원형이 되는 작품을 쓴 시인이 바로 백석이다. 여기서 다루고자 하는 「여승」과 「팔원」 등의 작품이 그것이다.

「여승」은 일제 강점기 어려운 삶을 살았던 한 여인의 일생을 축약하여 보여주고 있는 시이다. 특히 적절한 비유적 표현과 축약으로 시에서 리얼리즘의 가능성을 보여주고 있는 작품으로, 인물의 전형성이나 상황의 전형성도 확보하고 있다는 평가를 받고 있다.

이 시는 한 여자의 일생을 제시하고 있다. 즉 지아비와 지어미 그리고 딸아이로 구성된 한 가족이 있었다. 그들은 원래 농사를 지었을 것이다. 그러다가 농사일로 생계를 꾸릴 수 없어서 지아비는 집을 나가 광부가 되고, 아내는 10년을 기다리다가 남편을 찾아 집을 떠나왔다. 금점판 등을 돌며 옥수수 행상을 하면서 남편을 찾으려 했던 것이다. 이런 고생을 못 이겨 딸은 투정을 부리고, 그 어미는 울면서 딸을 때리기도 한다. 그러다가 딸이 죽어 돌무덤에 묻히자, 그 여인은 삭발을 하고 가지취와 불경을 만지면서 여생을 보내는 여승이 된 것이다.

이렇게 재구성할 수 있는 이야기를 통하여 이 시는 농촌의 몰락을 중심으로 하는 일제 강점기의 민족 현실을 전형적으로 드러내고 있다. "섶벌같이" 훌쩍 떠나갈 수밖에 없는 민족의 현실, 그리고 그를 찾아 금점판을 헤맬 수밖에 없는 또다른 우리 민족의 삶이 12행의 짧은 시 속에 용해되어 있는 것이다. "가을밤같이 차게" 울면서 자식을 때리는 어미의 모습이나 도라지꽃을 좋아하여 돌무덤으로 갔다는 딸의 죽음에 대한 묘사는 매우 탁월하다.

또 산꿩의 울음이 여인의 울음으로 형상화되고 있으며, 여인의 슬픔을 "눈물방울과 같이" 떨어지는 머리오리로 대체하기도 한다. 이를 통하여 슬픔을 초월하는 여인의 정서를 드러내고 있다. 아울러 "가지취"의 냄새가 나는 여승의 모습에서 "불경처럼 서러"움을 느끼는 시적 화자도 결국은 이런 부류의 사람에서 크게 벗어나지 않는 사람이리라.

이 시는 이런 형상을 통하여 사회 현실을 사실적으로 반영하는 리얼리즘 시의 대표작으로 평가되고 있다. 이는 일제 강점기 중에서도 암흑기로 불리던 1930년대 후반의 민족문학의 시적 성과가 백석의 경우만 보더라도 만만치 않았음을 보여주는 것이자, 백석 등의 해금 시인들의 시작품들이 프로 시의 한계였던 이념적 편향성을 극복하고 있는 실상을 확인시켜주는 예이기도 하다.

흰 바람벽이 있어

오늘 저녁 이 좁다란 방의 흰 바람벽에
어쩐지 쓸쓸한 것만이 오고 간다
이 흰 바람벽에
희미한 십오촉 전등이 지치운 불빛을 내어던지고
때 절은 다 낡은 무명셔츠가 어두운 그림자를 쉬이고
그리고 또 달디단 따끈한 감주나 한잔 먹고 싶다고 생각하는 내 가지
가지 외로운 생각이 헤매인다
그런데 이것은 또 어인 일인가
이 흰 바람벽에
내 가난한 늙은 어머니가 있다
내 가난한 늙은 어머니가
이렇게 시퍼러둥둥하니 추운 날인데 차디찬 물에 손을 담그고 무이며
배추를 씻고 있다
또 내 사랑하는 사람이 있다
내 사랑하는 어여쁜 사람이
어느 먼 앞대 조용한 개포가의 나즈막한 집에서
그의 지아비와 마조 앉어 대구국을 끓여놓고 저녁을 먹는다
벌써 어린것도 생겨서 옆에 끼고 저녁을 먹는다
그런데 또 이즈막하여 어느 사이엔가
이 흰 바람벽엔
내 쓸쓸한 얼골을 쳐다보며

이러한 글자들이 지나간다.

— 나는 이 세상에서 가난하고 외롭고 높고 쓸쓸하니 살어가도록 태어났다

그리고 이 세상을 살어가는데

내 가슴은 너무도 많이 뜨거운 것으로 호젓한 것으로 사랑으로 슬픔으로 가득 찬다

그리고 이번에는 나를 위로하는 듯이 나를 울력하는 듯이

눈질을 하며 주먹질을 하며 이런 글자들이 지나간다

— 하눌이 이 세상을 내일 적에 그가 가장 귀해하고 사랑하는 것들은 모두

가난하고 외롭고 높고 쓸쓸하니 그리고 언제나 넘치는 사랑과 슬픔 속에 살도록 만드신 것이다

초생달과 바구지꽃과 짝새와 당나귀가 그러하듯이

그리고 또 '프랑시스 쨈'과 도연명(陶淵明)과 '라이넬 마리아 릴케'가 그러하듯이

—『문장』26호(1941년)

*

「흰 바람벽이 있어」는 「남신의주 유동 박시봉방」과 함께 백석의 대표작으로 손꼽히는 것으로, 문학적 선배인 김소월의 시와는 다른 면모를 확연히 보여주고 있다. 일단 외형상 가장 두드러지는 차이점은 김소월의 시들이 대체로 짧은 행과 연으로 이루어진 압축적 간결미를 보여주는 반면, 백석의 시는 행과 연이 대체로 길어 산문시의 특징을 다분히 내포하고 있다는 점이다. 그리고 시의 주제 면에서도 대체로 김소월의 시들이 떠나간 임을 그리워하는 애정시의 면모를 강하게 띠는 반면, 백석의 시들은 고향을 떠나 이곳저곳을 떠도는 방랑자의 향수가 짙게 배어 있는 향수 시의 면모를 띤다.

「흰 바람벽이 있어」의 화자는 좁은 방 안에서 흰 바람벽을 쳐다보고 있다. 흰 바람벽에는 희미한 전등의 지쳐 보이는 불빛이 내비치고, 때에 전 무명셔츠의 어두운 그림자가 쉬고 있다. 그리고 감주 한잔 먹고 싶다는 외로운 생각들이 화자의 머리를 어지럽힌다. 흰 바람벽에서 화자가 발견하는 것은 쓸쓸함의 이미지를 가지고 있는 풍경이다. 쓸쓸함을 느끼는 화자의 의식 속에서는 화자가 바라보는 모든 사물들에 외로움이라는 화자의 주관적 감정이 겹쳐진다.

이 시에 등장하는 바람벽은 지금의 우리에게는 무척이나 생소하다. 지금의 가옥 구조에서는 찾아볼 수 없게 된 바람벽이란 옛 우리 전통가옥 구조에서 볼 수 있는 것으로, 방 주위 벽에 지금의 유리창을 대신해서 바람을 막도록 한 장치이다.

이 시의 화자는 유리창의 이미지를 가지고 있는 바람벽을 쳐다보며 많은 것을 떠올리고 있는 것이다. 문학작품에서 바람벽, 유리창, 거울, 물 등은 그것을 바라보는 사람의 내면적 성찰을 이끌어내는 매개체로 은유화되어왔다. 우리에게 익숙한 이상 시에서의 거울이라든가, 윤동주의 시 속에 등장하는 우물이나 유리, 거울 등은 이와 같은 예에 속하는 것이다. 이상의 시에서 거울은 분열된 자아의 내면을 반영하는 거울이며, 윤동주의 시에서 우물 속의 물은 고난의 역사를 살아가는 무력한 개인의 양심에 대한 도덕적 성찰을 이끌어내는 매개체이다. 이에 반해 백석 시의 바람벽은 화자의 고독한 내면을 비춰주고 있는 것이다.

곧이어 시의 공간은 화자가 처한 현실적인 방에서 화자와는 떨어진 사람들, 그리운 사람들의 공간으로 이동한다. 그리하여 이제 흰 바람벽에는 화자가 사랑하는 어머니와 여인의 모습이 비친다. 세상의 공포와 악에서 화자를 지켜주던 어머니는 여기서 더이상 그와 같은 안온함과 부드러움을 지니지 못하고 있다. 어머니는 가난하고 늙어서, 살이 파래질 정도로 추운 날에 찬물에 무나 배추를 씻어야만 하는 존재로 설정된다. 그리고 백석이 사랑하던 여인은 화자와 멀리 떨어져, 지금은 다른 사람의 아내가 되어 남편과 아기와 둘러앉아 저녁을 먹고 있다.

피폐한 모성상을 비춰주던 흰 바람벽에는 이제는 쓸쓸한 화자를 초월적 인식으로 이끌어가는 글자들이 지나간다. 그 글자들은 화자의 의식 속에서 생성된 것들이라고 할 수 있는데, 오히려 쓸쓸한 화자를 처다보고 지나가는 존재로 의인화되고 있다. 그 글자들은 백석이 삶의 정점에서 도달한 초월적 인식을 담고 있다. "나는 이 세상에서 가난하고 외롭고 높고 쓸쓸하니 살아가도록 태어났다"는 생각 속에는 백석이 정신적 방랑에서 부딪혔던 삶의 문제들을 극복하려는 의지가 엿보인다. 화자가 처해 있는 현실의 고통, 즉 가난하고 외롭고 쓸쓸함은 '높은' 세상의 존재에게는 오히려 당연한 것이다. 이는 백석 자신을 속박한 현실과는 화합할 수 없는 존재로 묘사하는 것으로서, 이와 같은 자기 묘사는 "하눌"로 표상되는 초월적 존재의 발견을 통해서 가능한 것이다. 하늘이 사랑하는 자들은 세상에 태어날 때 모두 다 가난하고 외롭고 높고 쓸쓸하게 그리고 사랑과 슬픔 속에서 살도록 만들어졌다는 생각 속에서 운명에의 의지를 엿볼 수 있다. 현실적으로 소외된 존재로서의 자신의 처지를 극복하기 위해서 이끌어낸 "하눌"에 의해, 현실에서는 패배했지만 고귀한 정신적 세계에서는 결코 패배하지 않겠노라는 시인의 비장한 의지가 엿보인다.

집게네 네 형제

어느 바닷가
물웅덩이에
깊지도 얕지도 않은
물웅덩이에
집게 네 형제가
살고 있었네.

막내동생 하나를
내어놓은
집게네 세 형제
그 누구나
집게로 태어난 것
부끄러웠네.

남들같이
굳은 껍질 쓰고
남들같이
고운 껍질 쓰고
뽐내며 사는 것이
부러웠네.

그래서
맏형은
굳고 굳은
강달소라 껍질 쓰고
강달소라 꼴을 하고
강달소라 짓을 했네.

그래서
둘째동생은
곱고 고운
배꼽조개 껍질 쓰고
배꼽조개 꼴을 하고
배꼽조개 짓을 했네.

그래서
셋째동생은
곱고도 굳은
우렁이 껍질 쓰고
우렁이 꼴을 하고
우렁이 짓을 했네.

그러나
막내동생은
아무것도 아니 쓰고
아무 꼴도 아니하고
아무 짓도 아니하고
집게로 태어난 것
부끄러워 아니했네.

그런데
어느 하루
밀물이 많이 밀어
물웅덩이 밀물에
잠겨버렸네.

이때에 그만이야
강달소라 먹고사는
이빨 센 오뎅이가
밀물 따라
떠들어와
강달소라 보더니만
우두둑 우두둑

깨물었네.

강달소라 껍질 쓰고
강달소라 꼴을 하고
강달소라 짓을 하던
맏형 집게는
이렇게 죽고 말았네.

그런데
어느 하루
난데없는 낚시질꾼
주춤주춤 오더니
물웅덩이 기웃했네.

이때에 그만이야
망둥이 미끼 하는
배꼽조개 보더니만
낚시질꾼
얼른 주워
돌에 놓고 돌로 쳐서
오지끈 오지끈

부서졌네.

배꼽조개 껍질 쓰고
배꼽조개 꼴을 하고
배꼽조개 짓을 하던
둘째동생 집게는
이렇게 죽고 말았네.

그런데
어느 하루
부리 굳은 황새가
진창 묻은 발 씻으러
물웅덩이 찾아왔네.

이때에 그만이야
황새가 좋아하는
우렁이 하나
기어가자
황새는 굳은 부리
우렁이 등에 쿡 박고
오싹 바싹

쪼박냈네.

우렁이 껍질 쓰고
우렁이 꼴을 하고
우렁이 짓을 하던
셋째동생 집게는
이렇게 죽고 말았네.

그러나
막내동생
아무것도 아니 쓰고
아무 꼴도 아니하고
아무 짓도 아니해서
오뎅이가 떠와도
겁 안 나고
낚시질꾼 기웃해도
겁 안 나고
황새가 찾아와도
겁 안 났네.

집게로 태어난 것

부끄러워 아니하는
막내동생 집게는
평안하게 잘살았네.

(1957년)

　　　　　　　　　　　　*

　해방 이후 백석은 북한에 머무르면서 1947～1948년 사이 「남신의주
유동 박시봉방」 등 5편의 시를 발표한 것을 제외하면 이렇다 할 문학활
동을 보이지 않다가 1956년 「동화문학의 발전을 위하여」라는 수준 높은
평론을 발표함으로써 문학활동을 재개한다. 이 평문은 여기서 다루는
「집게네 네 형제」(1957)의 이론적 토대가 되었다.

　북한문학은 농민문학, 대중문학과 함께 아동문학을 강조한다. 그리고
남한 아동문학에서 동요와 구분되지 않는 동시가 발달한 반면, 북한 아
동문학에서는 이야기가 강조되어 동화와 동시가 혼합된 장르로서 동화
시가 발달했다.

　백석은 「동화문학의 발전을 위하여」에서 특히, 동화에서 시정(詩情)
과 철학을 강조하고 있다. 시정을 통해서 인간과 세계에 대한 따뜻한 감
동을 주고, 철학성을 통하여 심각한 사상의 집약이 이루어져야 한다는
것이었다. 그는 좋은 동화에는 이 두 가지 요소가 존재한다고 보았고,
이 두 요소가 결핍될 때에는 철학적 사상을 남기지 못하며, 어떤 공상도
지향도 미래에 대한 전망도 없다고 보았다.

　백석이 생각한 동화의 목적은 아동에게 선/악, 미/추, 진/위 등의
세계인식을 보여주고, 시대의 꿈, 이상, 염원 등을 표현하며, 인간의 동
경과 이상을 그리고, 인민대중 속의 긍정적 자질들을 주인공에게 부여
하여 영웅을 형상화하며, 자연, 동물, 인조물을 인격화시키고, 생활에
대한 윤리적 견해를 고취시키고, 인민과 영도자에 대한 애정을 담는 것
이었다. 이처럼 백석의 평론은 인민성이나 윤리적 문제들을 지나치게
강조하고 있는 것이 흠이 될 수 있다. 그러나 동화시를 통해 구현된 실
제 창작물 속에는 그의 초기시에서 보였던 유미주의적 잔영이 사라지지

않고 있다.

「집게네 네 형제」는 「오징어와 검복」 「개구리네 한솥밥」 등과 함께 동화시로 분류되는 작품이다. 이 시는 남들(강달소라, 배꼽조개, 우렁이)을 부러워한 집게 세 형제가 남들의 껍질을 쓰고 남들처럼 행세하다 죽음을 맞이하고 그렇지 않은 막내집게는 행복하게 살았다는 이야기 구조를 지니고 있다. 우리에게 친숙한 동시가 운율을 위주로 하고 분량이 짧은 데 비해, 동화의 서사구조를 담고 있는 이 시는 18연에 달하는 상당히 긴 분량을 가지고 있다.

이 시는 이야기의 전개상 네 파트로 나눌 수 있다. 1~3연이 발단으로 집게 네 형제 중 막내를 뺀 세 형제가 남들의 곱고 굳은 껍질을 부러워한다는 상황이 설정되어 있다. 4~7연은 이러한 상황의 전개이다. 세 형제가 각각 강달소라, 배꼽조개, 우렁이의 껍질을 쓰고 살아가고 막내만이 자신의 모습을 부끄러워하지 않는다. 8~17연에서는 밀물이 집게네가 사는 물웅덩이에 밀려들어 사건이 발생한다. 집게 세 형제는 각각 오뎅이와 낚시꾼, 황새에 의해 강달소라, 배꼽조개, 우렁이로 오인되어 죽임을 당한다. 막내집게만이 집게의 자연스런 외양을 지켜서 무사하다. 마지막 18연은 막내집게의 행복한 삶을 노래하며 시를 마무리하고 있다. 이러한 이야기가 담겨 있어 이 시는 긴 분량이 가져올 수도 있는 지루함을 피해가고 있다. 전개와 사건 파트(맏형, 둘째, 셋째, 막내)의 경우, 각 파트 안에는 또다시 작은 전개와 사건으로 구성되어 있어, 그것들이 끊임없이 반복과 변주(맏형, 둘째, 셋째의 경우) 그리고 파격(막내의 경우)을 구사해 리듬감을 살리고 있다.

타인의 화려하고 강한 외양을 부러워하던 형들은 벌을 받고 그렇지 않은 막내는 행복한 삶을 누린다는 이러한 내용은 권선징악의 구도에 닿아 있다. 즉 타인을 부러워하는 형들은 악이며 자신에 만족하는 막내는 선인 것이다. 자신의 처지에 만족하지 못하고 남을 흉내내는 집게네 세 형제들의 태도를 이 시는 계속해서 반복, 변주되는 어구 "강달소라(배꼽조개, 우렁이) 껍질 쓰고/강달소라 꼴을 하고/강달소라 짓을 하던"을 통해 풍자적으로 비판하고 있다. "아무것도 아니 쓰고/아무 꼴도 아니하고/아무 짓도 아니하"던 막내만이 "평안하게 잘살았"다는 것이다.

이는 '송충이는 솔잎을 먹고 살아야 한다'는 속담을 떠올리게 한다. 혹은 '자기 분수를 알라'는 전언을 담고 있는 것 같다. 하지만 이러한 속담이나 전언이 지니는 다소의 체념이나 패배주의를 이 시는 담고 있지 않다. 이 시가 보여주는 막내집게의 태도는 소박하지만 그래서 강인한 자기 긍정이다. 세 형 집게들은 자신을 긍정하지 못하며 타인을 동경한다. 그러나 세 형 집게가 취한 것은 타인의 "껍질"일 뿐이며, 그 껍질과 존재의 괴리 속에서 결핍은 지속된다. 이 시는 오뎅이, 낚시질꾼, 황새의 응징을 통해 그 결핍의 지속과 결말을 상징적으로 보여준다. 이에 반해 막내집게는 "집게로 태어난 것/부끄러"워하지 않는다. 그래서 "아무것도 아니 쓰고/아무 꼴도 아니하고/아무 짓도 아니"할 만큼 자신감과 충족감을 지닌다. 타인을 동경하지 않기에 또한 막내는 타인(오뎅이, 낚시질꾼, 황새)을 두려워하지 않는다.

그런데 여기에서 다소의 도식성이 보이기도 한다. 강달소라, 배꼽조개, 우렁이만이 천적이나 위험요소를 만나는 것일까? 과연 집게에게는 적이 없는 것일까? 이러한 도식성, 권선징악적 이분법을 이 시는 안고 있는 것이다.

그러나 자기 긍정이라는 중요한 철학적 덕목을 이 동화시는 설득력 있게 그려내고 있다. 백석 자신은 평론에서 동화가 갖추어야 할 두 요소로서 시정과 철학을 들었다. 시정을 통해 인간과 세계에 대한 감동을 주고 철학을 통해 심각한 사상을 집약적으로 드러내야 한다는 것이다. 「집게네 네 형제」는 시정과 철학이라는 두 요소가 잘 어우러진 작품이라 할 수 있다.

백석(1912~?)
평북 정주에서 태어났으며 오산학교를 거쳐 일본의 아오야마학원을 졸업했다. 1935년 조선일보에 「정주성」을 발표하여 등단했다. 시집 『사슴』(1936)이 있다. 1945년 해방 후 북한에 남아 번역 및 작품활동을 했다. 그의 초기시는 정주 지방의 방언을 구사하거나 토속적인 소재들을 시어로 채택하고 있다. 이를 통해서 파괴되지 않은 농촌공동체의 정서를 드러내거나 동화적 세계를 표현하였다. 후기에는 여행중에 접한 풍물을 표현하는 기행시나 모더니즘 계열의 시를 창작하였다.

| 김춘수 |

꽃

내가 그의 이름을 불러주기 전에는
그는 다만
하나의 몸짓에 지나지 않았다.

내가 그의 이름을 불러주었을 때
그는 나에게로 와서 꽃이 되었다.

내가 그의 이름을 불러준 것처럼
나의 이 빛깔과 향기에 알맞는
누가 나의 이름을 불러다오.
그에게로 가서 나도
그의 꽃이 되고 싶다.

우리들은 모두
무엇이 되고 싶다.
나는 너에게 너는 나에게
잊혀지지 않는 하나의 의미가 되고 싶다.

—『죽순』 4호(1947년)

*

「꽃」은 「꽃을 위한 서시」와 더불어 김춘수 초기시를 대표하는 중요한 작품이다. '존재 탐구'로 알려져 있는 그의 초기시 경향은, 의미 없는 대상-객체가 의미 있는 '존재'로 변용되는 과정을 다루고 있다. 어떤 사물이 저기 무심하게 있을 때, 그것은 인간 주체에게 단순한 도구로서 파악될 뿐이다. 그러나 어떤 순간, 사물은 그저 껍데기로서 무의미하게 있기를 그치고, 충만한 '있음'의 상태를 펼쳐 인간을 충격한다. 「꽃을 위한 서시」는 이러한 '존재'의 발견에 대한 절망을 토로하고 있다.("얼굴을 가리운 나의 신부여") 존재는 좀처럼 드러나지 않고 시인은 어둠 속을 헤맬 수밖에 없다. 그 반면, 「꽃」은 존재와의 행복한 만남과 그것이 더욱 확장되기를 바라는 희망을 담고 있다. 이는 개시된 존재를 비유하는 '꽃'이 (사물의 세계까지 포괄하는 것이 아니라) 인간 존재와 그 상호관계에 국한되어 있다는 점과도 관련될 것이다.

처음 두 연은 "나"와 "그"의 관계를 제시하고 있다. 원래 그는 공허한 "몸짓"에 불과했으나, "나"와의 관련을 통해 의미로 가득 찬 "꽃"이 된다. 그 변화를 불러일으킨 것은 그에 대한 나의 호명행위이다.

다음 연에서 그 관계는 역전된다. 내가 그의 이름을 불러 그가 나의 꽃이 된 것처럼, 누군가가 나의 "빛깔과 향기"에 부합하는 이름을 불러주기를 원한다. 그때에야 나는 꽃이 될 수 있을 것이다. 이름 부르기는 빛깔과 향기, 즉 고유성을 알아차리는 행위이다. 그를 통해서만 익명성에 묻혀 있던 대상은 '존재'로 피어나게 된다.

지금까지의 세 연에서 문장의 주어는 "나"(그리고 "그")라는 개별적 인칭이었다. 이제 마지막 연에서는 "우리"라는 집합적 인칭으로 바뀐다. 이제 시인은 "나"와 "그"라는 단독적 개체들이 "우리"라는 친밀한 영역

속으로 들어오게 되기를 원한다. 그 속에서 개별적 존재들은 새로운 "나"와 "너"가 되어 서로에게 의미를 지니는 고유한 관계를 맺게 될 것이다.

인간은 개체로서 존재하므로 고독을 면하지 못한다. 그래서 타인에 대해서 단지 공허한 "몸짓", 즉 익명적인 개인으로서 살아가기 쉽다. 그러나 누군가의 관심 어린 시선, 호명을 받을 때 인간은 그만의 고유성을 얻고 비로소 '존재'로 개화한다. 그렇지 못할 때 인간 또한 텅 빈 사물의 차원을 벗어나지 못한다. 인간 개체를 꽃피게 하는 것은 타인과의 의미 있는 상호관계이다. "나"는 "그"를 꽃피울 뿐만 아니라 역시 "그"에 의해 꽃으로 피어나길 원하고 있기 때문이다. 이런 의미에서 볼 때, 이 시에서는 주체와 타자(나와 그·너) 사이에 어떤 우위관계도 성립되지 않는다. 주체가 사물을 존재로 변용시키는 주체중심주의는 여기서 발견되지 않는다. 나와 그, 그리고 너는 수평적 질서 속에 놓여 있을 뿐이며, 서로의 행복한 호명 행위를 통해 의미로 피어난다. 즉 이 시에서 '존재'를 개시하도록 하는 동인은 타자들 간의 상호주관성이다.

존재의 지대를 탐구한 또다른 작품으로 「능금」을 들 수 있다. 「꽃」에서 "꽃"의 내포적 의미가 인간 존재와 그 관계에 한정되어 있는 것에 비해, 「능금」이 다루고 있는 것은 사물의 영역, 그리고 사물과 인간의 관계로까지 확장되어 있다. "능금"은 "그"라는 인칭으로 의인화되어 있기는 하나, 사물과 인간의 이분법적인 고정관념을 깨뜨리려는 의도의 표현일 뿐, 인간에 대한 비유로 제한되어 있는 것은 아니다. 「능금」에서 '존재'는 사물의 영역에서 스스로 발아되는 것으로 그려진다. 반면, 「꽃」은 타인과의 상호주관적 관계를 통해 개화하는 '인간 존재'를 그리고 있다.

능금

1

그는 그리움에 산다.
그리움은 익어서
스스로도 견디기 어려운
빛깔이 되고 향기가 된다.
그리움은 마침내
스스로의 무게로
떨어져온다.
떨어져와서 우리들 손바닥에
눈부신 축제의
비할 바 없이 그윽한
여운을 새긴다.

2

이미 가버린 그날과
아직 오지 않은 그날에 머무른
이 아쉬운 자리에는
시시각각의 그의 충실만이
익어간다.

보라,
높고 맑은 곳에서
가을이 그에게
한결같은 애무의
눈짓을 보낸다.

    3

놓칠 듯 놓칠 듯 숨가쁘게
그의 꽃다운 미소를 따라가면은
세월도 알 수 없는 거기
푸르게만 고인
깊고 넓은 감정의 바다가 있다.
우리들 두 눈에
그윽이 물결치는
시작도 끝도 없는
바다가 있다.

— 『꽃의 소묘』(1959년)

*

이 시의 중심 제재는 "능금"이며, 능금을 "그"라는 인칭대명사로 표현한 점이 신선하다. 이는 단순한 표현의 문제가 아니라 인식의 문제와 관련된다. 즉, 능금이라는 식물적 대상을 대상으로 다루지 않고 하나의 주체로 다루는 태도를 나타낸다. 인간과 사물이라는 주관 대 객관의 이분법적 구도를 이 작품은 거부하고 있다. 이 시는 「꽃」이라는 시와 더불어 '존재'를 탐구하려는 경향의 작품에 속하므로, 기존의 주관 대 객관이라는 틀은 부정되고 있다.

우선 1연에서, 능금이 지니는 빛깔과 향기, 그리고 나무에서 떨어지게 되는 완숙의 상태는 "그리움"에서 기인한 것이라고 화자는 말한다. 능금의 그리움이 "익어서" 비로소 빛깔과 향기를 만들게 되는 것이다. 이는 그 빛깔과 향기가 단순히 외적인 아름다움에 그치지 않고, 내적인 열정이 발아한 결과임을 말해준다. 그래서 능금이 우리에게 주는 것은 "눈부신 축제", 즉 외적인 화려함은 아니지만 그보다 중요한 "그윽한/여운", 곧 내적인 성찰이다. 능금의 이러한 존재방식은 우리 인간으로 하여금 외부를 향한 시선을 거두어들이고 내부로 시선을 돌리게 한다. 그 내부는 바로 '존재'일 것이며, 능금이 그리워하는 것 역시 '존재'의 영역이다.

그 다음 2연에서는 능금의 시간성이 철학적으로 그려지고 있다. 능금은 시시각각으로 성숙해가는 존재이다. 나무에서의 떨어짐이 능금의 완전한 성숙 상태를 뜻하진 않는다. 능금의 내적 성숙이란 완결되지 않고 끝없이 이어지는 것이다. 이를 "이미 가버린 그날과 / 아직 오지 않은 그날에 머무른"이라고 표현한다. 능금의 현재는 과거와 미래 사이에 걸쳐 있는 것이기 때문에 모든 현재가 순간순간 과거로 밀려가고 새로운 미

김춘수 183

래가 밀려오듯 끊임없이 움직이는 역동적인 것이다. 그래서 능금의 존재방식은 종결되지 않고 언제나 움직인다는 의미에서 '생성'이라고 말할 수 있을 것이다. 능금은 '높고 맑은' 가을 하늘을 추구하지만, 능금은 가을 하늘에 결코 도달할 수 없을 것이며 이 도달 불가능성으로 인해 능금은 계속해서 성숙해갈 수 있다. 능금이 추구하지만 도달 불가능한 지역, 이것이 바로 '존재'의 지대이다.

3연에 이르러서야 비로소 능금이 내적으로 함축하고 있는 '존재'의 지대가 형상화된다. 그것은 화자가 "놓칠 듯 놓칠 듯 숨가쁘게" 추적해야만 발견할 수 있는 곳이다. 능금의 내적 성숙은 종결되지 않으므로 화자의 숨은 가쁠 수밖에 없을 것이다. 그 존재의 지대는 "세월도 알 수 없는 거기" "시작도 끝도 없는 / 바다"이다. 이는 그 영역이 시간과 공간의 축을 무화시킴을 나타낸다. 그곳은 시간과 공간의 현실적인 좌표가 적용되지 않는 장소이다. 그곳은 단지 "우리들 두 눈에 / 그윽이 물결치"고 있을 뿐이다. 우리는 능금이 내면에 지니고 있는 '존재'의 영역과 조우할 수는 있지만 인간적인 언어로 규정할 수는 없는 것이다. 그것은 단지 푸르게 물결치고 있을 뿐이다. 내적인 존재는 유동하고 있는 것이며, 우리 인간은 그것에 감탄할 수 있을 뿐이다.

이 작품은 김춘수의 초기시를 지배하는 '존재 탐구'의 경향을 지닌 시이다. '존재 탐구'라는 말은 김춘수 시인 자신이 스스로 쓴 말인데, '존재'라는 개념은 하이데거의 철학적 개념이어서 이해하기가 쉽지는 않다. '능금'이라는 사물이 있을 때, 그 능금을 모양이나 빛깔이라는 외형적인 측면, 또는 인간에게 양분을 제공한다는 기능적인 측면 등에서 바라볼 수 있을 것이다. 이는 아직 '능금'이라는 사물이 지니고 있는 존재의 영역에 다가가지 못한 단계이다. 어떤 능금을 다른 능금과는 다른 고유한 것으로 바라보고 그것에 특별한 의미를 내적으로 부여할 때, 우리는 그 능금의 존재에 가까이 가게 된다. 이는 마치 어린 왕자와 여우의 관계와 흡사하다. 수많은 다른 여우들 중에서 어떤 한 여우에 길들여지게 될 때, 즉 어떤 한 여우의 고유성을 깨닫고 친밀해지게 될 때, 어린 왕자는 '존재'에 다가가게 된 것이다.

「능금」외에도 존재 탐구의 경향을 지닌 대표적인 시로「꽃」을 들 수 있는데, 「꽃」과「능금」은 존재를 바라보는 시각에서 다소 차이를 지닌다. 「꽃」에서 꽃이 의미를 띠게 되는 것은 시적 화자가 그의 이름을 불러주었기 때문이다. '꽃'이라는 사물의 존재감은 인간의 인식에 의해 비로소 만들어지는 것이다. 즉「꽃」에서는 인간의 '인식'이 '존재'를 가능하게 한 것이다. 반면, 「능금」에서는 그 관계가 전도되어 있다. 능금의 존재는 그것이 성숙함에 따라 스스로 피어오르는 것이며 인간은 그것을 "숨가쁘게" 따라갈 수 있을 뿐이다. 여기서 존재는 인식에 의해 만들어지는 것이 아니라 스스로 발아된다. 인간의 인식은 그것을 겨우 뒤쫓고 수동적으로 감탄할 수 있을 뿐이다. 존재와 인식의 이러한 관계에서 하이데거의 철학에 부합하는 것은 후자이며, 전자는 인간의 인식에 우선권을 부여하는 칸트적 태도를 나타낸다고 볼 수 있다.

| 김춘수 |

처용단장 I의 II

3월에도 눈이 오고 있었다.
눈은
라일락의 새순을 적시고
피어나는 산다화를 적시고 있었다.
미처 벗지 못한 겨울 털옷 속의
일찍 눈을 뜨는 남쪽 바다,
그날 밤 잠들기 전에
물개의 수컷이 우는 소리를 나는 들었다.
3월에 오는 눈은 송이가 크고
깊은 수렁에서처럼
피어가는 산다화의
보얀 목덜미를 적시고 있었다.

—『현대문학』1호(1969년)

*

하나의 연이 12행으로 이루어진 자유시이다. 이 시는 제목과 내용의 연관이 불분명하며, 내용 자체도 정경 묘사 위주로 되어 있는데 각 사물들의 연관관계가 애매하여 그 의미가 쉽게 포착되지 않는다. 그래서 이 시를 이해하기 위해서는 이 작품이 「처용단장」 연작시로 씌어졌다는 점을 우선 고려해야 한다. 또한 김춘수 자신이 쓴 '처용'이라는 제목의 소설(그 내용은 수필과 거의 유사하다)과 내용을 연관시켜볼 필요가 있다.

김춘수의 소설 「처용」에는 "처용은 나의 유년의 모습이었다" "처용은 어떻게 나에게로 왔을까? 그는 동해룡(東海龍)의 아들이다. 그렇다. 나는 바다가 되어버린 것이다" "그(처용—인용자)는 다만 환한 빛이었다" 등등의 구절이 나온다. 시인의 말대로 「처용단장」 연작시를 살펴보면, '바다' 이미지가 유난히 자주 등장한다. 단적으로 말한다면 제목의 '처용'이란 '바다'의 변용된 표현이며, '바다'는 내면의 어두움이 승화된 '환한 빛'을 구현하는 이미지이다. 연작시의 대부분에서 종결어미가 과거형으로 쓰인 것은 시적 화자의 시선이 그의 과거인 유년기를 향하고 있음을 반증한다.

이 작품의 주요 제재는 '눈'이다. 눈이 중심이 되어 라일락과 산다화, 그리고 바다를 환기하고 있다. 그런데 이 눈은 3월에 내리는 눈이어서 겨울에서 봄으로 이행하게 하는 역설적인 장치로 사용되고 있다. 눈은 라일락과 산다화를 '적시'는 것으로 묘사되고 있어서 봄비와도 같이 개화(開花)를 일으키는 매개로 작용한다. 이 개화를 통해 바다 역시 "눈을 뜨"게 된다. 꽃과 바다가 눈을 통해 봄을 맞이한다는 이러한 상상력은 동화적인 것이어서, 이 시가 보여주는 정경이 유년기의 체험과 결부된 것이라는 점을 상상할 수 있다.

그런데 바다는 아직 "겨울 털옷"을 벗지 못하고 있다는 표현은, 씨눈이 발아하기 직전의 식물을 연상시킨다. 이 시에서 바다는 식물적 이미지로 형상화되어 있는 것이다. 털옷을 아직 벗지 못했지만 그래도 바다는 눈을 뜨기 시작하고 있어 겨울에서 봄으로 이행하는 시간의 아슬아슬한 떨림을 독자는 느낄 수 있다. 이는 유년기 화자의 순진한 시선을 짐작할 수 있게 한다. 이 시의 중간쯤에서 유년기 화자는 잠자리에서 "물개의 수컷이 우는 소리"를 듣는다. 동물의 등장은 지배적인 식물적 이미지(라일락과 산다화라는 꽃, 그리고 식물 이미지로 형상화된 바다)와 대조를 이루며 독특한 긴장감을 형성한다. 식물적 이미지가 평화, 고요의 분위기를 조성한 데 비해, 물개의 우는 소리는 그 고요를 깨는 소음으로 기능하고 있다. 어린아이가 잠자리에서 듣는 소리라는 정황은, 극단적으로 말한다면, 공포의 심리를 표현하고 있는 것 같기도 하다. 그렇지만 식물과 동물, 고요와 소음 사이의 작은 불협화음은 곧 사라지며, 이 시의 마지막은 첫 부분에서도 제시되었던 식물을 적시는 정경을 반복하며 마무리되고 있다. 화해로운 유년기의 동화적 상상력 속에서는 작은 공포마저 '환한 빛'으로 덮이어 즐거운 사건으로 변화되는 것이다. 덧붙여 말한다면, 처음과 마지막이 동일한 정경을 반복하는 이 수미쌍관적인 구성은 유년기의 화해로운 원환성을 상징하는 것으로 볼 수도 있다.

김춘수는 「처용단장」 연작시를 쓸 무렵 '무의미 시론'을 발표했다. 이를 근거로 하여, 이 시는 '무의미 시'의 범주로 분류되기도 한다. '무의미 시'란, 시어나 이미지를 어떤 의미를 구현하기 위한 도구가 아니라 순수한 사물로 다룬다는 뜻을 지닌다. 이때 이미지는 그 이면에 원관념을 지닌 비유로 사용되지 않고 오직 외부 정경을 서술하는 데 바쳐진다. 이런 점에서 김춘수는 비유적 이미지와 서술적 이미지를 구분하고, 전자를 배제하고 후자만을 시작(詩作)의 방법론으로 삼게 된다.

「처용단장」 연작시 역시 각각의 시어들이 어떤 의미를 내포하는 상징이나 비유로 쓰이지 않고 즉물적으로 쓰여 '무의미 시'로 분류하는 평자들이 많다. 그러나 이 작품은 외부정경을 비교적 일관되게 묘사하고 있으며, 유년기의 체험이라는 단일한 의미만을 지니고 있어 '무의미 시'가 아니라고 보는 논자들 또한 많이 있다. 가령, 최소한의 의미도 포착하기 힘든 「처용단장 III의 V」("불러다오 / 멕시코는 어디 있는가 / 사바다는 사바다, 멕시코는 어디 있는가 / 사바다의 누이는 어디 있는가 / 말더듬이 일자무식 사바다는 사바다 / 멕시코는 어디 있는가 / 사바다의 누이는 어디 있는가 / 불러다오 / 멕시코의 옥수수는 어디 있는가" ― 전문)에 비하면, 이 시는 '무의미'보다는 '의미' 쪽에 가까운 것이다.

「처용단장 III의 V」를 제외한다면, 「처용단장」 연작시의 대부분은 외부 정경을 묘사하고 있는데 여기에는 물론 해체와 상상적 변형이 일어나고 있다. 하지만 그 시편들이 지닌 상상력을 포착하는 것이 불가능할 정도로 심하게 해체되지는 않았다고 할 수 있다. 김춘수의 자전소설 「처용」과 「처용단장」 연작시를 연결시켜 상호텍스트적으로 읽어볼 때, 그 시편들이 드러내고 있는 것은 유년기 체험의 시화(詩化)라고 볼 수 있다. 유년기 체험을 다룬 시편들이 '처용'이라는 제목을 지니는 것은, 거기에서 '바다' 이미지가 지배적으로 작용하고 있다는 시적 사실에 상응한다. 전설에서 처용은 동해룡의 아들이며, 전기적으로 볼 때 김춘수의 고향은 통영이다. 통영의 아름다운 바닷가에서 성장한 유년기의 체험이 「처용단장」 연작시를 낳은 것이다.

김춘수(1922~)
경남 충무에서 태어났으며 일본 니혼대를 중퇴했다. 『노만파』 동인으로 활동하였고 1948년 첫 시집 『구름과 장미』로 등단했다. 시집 『늪』(1950), 『旗』(1951), 『꽃의 소묘(1959)』, 『처용』(1974), 『들림, 도스토예프스키』(1997) 등이 있다. 한국시인협회상(1958), 아시아자유문학상(1959), 대학민국문학상(1959) 등을 수상했다.

눈

눈은 살아 있다.
떨어진 눈은 살아 있다.
마당 위에 떨어진 눈은 살아 있다.

기침을 하자.
젊은 시인이여 기침을 하자.
눈 위에 대고 기침을 하자.
눈더러 보라고 마음놓고 마음놓고
기침을 하자.

눈은 살아 있다.
죽음을 잊어버린 영혼과 육체를 위하여
눈은 새벽이 지나도록 살아 있다.

기침을 하자.
젊은 시인이여 기침을 하자.
눈을 바라보며
밤새도록 고인 가슴의 가래라도
마음껏 뱉자.

—『문학예술』25호(1957년)

4연으로 이루어진 자유시이다. 1연과 2연은 각각 객관적 사물(눈)과 주관적 행위(시인의 기침)를 다루고 있는데, 객관 대 주관이라는 이러한 대립적 구도는 3연과 4연에서 그대로 유지된다. 즉 이 시는 A-B-A'-B'의 구조로 구성되어 있다. 1, 2연이 3, 4연을 통해 반복·재생산되는 구조인 것이다. 3, 4연은 1, 2연의 기본틀을 유지하는 동시에 구체적인 정황의 진술("죽음을 잊어버린 영혼과 육체를 위하여" "밤새도록 고인 가슴의 가래라도")을 통해 1, 2연의 내용을 한층 강화하는 기능을 한다. 또한 그러한 구체화된 상황 전개로서 표면적으로 대립 구도를 이루던 주관과 객관은 결국 합치된다. 시상이 전개되면서 "눈"의 '살아 있음' 과 "시인"의 '침 뱉는 행위' 는 그 역동성을 통해 일치하게 된다.

또한 네 연 모두 각각 첫 행에서 핵심적 내용이 제시되는 형태, 즉 두괄식 형태를 취하고 있다는 점도 주목할 만하다. 우선 1연과 2연의 경우, 각 연의 내부를 보면 핵심적 내용("눈은 살아 있다" "기침을 하자")이 처음 제시된 후 그것이 점층적으로 구체화되고 있다. 3연과 4연 역시 각 연의 첫머리에서 1연과 2연의 첫머리를 되풀이하고 있으며 그것을 점점 구체화·고조시키고 있다. 그런데 이 점층적인 구체화의 구조는 보다 큰 틀에서 볼 때도 유지된다. 즉 1, 2연의 내용은 3, 4연에서 구체화됨으로써 한층 명확해진다. 1, 3연의 경우, 눈의 살아 있음은 죽음과 대비되어 뚜렷한 의미를 얻고, 2, 4연의 경우, 시인의 기침은 내면에 고인 가래를 뱉는 행위로 부각된다.

김수영이 쓴 '눈' 이라는 제목의 시는 세 편이다. 위의 시는 그 최초의 것으로 1956년에 씌어졌고, 나머지는 각각 1961년, 1966년에 씌어졌다. 뒤의 두 작품이 첫 작품과 다른 점은, 그 눈이 대지에 떨어져 있는 것이 아니라 "펄펄/내리는" 것으로 공중에서의 역동적인 움직임을 함유하고 있다는 점이다. 특히 1961년작에서 그 눈은 그 역동성으로 인해 '민중'과 연결된다. 아마도 민중이 지니는 잠재력의 극한을 자유롭게 휘날리는 눈의 움직임으로 표현하려 한 것이라 여겨진다. 그래서 눈은 "영원히 앞서 있는" "산너머 민중"과 등치되며, 그에 대해 시인은 '무용한' 존재에 지나지 않는다.

첫 작품에서도 역시 눈과 시인의 대비가 나타난다. 그러나 이 작품에서 눈과 시인은 대립적인 관계를 맺지 않는다. 여기에서 시인은 평가절하된 무용한 존재가 아니다. 눈과 시인은 오히려 화해로운 내적 관련을 맺는다. 즉 눈의 '살아 있음'을 통해 시인의 정신은 고양되어, 눈과 시인은 궁극적으로 일치되는 양상을 보이는 듯하다. 그 일치를 가능하게 하는 것은 "가래를 뱉는" 시인의 행위이다.

이 시에서 "눈"이라는 시어의 핵심적인 표지는 "살아 있다"라는 술어이다. 눈에 대해 "살아 있다"라는 서술어가 1연에서 세 번, 3연에서 두 번 사용된다. "살아 있다"라는 말은 눈을 주어로 갖는 모든 문장의 공통된 서술어이다. 그런데, 뒤의 두 작품과 비교할 때 이 시에 나타난 눈의 특징은 "마당 위에 떨어"져 있다는 점이다. 그래서 상대적으로 역동성이 제거된 정적인 뉘앙스를 지닌다. 그래서 '삶'보다는 '죽음'에 가까운 인상을 주기도 한다. 그러나 이 시의 눈은 "살아 있"는 눈이다. 이를 이해하려면, 떨어져 있는 눈 역시 공중에서의 자유로운 움직임을 함축하고 있는 것으로 생각해야 한다. 떨어져 있는 눈은 허공에서 자유롭게 떠돌던 움직임의 자취이지, 그것의 종결이 아닌 것이다. 그래서 눈은 "죽음을 잊어버린 영혼과 육체를 위하여" 존재한다. 눈은 그 극한적 움직임으로 인해 "죽음"과 뚜렷이 대비되는 사물이다.

화자는 이 살아 있는 눈을 통해 젊은 시인을 고무하고자 한다. 혹은

'기침을 하라' 가 아니라 "기침을 하자"라는 어법을 사용한 것으로 보아, 화자 자신이 젊은 시인이며 스스로가 눈을 통해 고양되기를 원하고 있는지도 모른다. 화자는 젊은 시인에게 "눈 위에 대고" 기침을 하자고 권유한다. 2연의 기침하는 행위는 4연에서 "밤새도록 고인" 가래를 "마음껏 뱉"는 행위로 구체화된다. 즉 기침하는 행위란 궁극적으로는 무언가를 뱉는 행위를 뜻하는 것이다. 김수영의 유명한 시론의 제목 또한 '시여 침을 뱉어라' 이며 이 글의 부제는 '힘으로서의 시의 존재' 이다. 김수영에게 '뱉는 행위' 는 시의 본질과 관련하여 매우 중요한 것임을 알 수 있다. '뱉는 행위' 는 '힘으로서의 시' 를 가리키는 것이며, 이는 시인이 관념에 머무르지 않아야 함을 강조하는 것으로 해석될 수 있다.

1961년작에서 눈−민중과 대비되는 시인은 무용한 존재이다. 이는 눈의 자유로운 역동성에 비해볼 때, 시인(나아가 지식인)은 행동보다는 관념에 가까운 존재이기 때문이다. 여기에서 다루는 1956년작은 이와는 차이를 보인다. 시인의 '가슴에 밤새도록 고인 가래' 란 이러한 맥락에서 관념성을 뜻한다고 할 수 있다. 그렇지만 이 가래를 뱉는 것은 하나의 행위가 된다. 관념에서 행위로의 이행은 살아 있는 눈에 의해 자극받았기 때문이지만, 또한 시인은 가래를 뱉는 행위를 통해 눈이 함축하는 역동성을 실행할 수 있게 된다.

풀

풀이 눕는다.
비를 몰아 오는 동풍에 나부껴
풀은 눕고
드디어 울었다.
날이 흐려서 더 울다가
다시 누웠다.

풀이 눕는다.
바람보다도 더 빨리 눕는다.
바람보다도 더 빨리 울고
바람보다 먼저 일어난다.

날이 흐리고 풀이 눕는다.
발목까지
발밑까지 눕는다.
바람보다 늦게 누워도
바람보다 먼저 일어나고
바람보다 늦게 울어도
바람보다 먼저 웃는다.
날이 흐리고 풀뿌리가 눕는다.

—『현대문학』 164호(1968년)

　3연으로 구성된 자유시이다. 각 연의 첫 행에 "풀이 눕는다"라는 진술이 제시되어 있는데, 3연의 첫 행은 "날이 흐리고 풀이 눕는다"라는 구절로 구체화되어 있다. 요컨대 이 시는 "풀이 눕는다"라는 풀의 입장과 '날이 흐리다'라는 풀을 둘러싼 정황의 대비구도로 이루어져 있는 것이다. 다시 말하면 "풀"과 "바람"의 대립구도가 이 시에서 중요하다. 이러한 풀과 바람의 관계의 변화를 통해 이 시는 전개된다. 1연이 그것을 상식적인 인과수준에서 제시했다면, 2연과 3연은 그러한 상식적인 관계를 전도시키고 있다. 상식적인 관계의 전복은 풀이 바람보다 "더 빨리" "먼저" 어떤 행위(울거나 웃고 일어나거나 눕는)를 하는 데서 발생한다.

　「풀」은 김수영이 교통사고로 사망하기 전, 마지막으로 쓴 작품이다. 어느 평자가 지적한 것처럼, 이 작품은 모더니즘적 난해성과도, 참여론적인 거친 육성과도 다른 스타일을 지니고 있어 가장 김수영답지 않은 작품이지만, 그가 추구한 시세계의 완성된 도달점이라고 평가되기도 한다. 아무튼 오늘날 「풀」은 김수영의 시작품 중 가장 널리 알려진 작품임에 틀림없다.

　「풀」은 여러 논객들에 의해 가장 다양하게 해석된 김수영의 작품 중 하나인데, 민중론자들의 해석에 의해 풀＝민중이라는 강력한 상징성을 부여받기도 했다. 풀은 여리고 상처받기 쉽지만, 동시에 어떤 힘에 의해서도 죽지 않는 강인한 생명력을 가진 존재라는 것이다. 그러나 무엇보다도 이 작품의 핵심은 풀과 바람이 맺는 관련이다. 풀과 바람 사이의 관계가 변화함에 따라 이 시는 전개되는 것이다.

　우선 1연에서는 "풀"과 그것이 처한 악조건이 상식적인 수준에서 인과관계로 엮어져 있다. '날이 흐리다'라는 상황이 "비를 몰아 오는 동풍"

과 더불어 나타남으로써 가장 구체적으로 형상화된 연이기도 하다. 1연은 풀이 눕는다는 상황과 더불어 그 원인을 제시한 것으로 작품 전체의 도입부로 기능한다. 바람과 흐린 날씨(시련, 압제)로 인해 풀이 누워 울고 있는 정경이 묘사되어 있다.

다음 2연은 "풀"과 그를 둘러싼 상황이 맺는 관련의 변화를 통해 전개된다. 2연에서 '날이 흐리다'라는 상황은 "바람"이라는 시어로 간명하게 표상되는데, 중요한 것은 풀과 바람의 관계이다. 풀은 바람보다 "더 빨리" "먼저" 눕고 울고 일어난다. 풀은 비록 누워 울고 있지만, 시간의 측면, 순서의 측면에서 바람보다 우위를 점하게 된다. 풀은 바람에 대해 선차성을 띰으로써 가치의 측면에서 우월성을 지니고 있음이 암시되는 것이다. 상식적인 시각에서 풀이 눕는 것은 바람이 불기 때문이다. 풀이 눕는 동작은 바람에 의해 야기된 것이므로, 풀은 바람보다 먼저 누울 수 없다. 이러한 상식적인 인과관계를 전복시킴으로써 풀을 수동적 존재가 아닌 능동적 존재로 묘사할 수 있게 되는 것이다.

그런데 마지막 연에서 이러한 풀과 바람의 관계는 다시 한번 어긋나게 된다. 풀은 바람보다 늦게 누워 울지만, 바람보다 먼저 일어나 웃는다. 이러한 시적 진술은 그 자체로서는 자연스럽게 해석될 수 있다. 풀은 바람이라는 악조건에 고통을 받을 수밖에 없지만, 결국 바람을 극복하고 승리를 얻는다는 전언으로 읽힐 수 있다. 문제는 2연과의 관련 양상이다. 2연에서 눕고(울고) 일어나는 풀의 모든 행위는 모두 바람보다 "더 빨리" "먼저" 발생한다. 반면, 3연에서는 그렇지 않다. 한편으로 눕고 우는 행위는 바람보다 "늦게" 나타나고, 다른 한편으로 일어나고 웃는 행위는 바람보다 "먼저" 발생한다.

눕고 우는 행위의 경우, 2연과 3연에서 바람과 풀의 관련이 서로 모순된다. 2연이 1연을 전복시킬 뿐만 아니라, 3연에서 다시 2연이 전복되고 있는 것이다. 이는 풀의 움직임이 어떤 하나의 유일한 방향으로 고정되지 않음을 나타낸다. 풀의 눕는 동작은 바람보다 먼저 발생할 수도 있고, 늦게 발생할 수도 있다. 풀의 동작이 일의적으로 규정되지 않는 데에 오히려 풀의 잠재력이 있다. 풀의 움직임은 바람에 의한 인과관계적 관련으로부터 자유롭다. 뿐만 아니라 풀은 단일한 방향으로 규정되지 않고 다의적인 움직임을 지닌다. 이러한 무정부주의적인 다의성으로 인해 풀은 민중의 끊임없는 잠재력을 지니게 되는 것이다.

그런데, 마지막 연을 다시 보면, 다소 비관주의적 색채가 짙다. 이 연에서 서술어는 일곱 개인데, "일어나고"와 "웃는다" 두 개를 제외하면 모두 "눕는다"(하나는 "울어도"이지만 동일한 의미를 띠므로 포함시킨다면)이다. 첫 행과 마지막 행이 모두 "날이 흐리고 풀이 눕는다"라는 진술로 이루어져 있다. 이는 언뜻 볼 때 바람에 의해 좌우되지 않는 풀의 능동성에 대한 형상화와 모순되는 듯하다. 그러나, 이는 섣부른 낙관주의에 대한 경계로 읽을 수 있다. 풀은 바람에 일방적으로 규정되는 수동적인 존재가 아니지만, 바람과의 싸움은 쉽게 끝나는 것이 아니다. 바람과의 싸움은 종결되지 않으나, 풀은 싸우면서 웃을 수 있을 만큼 강하다. 웃음 뒤에 울음이 따르지만 다시 그 울음은 웃음을 예비할 것이다. 풀은 끝이 없는 웃음과 울음의 순환을 살아야 하는 것이다.

| 김수영 |

푸른 하늘을

푸른 하늘을 제압하는
노고지리가 자유로웠다고
부러워하던
어느 시인의 말은 수정되어야 한다.

자유를 위해서
비상하여본 일이 있는
사람이면 알지
노고지리가
무엇을 보고
노래하는가를
어째서 자유에는
피의 냄새가 섞여 있는가를
혁명은
왜 고독한 것인가를

혁명은
왜 고독해야 하는 것인가를

—『거대한 뿌리』(1974년)

3연으로 이루어진 자유시이다. 1연에 나오는 노고지리의 비상으로부터 자유와 혁명이라는 화두를 이끌어내고 있다. 2연에서 자유와 혁명을 노래한 후, 3연에서 혁명을 반복적으로 강조하고 있다. 노고지리에 대한 관찰에서 자유와 혁명이라는 테마를 연상하여 전개하고 있다. 사물의 객관적 상태로부터 어떤 성찰을 이끌어내는 방식이 주목된다.

김수영 시에 있어서 4·19혁명이 중요한 분기점을 이룬다는 해석은 많은 연구자들에 의해 공유되고 있다. 김수영이 4·19 당시 거칠고 직접적인 육성을 여과 없이 시에 담았다는 것은 잘 알려져 있다. 「푸른 하늘을」 역시 4·19 당시에 씌어진 작품인데, 이 시기에 씌어진 다른 시들과는 달리 절제된 방식으로 형상화되었다는 점이 특징적이다. 혁명을 제재로 한다는 점은 동일하나, 이 시기의 많은 시편들이 기존의 것에 대한 노골적인 야유와 공격을 드러내고 있기 때문이다. 「푸른 하늘을」은 그러한 격앙된 흥분 상태로부터 벗어나 냉정한 시선을 획득한 작품이라 할 만하다.

우선 1연에서 시적 화자는 노고지리의 비상을 자유로운 것으로 부러워하는 어느 시인에 대해 비판적인 태도를 보인다. 노고지리의 비상은 분명 자유를 함축하고 있으나 이 자유가 '부러워할' 만한 것은 아니라는 것이다. 이는 새의 자유로운 비상에 대한 낭만적인 찬탄을 비판하는 것으로 해석할 수 있다. 넓게 보면, 이러한 비판이 겨냥하는 것은 낭만주의적인 태도 일반이라 할 수 있다. 하늘에서 자유롭게 비상하고 있는 새가 단지 여유 있고 아름답기만 한 것은 아니라는 전언이다. 이러한 맥락에서 낭만적 태도에 대한 비판은 흥분과 도취의 상태에서 쓴 듯한 이 시기의 다른 시편들에 대한 회의와도 닿아 있을지 모르겠다.

1연에 나타난 비판의 구체적 내용이 나타나는 것은 2연이다. 노고지리를 부러워할 수만은 없는 것은 "자유에는／피의 냄새가 섞여 있"으며 "혁명은" "고독"하기 때문이다. 시적 화자에 의하면 "자유"는 "피"와 연결되어 있다. "피"에서 우리는 희생이나 죽음 등을 연상할 수 있지만 폭넓게 보아 고통이라고 할 수 있다. 자유는 고통을 수반하는 것이며, 이 고통은 자유를 얻기 위한 투쟁에서 비롯한다고 볼 수 있다. 이 때문에, 노고지리의 비상을 향유의 시각에서만 보아서는 안 된다. 노고지리의 비상은 이면에 투쟁을 함축하고 있는 것이다.

　"자유"라는 화두에 연이어서 화자는 곧 "혁명"을 노래한다. "자유"로부터 "혁명"으로의 이행은 매개 없이 이루어지고 있어 매끄럽지 않고 다소의 추상성을 띠고 있기도 하다. 그렇지만, 이러한 방식은 한 항에서 다른 항으로 돌연 비약함으로써 충격과 반추를 야기하는 김수영 시의 고유한 특성이라고 할 만하다. 설명 없는 의외의 비약에서 독자는 다양한 해석의 가능성을 맛볼 수도 있을 것이다. 김수영에게 "자유"와 "혁명"은 자주 동일한 현상의 다른 표현이다. 진정한 자유를 얻기 위해서는 기존의 것을 파괴하는 혁명이 요구되며, 혁명은 자유를 얻기 위한 도정이기 때문이다. 이 시는 3연에서 혁명을 거듭 강조하고 있어, 자유보다는 상대적으로 혁명에 초점을 맞추고 있다. 이는 자유를 획득하는 '과정'에 더 큰 의미를 두는 것으로 읽힐 수 있다. 그렇지만 김수영에 의하면 자유는 고정된 그 무엇, 이미 이루어진 그 무엇이 아니라 새로운 것을 획득하려는 과정 자체이다. 이를 김수영은 '새로움은 자유며, 자유는 새로움이다'라고 표현한다. 그러므로, 김수영의 시세계에서 혁명과 자유를 논리적으로 구분하려 하는 것은 무의미한 일이기도 하다.

　시적 화자는 2연의 마지막과 3연에서 '혁명의 고독'에 대해 말하고 있다. 이는 노고지리의 비상에서 촉발된 시상의 전개를 매듭짓는 전언으로 핵심적인 부분을 이룬다고 할 수 있다. 여기에서 혁명과 고독의 관계는 자유와 투쟁(피)의 관계와 대응한다. 혁명과 자유는 낭만적인 향유의 대상이 아니라 고통을 수반하는 투쟁의 과정이다. 그래서 그것들은 그 이면에 각각 고독과 투쟁을 함축하고 있다.

그런데, 혁명의 고독이란 바로 자유를 얻기 위한 싸움에서 비롯하는 것 같다. 진정한 자유를 얻으려면 기존의 가치체계에 대한 파괴를 수행해야 하기 때문이다. 이 시기에 씌어진 「육법전서와 혁명」은 바로 그것을 노래하고 있다. 「육법전서와 혁명」은 기존 정권이 지니고 있던 헌법, 혹은 법질서에 대한 전복이 필요함을 역설한 작품이다. "혁명이란 / 방법부터가 혁명적이어야" 한다는 것이다. 기존의 틀에 얽매여 있어서는 진정한 혁명이 일어날 수 없다. 여기에서 고독이 발생한다. 자유와 혁명은 기존의 가치체계, 인식체계로부터 벗어날 것을 요구한다. 그래서 기존의 어떤 것에 의해서도 도움받을 수 없다. 혁명은 맨몸으로 기존의 것을 거부하며 세상에 투신할 때 가능한 것이다. 이런 의미에서 혁명은 '고독'하며, 그리고 "고독해야" 한다.

김수영(1921~1968)
서울에서 태어났으며 일본 도쿄대를 중퇴했다. 1947년 동인지 『예술부락』에 시 「묘정의 노래」를 발표하며 등단했다. 1949년 박인환 김경린 등과 『새로운 도시와 시민들의 합창』을 상재했으며, 1959년 시집 『달나라의 장난』을 간행했다. 1968년 교통사고로 사망했다. 사후 시집 『거대한 뿌리』(1974)와 『김수영 전집』(1981)이 출간되었다.

| 오규원 |

비가 와도 젖은 자는
순례 1

강가에서
그대와 나는 비를 멈출 수 없어
대신 추녀 밑에 멈추었었다.
그후 그 자리에 머물고 싶어
다시 한번 멈추었었다.

비가 온다, 비가 와도
강은 젖지 않는다. 오늘도
나를 젖게 해놓고, 내 안에서
그대 안으로 젖지 않고 옮겨가는
시간은 우리가 떠난 뒤에는
비 사이로 혼자 들판을 가리라.

혼자 가리라, 강물은 흘러가면서
이 여름을 언덕 위로 부채질해 보낸다.
날려가다가 언덕 나무에 걸린
여름의 옷 한자락도 잠시만 머문다.

고기들은 강을 거슬러올라
하늘이 닿는 지점에서 일단 멈춘다.
나무, 사랑, 짐승, 이런 이름 속에

얼마 쉰 뒤
스스로 그 이름이 되어 강을 떠난다.

비가 온다, 비가 와도
젖은 자는 다시 젖지 않는다.

—『월간문학』 35호(1971년)

*

    이 시는 다소 난해한 의미를 띠고 있는 작품인데, 부제가 '순례'라는 것에 유의하면서 이 시의 의미 전개를 추적해볼 수 있다. 4연 2행의 "하늘이 닿는 지점"을 순례의 마지막 지점으로 생각할 수 있다. 그런데 이 시의 전체적 분위기상 성지순례라는 종교적인 의미는 그다지 느껴지지 않는다. 물고기, 혹은 나와 그대가 순례하는 것은 성지라기보다는 시간이다. 시간을 순례한다는 것, 그것은 아마도 세상을 살아간다는 의미일 것이다. 그렇게 볼 때 "하늘이 닿는 지점"은 성지라기보다는 오히려 세상의 어느 한 곳에 불과할 것이다. 그곳이 성스러운가는 중요하지 않으며, 그저 순례하는 곳일 따름이다. 이 점에 주목한다면, 이 시의 의미가 어느 정도 드러나게 된다.

    1연에서는 반복적 행위를 통해 과거의 재현이 이루어진다. 세상을 살다가 한번 찾아갔던 곳을 다시 찾아갔는데, 그 사이에는 단지 시간만이 가로놓여 있는 것이다. 이는 2연으로 자연스럽게 이어진다. 여기서는 시간의 "젖지 않"음과 '혼자 간다'는 속성이 언급되고 있다. 3연에서는 계절의 변화과정을 통한 시간의 흐름을 보여주는데, 중요한 것은 "잠시만" 머무는 여름이 그대와 내가 공유했던 시간이라는 점이다. 즉 세상을 살아가는 인간들이 서로 공유하는 시간이란 "잠시"일 뿐이라는 것이다. 그 잠시인 시간조차 "내 안에서 / 그대 안으로 젖지 않고 옮겨가는" 것이다. 4연에서는 그렇게 살아가는 세상살이의 방식을 말하고 있다. 즉 세상을 순례하다가 그 세상 속에서 사물이나 그것의 관념, 감정 등과 동화되어 세상을 살아가는 것이다.

    그렇다면 "비가 와도 / 젖은 자는 다시 젖지 않는다"는 것은 무슨 말일까? 2연에서 "비"에 젖는 것은 나와 그대이고, 젖지 않는 것은 강이나 시간이다. 즉 강은 이미 젖어 있기 때문에 더이상 젖을 수가 없다. '젖는다' 는 것은 물기를 머금게 되는 상태로 마른 것만이 젖을 수 있는 것이다. '젖음' 이라는 속성을 가지고 있는 강은 이미 충분히 젖어 있어 다시 젖을 수 없는 것이다. 따라서 이 말은 어떤 속성에 익숙해져 있어 되풀이할 필요가 없음을 말한다. 관습화, 제도화된 것들, 아니면 절대불변의 자연적 섭리와 같이 그 자체로 당연하거나 분명한 것을 뜻한다.

　강은 "비"와 동질적인 속성을 가지고 있고, 나와 그대는 "비"에 대해 이질적이다. 다른 한편 "시간"이 강이나 비처럼 젖지 않는 것은, 외부의 영향에 의해 자신을 변화시키지 않는 특성을 지니고 있기 때문이다. 시간은 인간이 마음대로 할 수 없는, 이미 주어진 것이다. 그러나 나와 그대는 비에 젖는다. 우리 인간들의 삶은 그 자체로 주어진 것이어서 영구불변하는 것이 아니라 늘 외부의 영향을 받으며 변화한다. 절대적 가치나 진리의 속성을 자신 안에 갖고 있지 못하다. 따라서 인간은 이런 원리를 향하여 살아가고 있다. 그러나 인간의 실제 삶은 언제나 그러한 편이 못 된다. 인간 존재는 오히려 이런 원리와 모순되어 있다. 그 모순의 극복을 순례, 즉 삶의 과정에서 구하고자 하는 것이 이 시가 말하는 목표이다.

남들이 시를 쓸 때

잠이 오지 않는 밤이 잦다.
오늘도 감기지 않는 내 눈을 기다리다
잠이 혼자 먼저 잠들고, 잠의 옷도, 잠의 신발도
잠의 문비(門碑)도 잠들고
나는 남아서 혼자 먼저 잠든 잠을
내려다본다.

지친 잠은 내 옆에 쓰러지자마자 몸을 웅크리고
가느다랗게 코를 곤다.
나의 잠은 어디 있는가.
나의 잠은 방문까지는 왔다가 되돌아가는지
방 밖에서는 가끔
모래알 허물어지는 소리만 보내온다.
남들이 시를 쓸 때 나도 시를 쓴다는 일은
아무래도 민망한 일이라고
나의 시는 조그만 충격에도 다른 소리를 내고

잠이 오지 않는다. 오지 않는 나의 잠을
누가 대신 자는가.
남의 잠은 잠의 평화이고
나의 잠은 잠의 죽음이라고

남의 잠은 잠의 꿈이고
나의 잠은 잠의 현실이라고
나의 잠은 나를 위해
꺼이꺼이 울면서 어디로 갔는가.

—『왕자가 아닌 한 아이에게』(1978년)

*

이 시는 제목이 상기하는 바대로 일종의 오규원의 시론(詩論)격인 작품이다. 남들이 시를 쓸 때 나도 덩달아 시를 쓰는 일을 "민망한 일"이라고 느낀다는 것은 자신은 그런 식으로 시를 쓰지 않는다는 사실을 간접적으로 드러낸다. 자신은 남이 쓰지 않을 때 시를 쓴다는 것이다. 이 말은 같은 시간에 시를 쓰지 않는다는 그런 단순한 시간적 의미가 아니라, 남들이 다 쓰는 그런 시를 쓰지 않는다는 의미로 받아들여야 한다. 남들이 다 쓰는 그런 시를 쓸 때 자신은 편한 잠을 잘 수가 없다. 그런 시란 일견 괴로워 보이는 창작행위라고 할지라도 순전히 베끼는 행위와 다를 바가 없기 때문이다. 한 시대가 요구하는 시의 형식을 그대로 따르고, 동시에 시대적 담론을 그대로 따르는 그런 시란, 오규원의 시적 어투를 빌리면, 편한 잠과 다를 바가 없다. 편하고 상투적인 시는 시대적 유행과 흐름 속에 몸을 맡기고 있기 때문에 어떤 충격에도 둔감할 수밖에 없다. 자신의 삶에서 울려오는 고통의 목소리가 아니기 때문에 삶의 여리고도 깊은 상처에 무딜 수밖에 없다. 이 상처를 오규원은 "조그만 충격"이라고 표현한 것이다. 그러므로 이러한 상투적 시를 벗어나고자 하고, 삶을 그 날것의 상태에서 받아들이고자 하는 시인의 자세에서는 당연히, "나의 시는 조그만 충격에도 다른 소리"를 낼 수밖에는 없는 것이다. 조그만 충격에도 "다른" 소리를 내는 시는 상투적이고 정형화된 사유에서 나오는 시와 '다르다'. 조그만 충격에도 '다르게' 반응하고자 하는 것이 오규원의 시론인 셈이다.

그렇게 조그만 충격에도 다르게 반응하는 시인이기에 그에게 잠은 좀처럼 찾아오지 않는다. 이 잠 못 드는 시인을 통해 그가 얼마나 세상을 고통스럽게 인식하고 있는지 알 수 있게 된다. 이런 고통스런 인식은,

208

"나는 남아서 혼자 먼저 잠든 잠을/내려다본다"와 같은 모순적 시구를 낳는다. 자신은 못 자는 잠을 누군가 달콤하게 자고 있는 상황과 그들을 바라보는 시인의 난감한 모습을 여기서 상상할 수 있다.

시인은 그러한 불면의 밤을 고통스러워하면서도 그 잠을 빼앗아간 것에 대해 원망하지는 않는다. 그 잠은 울면서 어디로 갔다. 그런데 여기서 중요한 점은 그 잠이 "나를 위해" 울면서 갔다는 것이다. 불면의 밤과 어디로 간 잠은 결국 시인에게는 괴롭지만 긍정적인 현상이다. 쉽게 잠드는 것보다 차라리 불면에 시달리겠다는 시인의 삶에 대한 자세가 확연히 느껴지는 부분이다. 그래서 "나의 잠은 잠의 죽음"이고, "잠의 현실"인 것이다. 다시 말해 나의 잠은 죽음의 잠이며 현실의 잠이다. 내가 잠드는 것은 곧 죽는 것과 같고, 동시에 현실이 눈감는 것과 같다. 시인은 깨어 있을 때만 시인이라면 잠은 곧 죽음이다. 그리고 잠드는 순간, 현실과 마주쳐야 하는 시인은 그 현실을 잃게 된다. 그래서 현실의 잠인 것이다. 이를 시인은 "잠의 죽음" "잠의 현실"이라고 도치적으로 표현한 것이다. 남들이 자는 잠이 "잠의 평화" "잠의 꿈"이라고, 다시 말해 평화의 잠이며 꿈꾸는 잠이라고 하더라도 "나를 위해" 잠은 나에게 찾아오지 않는다.

이렇게 본다면 이 시에서 불면은 삶에 대한 치열성이 만들어낸 시인의 의도적 산물임을 알 수 있다. 그 불면을 시인은 긍정적으로 받아들이고 있고, 이를 참된 시인됨이라고 평가하고 있는 셈이다. 그러므로 참된 시를 쓰기 위해서는 늘 깨어 있어야 한다. 깨어 있는 시인에게만 참된 시를 논할 자격이 주어지는 것이다.

오규원(1941~)
경남 밀양에서 태어났으며 동아대 법학과를 졸업했다. 1965년 『현대문학』에 「겨울 나그네」 등이 추천되어 등단했다. 시집 『분명한 사건』(1971), 『순례』(1973), 『사랑의 기교』(1975), 『왕자가 아닌 한 아이에게』(1978), 『이 땅에 씌어지는 서정시』(1981), 『희망 만들며 살기』(1985), 『가끔은 주목받는 생이고 싶다』(1987) 등이 있다. 현대문학상(1982)을 수상했다.

꿈, 견디기 힘든

그대 벽 저편에서 중얼댄 말
나는 알아들었다.
발 사이로 보이는 눈발
새벽 무렵이지만
날은 채 밝지 않았다.
시계는 조금씩 가고 있다.
거울 앞에서
그대는 몇 마디 말을 발음해본다.
나는 내가 아니다 발음해본다.
꿈을 견딘다는 건 힘든 일이다.
꿈, 신분증에 채 안 들어가는
삶의 전부, 쌓아도 무너지고
쌓아도 무너지는 모래 위의 아침처럼 거기 있는 꿈.

　　　　　　　—『나는 바퀴를 보면 굴리고 싶어진다』(1978년)

    모두 13행으로 이루어진 단연시이고 자유시이다. 이 시는 황동규의 전반기 시의 특징을 잘 보여주고 있다.

    벽으로 나뉘어진 그대와 나, 그런 단절의 공간에서 그대가 전하는 말을 나는 그래도 알아듣는다. 이 문맥은 7∼9행과 관련해서 살펴보아야 그 뜻이 온전히 전해진다.

    날이 채 밝지 않은 새벽녘이고 밖에는 눈발이 날리고 있다. 그리고 시계가 "조금씩" 가고 있다는 사실을 통해서 아침이 좀처럼 당도하지 않음을 시적 화자가 괴롭게 인식하고 있음을 알 수 있다. 이 부분은 단순히 시적 배경을 서술하고 있지는 않다. "눈발"은 황동규 시에서 자주 쓰이는 시어로서, 그의 시 전편을 통해서 '눈'이 시적 화자와 동격임이 드러난다. 눈발은 계속 날리지만 아침은 오지 않고, 어두운 새벽 하늘을 눈발이 서성대고 있다. 이를 시적 화자와 연결시켜서 생각하면 이 시의 이해는 훨씬 수월해진다.

    1, 2행에서의 "벽"이 이제는 "거울"로 변해 있다. 거울 앞에서 그대가 하는 말은 곧 내가 하는 말이다. 그 말은 "나는 내가 아니다"라는 괴로운 자기 인식이다. 그렇다면 벽 저편에서 그대가 중얼댄 말이 거울을 통해 반사된다면 그것은 곧 나의 말이 될 것이다. 그렇다면 그대는 곧 내가 된다. 서로 다른 인칭대명사가 동격으로 처리되었다는 데서 시인의 의도를 엿볼 수 있다. '그대와 나'로 단절되어 있지만 그것은 결국 '우리'다. 우리는 단절되어 있지만 그래도 '우리'다. 여기에는 시인의 괴로운 자기 인식이 나를 둘러싼 타자들에게도 동일하게 적용될 것이란 세계인식이 깃들여 있다. "나는 내가 아니다"라는 말은 무슨 뜻인가. 이는 다시 10∼13행과 관련시켜 보아야 한다.

여기서는 "꿈"이 가장 중요한 시어이다. 그 꿈은 신분증에도 들어가지 않고 쌓아도 무너지는 모래 위의 아침이다. 신분증은 "나는 내가 아니다"와 연결되고, 모래 위의 아침은 채 밝지 않은 새벽과 연결된다. 이렇게 볼 때 이 시는 상당히 견고하게 축조되었음을 알 수 있다. 나를 나라고 인식케 해주는 신분증에는 꿈이 빠져 있다. 그러므로 그 신분증을 내밀면서도 나는 내가 아닌 것이다. 나에게는 신분증 외에 꿈이 여분으로 포함되어 있기 때문이다. 그래서 꿈을 견디는 일은 힘겨운 것이다.

이 시는 1978년에 나온 『나는 바퀴를 보면 굴리고 싶어진다』에 실려 있다. 초기의 애매한 기다림의 시학을 지나 이제는 현실에 대한 부정적 인식과 이를 극복하고자 하는 전형적인 암중모색이 담겨 있는 시이다.

내가 가지고 있는 꿈은 이 시에서 "새벽"으로 상징되는 부정적인 현실과 상반되는 의미망을 가지고 있다. 그렇기 때문에 신분증에 들어갈 수 없다. 신분증에 들어가는 꿈이라면 그 꿈은 더이상 전복적인, 체제 바깥의 사유의 대상이 될 수 없다. 그리고 시에서 아무런 힘도 가지지 못할 것이다. 시인은 이런 꿈을 가지고 있기에 그 꿈을 견디는 것이 힘들다. 꿈을 버리고 싶기 때문에 힘든 것이 아니라, 그 꿈을 간직하고 있어야 하기 때문에 힘든 것이다.

"신분증"이라는 체제 내적 공간에서 일탈해 있는 존재이기에 그는 "눈발"이 된다. 이 눈발은 정처를 정할 수 없는 시인 자신을 형상화하는 매개이다. 이 눈발이 밤새 내려 소담스럽게 쌓인 아침을 보는 것은 모두에게 행복한 일일 것이다. 그런데 시인은 시의 말미에서 "쌓아도 무너지고/쌓아도 무너지는 모래 위의 아침"이라고 표현하고 있다. 모래 위의 아침은 도래하더라도 곧 무너져버리는 것이다. 새벽 무렵에 그렇게 기다리던 아침이 왔지만 그 아침은 다시 무너져버린다. 여기엔 시인의 아주 강한 부정적 인식이 들어 있다. 현실은 쉽게 쌓아올릴 수 있는 그런

"새벽"으로 이루어진 것이 아니라, 계속해서 쌓아올려야 하는 그런 "아침"이다. 그렇기 때문에 꿈을 간직하고 있는 것이 힘겨운 일이고, 이에 따라 새벽녘 하늘을 "눈발"로 날아다녀야 하는 것이다.

결국 시인은 아침을 기다리는 꿈을 꾸지만 그 아침마저 무너져내린다는 절망적 인식을 갖고 있는 셈이다. 그럼에도 불구하고 시의 제목이 '견디기 힘든 꿈'이 아니라 '꿈, 견디기 힘든'으로 되어 있는 것은 아주 의미심장한 장치다. '견디기 힘든 꿈'은 절망적 인식의 표현이 아주 강하다. 그러나 '꿈, 견디기 힘든'은 그런 절망적 인식 속에서도 "꿈"이라는 단어를 앞에 놓음으로써, "꿈"이라는 단어를 명사보다는 동사적 의미를 갖게 만들어놓았다. 다시 말해 견디기 힘들지만 그럼에도 나는 '꿈을 꾼다'는 것이다. 이렇게 보면 이 시인이 절망적 현실 속에서도 미래에 대한 희망을 '괴롭게 꾸고 있음'을 알 수 있다.

풍장 1

내 세상 뜨면 풍장*시켜다오.
섭섭하지 않게
옷은 입은 채로 전자시계는 가는 채로
손목에 달아놓고
아주 춥지는 않게
가죽가방에 넣어 전세 택시에 싣고
군산에 가서
검색이 심하면
곰소쯤에 가서
통통배에 옮겨 실어다오.

가방 속에서 다리 오그리고
그러나 편안히 누워 있다가
선유도 지나 통통 소리 지나
배가 육지에 허리 대는 기척에
잠시 정신을 잃고
가방 벗기우고 옷 벗기우고
무인도의 늦가을 차가운 햇빛 속에
구두와 양말도 벗기우고
손목시계 부서질 때
남 몰래 시간을 떨어뜨리고

바람 속에 익은 붉은 열매에서 툭툭 튀기는 씨들을
무연히 안 보이듯 바라보며
살을 말리게 해다오.
어금니에 박혀 녹스는 백금 조각도
바람 속에 빛나게 해다오.

바람을 이불처럼 덮고
화장(化粧)도 해탈(解脫)도 없이
이불 여미듯 바람을 여미고
마지막으로 몸의 피가 다 마를 때까지
바람과 놀게 해다오.

—『현대문학』340호(1983년)

* 풍장(風葬) : 시체를 태워서 남은 뼈를 가루로 하여 바람에 날리는 장사(葬事), 혹은 시체를 한데
에 내버려두어 비바람에 없어지게 하는 장사를 말하며 여기서는 후자의 뜻으로 쓰였다. 이러한 풍
장의 예는 섬지방에 가면 몇 곳 남아 있다고 한다.

*

    이 시는 모두 3연 30행으로 구성된 긴 자유시이다. 죽음 이후 군산, 곰소를 지나, 배를 타고 선유도를 지나 어느 무인도로 가서 풍장되는 과정을 여행이라는 형식을 빌려 서술하고 있다.

    시는 자신이 죽으면 풍장시켜달라는 청유조로 시작되고 있다. 그것도 옷은 입은 채로 전자시계도 가는 채로, 인위적으로 자신의 주검을 변경시키지 말고 살아생전의 모습 그대로 자신을 풍장시켜달라고 한다. 자신이 풍장되고 싶은 곳이 섬임을 알 수 있는 것은 "통통배" 때문이다. 배를 타고 바다로 나아가는 행위에는 커다란 상징이 있음을 짐작할 수 있다. 풍장의 공간이 육지가 아니라 바다 한가운데 있는 어떤 섬이라는 사실을 암시함으로써 자신의 죽음을 단순한 죽음 이상으로 향하도록 한다.

    그리고 자신의 주검을 처리하는 데 있어서도 상당히 섬세하게 배려하고 있다. 가방도 가죽가방에 넣어달라고 하고 있고, 전세 택시에 실어가도록 하고 있으며, 가다가 검문에 걸릴 것도 염려하고 있다. 이런 섬세한 배려가 오히려 이 시에서는 애교스럽게 다가오고 있다는 점도 특징이라면 특징이라 할 만하다. 1연에 쓰인 "검색"이라는 단어는 상당히 의미심장한데 이는 시 전체적 맥락에서 다시 검토되어야 할 것이다.

    2연에서는 선유도 지나 어떤 무인도에 닿아 구두, 양말, 손목시계 모두 벗기우고, 세속의 시간으로부터 벗어난 채, 탈골(奪骨)의 과정으로 접어들게 해달라는 부탁을 하고 있다. 세상에서 힘겹게 살았음을 암시하는 어금니의 백금 조각도 이제는 바람 속에서 사라지게 해달라고 부탁한다.

    2연에서 재미있는 것은 "배가 육지에 허리 대는 기척에 / 잠시 정신을 잃고"라는 표현이다. 시적 화자는 지금 죽어 있는 주검의 상태임에도 불구하고 배가 섬에 접안하느라 부딪치는 충격에 잠시 정신을 잃는다는 표현은 죽었지만 살아 있는 상태 즉 '삶과 죽음'이 함께 공존하는 경지를 암시하고 있다. 이 표현의 정확한 뜻은 시 전체적으로 해석되어야 한다.

마지막 연에서는 본격적으로 탈골되는 과정을 묘사하고 있다. 자연의 바람이 곧 이불이며, 이 이불을 덮고 몸의 피가 다 마를 때까지 자연 속에 묻히고 싶음을 이야기하고 있다. 죽어가면서는 화장도 신경쓰지 않고, 그렇다고 고도의 경지인 해탈을 꿈꾸는 것도 아닌 그런 자연적 과정 속에 소멸되고 싶은 강한 소망이 드러나고 있다.

「풍장」연작 칠십 편은 시인의 전반기 시와는 완전히 다른 시세계를 보여주고 있다. 여기서는 죽음과 삶이라는 심각한 주제를 화두로 하여 오히려 삶의 궁극적 지점을 건드리고자 하는 시인의 의도가 나타난다.

죽음과 삶이 서로의 경계를 정한 채, 넘나들지 못하는 상황이 계속된 지 오래되었다. 죽음이 없는 삶을 인간들은 꿈꾸고, 삶이 없는 죽음에 대한 공포는 죽음을 이 삶의 경계 밖으로 몰아내도록 했다. 그러나 이 시에서 시인은 죽음과 삶이란 곧 삶의 양면성이라는 사실을 철저히 인식하고 있고, 이를 시적인 실천으로 몸소 보여주고 있다.

삶과 죽음이 넘나들 수 있으려면 죽음의 자리는 곧 삶의 자리가 되어야 한다. 이를 시인은 자신이 풍장될 공간에서 상징적으로 드러내고 있다. 바다 한가운데 있는 섬이란 무엇인가. 바다는 곧 생명의 원천적 공간이다. 바다는 곧 양수(羊水)다. 이 바다 가운데 있는 무인도는 곧 생명이 잉태되는 원초적 공간인 셈이다. 그래서 시인은 섬으로 가고자 하는 것이다.

그런데 죽음은 우리에게 일종의 금기이다. 주검을 데리고 죽음을 살고자 하는 욕망은 곧 금기를 위반하는 행위라고 할 수 있다. 그래서 시인은 "검색"이란 시어를 섬세하게 배치하고 있는 것이다. 그런 검색, 곧 금기를 피해 죽음을 살 수 있는 곳으로 가고자 하는 것이다. 그리고 죽음을 살고자 하는 욕망은 이런 금기를 넘어설 수 있는 용기와 위반에의 의지를 같이 가지고 있어야 가능한 것이라는 사실을 간접적으로 암시하고 있다.

무인도에 가서, 속세의 시간을 모두 털어버리고, 바람과 '놀고 싶다' (바람을 쐬는 것이 아니라 놀고 싶다는 표현에 주목해야 한다)는 소망은 자신의 장례 형태에 대한 단순한 고집이 아니다. 현실적 생에서 죽음을 그린다는 것이 애초에 불가능한 일이고 보면, 시인이 소망하는 풍장은 현재를 괴롭히는 죽음의 형식이 아니라 죽음을 사는 삶의 형식인 셈이다. 사후세계에 대한 묘사가 아니라, 살아가는 죽음에 대한 묘사인 셈이고 소망인 셈이다. 그래서 시인은 "바람과 놀게 해다오"라고 표현하고 있는 것이다. 죽음이 우리에게 고독과 공포를 불러오고 모든 존재를 무화시키는 무서운 것이 아니라 이 생을 위한 '놀이'라는 인식이 그 바탕에 존재하는 것이다. 그렇다면 "배가 육지에 허리 대는 기척에 / 잠시 정신을 잃고"라는 표현도 이해될 수 있는 것이겠다. 글자 그대로의 뜻으로 보면 아직 완전히 생명이 끊어지지 않은 주검이라는 괴기스러움의 표현이겠지만, 여기서는 죽음을 유희하고 삶을 죽음과 생동감 있게 연결시키는 이미지라고 할 수 있을 것이다.

바람과 노는 탈골은 이 생을 초월하고 죽음을 초월하는 그런 고귀한 득도의 경지가 아니다. 시인은 단지 죽음을 생에 끌어들여 같이 놀고 싶은 것이다. 그래서 시인은 "화장도 해탈도 없이"라고 쓰는 것이다. 죽음이 있을 때만 생은 의미 있고 생기에 찬 것일 수 있기 때문이다. 그리고 생이 있을 때만 죽음도 의미 있는 것이 되기 때문이다. 시집 『풍장』서문에 나오는 다음 구절은 이런 점에서 이해될 수 있다. "결국 죽음과 삶의 황홀은 한 가지에 핀 꽃인 것이다. 죽음이 없이 삶의 황홀이 어떻게 가능하단 말인가? 죽지 않는 꽃은 가화(假花)인 것이다. 그리고 삶의 황홀이 없다면 죽음을 맞아 끝나는 삶, 그 삶의 끝남이 무슨 의미를 지닌단 말인가?"

황동규(1938~　)
서울에서 태어났으며 서울대 영문과와 동대학원을 졸업했다. 1958년 『현대문학』에 「시월」「즐거운 편지」 등이 추천되어 등단했다. 시집 『어떤 개인 날』(1961), 『비가』(1964), 『삼남에 내리는 눈』(1975), 『나는 바퀴를 보면 굴리고 싶어진다』(1978), 『미시령 큰 바람』(1993) 등이 있다. 현대문학상(1968), 한국문학상(1980), 연암문학상(1988), 김종삼문학상(1991) 등을 수상했다.

| 김광규 |

희미한 옛사랑의 그림자

4·19가 나던 해 세밑
우리는 오후 다섯시에 만나
반갑게 악수를 나누고
불도 없는 차가운 방에 앉아
하얀 입김 뿜으며
열띤 토론을 벌였다
어리석게도 우리는 무엇인가를
정치와는 전혀 관계없는 무엇인가를
위해서 살리라 믿었던 것이다
결론 없는 모임을 끝낸 밤
혜화동 로터리에서 대포를 마시며
사랑과 아르바이트와 병역 문제 때문에
우리는 때묻지 않은 고민을 했고
아무도 귀 기울이지 않는 노래를
누구도 흉내낼 수 없는 노래를
저마다 목청껏 불렀다
돈을 받지 않고 부르는 노래는
겨울밤 하늘로 올라가
별똥별이 되어 떨어졌다
그로부터 18년 오랜만에
우리는 모두 무엇인가가 되어

혁명이 두려운 기성세대가 되어
넥타이를 매고 다시 모였다
회비를 만원씩 걷고
처자식들의 안부를 나누고
월급이 얼마인가 서로 물었다
치솟는 물가를 걱정하며
즐겁게 세상을 개탄하고
익숙하게 목소리를 낮추어
떠도는 이야기를 주고받았다
모두가 살기 위해 살고 있었다
아무도 이젠 노래를 부르지 않았다
적잖은 술과 비싼 안주를 남긴 채
우리는 달라진 전화번호를 적고 헤어졌다
몇이서는 포커를 하러 갔고
몇이서는 춤을 추러 갔고
몇이서는 허전하게 동숭동 길을 걸었다
돌돌 말은 달력을 소중하게 옆에 끼고
오랜 방황 끝에 되돌아온 곳
우리의 옛사랑이 피 흘린 곳에
낯선 건물들 수상하게 들어섰고
플라타너스 가로수들은 여전히 제자리에 서서

아직도 남아 있는 몇 개의 마른 잎 흔들며
우리의 고개를 떨구게 했다
부끄럽지 않은가
부끄럽지 않은가
바람의 속삭임 귓전으로 흘리며
우리는 짐짓 중년기의 건강을 이야기했고
또 한 발짝 깊숙이 늪으로 발을 옮겼다

—『신동아』 212호(1982년)

*

일종의 이야기를 담고 있는 시로, 그 이야기는 십팔 년 전과 후의, 생각과 삶이 달라진 모습들을 그 내용으로 하고 있다. 그것은 매우 정직하고 단순하게 진술되고 있는데, 이것은 시인 김광규 특유의 수법이다. 즉 이 시는 4·19의 열기에 가득 찼던 젊은 시절을 되돌아보는 중년기의 한 평범한 지식인의 내면을 아주 평이하게 서술한 작품이다. 1행에서 19행까지는 십팔 년 전의 열정에 들뜬 모습을 회상으로 처리하는 대목이며, 38행까지는 속물화한 중년기의 모습을 그린 부분이다. 그리고 마지막 49행까지는 이 달라진 모습에 대한 시인의 통찰과 회오가 자세히 언급되어 있다.

1960년 이후 한국의 시는 난해한 내성의 시가 주조를 이루어왔는데, 그로 인해 시작품들이 현실적 체험과 구체적 실재로부터 유리된 추상과 관념의 세계를 추구하게 되었다. 이러한 시적 세계와 현실세계의 단절을 메우면서 동시에 시의 언어에 살아움직이는 현실적 생동감을 불어넣고자 한 것이 시인 김광규의 작품이다. 김광규로 말미암아 평이하고 구체적인 체험이 많이 담긴 탄력 있는 시들이 양산되는데, 이로 인해 시세계와 현실과의 간격은 물론이고 시와 독자 사이의 거리도 많이 좁혀진다.

김광규의 많은 작품들이 그렇듯이 이 시 역시 시간의 흐름에 닳고 타락하는 소시민들의 '늪' 같은 생활을 그 제재로 삼고 있다. 즉, 가장 순수한 눈으로 세계와 자아에 대해 갖고 있던 진실한 모습들이 지금 보면 사라졌거나 타락한 꼴로 바뀌어 있음으로 해서 그들 중년의 소시민들은 이제 허망한 회오만을 가득 느끼게 될 뿐이라는 것이 이 시의 주된 골격이다.

이러한 내용을 보다 효과적으로 표현하기 위해 시인이 사용하는 기법은 아이러니다. 즉 "치솟는 물가를 걱정하며 / 즐겁게 세상을 개탄하고" 운운의 대목이 그것이다. 또한, 한때는 견고한 것으로 믿었지만 그러나 다시 되돌아보면 닳아빠진 것임에 틀림없는 자아의 발견을 강조하기 위해 시인이 강조하고 있는 것은 대조의 수법이다. 즉 "불도 없이 차가운 방에 앉아" "열띤 토론을 벌였"던 우리가, "혁명이 두려운 기성세대가 되어 / 넥타이를" 맨 신분으로 "처자식들의 안부를 나누고 / 월급이 얼마인가 서로" 묻는 일상적 수준으로 몰락하고 말았다는 것이다. 세월의 변모에 따른 이러한 식의 부패와 무력이 시인의 한결같은 시적 모티프를 이루어왔음이 이 시를 통해 다시 한번 확인된다.

김광규(1941~)
서울에서 태어났으며 서울대 독문과와 동대학원을 졸업했다. 1975년 『문학과지성』을 통해 등단했다. 시집 『우리를 적시는 마지막 꿈』(1979), 『반달곰에게』(1981), 『아니다 그렇지 않다』(1984) 등이 있다. 녹원문학상(1981), 오늘의작가상(1981), 김수영문학상(1984)을 수상했다. 그의 시는 1970년대 이래로 새로운 흐름을 이루고 있는 일상시의 한 전형을 보여준다.

그리하여 어느 날, 사랑이여

한 숟갈의 밥, 한 방울의 눈물로
무엇을 채울 것인가,
밥을 눈물에 말아먹는다 한들.

그대가 아무리 나를 사랑한다 해도
혹은 내가 아무리 그대를 사랑한다 해도
나는 오늘의 닭고기를 씹어야 하고
나는 오늘의 눈물을 삼켜야 한다.
그러므로 이젠 비유로써 말하지 말자.
모든 것은 콘크리트처럼 구체적이고
모든 것은 콘크리트 벽이다.
비유가 아니라 주먹이며,
주먹의 바스라짐이 있을 뿐,

이제 이룰 수 없는 것을 또한 이루려 하지 말며
헛되고 헛됨을 다 이루었다고도 말하지 말며

가거라, 사랑인지 사람인지,
사랑한다는 것은 너를 위해 죽는 게 아니다.
사랑한다는 것은 너를 위해
살아,

기다리는 것이다,
다만 무참히 꺾여지기 위하여.

그리하여 어느 날 사랑이여,
내 몸을 분질러다오.
내 팔과 다리를 꺾어

네

꽃
병
에

꽂
아
다
오

—『즐거운 일기』(1984년)

이 시에는 최승자 시인의 시적 인식의 전환이 명확히 드러나 있다. 지금까지 사랑을 갈구했고, 사랑에 아파했으며, 사랑을 찾아 먼 여행을 떠났지만, 그러한 사랑이란 단지 비유에 불과했다. 비유에 불과한 그것이 무슨 힘이 있으며, 무슨 위안을 주며, 무슨 진정한 시가 될 것인가. 그래서 "그대가 아무리 나를 사랑한다 해도", "내가 아무리 그대를 사랑한다 해도", "나는 닭고기를 씹어야 하고", "오늘의 눈물을 삼켜야 한다." 다시 말해 나에게 그 사랑이 아무리 찬란한 것이라고 해도 하루의 식량과 하루치의 슬픔만도 못한 것이다. 나는 결국 이 하루하루의 삶을 살아야 하는 것이다.

그러므로 1연에서, 한 숟갈의 밥과 한 방울의 눈물이 아무것도 채울 수 없다고 하는 말은, 역으로 시인에게 있어 무엇인가를 채울 수 있다는 뜻으로 읽힌다. 비유적인 사랑으로서는 아무것도 채울 수 없다. 밥 한술과 눈물 한 방울이 오히려 내 삶을 채우는 것들이다. 그래서 모든 것은 콘크리트처럼 구체적인 것이다. 'concrete'는 구체적이라는 뜻과 콘크리트 벽이라는 이중적 의미를 가지고 있다. 그 구체적인 현실과 삶은 이젠 콘크리트 벽이 된다. 이제 시인에게 현실은 벽이다. 벽으로 느껴지는 현실이란 시인으로 하여금 비유적인 사랑조차도 하지 못하게 만드는 그런 현실이다. 훼손된 불모의 땅이다.

이런 현실에서 비유란 눈물 한 방울의 가치조차도 없는 것이다. 그래서 주먹이어야 한다. 벽을 치는 주먹이어야 하는 것이다. 그렇지만 그 주먹은 바스라지고 만다. 시인은 그러한 현실을 당해낼 수가 없다. 그것이 시인을 고통스럽게 한다. 현실의 콘크리트 벽과 부딪쳐 눈물을 흘리고, 하루하루의 양식을 먹어야 하는 고통과 슬픔은 시인에게 인식의 전환을 가져다준다. "이제 이룰 수 없는 것을 또한 이루려 하지 말며／헛되고 헛됨을 다 이루었다고도 말하지 말"아야 한다. 이룰 수 없는 것을 이루려 한다는 것은 비유적 상상력을 뜻한다. 헛된 망상에 빠져 현실의 구체성을 보지 못하는 과거를 버려야 한다는 것이다. 그리고 헛되고 헛됨을 다 이루었다고 말하지 말라는 것은 아무것도 이룰 수 없다는 허무를 완전히 경험했으므로 이젠 아무것도 하지 않겠다는 절망적 허무를 버려야 한다는 것이다. 현실을 넘어서는, 구체성 없는 사유와 허무의식을 "이제" 버려야 한다.

이제 갈 길은 너의 사랑을 위해 죽는 것이 아니라, "너를 위해／살아,／기다리는 것이다". 이젠 이 현실의 구체성을 구체적으로 견뎌내야 한다. 이 견뎌냄이 바로 기다림이다. 이 기다림은 결국 현실의 구체적인 콘크리트 벽에 의해 "무참히 꺾여지"고 만다. 현실은 정말 육중한 벽이기 때문이다. 시인은 자신의 기다림이 '꺾여진다'고 쓰지 않고, "다만 무참히 꺾여지기 위하여"라고 쓰고 있다. 이는 자신의 견딤과 기다림이 좌절당하더라도 그것을 이겨내겠다는 강한 의지를 보여준다. 현실의 구체적인 벽은 나의 구체적 현실 대응 노력을 꺾을 것이다. 나는 그것을 안다. 그렇지만 나는 "살아,／기다리"겠다. 그래서 차라리 "내 몸을 분질러다오.／내 팔과 다리를 꺾어"라고 말하는 것이다. 꽃병에 꺾여진 채 꽂히더라도 나는 기다리겠다는 의지는 여기서 그 결연함의 경지를 달성한다.

| 최승자 |

이제 가야만 한다

때로 낭만주의적 지진아의 고백은
눈물겹기도 하지만,
이제 가야만 한다.
몹쓸 고통은 버려야만 한다.

한때 한없는 고통의 가속도,
가속도의 취기에 실려
나 폭풍처럼
세상 끝을 헤매었지만
그러나 고통이라는 말을
이제 결코 발음하고 싶지 않다.

파악할 수 없는 이 세계 위에서
나는 너무 오래 뒤뚱거리고만 있었다.

목구멍과 숨을 위해서는
동사(動詞)만으로 충분하고,
내 몸보다 그림자가 먼저 허덕일지라도
오냐 온몸 온 정신으로
이 세상을 관통해보자.

내가 더이상 나를 죽일 수 없을 때
내가 더이상 나를 죽일 수 없는 곳에서
혹 내가 피어나리라.

—『기억의 집』(1989년)

*

　이 시가 말하는 전언은 상당히 명백하다. 이젠 고통을 말하지 않고, 세상을 관통해 꽃으로 피어날 때까지 가보겠다는 것이다. 과거 자신의 모습은 한마디로 "낭만주의적 지진아"였다. 낭만주의자이자 지진아였던 자신은 눈물겨운 고백이나 해댔고, 몹쓸 고통을 누설했으며, 그 고통의 가속도에 취해 폭풍처럼 헤매다녔고, 파악할 수 없는 이 세계 위에서 너무 오래 뒤뚱거리고만 있었다. 세상이 고통스럽다고 눈물 흘리며 넋두리하던 과거의 자신으로는 이 세상을 관통할 수 없다. 그것은 한갓 낭만주의자의 제스처일 뿐이기 때문이다. 한때는 고통이라는 술을 마시며 취하기도 했고, 그것을 느긋이 즐기기도 했다는 시인의 자기 반성은 여기서 진정성을 획득하고 있다. 자신이 과거에 낭만주의자였음을 고백하는 시인의 목소리는 그 고백의 진정성으로 인해 처절하게 들린다.

　이 처절함은 4연에서 "그림자가 먼저 허덕일지라도" "온몸 온 정신으로 / 이 세상을 관통해보자"라는 시구와 연결된다. 세상을 관통하는 온몸과 온 정신은 파악할 수 없는 이 세계 위에서 뒤뚱거리는 것이 아니다. 뒤뚱거림이 아니라 직선적 횡단이다. 이 세계를 횡단해 가로지르는 몸짓이자 정신이다.

　이는 1~3연에 나타난 과거의 고통과 방황이 관념적인 것으로부터 비롯되었음을 보여준다. 세상을 관념적으로 인식하려 했기 때문에 "파악할 수 없는 이 세계" 속에서 고통과 절망에 빠진 것이다. 이에 시인은 이제 "파악"이나 '인식'이 아니라 "관통", 즉 '행위'를 취하려 한다. 이 행동에의 의지를 "목구멍과 숨을 위해서는 / 동사(動詞)만으로 충분하고"라는 구절에서 읽을 수 있다. 삶은 머리가 아니라 "목구멍과 숨"으로 살아가는 것이고, 그를 위해 필요한 것은 "동사" 즉 움직임, 행동이라는 것이다. 물론 목구멍과 숨으로 살아가는 삶이란 동물적인 생존이나 관념을 통해 여과된 삶이 아니라 직접적으로 대면하는 삶을 가리킬 것이다.

관념적이고 낭만적이었던 과거의 삶을 청산하고 새로운 삶의 방식을 추구하려는 태도는, 마지막 연에서 "나"라는 단어의 함축성을 통해 강하게 제시된다. "내가 더이상 나를 죽일 수 없을 때 / 내가 더이상 나를 죽일 수 없는 곳에서 / 혹 내가 피어나리라"라고 시인은 말한다. 과거의 삶에서 벗어나는 것은 쉽지 않다. 과거에서 단절되기 위해서는 "죽음"과도 같은 계기가 필요하다. 그것은 물론 단번에 이루어지지 않을 것이다. 과거의 나를 계속해서 살해해나가야 하는 것이다. 그 지속적 과정 속에서 어느 시공간 속에서 과거의 나는 소멸해 있을 것이며, 그때 새로운 내가 피어나게 될 것이다. 소멸과 재탄생은 하나로 묶여 있는 것이다.

또한, 세상을 가로지르는 몸짓, 육체로서 세상에 도전하는 태도는 당연히 죽음을 내포한다. 죽음을 각오해야 이 세상을 관통할 수 있기 때문이다. 죽음을 각오하고, 여기서 더 나아가 자신이 죽음을 초월할 수 있을 때 "혹" 시인은 꽃으로 피어날지도 모른다. 꼭 피어나는 것이 아니라 혹시 피어날지도 모른다고 하는 시인은, 자신의 싸움이 승리하리라는 확신 위에 서 있지 않다. 꽃으로 피어나든, 하나의 주검으로 남든, 자신이 할 일은 이제 세상과 정면으로 맞서, 세상을 관통하는 일이다. 자신이 죽음을 꿈꾸지 않아도 되는 때, 시인을 더이상 죽음으로 내몰지 않는 그런 곳에서 시인은 혹 한 떨기 꽃으로 아름답게 피어날 수 있을 것이다.

최승자(1952~　)
충남 연기에서 태어났으며 고려대 독문과에서 수학했다. 1979년 『문학과지성』에 「이 시대의 사랑」 외 4편을 발표하며 등단했다. 시집 『이 시대의 사랑』(1981), 『즐거운 일기』(1984), 『기억의 집』(1989), 『내 무덤, 푸르고』(1993) 등이 있다.

오래된 서적(書籍)

내가 살아온 것은 거의
기적적이었다
오랫동안 나는 곰팡이 피어
나는 어둡고 축축한 세계에서
아무도 들여다보지 않는 질서

속에서, 텅 빈 희망 속에서
어찌 스스로의 일생을 예언할 수 있겠는가
다른 사람들은 분주히
몇몇 안 되는 내용을 가지고 서로의 기능을
넘겨보며 서표(書標)를 꽂기도 한다
또 어떤 이는 너무 쉽게 살았다고
말한다, 좀더 두꺼운 추억이 필요하다는

사실, 완전을 위해서라면 두께가
문제겠는가? 나는 여러 번 장소를 옮기며 살았지만
죽음은 생각도 못 했다. 나의 경력은
출생뿐이었으므로, 왜냐하면
두려움이 나의 속성이며
미래가 나의 과거이므로
나는 존재하는 것, 그러므로

용기란 얼마나 무책임한 것인가, 보라

나를
한 번이라도 본 사람은 모두
나를 떠나갔다, 나의 영혼은
검은 페이지가 대부분이다. 그러니 누가 나를
펼쳐볼 것인가, 하지만 그 경우
그들은 거짓을 논할 자격이 없다
거짓과 참됨은 모두 하나의 목적을
꿈꾸어야 한다, 단
한 줄일 수도 있다

나는 기적을 믿지 않는다

─『소설문학』1985년 11월호

*

이 시는 오래되고 낡은 서적에 빗대어 자신의 인생에 대해 이야기하고 있다. 그의 인생은 한마디로 비극적이다. "나의 영혼은 / 검은 페이지가 대부분이다". 그는 타인들과 단절되어 혼자만의 공간에서 외롭게 살아왔다. 아무도 그의 영혼을 들여다보지 않는다. 그의 영혼은 끔찍할 정도로 부정적이기 때문이다. "어둡고 축축한 세계에서 / 아무도 들여다보지 않는 질서"란 바로 이를 의미한다.

그렇게 살아온 삶이기에 어쩌면 "기적적"이라고 할 수 있다. "기적적"이라는 어사에는 순간순간의 삶이 정녕 힘겨웠다는 인식과 자신의 삶이 곧 죽음으로 이어질지도 모른다는 인식이 결합되어 있다. 이는 마지막 연의 "나는 기적을 믿지 않는다"와 수미쌍관적으로 연결되면서 의미의 증폭을 가져온다. 이제까지의 삶이 자신에게 힘겨웠다면, 그리고 그러한 삶에서 아무런 희망도 없다면("텅 빈 희망 속에서") 더이상 기적을 믿을 수는 없다. 그렇기에 시인이 살아온 것은 기적적이다. 기적적이기 때문에 이젠 더이상의 용기도 갖지 못한다. 이 삶의 상태를 벗어날 용기를 갖는 일이란 애초에 "무책임한 것"이다. "두려움이 나의 속성이며 / 미래가 나의 과거이므로" 존재하는 것이지, 희망을 보고 이 삶이 바뀔 것이라는 인식 때문에 존재하는 것이 아니기 때문이다.

그토록 끔찍했던 자신의 과거가 곧 미래라는 인식은 시인의 도저한 비관주의를 보여준다. 시인이 생각하기에 자신의 미래는 지금까지 살아온 삶, 어둡고 암울했던 과거와 전혀 변함이 없을 것이다. 폐쇄된 미래로의 통로에 압박되어 있는 그 무게만큼 과거는 물리적 시간과는 상관없이 "오래된" 것이다. 또한 과거가 짊지고 있는 그 암울함과 어두움의 무게만큼 시인의 삶은 "오래된" 것이다. 이 시의 제목이 나타내는 '오래

됨'은 기계적, 물리적 시간이라기보다는 고통으로 인한 심리적 시간과 연관되어 있는 듯하다.

이러한 비관적 어조로 인해 "나는 여러 번 장소를 옮기며 살았지만/죽음은 생각도 못 했다"라는 시구는 반대로 읽힌다. 즉, 이젠 죽음을 생각하게 되었다는 것이다. 하루하루가 기적적인 삶이라면, 아무도 내 영혼을 펼쳐보지 않을 정도로 끔찍하게 절망적인 내면을 간직한 것이라면, 그래서 용기가 무책임한 것이라면, 그 끝은 죽음으로 통할 수밖에 없다.

다른 한편으로는, "죽음"은 오히려 삶의 완성("사실, 완전을 위해서라면 두께가/문제겠는가?")과 통하는 것일 수도 있다. 죽음은 삶의 흐름을 종결짓는 매듭이 되기 때문이다. 그 삶의 질이 어떻든 간에, 어떤 점에서 죽음이란 삶에 종지부를 찍음으로써 완료, 완성의 사건이 된다. 시인이 죽음을 생각해보지 않았다는 것은, 이 죽음이 미래의 희망에 속하는 것이기 때문이다. 그러나 시인에게는 미래란 존재하지 않는다. 모든 시간의 흐름은 과거에 붙잡혀 있을 뿐이다. 그러니 그에게는 죽음을 생각해볼 "용기"조차 없는 셈이다. 아무튼 이 시에 나오는 죽음을 어떤 관점에서 해석하든, 시인의 내면에는 황량하고 어두운 과거만이 짓눌려 있을 뿐, 어떤 미래의 기대도, 희망도 존재하지 않는다.

"나는 기적을 믿지 않는다"라는 "단/한 줄"로 이루어진 마지막 연은 그래서 참으로 비극적인 울림을 갖는다. 어떠한 낙관적 희망의 근거도 상실한 시인의 자기 인식이 도달한 마지막 전언인 셈이다.

정거장에서의 충고

미안하지만 나는 이제 희망을 노래하련다
마른나무에서 연거푸 물방울이 떨어지고
나는 천천히 노트를 덮는다
저녁의 정거장에 검은 구름은 멎는다
그러나 추억은 황량하다, 군데군데 쓰러져 있던
개들은 황혼이면 처량한 눈을 껌벅일 것이다
물방울은 손등 위를 굴러다닌다, 나는 기우뚱
망각을 본다, 어쩌다가 집을 떠나왔던가
그곳으로 흘러가는 길은 이미 지상에 없으니
추억이 덜 깬 개들은 내 딱딱한 손을 깨물 것이다
구름은 나부낀다, 얼마나 느린 속도로 사람들이 죽어갔는지
얼마나 많은 나뭇잎들이 그 좁고 어두운 입구로 들이닥쳤는지
내 노트는 알지 못한다, 그 동안 의심 많은 길들은
끝없이 갈라졌으니 혀는 흉기처럼 단단하다
물방울이여, 나그네의 말을 귀담아들어선 안 된다
주저앉으면 그뿐, 어떤 구름이 비가 되는지 알게 되리
그렇다면 나는 저녁의 정거장을 마음속에 옮겨놓는다
내 희망을 감시해온 불안의 짐짝들에게 나는 쓴다
이 누추한 육체 속에 얼마든지 머물다 가시라고
모든 길들이 흘러온다, 나는 이미 늙은 것이다

―『문학과사회』 1988년 겨울호

*

    이 작품에서 기형도는 자신의 비극적 세계관을 아주 선명하게 보여준다. 집을 떠나와 이만큼 왔으나 "추억은 황량하"다. 그렇다고 집으로 돌아갈 길도 이 지상에는 없다. 시인에게 아늑한 공간이란 더이상 없다. 집이나 추억의 공간이 이 지상에서 황량하거나 막혀 있기 때문이다. 그런 시인이 1행에서 "미안하지만 나는 이제 희망을 노래하련다"라고 쓰고 있다. 정말 희망의 길을 찾은 것인가. 이 시구를 정확히 독해하기 위해서는 시의 종반부를 제대로 읽어내고, 이것과 연관시켜 생각해야 한다.

    "의심 많은 길들은 / 끝없이 갈라졌으니 혀는 흉기처럼 단단하다". 흉기처럼 단단한 혀는 아마도 시인의 지독한 독설적 세계관일지도 모르겠다. 부드러운 말이 아니라 세계에 흉기가 되는 혀란 결국 세계를 적대시하는 정신에게만 가능한 혀다. 또한 시인이 여기까지 흘러오면서 겪은 "끝없이 갈라"진 길, 즉 수많은 방황의 도정은 세상에 대한 "의심" 즉 적대적 태도에 기인한다. 시인의 방랑은 타협할 수 없는 세상 속에서 자신을 보존하려는 방어 수단의 일종이라 할 만하다.

    결국 세계와 불화를 겪고 있는 시인이라고 할 수 있을 텐데, 그가 이제 말한다, "내 희망을 감시해온 불안의 짐짝들에게", "이 누추한 육체 속에 얼마든지 머물다 가시라고". 결국 여기서 시인은 자신에게 희망이란 없다는 사실을 공표하고 있는 셈이다. 마지막 시행 "나는 이미 늙은 것이다"는 충격적인 말인데, 아직 젊은 시인이 늙었다고 말하는 것은 그가 이미 정신적으로 세계 속에서 절망하고 있음을 알 수 있게 해준다. 이미 늙은 그에게 희망이 무엇이 있겠는가. 자신은 젊은 나이에 "모든 길들"을 흘러다녔기 때문에 이미 늙은 것이다. 그렇게 흘러다니다 얻은 결론이 희망은 없다일 것이다. 그래서 아마 제목이 '정거장에서의 충고'

일 것이다.

정거장은 언뜻 이 시의 공간적 배경인 것처럼 보이지만, 반복되는 "저녁의 정거장"(그리고 "황혼")이라는 표현에서 짐작할 수 있듯, 인생의 "저녁" "황혼"기를 공간적으로 빗대어 표현한 비유로 보아야 한다. 정거장은 떠남의 장소이기도 하지만, 도착하고 잠시 머무는 장소이기도 하다. 수없이 갈라진 많은 길을 거쳐온 화자는 이제 인생의 저녁이라는 "정거장"에 도착하여 한숨 돌리고 있는 중이다. 그리고 이제 스스로 정거장이 되어("나는 저녁의 정거장을 마음속에 옮겨놓는다") "불안의 짐짝들", 그리고 "모든 길"이 와 닿아 머무는 장소가 되려 한다.

이는 모든 것을 포용하는 성숙의 경지를 보여주고 있는 듯도 하지만, 시인은 마지막에 "나는 이미 늙은 것이다"라고 읊조린다. 탄식조가 아닌 건조하게 절제된 어투로 냉정한 허무주의를 나타내고 있는 것이다. 정거장에서 시인은 조로(早老)를 겪고 있었던 셈이다. 그래서 이제는 차라리 불안으로 하여금 희망의 자리에 얼마든지 머물라고 말한다. 자신은 누추한 육체이고 늙은 육체이기에 더이상 희망을 노래할 수 없다는 것이다. 결국 반어로 시작된 시("미안하지만 나는 이제 희망을 노래하련다")가 반어적 진실을 시의 후반부에 노출시키고 있는 구조를 형성하고 있음을 알 수 있다. 이 구조적 낙차로 인해 시의 긴장이 형성되고 시인의 조로에 대한 인식이 그 충격을 더하게 되는 것이다.

입 속의 검은 잎

택시 운전사는 어두운 창 밖으로 고개를 내밀어
이따금 고함을 친다, 그때마다 새들이 날아간다
이곳은 처음 지나는 벌판과 황혼,
나는 한 번도 만난 적 없는 그를 생각한다

그 일이 터졌을 때 나는 먼 지방에 있었다
먼지의 방에서 책을 읽고 있었다
문을 열면 벌판에는 안개가 자욱했다
그해 여름 땅바닥은 책과 검은 잎들을 질질 끌고 다녔다
접힌 옷가지를 펼칠 때마다 흰 연기가 튀어나왔다
침묵은 하인에게 어울린다고 그는 썼다
나는 그의 얼굴을 한 번 본 적이 있다
신문에서였는데 고개를 조금 숙이고 있었다
그리고 그 일이 터졌다, 얼마 후 그가 죽었다

그의 장례식은 거센 비바람으로 온통 번들거렸다
죽은 그를 실은 차는 참을 수 없이 느릿느릿 나아갔다
사람들은 장례식 행렬에 악착같이 매달렸고
백색의 차량 가득 검은 잎들은 나부꼈다
나의 혀는 천천히 굳어갔다, 그의 어린 아들은
잎들의 포위를 견디다 못해 울음을 터뜨렸다

그해 여름 많은 사람들이 무더기로 없어졌고
놀란 자의 침묵 앞에 불쑥불쑥 나타났다
망자의 혀가 거리에 흘러넘쳤다
택시 운전사는 이따금 뒤를 돌아다본다
나는 저 운전사를 믿지 못한다, 공포에 질려
나는 더듬거린다, 그는 죽은 사람이다
그 때문에 얼마나 많은 장례식들이 숨죽여야 했던가
그렇다면 그는 누구인가, 내가 가는 곳은 어디인가
나는 더이상 대답하지 않으면 안 된다, 어디서
그 일이 터질지 아무도 모른다, 어디든지
가까운 지방으로 나는 가야 하는 것이다
이곳은 처음 지나는 벌판과 황혼,
내 입 속에 악착같이 매달린 검은 잎이 나는 두렵다

—『문예중앙』1989년 봄호

*

    이 시는 전반적으로 암울하고 어두운 정조를 내포하고 있다. 이 작품에서 죽은 그가 누구인지는 알 수 없지만 그의 죽음과 관련된 시인의 내면적 정서가 어둡게 채색되어 있다. 그의 죽음은 아마 정치적 탄압으로 발생한 것 같다. 가령, "그해 여름 땅바닥은 책과 검은 잎들을 질질 끌고 다녔다"와 같은 시구는 어떤 종류의 서적(책)과 발언("검은 잎" "혀" "말")이 지배세력에 의해 핍박받았으리라는 것을 짐작케 한다. 그것을 목격한 시적 화자의 불안과 공포를 형상화함으로써, 정치와 문학이 언어("검은 잎")라는 것을 통해 어떻게 연결되는지를 보여주는 작품이다.

    한 사람의 죽음을 간직하고 있고, "많은 사람들이 무더기로 없어졌고 /놀란 자의 침묵 앞에 불쑥불쑥 나타"나는 그러한 세계가 주로 낯섦이라는 형태로 시인에게 다가온다. "이곳은 처음 지나는 벌판과 황혼"이라는 시구가 두 번 반복되는데, 이는 바로 그런 낯선 세계를 형상화하는 시구이다. 그곳을 택시를 타고 지나가면서 시인은 그의 죽음과 결부된 일련의 상황들을 떠올린다.

    그때, 즉 그가 죽었을 때, 시인은 "먼 지방"의 "먼지의 방"에서 책을 읽고 있었다. 세계와 단절된 "먼 지방"은 곧 "먼지의 방"이다. 비슷한 어휘에서 연상되어 나온 이와 같은 시구는 시인의 의도적 산물이다. 시인은 "먼 지방"의 "먼지의 방"에서 책이나 읽고 있듯이, 소위 '운동권'과는 거리가 먼 책상물림이다. 그러나 그런 시인의 눈에도 운동권이 탄압받는 상황은 보인다. 또 신문에서 "침묵은 하인에게 어울린다"고 쓴 "그"의 기사를 읽기도 한다. 지배세력의 부당함에 대해 저항하지 않고 순응하는 태도, 즉 "침묵"하는 태도를 노예적이라 비판하는 "그"의 주장에서 체제 저항적인 자세를 충분히 읽어낼 수 있다.

이 "침묵"은 이 시 전체를 지배하는 중요한 시어가 된다. 침묵, 혹은 발언과 관련된 이미지인 "검은 잎"이 중심적 이미지를 이루기 때문이다. 그의 장례식 때, "백색의 차량 가득 검은 잎들은 나부꼈"고, 그때 "나의 혀는 천천히 굳어갔다". 그해 여름 "망자의 혀가 거리에 흘러넘"쳐 "놀란 자의 침묵 앞에 불쑥불쑥 나타났"고, 시인은 "내 입 속에 악착같이 매달린 검은 잎"을 두려워한다. 그의 장례식을 계기로 그의 부당한 죽음에 항의하는 시위가 일어났을 테고, 그 광경을 보는 시인은 두려움을 느꼈을 것이다. 그 시위 때문에 다시 탄압은 강화되고 많은 사람들이 연행되어 갔으며, 남은 사람들은 저항하지 못하고 "침묵"하며 그에 대해 수치를 느꼈을 것이다. 이러한 일련의 상황들의 형상화에 있어 중심적 이미지가 바로 "혀" 혹은 "입 속의 검은 잎"이다. 어떤 '말, 발언'이 체제에 의해 탄압을 받고, 그에 대해 일부 사람들은 "검은 잎들"을 나부끼며 저항하지만, 한층 더 심한 폭력을 당할 뿐이다. 그것을 목격한 이들은 공포로 인해 말을 할 수 없게 된다. 시인이 그렇듯이 "혀는 천천히 굳어"가는 것이다.

그러한 세계 속에서 시인은 자신이 누구인지, 어디로 가는지 대답해야 한다고 강박적으로 재촉당한다. 그는 불안한 것이다. 시인에게 이러한 폭압적인 정치적 상황은 그리 직접적인 것은 아니다. 그는 "먼지의 방에서 책을 읽고 있었"을 뿐인 존재이기 때문이다. 그러나 "말"이 억압받는 상황 속에서 시인은 자유로울 수 없다. 시인은 '언어'를 통해 이 세상에 대해 발언하는 존재이기 때문이다. '언어'가 압박받는다는 그 이유만으로 시인은 "공포"를 느낄 수밖에 없다. 그 공포와 불안 때문에 택시 운전사조차도 믿지 못하게 되는 것이다. 이는 정치적 자유가 없는 사회에서는 문학 또한 정치적 주제를 다루지 않을 때조차도 구속을 받게 마련이라고 한 김수영의 주장을 연상하게 한다. 시인에게는 언어가 생명과도 같은 것이기 때문에 시인의 혀는 "입 속에 악착같이 매달"려 있고 시인은 그 "검은 잎"을 두려워하고 있다.

기형도(1960~1989)
경기 연평도에서 태어났으며 연세대 정치외교학과를 졸업했다. 열 살 적 아버지가 중풍으로 쓰러져 오랫동안 고생했으며, 1975년 바로 위 누이의 죽음으로 교회에 나가지 않게 되었다. 1975년 교지 『연세』에 「가을에」가 시 부문 가작으로 선정되었고 1983년 『연세춘추』 윤동주문학상에 시 「식목제」가 당선되었다. 1984년 동아일보 신춘문예에 시 「안개」가 당선되었다. 1989년 종로의 한 극장에서 숨진 채 발견되었으며 사인은 뇌졸중이었다. 1989년 유고시집 『입 속의 검은 잎』이 발간되었다.

요리사와 단식가

1

301호에 사는 여자. 그녀는 요리사다. 아침마다 그녀의 주방은 슈퍼마켓에서 배달된 과일과 채소 또는 육류와 생선으로 가득 찬다. 그녀는 그것들을 굽거나 삶는다. 그녀는 외롭고, 포만한 위장만이 그녀의 외로움을 잠시 잠시 잊게 해준다. 하므로 그녀는 쉬지 않고 요리를 하거나 쉴 새없이 먹어대는데, 보통은 그 두 가지를 한꺼번에 한다. 오늘은 무슨 요리를 해먹을까? 그녀의 책장은 각종 요리사전으로 가득하고, 외로움은 늘 새로운 요리를 탐닉하게 한다. 언제나 그녀의 주방은 뭉실뭉실 연기를 내뿜고, 그녀는 방금 자신이 실험한 요리에다 멋진 이름을 지어 붙인다. 그리고 그것을 쟁반에 덜어 302호의 여자에게 끊임없이 갖다준다.

2

302호에 사는 여자. 그녀는 단식가다. 그녀는 방금 301호가 건네준 음식을 비닐봉지에 싸서 버리거나 냉장고 속에서 딱딱하게 굳도록 버려둔다. 그녀는 조금이라도 먹지 않기 위해 노력한다. 그녀는 외롭고, 숨이 끊어질 듯한 허기만이 그녀의 외로움을 약간 상쇄시켜주는 것 같다. 어떡하면 한 모금의 물마저 단식할 수 있을까? 그녀의 서가는 단식에 대한 연구서와 체험기로 가득하고, 그녀는 방바닥에 탈진한 채 드러누워 자신의 외로움에 대하여 쓰기를 즐긴다. 흔히 그녀는 단식과 저술을 한꺼번에 하며, 한 번도 채택되지 않을 원고들을 끊임없이 문예지와 신문에 투고한다.

3

어느 날, 세상 요리를 모두 맛본 301호의 외로움은 인육에까지 미친다. 그래서 바싹 마른 302호를 잡아 스플레를 해먹는다. 물론 외로움에 지친 302호는 쾌히 301호의 재료가 된다. 그래서 두 사람의 외로움이 모두 끝난 것일까? 아직도 301호는 외롭다. 그러므로 301호의 피와 살이 된 302호도 여전히 외롭다.

—『길안에서의 택시잡기』(1988년)

    이 시는 현대 도시문명의 상징인 아파트의 단절된 공간성을 301호와 302호로 압축시켜 구도화하고, 다시 이 속에 기생하는 인간의 원초적 단절에 대해 이야기하고 있다. 이러한 구도하에, 소통의 가능성이 철저히 차단된 아파트와 같은 현대 도시문명 속에서 인간이 겪는 단절과 외로움이 인육을 먹는 여자와 철저히 굶는 여자라는 충격적인 일화를 통해 담담히 서술되고 있다. 차분한 서술과 그 속에 담긴 충격적 내용의 대비는 이 시인의 능숙한 시적 기교를 드러내는 것으로서, 사실은 이 시적 기교와 장치 속에 시인의 전언이 폭풍 전의 고요처럼 잠재되어 있다. 시의 내용에 있어, 시적 언어의 마술성에 의해 가려지거나 신비화된 부분은 없다. 담담한 산문체는 내용을 직접적으로 서술한다. 이 직접적인 시적 전달은 장정일의 특징이기도 하다.

    "포만한 위장"을 원하는 301호 여자나 "조금이라도 먹지 않기 위해 노력"하는 302호 여자나 모두 외로워한다. 즉 극단화된 외로움이 항상 먹게 하거나 단식하도록 하는 것이다. 외로움이 극단화된 양태는 301호 여자가 302호 여자를 잡아먹는 지경에까지 이르도록 한다. 그러나 시인은 이 외로움이 어디서 생겨난 것인지를 서술하고 있지는 않다. 중요한 것은 외로움의 정체나 기원이 아니라 현재 우리가 살아가고 있는 삶의 극단적 양태가 저마다의 외로움이라는 것이다. 외로움은 항상 현재진행형이고, 우리들 모두 이 때문에 삶의 틀이 망가져가고 있으며, 조금씩 도착적 기질을 가지게 된다. 시인은 이것을 충격하고자 하는 것이다. 시인이 자주 사용하는 301호 여자나 302호 여자라는 인칭은 이런 외로움이 아파트와 같은 현대문명에 의한 것이 아닌가 하는 점을 간접적으로 암시할 뿐이다. 그러나 장정일이 대체로 현대문명의 부정성에 집중하고 있다는 점을 상기할 때, 외로움의 기원에 대한 추측은 인정받을 수 있을 것으로 생각된다. 이 시가 가진 최고의 매력은 충격적인 전언을 담담한 서술로 감싸는 시적 기법에 있다고 할 수 있겠다.

라디오같이 사랑을 끄고 켤 수 있다면
김춘수의 「꽃」을 변주하여

내가 단추를 눌러주기 전에는
그는 다만
하나의 라디오에 지나지 않았다.

내가 그의 단추를 눌러주었을 때
그는 나에게로 와서
전파가 되었다.

내가 그의 단추를 눌러준 것처럼
누가 와서 나의
굳어버린 핏줄기와 황량한 가슴속 버튼을 눌러다오.
그에게로 가서 나도
그의 전파가 되고 싶다.

우리들은 모두
사랑이 되고 싶다.
끄고 싶을 때 끄고 켜고 싶을 때 켤 수 있는
라디오가 되고 싶다.

—『길안에서의 택시잡기』(1988년)

　이 시는 부제에 나타난 것과 같이 김춘수 시에 대한 패러디이다. 김춘수의 「꽃」이 존재의 본질에 부합하는 명명(命名)에 대한 소망과 존재적 합치를 주제로 했다면, 이 시는 그와는 정반대이다. 시인이 이야기하는 이 시대의 사랑은 그렇게 김춘수식이 아니다. "꽃"이 아니라 "전파"다. 라디오의 전파는 내가 혹은 네가 단추를 눌러주어야만 퍼져나갈 수 있다. 내가 "끄고 싶을 때 끄고 켜고 싶을 때 켤 수 있는" 것이 바로 라디오이다. 현대의 사랑은 이와 같이 인스턴트식이고, 자기 통제적이다. 내가 싫어지면 그때는 당장 헤어질 수 있어야 한다. 누군가에게 부담주는 사랑은 더이상 현대적 사랑이 아니다. 나에게 편해야 하며, 깨끗해야 하며, 일회적이어야 한다. 이는 소녀적이며 환상적이고 낭만적인 사랑과는 관계가 없으며, 사랑 다음에 정으로 산다는 구세대적 사랑관과도 관계가 없다. 이는 현대문명의 확산과 도시화 그리고 그로 인한 익명성과 편리함의 추구, 결국에는 전면적 인간관계의 파괴라는 상황으로 인해 초래된 것이다. 인간과 인간이 전면적으로 존재론적으로 만난다는 것은 이제 부담으로 작용한다. 인간의 본질을 대면하기를 꺼리게 된 것이다. 그래서 본질을 내보이는 사람은 현대적 사랑의 범주에 들 수 없다. 적당히 감추며 가볍게 인간을 만나야 하고, 싫어지면 과감하게 헤어질 수 있어야 한다. 그러므로 역으로 시인은 이런 현대적 사랑을 비판적으로 바라보고 있음을 알 수 있다.

장정일(1962~)
경북 달성에서 태어났다. 1984년 『언어의세계』 3호에 「강정 간다」 외 4편의 시를 발표하며 등단했다. 1985년 2인 시집 『聖·아침』을 출간했다. 1987년에는 동아일보 신춘문예에 희곡 「실내극」이 당선되었다. 시집 『햄버거에 대한 명상』(1987), 『길안에서의 택시잡기』(1988) 등이 있고, 장편소설 『아담이 눈뜰 때』(1990), 『너에게 나를 보낸다』(1992), 『내게 거짓말을 해봐』(1997) 등이 있다. 제7회 김수영문학상(1987)을 수상했다.

| 허수경 |

혼자 가는 먼 집

당신…… 당신이라는 말 참 좋지요, 그래서 불러봅니다 킥킥거리며 한때 적요로움의 울음이 있었던 때, 한 슬픔이 문을 닫으면 또 한 슬픔 이 문을 여는 것을 이만큼 살아옴의 상처에 기대, 나 킥킥…… 당신을 부릅니다 단풍의 손바닥, 은행의 두 갈래 그리고 합침 저 개망초의 시 름, 밟힌 풀의 흙으로 돌아감 당신…… 킥킥거리며 세월에 대해 혹은 사 랑과 상처, 상처의 몸이 나에게 기대와 저를 부빌 때 당신…… 그대라는 자연의 달과 별…… 킥킥거리며 당신이라고…… 금방 울 것 같은 사내 의 아름다움 그 아름다움에 기대 마음의 무덤에 나 벌초하러 진설 음식 도 없이 맨술 한 병 차고 병자처럼, 그러나 치병과 환후는 각각 따로인 것을 킥킥 당신 이쁜 당신…… 당신이라는 말 참 좋지요, 내가 아니라서 끝내 버릴 수 없는, 무를 수도 없는 참혹…… 그러나 킥킥 당신

—『혼자 가는 먼 집』(1992년)

이 시에서는 "킥킥"이라는 의성어와 나머지 부분의 대립과 긴장에 의해 시적 울림이 형성되고 있다. "킥킥"은, 이 시 전체의 맥락에서 본다면, 짓궂은 웃음이라기보다는 공소한 웃음에 가깝다. 그 웃음은, 과거의 사랑이 이젠 덧없음을, 그 과거에 자신이 몰두하고 있었음을, 그런 자신이 이제는 못 견디게 안타까움을, 절묘하게 드러낸다. 반면에 시의 나머지 부분에서는 세월의 상처와 실연의 상처가 빡빡한 슬픔으로 각인되어 있다. 슬픔의 감성이 "킥킥"이라는 공소한 웃음에 의해 감정의 여과를 형성하고, 이는 시 전체를 아늑함의 단계로 끌어올린다.

이 시에서 가장 빈도수가 높은 단어는 "당신"이며, 시적 화자가 "당신"을 부르며 그에게 말을 건네는 형식으로 되어 있다. 그러나, "당신"이 가리키는 존재가 무엇인지는 분명치 않다. 실연의 상처를 안고 있는 화자가 다시 만난 연인으로 볼 수도 있겠으나, 그렇게 보기에는 화자의 상처와 병이 너무나 깊다. 화자에게 슬픔이나 상처는 "끝내 버릴 수 없는" 것이며 "무를 수 없는" 것이기 때문이다.

오히려 화자에게 당신은 어떤 구체적 실존으로서 존재하는 것이 아니라 "말"로서만 존재하는 것이다. 화자가 당신을 불러보는 것은 두 번 반복되듯이 "당신이라는 말"이 "참 좋"기 때문이지, 당신이 실체로서 현존하기 때문은 아니다. "그대라는 자연의 달과 별"이라는 구절에 주목한다면, 당신은 연인으로서의 인간 존재라기보다는 자연, 즉 모성적 원리로서의 대지에 가깝다. "밟힌 풀의 흙으로 돌아감"처럼, 상처와 슬픔과 참혹을 안고 살아가는 화자가 언젠가 되돌아갈 근원적 모태와 같은 것이다.

이로 볼 때, 이 시의 제목인 '혼자 가는 먼 집'이란 바로 "당신"이라는 근원적 장소를 가리킨다. 또한, "당신"에 대한 계속되는 호명과 제목에 나타난 "혼자 가는" 외로운 도정 사이의 모순이 해명된다. 화자의 목적지인 "집"은 "먼" 곳에 있으며, 그것은 "당신"과의 만남이 거의 불가능하다는 것을 보여준다. 당신과 해후하는 것은 실현 가능하지 않으며, 의미 있는 것은 집 – 당신에게로 걸어가는 과정 자체일 뿐이다. 왜냐하면 화자에게 있어서 슬픔이나 상처는 결코 치유될 수 없는 것이기 때문이다. "치병과 환후는 각각 따로인 것"이다. 상처를 치유할 수 없다는 것, 그 불가능성을 인식하는 것이 유일한 치유의 방식이 된다. 상처, 슬픔을 다스리는 방식으로는 바로 그 병을 더욱더 깊이 앓는 것 외에는 없다. 그래서 "마음의 무덤"을 벌초하기 위해 화자가 준비하는 것은 "맨술 한 병"뿐이며, 그 화자의 상태는 "병자"와 같다.

허수경에게 삶은 항상 상처의 연속이다. 그 상처 속에서 상처를 보듬고 살아가는 여성적 자아의 넉넉함이 허수경 시의 매력이다. 그래서 "한 슬픔이 문을 닫으면 또 한 슬픔이 문을 여는 것"이고, "내가 아니라서 끝내 버릴 수 없는, 무를 수도 없는 참혹"인 것이다. 삶의 참혹 속에서도 그것을 무를 수 없으며, 버릴 수 없다는 인식은 자신에게 안겨진 상처와 아픔에도 불구하고 결코 절망하지 않겠다는 인식이다. 절망에서 허무로 나아가지 않고, 절망에서 그것을 보듬어안는 넉넉함과 노회함의 길을 가는 것은 쉽지 않다. 그래서 허수경을 젊어서 너무 일찍 늙은 시인이라고도 한다. 그 노회함과 넉넉함은 세상의 온갖 상처를 쓰다듬고 위로하는 대지모의 이미지를 간직한다. 이 시를 읽을 때 느껴지는 아늑함은 아마도 여기에서 연유한 것이리라.

| 허수경 |

세월아 네월아

세월아 네월아 시정의 아픈 사내가 시정의 아픈 여자를 데리고 여자
는 아가를 누런 아가를 데리고 하염없이 염 없이 고구마를 튀겨 파는데

섬섬 바리시고 네여 도 닦듯 하염없이 튀김 기름 끓는 열반 속에 환한
수련 열듯 고구마는 솟아오르고
누런 아가는 양털 보풀 이는 싸묵눈길을 간다네 마징가나 은하철도
기름 열반 속 고구마 꽃잎에 뚝뚝 떨어지는 기름처럼 눈발은 잠 속을
녹아

세월아 네월아 하염없이 염 없이 네 가면 병 낫더냐 나을 병 없이도
아픈 시정들이
꺼먹꺼먹 튀겨내는 세월 네월아
아마 너라고 기름 열반을 바랐겠냐마는……

—『혼자 가는 먼 집』(1992년)

　　　　　　　　　　　*

　이 시는 허수경이 대상으로 삼고 있는 삶에서 밀려난 인간의 모습을
절묘하고 심도 있게 보여주고 있다. 거리에서 고구마를 튀겨 파는 한 가
난한 일가족의 모습을 이처럼 아름답고 쓸쓸하게 묘사한 시는 드물다.
　"세월아 네월아"라는 민요조를 섞어넣어 알맞은 리듬감을 이끌면서,
가난한 사람들의 힘겨운 삶을 민요의 통사적 흐름 속에 연결시켜, 바닥
에 이른 삶의 직접적 고통을 한 차원 승화시키고 있다. 이렇게 함으로써
허수경의 시선이, 그들을 객관적으로 바라보거나, 자신의 주관으로 그
들을 재단하는 것이 아니라, 그들 삶의 아픔에 함께 참여하고 있으며,
그 아픔을 자신의 것으로 전환시켜나가고 있음을 알 수 있게 한다.
　눈 내리는 거리에서 누런 아가는 눈길 꿈속을 거닐고 있고, 시정의 아
픈 사내와 여자는 고구마를 "하염없이 염 없이" 튀겨 팔고 있다. 여기서
"하염없이 염 없이"라는 표현은 아주 절묘하다. 그들의 지루하고도 힘겨
운 노동을 "하염없이"가 표상한다면, "염 없이"는 그들 삶의 막막함과
암담함을 드러낸다. 그렇게 힘겹고 막막한 고구마 튀기는 생활은 이젠
"도 닦듯"이 보인다. 암담하고 막막한 상황에서 매일 반복적으로 같은
행위를 "염 없이" 하는 것은 일종의 도 닦는 행위와 같다. 도 닦는 것처
럼 힘들다는 의미보다, 그 힘듦이, 도 닦는 것처럼, '이젠 삶이 당연히
그런 것이다'라는 인식을 뒤에 깔고 있다. 삶이란 그렇고 그런 것이니,
더이상의 희망이나 절망은 없다. 오히려 이 단계를 뛰어넘어선 곳에 시
정인의 삶이 있다는 것을 허수경은 보여준다. 도 닦는다는 의미망에서
자연히 고구마가 수련 열듯 솟아오른다는 표현이 뒤따른다.
　재미있는 것은 "기름 끓는" 이미지는 보통 지옥을 연상시키는데, 그
러한 상투적 상상력을 뒤엎어 거기서 "열반"을 바라보는 시인의 상상력

이다. 이는 마치 지옥과도 같이 고통스럽고 권태로우며 희망 없는 상황 속에서, 할 수 있는 것은 그 고통을 견디는 것뿐이라는 전언을 보여준다. 시간이 지난다 하더라도 상황은 조금도 달라지지 않기 때문이다. 인간은 고통에 대면할 때, 시간의 경과 속에서 상황이 달라지기를, 달라질 수 있기를 의식적, 무의식적으로 기대한다.

그러나 이 도저한 정신을 지닌 시인은 그렇지 않다고 말한다. "세월아 네월아 하염없이 염 없이 네 가면 병 낫더냐"라는 질문을 시인은 던지고 있다. 시간은 오래 지속되는 것이며, 고통스런 상황이 시간이 지남으로써 바뀔 것이라고 기대하는 것은 고통을 깊이 겪어보지 못한 이들의 순진한 발상이다. 시간이 흐른다 하더라도 병과 아픔은 사라지지 않는다. 그렇다면 그 병과 아픔을 회피하지 않고 살아가야 한다. 이것은 바로 지옥을 견디는 것이 열반이라는 역설로 시인이 말하고자 하는 바이다.

"아마 너라고 기름 열반을 바랐겠냐마는"이라는 표현은 이들 시정인의 삶에 선택의 여지가 없다는 사실을 드러낸다. 그러기에 "하염없이 염 없이" 고구마를 튀겨야 한다. 도를 닦듯이. 그렇게 하더라도 병이 나을 길은 보이지 않는다. 왜냐하면 병이 없어도 항상 아프기 때문이다. 이 "나을 병 없이도 아픈 시정"이 허수경이 발견해낸 전언이다. 삶에서 밀려나 막다른 골목에 들어선 시정인들은 늘 아프다. 이 아픔에 동참하고자 하는 것이 허수경의 젊지만 원숙한 시선이다.

허수경(1964~)
경남 진주에서 태어났으며 경남대 국문과를 졸업했다. 1987년 『실천문학』에 「땡볕」 등을 발표하며 등단했다. 시집 『슬픔만한 거름이 어디 있으랴』(1988), 『혼자 가는 먼 집』(1992), 『모래도시』(1996), 『내 영혼은 오래되었으나』(2001) 등이 있다. 『21세기 전망』 동인으로 활동중이다. 동서문학상(2001)을 수상했다.

4 현실인식과 역사

산(山)제비

남국에서 왔나.
북국에서 왔나.
산상(山上)에도 상상봉(上上峰)
더 오를 수 없는 곳에 깃들인 제비.

너희야말로 자유의 화신 같구나,
너희 몸을 붙들 자 누구냐,
너희 몸에 알은체할 자 누구냐,
너희야말로 하늘이 네 것이요, 대지가 네 것 같구나.

녹두만한 눈알로 천하를 내려다보고,
주먹만한 네 몸으로 화살같이 하늘을 꿰어
마술사의 채찍같이 가로 세로 휘도는 산꼭대기 제비야
너희는 장하구나.

하루 아침 하루 낮을 허덕이고 올라와
천하를 내려다보고 느끼는 나를 웃어다오,
나는 차라리 너희들같이 나래라도 펴보고 싶구나,
한숨에 내닫고 한숨에 솟치어
더 날을 수 없이 신비한 너희같이 돼보고 싶구나.

창(槍)들을 꽂은 듯 희디흰 바위에 아침 붉은 햇발이 비칠 제
너희는 그 꼭대기에 앉아 깃을 가다듬을 것이요,
산의 정기가 뭉게뭉게 피어오를 제,
너희는 마음껏 마시고, 마음껏 휘정거리며 씻을 것이요,
원시림에서 흘러나오는 세상의 비밀을 모조리 들을 것이다.

멧돼지가 붉은 흙을 파헤칠 제
너희는 별에 날아볼 생각을 할 것이요,
갈범*이 배를 채우려 약한 짐승을 노리며 어슬렁거릴 제,
너희는 인간의 서글픈 소식을 전하는,
이 나라에서 저 나라로 알려주는
천리조(千里鳥)일 것이다.

산제비야 날아라,
화살같이 날아라,
구름을 휘정거리고 안개를 헤쳐라.

땅이 거북 등같이 갈라졌다,
날아라 너희들은 날아라,
그리하여 가난한 농민을 위하여
구름을 모아는 못 올까,

날아라 빙빙 가로 세로 솟치고 내닫고,
구름을 꼬리에 달고 오라.

산제비야 날아라,
화살같이 날아라,
구름을 헤치고 안개를 헤쳐라.

—『낭만』1936년 11월호

---

* 갈범 : 범을 표범과 구별하기 위해 이르는 말.

*

　높은 산봉우리에 둥지를 짓고 사는 제비를 보며 느끼는 부러움과 그런 존재가 되고 싶은 소망을 토로하고, 이를 민중의 삶에 대한 동참 의지로까지 확산시키고 있다.

　마치 정지용의 「백록담」과도 같은 분위기가 이 시를 지배하고 있는데, 그것은 암울한 시대에 점점 더 억압적인 상황으로 내몰리고 있는 그러한 분위기이다. 이 시에서 "산제비"는 그 어려운 상황의 비탈길을 올라가 정상으로 향하는 자가 바라보는 자유의 표상이다. 시적 자아는 바로 그 자유의 이미지를 산제비의 유연한 비상에서 느끼는 것이다. 인간 세상의 온갖 구속에 묶여 있는 자신과 대비되는 이 자유로운 자연적 존재는 이 시에서 마침내 시적 자아의 현실적인 삶 속으로 깊이 개입해 들어온다. 시적 자아는 "산제비"에 현실의 고통을 헤쳐나갈 구원적인 희망과 의지를 투영시키고자 한다.

　정지용의 「백록담」이 점차 고립되어가는 자의 깊은 내면의식 가운데서 현실을 극복해나가려는 자세를 찾는 것인 반면, 이 시의 "산제비"는 그러한 고립을 잘 극복하고 있다. 박세영은 다만 현실의 어려운 상황과 극렬히 대비되는 자연의 심상으로서 그것을 제시하고, 현실을 극복할 수 있는 치열한 정신의 지향점으로서 그러한 이미지를 설정한 것으로 보인다.

박세영(1902~?)
경기 고양에서 태어났으며 중국 혜령의 영문전문학교에서 수학했다. 염군사와 카프 맹원으로 활동했다. 1927년 『문예시대』에 「농부 아들의 탄식」을 발표하면서 작품활동을 시작했다. 아동잡지 『별나라』에도 오랫동안 참여했다. 시집 『산제비』(1938), 『횃불』(1946, 공저) 등이 있다. 예술적 완성도보다도 사회운동에 복무하는 작품을 주로 발표했다. 1946년 월북 후 북한에서도 활발한 문예활동을 펼친 것으로 알려져 있다.

낡은 집

날로 밤으로
왕거미 줄치기에 분주한 집
마을서 흉집이라고 꺼리는 낡은 집
이 집에 살았다는 백성들은
대대손손에 물려줄
은동곳도 산호관자도 갖지 못했니라.

재를 넘어 무곡을 다니던 당나귀
항구로 가는 콩실이에 늙은 둥글소
모두 없어진 지 오랜
외양간엔 아직 초라한 내음새 그윽하다만
털보네 간 곳은 아무도 모른다.

찻길이 놓이기 전
노루 멧돼지 족제비 이런 것들이
앞뒤 산을 마음놓고 뛰어다니던 시절
털보의 셋째아들은
나의 싸리말 동무는
이 집 안방 짓두광주리 옆에서
첫울음을 울었다고 한다.

"털보네는 또 아들을 봤다우
송아지래두 불었으면 팔아나 먹지."
마을 아낙네들은 무심코
차가운 이야기를 가을 냇물에 실어보냈다는
그날 밤
저릅등이 시름시름 타들어가고
소주에 취한 털보의 눈도 일층 붉더란다.

갓주지 이야기와
무서운 전설 가운데서 가난 속에서
나의 동무는 늘 마음 졸이며 자랐다.
당나귀 몰고 간 애비 돌아오지 않는 밤
노랑 고양이 울어 울어
종시 잠 이루지 못하는 밤이면
어미 분주히 일하는 방앗간 한 구석에서
나의 동무는
도토리의 꿈을 키웠다.

그가 아홉 살 되던 해
사냥개 꿩을 쫓아다니던 겨울
이 집에 살던 일곱 식솔이

어디론지 사라지고 이튿날 아침
북쪽을 향한 발자국만 눈 위에 떨고 있었다.

더러는 오랑캐령 쪽으로 갔으리라고
더러는 아라사로 갔으리라고
이웃 늙은이들은
모두 무서운 곳을 짚었다.

지금은 아무도 살지 않는 집
마을서 흉집이라고 꺼리는 낡은 집
제철마다 먹음직한 열매
탐스럽게 열던 살구
살구나무도 글거리만 남았길래
꽃피는 철이 와도 가도 뒤울 안에
꿀벌 하나 날아들지 않는다.

— 『낡은 집』(1938년)

　이 시는 개인의 감정을 표현하거나 어떤 것을 청자에게 전달하려는 의도를 지니지 않고, 있는 사실을 그대로 전달하려는 태도를 취하고 있다. 사실에 대한 판단은 독자의 몫으로 남겨두고, 있는 현실의 수용에만 관심을 보이는 것이다. 현실주의라고 이름 붙일 수 있을 이러한 시 경향은 정치적 상황이 열악해진 1930년대 후반에 주로 나타난다. 카프 시대와는 달리 무엇을 주장한다는 것이 불가능해지고, 그렇다고 애초에 개인적 감정의 표현에 관심이 있는 것도 아니어서, 현실주의 시인들은 우리 주변의 현실적 삶의 여러 모습들을 있는 그대로 그리겠다는 소극적 리얼리즘의 자세를 보이게 된다. 이 시의 화자가 진술하고 있는 내용은, 일제하 조선 농촌의 피폐화 과정이다.

　이 시는 전체적으로 화자의 직접체험에 의한 진술부분(2연, 5~8연)과 어른들로부터 화자가 전해들은 이야기를 직접화법(1연)과 간접화법(3, 4연)을 통해 진술한 부분으로 나뉘어 구성되어 있다. 이런 배치는 시가 자연스러운 호흡으로 읽히게 하며 서사성과 인물들의 입체감을 살리고 있다.

　1연은 어른들이 화자에게 하는 직접 진술로, 1~3행은 시적 대상인 "낡은 집"의 꺼림칙한 외면적 이미지를 중점 확대시키고, 나머지 4~6행은 그 집에 살았던 주인공들의 숙명, 곧 누대에 걸친 가난을 이야기함으로써 시를 여는 구실을 맡고 있다. 소위 배경과 주인공 소개에 해당하는 부분이다. 2연은 당나귀, 둥글소 등 가축까지 참여하여 함께 구성되었던 "털보네"라는 구체적 삶의 원형이 파괴되었음을 화자의 진술로 보여주고 있다. 3~5연은 그 "낡은 집"과 화자인 "나"와의 체험의 연계를 맺어주는 매개로서 털보네 셋째아들, 즉 "나의 동무"가 등장하는데, 송아지한 마리보다도 더 환영받지 못하는 출생과 성장이 제시됨으로써 화자의 처지도 이와 크게 다를 바 없으리라는 추측을 가능하게 한다. 특히 '가을 냇물에 실어보낸 차가운 이야기'라는 이미지와 '소주에 취한 털보의 붉은 눈' "갓주지 이야기와 / 무서운 전설" 등의 이미지가 교직되어, 불안하게 뿌리뽑혀가는 삶을 잘 보여주고 있다.

6연은 그러한 불안의 현실화, 곧 간밤에 눈길을 따라 북쪽으로 떠나버린 털보네의 이향(離鄕)을 구체화하는데, 이는 "눈 위에 떨고 있"는 발자국이라는 구절로 압축, 절제된 표현을 보여준다. 그리고, "발자국"과 '떨림'을 전략적으로 연결시킴으로써, 떨림의 주체가 털보네와 화자인 나 양쪽에 걸리게 된다. 그에 따라 털보네가 경험하는 뿌리뽑힘과 추위라는 상황이 그들만의 문제가 아니라 "나"로 대표되는 가족과 마을 전체로 확산되는 것으로 나타난다.

7연은 6연에서 확립한 이러한 공동인식을 뒷받침한다. 그들이 좀더 잘살아보겠다고 간 아라사 땅이나 오랑캐 땅이 "무서운 곳"이라면 그들이 떠나간 식민지 조선은 '더 무서운 곳'이라는 인식을 보여준다. 1연에서 설정된 시적 대상으로서의 "낡은 집"은 2~7연을 거쳐 8연에 이르러서는 '파괴된 공동체의 불모성'을 드러내는 것으로 제시된다. 또한 그러한 황폐화가 여전히 현재적인 상황임을 "꿀벌 하나 날아들지 않는다"는 서술부로 보여준다.

| 이용악 |

하늘만 곱구나

집도 많은 집도 많은 남대문턱 움 속에서 두 손 오그려 혹 혹 입김 불며 이따금씩 쳐다보는 하늘이사 아마 하늘이기 혼자만 곱구나

거북네는 만주서 왔단다 두터운 얼음장과 거센 바람 속을 세월은 흘러 거북이는 만주서 나고 할배는 만주에 묻히고 세월이 무심찮아 봄을 본다고 쫓겨서 울면서 가던 길 돌아왔단다

띠팡*을 떠날 때 강을 건널 때 조선으로 돌아가면 빼앗겼던 땅에서 농사지으며 가 갸 거 겨 배운다더니 조선으로 돌아와도 집도 고향도 없고

거북이는 배추꼬리를 씹으며 달디달구나 배추꼬리를 씹으며 꺼무테테한 아배의 얼굴을 바라보면서 배추꼬리를 씹으며 거북이는 무엇을 생각하누

첫눈 이미 내리고 이윽고 새해가 온다는데 집도 많은 집도 많은 남대문턱 움 속에서 이따금씩 쳐다보는 하늘이사 아마 하늘이기 혼자만 곱구나

—1946년 12월 전재동포 구제 시의 밤 낭독시

*띠팡 : '움막'이란 뜻의 중국 말.

*

이 시는 각 연에서 행갈이를 하지 않고 산문처럼 씌어져 있다. 세련된 기법과 안정된 형태를 보여주는 이용악의 시로서는 이례적이다. 이는 해방기 상황의 급박함과 관련이 있을 것이다. 해방 후 몇 년은 우리 역사에서 최대의 소용돌이 기간이었으며, 작가들은 서재에 앉아 있을 틈도 없이 거리로 나와 행동으로 뜻을 표명하기에 바빴다. 작품을 써서 잡지나 신문에 그것을 발표하기보다는, 공장이나 거리 혹은 집회장에서 청중들을 상대로 직접 낭송하는 것이 더 중요했다. 해방기의 이용악 시가 이러한 형태를 보이는 것은, 시적 실천의 기민함을 보장하기 위한 의도였다. 1930년대 '유이민'의 문제를 다루고 있는 시들은 '이향'을 소재로 하고 있는 것이 대종을 이룬다. 그러나 「하늘만 곱구나」처럼 '귀향'를 소재로 하는 시는 이용악의 작품 몇 편을 제외하고는 거의 찾아볼 수 없다. 그런 면에서 이 시는 매우 가치가 있다.

1연에서 거북이로 추정되는 화자는, 하고많은 집들을 옆에 두고도, 남대문턱의 움막 속에서 추위에 떨며, 이따금씩 올려다보는 하늘이야 하늘이기 때문에 저 혼자 곱다고 탄식한다. 고운 하늘과 누추하고 힘겨운 삶이 대비를 보인다.

2, 3연에서 그렇게 살고 있는 거북네의 이력이 제시된다. 그들은 만주서 귀향한 유이민이다. 할아버지는 만주서 죽고 그리고 거북이는 태어나고 무심한 세월을 만주서 보내다 해방을 맞아, 예전에 울면서 쫓겨가던 그 길로 다시 돌아왔다. 만주를 떠날 때 어른들은 거북이더러, 조국 땅에 돌아가면 빼앗겼던 땅에서 농사지으며 학교 공부도 받을 수 있다고 했었지만, 돌아온 그들에게는 집도 고향도 없고 남대문턱의 움막살이만이 기다리고 있을 뿐이다.

다음 연에서는 먹을 것이 없어, 누군가 내다버렸을 배추꼬리를 씹으며, 평생을 노동에 전 아버지의 검은 얼굴을 바라보고 있는 거북이의 모습이 나타난다. 마지막 연은 첫 연을 변형 반복하고 있다. 첫눈도 내리고, 벌써 새해가 된다는데, 남대문턱 움막 속에 엎드려 이따금씩 올려다보는 하늘은 무심히도 혼자만 곱다는 것이다.

1946년 12월의 '전재동포 구제 시의 밤' 행사에서 낭독한 것으로 되어 있는 이 시는, 해방정국의 혼란상이 민중들에게 어떤 의미를 지니는가를 보여준다. 해방이 되었다고는 하지만 그것은 우리 스스로 쟁취한 것이 아니었고, 그 결과 우리 땅에서도 주권을 행사하지 못하고 다른 나라의 지배를 받아야 했다. 하물며 해외에서, 조국이라는 이유 하나만으로 무작정 귀환해왔던, 이미 뿌리뽑힌 유이민들에게야 조국이 진정한 조국일 이치가 없었다. 일제의 잔재를 청산하고 그 귀속재산의 분배를 정확히 함으로써, 귀환해온 동포들의 생계를 보장해주어야 했음에도 불구하고, 당대의 우리 상황은 전혀 그렇지가 못했다. 그러므로 귀환동포들은 일제 식민지 기간 동안의 방랑도 모자라 국내에서 또다시 소외당할 수밖에 없었던 것이다. 이 시는 해방정국의 그러한 어처구니없는 귀환동포들의 삶의 실상과 조국이라는 것의 허상을, 거북네라는 시적 대상을 통해 통박하고 있다. 당대의 많은 시들이 목소리 높은 주장과 흥분을 보여주고 있는 것에 비해, 이 시는 냉정함을 유지하고 있다.

이용악(1914~?)
함북 경성에서 태어났으며 일본 상지대 신문학과를 졸업했다. 1935년 『신인문학』에 「패배자의 소원」을 발표하며 등단했다. 해방 전에는 『인문평론』의 기자로 일했고, 해방 후 조선문학가동맹에 가입해 한국전쟁중에 월북했다. 시집 『분수령』(1937), 『낡은 집』(1938), 『오랑캐꽃』(1947), 『현대시인전집─이용악집』(1949)이 있다. 초기에는 모더니즘의 세례를 받은 듯한 시풍을 보이다가 점차 현실주의적 색채를 나타냈다. 1930년대 후반에 등단한 많은 시인 가운데서 현실 인식의 측면에서 가장 돋보이는 시편을 남겼다는 평가를 받는다.

절정(絶頂)

매운 계절의 채찍에 갈겨
마침내 북방(北方)으로 휩쓸려오다.

하늘도 그만 지쳐 끝난 고원(高原)
서릿발 칼날진 그 위에 서다.

어디다 무릎을 꿇어야 하나
한 발 재겨 디딜 곳조차 없다.

이러매 눈감아 생각해볼밖에
겨울은 강철로 된 무지갠가보다.

—『문장』1940년 1월호

                                    *

　많은 논자들의 지적대로, 이 시는 기승전결 식의 시상 전개와 시적 구조를 이루며 간결한 시행으로써 생략과 압축의 효과를 높이고 있다는 점에서　한시와 닮아 있다. 형태상 이런 고전적인 특징은 자기 감정을 고도로 통어하고 있는 절제감이 빚어낸 것으로 시 전체에 강한 긴장미를 부여하고 있다.

　이 긴장미는 궁극적으로, 시인을 둘러싸고 있는 외적 세계와 팽팽히 맞서고 있는 시인의 세계인식에 기인할 것이다. 1연의 "매운 계절의 채찍"은 당시 시대 상황과 연결시킨다면 식민 통치하의 전제적인 폭력이 될 것이며, 그것을 포괄하여 인간적인 삶과 그에 대한 지향을 압제하는 일체의 부정적 힘이라 할 것이다. 그 힘에 의해 가장자리, 극한을 뜻하는 "북방"으로 휩쓸려온 것이다. 시적 화자가 극한에 내몰리고 있음은 2연으로 이어지는 점층적 표현 '북방→(하늘이 따라오다가 지쳐 더 못 오르는 높은) 고원→(서릿발이 서리도록 날카롭게) 칼날진 그 위'에 의해 강조된다.

　이같은 극한의 궁지, 한계상황에 내몰린 사람이 취할 수 있는 것은, 현실을 주재하는 초월적인 절대자의 존재를 믿고 그의 도움을 바라는 것이다. 화자 역시 절대자 앞에 무릎을 꿇고 구원을 빌려 해보지만, 그마저 불가능함을 알아차리게 된다. 칼날 위에서야 한 발 비껴 서는 것조차 허락되지 않으니 무릎을 꿇을 공간이 없는 것이다.

　4연에 이르러 화자는 이러한 상황, 현상을 승인한다. "눈감"는다는 것은 유일한 현실적인 선택이며, 현실적인 좌절의 자인이다. 그러나 이 비극적 장면은 눈부신 전환을 이룩한다. "겨울은 강철로 된 무지개"라는 역설적 인식이 그것이다. 차가움, 비정함, 매서움, 날카로움, 무채색 등

272

을 심상으로 갖는 강철과 찬란함, 둥긂, 황홀함, 부드러움, 따뜻함 등을 심상으로 갖는 무지개라는 서로 대립적인 두 사물을 등치시키고 있다. 이 비유는 일상적 어법으로는 해독하기 어려운 구절이다. 동떨어진 두 사물의 병치가 그렇고 그것으로 "겨울"을 빗대어 표현한 것 또한 그렇다.

　이는 시적 화자가 "절정"에 이른 정황과 연관시켜야 이해될 수 있다. 매운 계절에 맞서 마침내 칼날 위에 서서 현실적 좌절을 승인하는 화자에게 "겨울"은 "강철"의 이미지일 수밖에 없다. 그러나 온전한 인간적인 삶의 향유를 위해 온몸을 바쳐 대결해온 그에게 그 좌절은 자신의 지향점을 위한 또하나의 빛나는 정점이 된다. 따라서 "겨울"은 그에게 오히려 찬란한 빛살을 휘뿌리는 "무지개"와도 같이 된다. 결국 막바지에 이르러서도 한 점 물러섬이 없는 결단과 신념이 이러한 인식을 성취한다. 이 비유는 '일련의 패배 혹은 좌절을 매개로 하여 정신의 완성을 이룩하는 과정'을 나타낸 것으로 '비극적 삶의 인식과 그 초월'(오세영, 『한국 현대시 분석적 읽기』, 고려대 출판부, 1998, 234~237쪽)의 상징이라 할 수 있다.

꽃

동방은 하늘도 다 끝나고
비 한 방울 내리잖는 그 땅에도
오히려 꽃은 빨갛게 피지 않는가
내 목숨을 꾸며 쉬임 없는 날이여

북쪽 툰드라에도 찬 새벽은
눈 속 깊이 꽃맹아리가 옴작거려
제비떼 까맣게 날아오길 기다리나니
마침내 저버리지 못할 약속이여

한바다 복판 용솟음치는 곳
바람결 따라 타오르는 꽃성(城)에는
나비처럼 취(醉)하는 회상(回想)의 무리들아
오늘 내 여기서 너를 불러보노라

—『육사시집』(1946년)

*

이 시에서는 시인의 단호한 신념과 의지에서 기인하는 강렬함을 느낄 수 있다. 이는 극한적인 상황 설정("하늘도 다 끝나고" "비 한 방울 내리잖는" "북쪽 툰드라" "눈 속 깊이")과, 원색적인 색채어("빨갛게" "까맣게")나 색채 연상어("바다 복판" "꽃성") 및 역동적인 단어("용솟음" "타오르는") 등의 어휘 구사, 그리고 엄숙하고도 강한 느낌의 어미와 조사 활용('-ㄴ가' '-나니' '-이여' '-아' '-노라') 등에 힘입고 있다. 아울러 각 연이 형태 및 구성에서 동일성을 갖추어 연 단위의 반복효과를 거둠으로써 강렬함을 돋우고 있다.

한편 각 연에서 첫 3행이 갈수록 조금씩 길어짐에 따라 시적 호흡은 점점 빨라지게 된다. 그에 따라 긴장이 가중되는, 의식의 점층효과 역시 이 시의 강렬함을 조성하는 데 기여한다.

우선 1연은 여러 점에서 「절정」을 연상시킨다. "하늘도 다 끝"났다는 것은 1) 아스라이 멀다, 즉 정상적 삶의 질서로부터 동떨어져 있다, 2) 하늘로 상징되는 우주의 섭리가 더이상 통용되지 않는다, 3) 하늘과의 상관물인 대지 역시 무화되는 지점이다 등의 의미를 지니는데, 결국 생명이 부정되고 있다는 뜻으로 귀결된다. 비 또한 모든 생명의 한 원천이 된다는 점에서 1, 2행의 정황은 일체의 생명이 부정되는 상황이다. 그러나 거기서 오히려 꽃은 "빨갛게" 피고 있다고 선언한다. 꽃은 이 극한 상황을 초극하는 의지의 표상이다. 4행에서 "목숨을 꾸며 쉬임 없는 날이여"란 구절을 통해 극한적 상황에도 불구하고 삶 또는 삶을 향한 의지를 추구하고 있음을 보여준다.

2연의 1～3행은 1연의 그것과 동일한 내용을 담고 있다. 툰드라 역시 생명이 부정되는 공간이다. 그 툰드라 눈 속 깊은 곳에서 어떻게 꽃이 피겠는가? 그러나 화자는 장차 "제비떼 까맣게 날아오"는 봄날이 오리라고, 그리고 그것을 기다린다고 피력하고 있다. 불가능해 보이는, 생명 부정적인 극한 상황이 타파된 미래의 도래를 믿는 화자의 신념이 "기다림"이란 단어 속에 응축되어 있다. 이 기다림이 전제하는 역사에 대한 신뢰를 "저버리지 못할 약속"이라는 말로 표현하고 있다. 그 앞에 놓인 부사 "마침내"는 전신을 내던지는 듯한 결연한 의지를 부각시키고 있다.

3연의 첫 3행은 그 "약속"이 이루어진 날의 모습을 환상적으로 그리고 있다. 눈 덮인 툰드라 깊은 곳에서 옴작거리던 꽃망울들이 이제, 넓디넓은 바다 복판에서 물줄기 용솟음치듯 그리고 바람결에 불길이 너울대듯 피어남을 보고 있다.

생명이 힘차고도 흐드러지게 충일한 이 황홀한 꽃성에서 "나비처럼 취하는 회상의 무리들"이란 화자를 포함하여 기다림을 지녔던 이들인 듯하다. 나비처럼 취했다는 비유는 이들이 기쁨만이 아니라 기다림의 과정에서 겪었을 고난과 희생에 대한 회한에 싸여 있음을 나타낸다. 지난날의 온갖 회억이 실로 주마등처럼 스쳐갈 것이고 그러니 "회상"에 잠김은 당연할 터이고 "나비처럼 취하"지 않겠는가? 이어지는 "무리"라는, 일견 거칠게 느껴지는 어휘는 이 복합적인 심사를, 그리고 기다림과 약속의 주체들의 강건함을 내세우기 위해 선택된 단어일 것이다. 환상적인 "그날"의 정경이 이같이 강렬하고도 선명하게 제시될 수 있었던 것은 2연에서의 기다림과 약속이 확고한 결의에 근거한 것이었던 데 연유한다.

마지막 4행에서 미래의 비전에 대한 화자의 의지가 흡사 선지자의 예감과도 같은 어투로 표명되면서 결론적으로 거듭 술회되고 있다. 그때 화두가 다시금 오늘 "내 여기서"로 돌려지고 있는 데서 우리는 시인의 강인한 의식이 얼마나 치열한 현재성과 현장성에 가득 차 있는가를 다시 한번 본다.

이육사(1904~1944)
경북 안동에서 태어났으며 문학평론가 이원조가 그의 아우이다. 1925년 형·아우와 함께 의열단에 가입하여 1927년 조선은행 대구지점 폭파사건에 연루되어 옥고를 치렀다. 호 육사는 이때의 죄수번호 64에서 취음한 것이라 한다. 1932년 조선군관학교에 입학하여 이듬해에 졸업했다. 1933년 『신조선』에 처녀작 「황혼」을 발표한 후 『자오선』(1937)에서도 활동했다. 1943년 7월 피검 베이징으로 압송되었다가 1944년 1월 베이징의 감옥에서 옥사하였다. 1946년 아우 이원조에 의해 유고시집 『육사시집』이 발간되었다.

종(鐘)

만(萬) 생령(生靈) 신음을
어드매 직하였기
너는 항상 돌아앉아
밤을 지키고 새우느냐

무거이 드리운 침묵이여
네 존엄을 뉘 깨뜨리더뇨
어느 권력이 네 등을 두드려
목 메인 오열(嗚咽)을 자아내더뇨

권력이어든 차라리 살을 앗으라
영어(囹圄)에 물어진 살이어든
아 권력이어든 아깝지도 않은 살을 저미라

자유는 그림자보다는 크더뇨
그것은 영원히 역사의 유실물(遺失物)이더뇨
한아름 공허(空虛)여
아 우리는 무엇을 어루만지느뇨

그러나 무거이 드리운 인종(忍從)이여
동혈(洞穴)보다 깊은 네 의지 속에

민족의 감내(堪耐)를 살게 하라
그리고 모든 요란한 법(法)을 거부하라

내 간 뒤에도 민족은 있으리니
스스로 울리는 자유를 기다리라
그러나 내 간 뒤에도 신음은 들리리니
네 파루(罷漏)*를 소리 없이 치라

—『문학』 창간호(1946년)

* 파루 : 통행금지 해제의 의미로 새벽 오경에 큰 종을 서른세 번 치던 일.

*

　설정식의 시는 서정성과 사상성이라는 모순된 두 경향을 특징으로 갖고 있다. 초기인 1930년대에 발표된 시는 주로 서정성이 두드러지는데 예컨대 「묘지」에서는 죽음에 대한 직관을 통하여 인간의 순수한 본질을 감각적으로 처리하고 있고 「물 긷는 저녁」에서는 순박한 사춘기 처녀의 섬세한 심리를 농촌의 토속적인 풍경 속에서 생생하게 형상화시켰다. 물론 그의 작품이 단순히 서정성만으로 점철된 것은 아니고 「해바라기」와 「종」 등의 시에서는 민족의식의 이미지도 보이고 있다. 그는 계속 민족적 소재, 자연물의 상징을 통해 사회의식의 잔잔한 서정적 변주의 양상을 보이다가 해방 이후에는 반항과 격정의 서정성으로 급선회하게 된다. 당시 한국 현실은 미국의 자유민주주의와 소련의 사회민주주의의 대립, 민족주의파와 친일파로 불리는 봉건주의 등으로 사분오열되어 우리 민족이 그리던 이상과는 너무나 동떨어져 있었다. 이 이상과 현실의 괴리에서 그것을 해결해줄 영웅에 대한 갈망이 당시 설정식의 시에 나타나는 것이다. 그에게 있어 이 '영웅'은 해바라기와 종의 이미지로 나타난다. 그는 「해바라기 1」에서 해바라기를 낡은 것, 비겁한 것, 남루한 것을 태워버리고 새 역사의 초석을 세울 수 있는 힘, 정화의 상징으로 형상화한다.

　「해바라기」가 새 역사 창조의 이념과 열망을 가시화한 것이라면 「종」의 세계는 이 직접성을 어느 정도 심화시킨 것이다. 이 작품은 극히 단순한 구조를 보여준다. 종을 너로 의인화시킨데다 명령법을 동반하여 대상과 시적 화자 사이의 거리를 없앤다. 시적 대상으로서 사물의 형상화란 고려되지 않는다. 이런 형식은 시의 예언자적 내용을 그대로 반영하는 것이다.

자유와 민족은 영원한 것인데 그 자유 획득을 위하여 민족의 인종을 깊숙이 감춘 것이 종소리이다. 어둠을 지키는 것과 권력과 폭력에 신음하는 것이 종의 운명이라는 것이다. 설정식은 민족을 가장 최고의 위치에 올려놓고 관념에 의해 모든 현실적 문제를 해결 수정 극복하고자 하는 의지를 보이고 있으며 이는 해방 당시의 분위기와 일치한다. 식민지시대의 지식인들은 많건 적건 민족을 가장 강력하고 신성한 위치에 올려놓는 경향이 있는데 이 속성이 식민지시대에는 은밀히 표출되다가 해방을 맞이하여 한꺼번에 분출하게 된다. 그러나 이 표면화 과정은 구체적인 민중이나 사회현실을 매개로 하지 않았다는 점에서 추상성, 관념성을 벗어나기 어렵다. 이런 관념적인 열정은 현실의 어려움 때문에 흔히 좌절되기 쉬운 것이었으나, 설정식은 이를 민족을 지상명제의 위치에 올려놓음으로써 이를 극복하려 한다.

이때 그의 시는 예언자적 성격을 띠게 되는데 그 대표적인 예가 「제신의 분노」이다. 여기서 설정식은 우리 민족을 메시아 사상으로 무장된 이스라엘 민족과 동일시하고 있다. 예언자는 이스라엘 민족에게 주로 신의 도움과 구제의 약속을 하거나 신의 징벌을 경고하거나 했는데, 이 메시지는 정치와 밀접한 관계를 가질 수밖에 없다. 설정식은 이런 예언의 이중성을 이용하여 우리 민족의 방향성을 최고의 위치에 올려놓았던 것이다.

설정식(1912~1953)
함남 단천에서 태어났으며 연희전문학교와 미국 유니온대를 졸업했다. 1932년 『동광』에 「거리에서 들려주는 노래」를 발표하며 등단했다. 해방 후 조선문학가동맹에 가담했다가 한국전쟁중에 월북하였으나 1953년 남로당 숙청 때 처형되었다. 시집 『종』(1947), 『포도』(1948), 『제신의 분노』(1948) 등이 있다.

| 유진오 |

누구를 위한 벅차는 우리의 젊음이냐?

눈시울이 뜨거워지도록
두 팔에 힘을 주어 버티는 것은
누구를 위한 붉은 마음이냐?

깨어진 꿈조각을
떨리는 손으로 주워모아
역사가 마련하는 이 국토 위에
옛날을 찾으려는
저승길이 가까운 영감님들이
주책없이 중얼거리는 잠꼬대를
받아들이자는 우리의 젊음이냐.

왜놈들의 씨를 받아
소중히 기르던 무리들이
이제 또한 모양만이 달라진
새로운 ×××의 손님네들 앞에
머리를 숙여
생명과 재산과 명예의
적선을 빌고 있다.

누구를 위한

벅차는 우리의 젊음이냐?
서른여덟 해 전 나라와 같이
송두리째 팔리어 피눈물 어려
남의 땅을 헤매다 죽은 동족들은
팔리던 날을 그리고
맞아죽은 오늘 9월 초하루를
목메어 가슴 치며 잊지 못한다.

그러나 오늘날 또한
썩은 강냉이에 배탈이 나고
삼천오백만 불의 빚을 걸머지고
생각만 하여도 이가 갈리는
무리들에게 짓밟혀
가난한 동족들이
여기 눈물과 함께 우리들 앞에 섰다.

누구를 위한 벅차는 우리의 젊음이냐!
어느 놈이 우리의
분통을 터뜨리느냐
우리들 젊음의 힘은
피보다도 무섭다.

머얼리 바다 건너 저쪽에서도
피 끓는 젊은이의
씩씩한 행진과 부르짖음이
가슴과 가슴들 속에 파도처럼 울려온다.
젊은이의 갈 길은 단 한 길이다.
가난한 동족이 우는 곳에

핏발이 서 날뛰는
외국 ×××들과
망령한 영감님들에게
저승길로 떠나는 노자를 주어
××로 쫓아야 한다.

　　　　　　　　　　　　—1946년 국제 청년의 날 기념 낭독시

284

*

1945년 을유해방은 우리의 자생적인 힘에 의해 이루어진 것이 아니라 연합국의 승리에 따른 부산물로 주어진 것이었다. 제2차 세계대전의 종전에 따른 세계질서의 재편이 우리 민족에게 원하든 원하지 않든 간에 많은 것을 강요해왔다. 그렇다고 하더라도 해방이 우리에게 또한 많은 가능성을 부여해준 것도 숨길 수 없는 사실이었다. 요컨대 해방정국은 어느 면에서나 격동의 시기였다고 말할 수 있다. 상황의 반전이 갑작스럽게 이루어져서 주체할 수 없는 경우가 발생하게 되는 때가 있는데, 해방공간이 바로 그러한 경우에 해당된다. 당시의 문단도 예외가 아니었다. 정치적으로 민족재건의 가능성과 그 방향이 여러 방식으로 타진되었는데, 그러한 논의의 분분함 속에서 해방기의 문단 상황도 여러 갈래로 분열되었다.

소시민적 인텔리에 속해 있었던 문인들에 있어서 해방정국의 과제는 우선적으로 자신들의 과거에 대한 성실한 자기 비판으로부터 출발할 수밖에 없었다. 대부분의 기성시인들은 일제에 어느 정도 협력했거나 친일의 전력을 지니고 있었다. 일부 문인을 제외하고 기성 시인의 경우에 이 문제로부터 자유로운 인물은 극히 드물었다.

그들과는 달리, 일제 말기에 시단에 얼굴을 내밀었지만, 긴 공백기를 거쳐 해방 후에 본격적인 활동을 한 일군의 시인들이 있다. 김상훈 박산운 유진오 이병철 김광현 등의 공동시집 『전위시인집』(1946) 동인들과 정상인 최석두 등이 그들이다. 이들은 친일이나 부역이라는 부담감에서 보다 자유로울 수 있다는 장점 때문에, 비교적 활발하게 창작활동을 했다. 또한 『전위시인집』이라는 앤솔로지를 통해 집단적으로 문학의 지향성을 천명하기도 했다. 아울러 '문학가동맹'의 실질적인 일꾼으로 문화제 등의 행사나 '문화공작대'를 통해 남로당과 조직의 선봉장 노릇을 했다.

해방 직후처럼 극단적인 이데올로기의 대립과 극심한 사회적 혼란이 계속되던 시기에 있어서 이들의 시가 이룩한 성과는 다른 어느 장르와 비교할 수 없을 만큼 중요하기도 했다. 일제 잔재의 청산과 봉건유물의 극복, 그리고 자주적인 민주주의 국가건설이 역사적인 과제로 등장하던 시기에 맞추어 시를 통해 그러한 역사적 과제에 대한 대중적 인식을 확산시키고, 미군정을 등에 업고 다시 고개를 쳐드는 반민족적인 세력들에 저항하기도 했다. 이들은 기성시인들과는 달리 어떤 부끄러움이나 의식의 굴절도 없이 시를 쓸 수 있었고, 따라서 때로는 선배 시인들에 비해 기교적으로 미숙함을 보이기도 했지만, 반제·반봉건의 역사적 과제를 문학적으로 실천하는 데 다른 어느 시인들보다 뛰어난 성과를 남겼다.

하루가 다르게 변화하는 해방정국의 격동기는 앞으로의 역사에 대한 전망이 뚜렷하게 드러나지 않았던 혼미의 시기이기도 했다. 이러한 시기에 비교적 일관된 관점을 유지한 채 자신의 의식을 발전시키면서 역사의 전면에 나서서 대응한다는 것은 쉽지 않은 일이었다. 더욱이 소시민적 속성이 깔려 있는 문단 풍토에서 투쟁하는 문인을 찾는다는 것은 어려운 일이었다. 이런 '행동의 시인'의 면모를 유감없이 보여주는 시인으로 유진오와 최석두를 들 수 있다.

유진오와 최석두에 대해서는 지금까지 북한의 여러 문학사에서조차 언급된 바가 없었다. 그런데 매몰된 작가에 대한 복원작업을 수행하는 최근의 『북한문학사』(계획된 15권 중 8·15 이후 부분 5권 완간)에서 이들이 해방기의 중요한 의미를 지니는 시인으로 적극적으로 다루어지고 있다는 사실을 우리는 발견할 수 있다. 이 두 시인은 생을 비극적으로 마쳤다는 점에서도 유사하다. 유진오는 지리산에서 문화공작을 하다가 체포되어 처형되었으며, 최석두는 한국전쟁 때 서대문 형무소에서 출감하여 월북했으나 1951년 10월 북한에서 폭격으로 사망했다. 또한 두 시인 모두 조선문학가동맹에서 활동하면서 시를 썼기 때문에 남로당 계열에서 매우 중요한 시인으로 꼽힌다. 북한이 임화, 이원조와 같은 남로당계 작가에 대해 매우 비판적이라는 것은 잘 알려진 사실이다. 그럼에도 불구하고 최석두와 유진오를 높이 평가하는 것은 임화나 이원조와 직접적으로 관련되어 있지 않은 경우에는 문제를 삼지 않겠다는 뜻으로 보인다.

유진오는 오장환의 추천으로 『민중조선』에 「피리 소리」를 발표하며 작품활동을 시작했다. 생전에 삼십여 편의 시를 발표했으며, 시집으로는 개인시집인 『창(窓)』(1958)과 합동시집 『전위시인집』을 남겼다. 유진오는 국가와 민족이 위기에 처해 있을 때, 과연 문학이 무엇을 할 수 있고, 또 무엇을 해야 하는가에 몰두한 대표적인 시인이었다. 진정한 시란 자주적인 국가건설을 위한 투쟁의 무기라고 생각했고, 선전·선동뿐만 아니라 투철한 역사적 전망과 당대의 사회적 형상화에 의해 대중의 의식을 앙양하는 것이라고 그는 주장했다.

「누구를 위한 벅차는 우리의 젊음이냐?」는 반복적인 시어의 나열과 설의법의 표현을 빌려 직설적인 시어를 구사하고 있는 대표적인 행사시이다. 특히 이 시는 1946년 9월 1일 훈련원 광장에서 있었던 '국제 청년의 날 기념식장'에서 유진오 자신이 낭독한 작품이다. 그리고 이 시를 낭독했다는 이유로 유진오는 미군정청 포고령을 위반한 혐의로 체포, 투옥되어 일 년 남짓 옥고를 치르게 된다. 이처럼 이 시는 당대 현실을 격렬히 비판하여, 매판자본가들과 외세에 의존하여 권력을 장악하려는 무리들에게는 비수와 같은 역할을 했다. 이런 정치시는 청중들과 독자들의 정서적 반응을 쉽게 불러일으킬 뿐만 아니라, 개개인에게 잠재되어 있는 자발성을 일깨워 하나의 실천적이고 집단적인 힘으로 묶으려는 의도를 보이는 시이다. 이 시는 이런 관점에서 해방정국이라는 정치적 격동기에 나타날 수 있었던 정치시의 대표적인 작품으로 평가되고 있다.

이 시는 우선 '눈시울이 뜨거워지도록 팔에 힘을 주는 것은 누구를 위한 젊음이냐'는 의문에서부터 출발하고 있다. 그것은 구시대의 깨어진 꿈을 그리워하는 늙은 영감님들, 즉 친일파를 위한 젊음은 결코 아니라는 것이다. 또한 왜놈들을 받들다가 이제는 새로운 손님들을 숭배하는 기회주의자 무리들을 위한 것도 아니다. 젊은 우리는 삼십육 년간의 서러움과 고난의 세월을 잊을 수가 없는 것이다. 그런데, 이런 고초를 겪은 민족이지만 고난은 아직 끝나지 않았다. 우리에게는 미국이 준 썩은 강냉이(원조)와 빚만이 놓여 있기 때문이다. 우리의 젊음은 바로 이러한 부정적 민족현실에 대한 분노가 되어야 하며, 피보다도 무서운 것 즉 강렬한 저항이 되어야 한다. 멀리 다른 나라에서도 젊은이들의 씩씩한 행진과 부르짖음이 들려온다. 그것은 가난한 동족을 위하라는 것이다. 시인은 핏발이 서 날뛰는 외국의 적과 망령한 영감들에게 죽음을 주자고 외친다.

이렇게 볼 때, 이 작품은 일제 강점의 짓밟힘에서 벗어나 해방을 맞은 민족에게 다시 찾아온 시련에 대한 항쟁을 노래한 시이다. 즉 해방이 되었으나, 일제를 대신하여 들어온 외세와 구시대에 영화를 누렸던 변절한 친일파에 대하여 대항할 것을 선동적으로 부르짖고 있다.

1945년의 해방조국은 시인 유진오에게는 해방이 아닌 새로운 종속으로 파악되고 있다. 해방정국의 우리나라는 미국으로 대표되는 외국 자본의 무분별한 침투로 인해 미국의 잉여농산물 시장으로 전락해가고 있었던 것이다. 또 대다수 민중들의 바람과는 정반대로 새로운 외세와 결탁한 친일파들이 자신들의 기득권을 유지, 재생산하기 위해 준동하는

상황이었다. 이 시는 이런 현실을 향한 분노와 이러한 현실을 변혁하고
자 하는 청년들의 열망을 부추기고 있다. 선전과 선동을 하고자 하는 정
치적 행사시의 대표적인 작품이나, 그 문학적 가치는 그리 높지 않다.
일반적으로 정치시는 현실적인 문제를 독자에게 인식시켜서 행동에 이
르게 하는 데 주된 목적이 있다. 이런 측면에서 대중적인 공감대의 형성
이라는 즉자적인 반응을 불러일으키는 내용을 주로 선택한다는 정치시
의 기본 원리에 충실한 시이다.

유진오(1922~1950)
전북 완주에서 태어났으며 1940년대에 일본에서 문화학원을 다녔다. 오장환의 추천으로 『민중조
선』에 「피리 소리」를 발표하며 작품활동을 시작했다. 1947년에는 '문화공작대'에 참여했으며, 남
한에 단독정부가 수립되자 지리산 유격대의 문화공작대장으로 참여하기도 했다. 한국전쟁이 발발
한 1950년에 체포되어 처형된 것으로 알려졌다. 시집 『창』(1948)과 합동시집 『전위시인집』을 남
겼다. 해방정국에 문단에 등단한 신진시인으로, 문학의 현실참여를 주장했던 대표적인 '전위시
인' 가운데 한 사람이다.

| 최석두 |

손

안개 자욱한 이른 새벽
채 눈이 뜨이기도 전에 손이 왔다
손은 수염이 검숭검숭
눈만 날카롭게 살아 있어
아 쫓기어다니는
민주주의의 애국자
우리 아버지와 같은 사람들

주섬주섬 옷고름을 여미고
부엌으로 나갔다.
초라한 끼니를 끓여보자
석화* 사란 소리를 살봇이 불렀다
— 한 그릇 사십오원
알주먹 십원어치 흥정은
생각조차 말아야 할 것을—

소금물 같은 간장과
시늉만 한 깍두기가
왼통 차지해버리는 상을 바쳐
뜨거운 밥만 내보았다
손은 유독히 달게 먹었다

손은 무슨 일에 뻗쳤음인지
그만 취한 듯 곤히 잠들어버린다

검숭검숭한 수염
무거웁게 울려나오는 숨소리
그러나 참히 맑은 얼굴
누구네가 잘살게 되기에
저렇게도 고생들 하는 건가
한시도 잊을 수 없는
근로 인민이란 네 글자가
눈앞에 커 – 다란 나래를 펴다

　　　　　　　　　　　—『문학』 7호(1948년 4월)

* 석화(石花) : 굴.

*

최석두는 전남 함평 출신으로, 해방 직후 조선문학가동맹 광주지부에서 활동하던 중 검거되어 서대문 형무소에서 복역했다. 한국전쟁을 맞아 출감하여 월북했으나 1951년 폭격으로 사망하고 만, 비극적인 삶을 산 시인이다. 그의 작품세계는 해방정국의 격동기에 실천적인 활동을 하던 동지들과 어려운 삶을 살고 있는 민중들의 모습을 진솔하게 보여주었으며, 월북 후에는 북한의 새로운 사회를 예찬한 시와 전선시(戰線詩)를 창작했다. 시집으로 작곡가 김순남이 발문을 쓴 『새벽길』(1947)이 있다. 최석두는 작곡가 김순남과 친교가 있어 그가 북에서 쓴 시「동무들의 함성이 들려온다 ― 부상병의 노래」에 김순남이 곡조를 붙이기도 했다. 뿐만 아니라 최석두 자신이 작사와 작곡을 하여 다음의 노래를 만들기도 했다.

흐르는 강물 높이 솟아 묏부리
무궁화 강산 위에 먼동이 텄네
만세 만세 만만세 우리 조선 만만세

깨어라 깊은 잠 들어라 두 주먹
씩씩한 자주로 발을 맞추자
만세 만세 만만세 우리 조선 만만세*

---

* 윤여탁, 『시의 논리와 서정시의 역사』(태학사, 1995), 324쪽에서 인용.

자주국가를 건설하여야 한다는 해방정국의 민족적 열망을 그는 간단한 형식의 대중적인 노래로 들려주었던 것이다.

「손」은 나름의 이야기와 사건을 전제로 하고 있는 작품이다. 즉 해방정국의 민주주의 운동에 전념하던 사람의 모습을 형상화하고 있으며, 이 사람을 귀중한 손님으로 대접하는 아낙의 정서가 진솔하게 표현되고 있다.

이 시의 시적 화자는, 밤새 어둠을 뚫고서 이곳저곳을 돌아다니다가, 안개가 자욱한 이른 새벽에 검숭검숭한 그리고 눈만 빛나는 초췌한 모습으로 나타난 손님을 맞이하고 있다. 그리고 그 손님의 모습 속에서 결코 남이 될 수 없는 아버지의 모습을 발견한다. 그래서 서술자인 아낙은, 이 손님을 위해서 초라한 밥상을 마련하고 있다. 석화와 대비되는 간장과 보잘것없는 깍두기만을 얹은 상을 달게 먹는 손님과 그를 대접하는 아낙의 정서가, 이 시의 2, 3연에 걸쳐 담담하게 나타나 있다. 아울러 맑은 얼굴로 곤히 자고 있는 손님의 모습에서 시의 화자인 아낙은 현실의 어려움을 극복하고자 하는 사람들의 노력과 그들의 전망을 찾아내고 있다.

이 시에는 당시의 상황이 잘 형상화되어 있다. 그리고 이런 상황을 살아가는 아낙의 소중한 마음과 정서가 잘 나타나고 있다. 주섬주섬 옷고름을 여미고 부엌으로 나가는 아낙은 우리의 전통사회에서 쉽게 볼 수 있었던 모습이다. 이런 아낙의 마음씨는 지나가는 석화장수를 "살봇이" 부른다는 부분에 요약적으로 나타나고 있다. 구체적으로는 대화인지 독백인지 구별할 수 없는 "― 한 그릇 사십오원 / 알주먹 십원어치 흥정은 / 생각조차 말아야 할 것을 ―"이라는 표현에서는 아낙의 안타까운 마음도 느낄 수 있다. 석화는 한 그릇에 사십오원이나 하여 십원밖에 없는 처지에서는 사지를 못하였다는 것이다.

이 시에는 돌연한 상황에 대응하는 아낙의 정서가 진솔하게 나타나고 있으며, 그 변화의 모습도 절실히 전달되고 있다. 그리고 이런 아낙의 소중한 마음씨를 손님은 똑같이 소중하게 받아들이고 있다. 또 이 시는 이런 당시의 상황이나 정서만을 가지고 시적 형상을 추구하고 있지는 않다. 비약과 여운을 간직한 시어와 짧막한 시행을 구사하면서, 함축적이고 비약이 허용되는 시세계의 진면목을 유감없이 보여주고 있다. 아울러 석화와 간장·깍두기의 대비적 효과, 검숭검숭한 수염이 주는 시각적 이미지나 "뜨거운" "달게" "곤히" "맑은" 등의 일상적인 시어들이 주는 효과도 시적 형상화에 긍정적인 역할을 하고 있다.

최석두(1917~1951)
전남 함평에서 태어났으며 광주농고와 경성사범 강습과를 졸업했다. 해방 직후 조선문학가동맹 광주지부에서 활동하다 한국전쟁시 서대문 형무소에서 출감하여 월북했으나 폭격으로 사망했다. 시집 『새벽길』(1947)이 있다.

산에 언덕에

그리운 그의 얼굴 다시 찾을 수 없어도
화사한 그의 꽃
산에 언덕에 피어날지어이.

그리운 그의 노래 다시 들을 수 없어도
맑은 그 숨결
들에 숲속에 살아갈지어이.

쓸쓸한 마음으로 들길 더듬는 행인아

눈길 비었거든 바람 담을지네.
바람 비었거든 인정 담을지네.

그리운 그의 모습 다시 찾을 수 없어도
울고 간 그의 영혼
들에 언덕에 피어날지어이.

— 『아사녀』(1963년)

*

「산에 언덕에」는 1963년 발행된 시집 『아사녀』에 수록된 시로, 시적 화자를 등장시켜서 그리운 사람이 다시 회생할 것을 바라는 시인의 간절한 마음을 형상화한 작품이다.

지금은 이곳에 없는 "그"에 대한 그리운 정서를 직설적으로 토로한 듯하다. 즉 "그리운" "쓸쓸한" 등의 주정적 표현들이 이런 감상을 가능하게 한다. 그러나 좀더 정밀하게 작품에 접근하면 이런 주정적인 정서의 주인공과 "그"가 전혀 다른 인물로 설정되어 있음을 알 수 있다. "그리운"과 "쓸쓸한"이라는 정조를 가진 정서의 주체는 동일인이지만, "그리운"의 대상은 주체와는 다른 존재라는 것이다. 이때 그리움의 대상이 되는 그는 이 시에서는 구체적으로 드러나지 않고 다만 지금 살아서는 만날 수 없는 인물로만 나타난다. 그 인물은 시인이 살았던 1960년대의 여명을 밝혀주었던 4·19혁명의 희생자일 수도 있고, 우리 민족의 앞길을 밝혀주고 우리보다 먼저 사라져간 역사의 선지자일 수도 있다. 또 자기가 사랑하던 연인, 지금은 죽었거나 남의 사람이 된 옛날의 연인일 수도 있다. 이처럼 정서 토로의 대상이 되고 있는 그는 "울고 간" 사람으로 얼굴을 확인할 수 없는 인물이다.

또 이 시는 이런 화자의 정서가 서술되는 대상뿐만 아니라 "행인"이라는 인물을 설정하고 있다. 즉 "들길을 더듬"으면서 쓸쓸한 마음을 달래는 인물이다. 이 인물은 "그"를 그리워하는 인물이기도 하다. 정서를 토로하거나 서술하는 인물로 소설에서 시점을 이야기할 때 흔히 등장하는 삼인칭의 행인이다. 이런 "행인"이 시적 화자의 역할을 하면서 시의 정서를 이끌어가고 있다. 그래서 이미 이 땅에는 없는 사람을 그리워하고, 그를 만나기 위해 들과 산을 찾는 것이다. 시적 화자는 산에서 꽃으

296

로 피어난 그리운 사람의 영혼을 만나고, 들을 거닐면서 바람결에 들려오는 그리운 사람의 숨결을 느끼고 있다. 죽은 후에도 꽃이나 바람이란 넋으로 살아나서, 시적 화자에게 승화된 영혼들의 고귀한 뜻을 되새길수 있도록 하고 있다.

이처럼 구체화되어 나타나는 인물 외에도, 우리는 이 시의 주변에서 이들과는 다른 위치에 있는 인물을 만날 수 있다. 이 인물은 시의 창작적 주체가 되는 시인이라는 인물이다. 궁극적으로는 시의 등장인물인 "그"와 "행인"을 통제하는 전지적 위치에 있는 인물이면서 이 시에서는 구체화되지 않고 있다. 보통의 서정시에서 시적 화자의 역할을 수행하는, 이 창작 주체는 이 시에서도 드러나지 않고 있다. 그러나 우리는 이런 인물을 무시할 수는 없다. 그 인물은 어느덧 "행인"의 모습으로 얼굴을 내밀고 있기 때문이다. 즉 행인에 의해 토로된 정서는 바로 시인 자신의 정서이기 때문이다. 그래서 시인은 들과 산에 나가서 그리운 "그"의 모습을 찾고 있으며, 실체로 나타나지 않는 "그" 때문에 안타까워하고, 쓸쓸해하고 있다.

신동엽 297

| 신동엽 |

껍데기는 가라

껍데기는 가라.
사월도 알맹이만 남고
껍데기는 가라.

껍데기는 가라.
동학년 곰나루의, 그 아우성만 살고
껍데기는 가라.

그리하여, 다시
껍데기는 가라.
이곳에선, 두 가슴과 그곳까지 내논
아사달 아사녀가
중립(中立)의 초례청 앞에 서서
부끄럼 빛내며
맞절할지니

껍데기는 가라.
한라에서 백두까지
향그러운 흙가슴만 남고
그, 모오든 쇠붙이는 가라.

—『57인 시집』(1967년)

1967년 간행된 『57인 시집』에 실린 시이다. 우리의 역사 속에서 일어났던 여러 의미 있는 사건들 중에서 허위적인 것이나 겉치레는 사라지고, 순수한 마음과 순결함이 남기를 바라는 시인의 간절한 마음을 직설적으로 표현하였다.

이 시에서 시인이 없어지기를 바라는 것은 "껍데기"이다. 그런데 이 껍데기가 마지막 연의 "쇠붙이"말고는 구체적으로 설명되어 있지 않다. 단지 그와 상대적인 의미를 지니는 어휘를 통하여 추출할 수밖에 없다. 그것은 4월혁명의 "알맹이"이며, 동학혁명의 "아우성"이고, 혼례청에서 맞절하는 아사달과 아사녀의 "부끄럼"이거나 향그러운 "흙가슴"이라는 상징적인 어휘로 나타나고 있다. 즉 시인이 표현하려고 하는 것은 세월이 지남에 따라 4월혁명을 통하여 보여주었던 민주화의 열망이 점점 퇴색하여가고, 동학혁명의 민중적 열망도 이제는 소멸되어가고 있는 현실적인 여건에 대한 안타까움이다. 아울러 부끄러움마저도 아름다웠던 원시인의 순수한 마음의 회복과 현실적으로 이런 원시적이고 자연적인 삶을 추구하는 순박한 마음을 억압하고 탄압하는 힘에 대한 거부이다.

그런데 문제가 되는 것은 이런 상징적 의미를 지니는 것들은 "남고", "살"아야 하는데, 그렇지 못한 현실이다. 그가 "가라"는 직설적인 표현을 통하여 사라지기를 바라는 껍데기가 오히려 버젓이 자리를 잡고 있는 것이 현실의 모습이다. 그래서 이렇게 4월이나 동학의 본래 이념과는 다르게 변모되어가는 현실의 상황에 대하여 시인은 강력한 거부의 외침을 표현한 것이다. 역사의 선지자들 — 동학의 농민, 4월의 학생들이 꿈꾸었던 사회의 구현과는 다르게, 당시의 사회는 군사독재의 억압이라는 방향으로 전개되었다. 그리고 이런 일부 반민족적인 정치인들의 개인적인 욕망에 대하여, 그러한 사회에 대하여 시인은 자신의 거부의 몸짓을, 시라는 창작적 실천으로 보여주고 있다.

특히 이 시의 마지막 연은 이런 상징적 의미를 가장 투명하게 보여주는 부분이다. 즉 우리의 땅을 "한라에서 백두까지"라고 표현하여, 한반도 전체를 우리의 땅으로 부각시키고 있다. 이는 동서냉전의 부산물로 시작되어 동족상잔의 비극을 거치면서 고착화된 민족의 분단이라는 상황을 문제삼은 것이다. 그리고 이것은 결국 우리가 성취하여야 하는 현실의 민족적 과제를 일깨워주고 있다. 아울러 "모오든 쇠붙이"라는 표현을 통하여, 이런 민족 현실은 힘의 논리를 앞세운 무력에 의해 지배당함을 밝히고 있다. 이를 통하여 시인은 4월혁명의 의미를 퇴색시키면서, 새롭게 등장한 독재정권에 대한 거부를 노래하는 것이다. 시인은 무력이 사라지고, 그 상대적인 의미인 "향그러운 흙가슴"만이 남는 사회를 바라는 마음을 표현하였다.

이런 측면에서 이 시는 현실적 과제를 정면으로 문제 삼는 1960년대 참여문학의 대표적 작품이라고 할 수 있으며, 이후 독재에 항거했던 민중민족문학의 지향성에 중요한 이정표 역할을 하고 있다.

신동엽(1930~1969)
충남 부여에서 태어났으며 단국대 사학과를 졸업했다. 1959년 조선일보 신춘문예에 「이야기하는 쟁기꾼의 대지」가 석림(石林)이라는 필명으로 당선되었다. 1960년대에 장편서사시 「금강」을 비롯하여 「껍데기는 가라」 「종로5가」 등의 현실적인 문제에 관심을 표명한 서정시를 통하여 분단조국과 시대의 아픔을 노래하였다. 시집 『아사녀』(1963), 『금강』(1967) 등이 있으며, 사후인 1975년 『신동엽전집』이 간행된 후에도 여러 차례에 걸쳐 유고작이 첨가되어 증보판이 나왔다.

목계장터

하늘은 날더러 구름이 되라 하고
땅은 날더러 바람이 되라 하네.
청룡 흑룡 흩어져 비 개인 나루
잡초나 일깨우는 잔바람이 되라네.
뱃길이라 서울 사흘 목계나루에
아흐레 나흘 찾아 박가분 파는
가을볕도 서러운 방물장수 되라네.
산은 날더러 들꽃이 되라 하고
강은 날더러 잔돌이 되라 하네.
산서리 맵차거든 풀 속에 얼굴 묻고
물여울 모질거든 바위 뒤에 붙으라네.
민물새우 끓어넘는 토방 툇마루
석삼년에 한 이레쯤 천치로 변해
짐 부리고 앉아 쉬는 떠돌이가 되라네.
하늘은 날더러 바람이 되라 하고
산은 날더러 잔돌이 되라 하네.

—『창작과비평』 18호(1971년)

*

이 작품의 배경이 되고 있는 목계장터는 시인의 고향 근처의 실제 지명이다. 본격적으로 근대화가 되기 이전에 목계는 서울로 가는 길목의 하나로 큰 시장이 서기도 했지만, 지금은 그 자취가 거의 남아 있지 않다. 장이 설 때마다 찾아오는 방물장수와 구 년에 한 번씩 찾는 떠돌이에서 그 흔적은 찾아볼 수 있으나, 그것 역시 흔한 것이 아니다. 이런 퇴색해가는 목계나루에서 방랑과 정착의 갈림길에 서 있는 이 시대의 민중들과 시적 화자의 갈등을 이 시는 진솔하게 표현하고 있다.

이 시는 신경림의 대표작 중의 하나로 손꼽히는 작품으로, 여기에는 우리 전래의 민요조 가락이 가장 완벽하게 현대적 형태로 변용되어 있다. 우리의 전통적 가락은 주지하다시피 3음보나 4음보로 구성되어 있다. 그래서 우리는 이 작품이 무엇을 의도한 것인가를 쉽게 파악할 수는 없다손 치더라도, 이 작품이 우리에게 주는 애달픈 한의 정서만큼은 쉽게 감지할 수 있다. 그것은 우리 전래의 민요조 시가의 정서가 이 시에 곧바로 접맥되어 있기 때문이다.

우리 전래의 민요에는 권력과 부로부터 소외되어 곽곽하게 살아온 우리 민중들의 삶의 정서가 내재해 있다. 거기에는 잡초 같은 민중들의 고통 절망 기쁨 해학 등의 정서가 녹아들어 있다. 물론 민요라는 것은 현대시인들의 작품처럼 특정 개인의 창작은 아니다. 오히려 대개의 구전민요는 민중들의 구체적 삶과 노동의 과정에서 형성된 것이어서, 오늘의 시보다는 한층 일반화된 삶의 정서를 환기시켜준다.

그리하여 식민지 치하의 많은 시인들이 전래의 민요조 가락과 정서를 수용하려고 노력한 바 있다. 김소월은 「귀촉도」에서 서북지방의 전래설화를 민요조 가락의 흐름에 접맥시킨 바 있다. 그리고 식민지 말기의 박목월 역시 민요조의 가락과 정서를 수용한 시들을 발표한 바 있다. 이들 작품에는 어딘지 모르게 잃어버린 것에 대한 한을 상기시켜주는 힘이 있으며, 식민지시대를 살아갔던 민중들의 상처를 어루만져주는 힘 역시 가지고 있다.

　신경림의 「목계장터」 같은 작품도 이런 전통과 관련이 깊다. 이 작품은 4음보 격의 가락으로 되어 있고, 각 시행의 마지막에는 "고" "네" 같은 압운이 형성되어 있다. 그리하여 이 작품을 4음보 격으로 율독해보면, 마치 전래의 민요와 같은 느낌을 준다. 민요조 율격과 더불어 이 작품이 그려내는 인물 역시 이 시의 민요적 성격을 잘 드러내준다. 이 시의 화자는 일정한 거처를 마련하지 못하고, 삶의 현장 이곳저곳을 떠도는 나그네의 모습을 하고 있다. 이 나그네는 가진 것 없고, 그래서 항상 짓눌려 살아가는 민중의 표상이다. 이 작품에서는 하늘 땅 산 강과 같은 자연의 풍경들이 의인화된 주체로서 등장하고 있다. 그리하여 이들은 화자에게 바람 방물장수 들꽃 잔돌 떠돌이가 되라고 요구하고 있다. 그러나 실제로 이와 같은 일이 가능하지 않음은 주지의 사실이다. 그렇다면 왜 시인은 이런 표현을 구사하고 있을까? 그것은 이 시의 화자의 억눌린 삶의 애환을 한층 더 강렬하게 드러내려는 의도에서 기인한 것이다. 이 시의 화자는 지금 자기의 고향을 떠나 어디론가 가고 있을 것이다. 그러다가 잠시 쉬면서 고향 산천을 훑어보았을 것이다. 고향이란 누구에게나 사랑스러운 곳이니, 고향을 떠날 수밖에 없는 자의 마음이란 얼마나 한스럽겠는가? 그럴 때 보는 고향 산천의 자연풍경은 그 떠돌이에게 무엇일까? 이런 생각을 한번쯤 해보면, 자연이 화자에게 말하는 듯한 이 시의 표현이 얼마나 자연스러운 것인가를 짐작할 수 있을 것이다.

　「목계장터」는 이처럼 그 가락이나 정서의 면에서 전통적임에도 불구하고, 물질문명이 고도로 발달한 현대의 대도시의 주민들에게도 가슴속에 어떤 울림을 주고 있다. 이는 우리가 아무리 대도시에서 태어나고 살아왔다 하더라도, 우리는 알고 보면 자연의 자식들이기 때문이다. 신경림 시에 등장하는 무수한 장면들이나 인물들은 결국 우리의 할아버지와 할머니들이다.

농무(農舞)

징이 울린다. 막이 내렸다.
오동나무에 전등이 매어달린 가설 무대
구경꾼이 돌아가고 난 텅 빈 운동장
우리는 분이 얼룩진 얼굴로
학교 앞 소주집에 몰려 술을 마신다.
답답하고 고달프게 사는 것이 원통하다.
꽹가리를 앞장세워 장거리로 나서면
따라붙어 악을 쓰는 것은 조무래기들뿐
처녀애들은 기름집 담벼락에 붙어서서
철없이 킬킬대는구나
보름달이 밝아 어떤 녀석은
꺽정이처럼 울부짖고 또 어떤 녀석은
서림이처럼 해해대지만 이까짓
산구석에 처박혀 발버둥친들 무엇하랴
비료값도 안 나오는 농사 따위야
아예 여편네에게나 맡겨두고
쇠전을 거쳐 도수장 앞에 와 돌 때
우리는 점점 신명이 난다.
한 다리를 들고 날라리를 불꺼나
고갯짓을 하고 어깨를 흔들꺼나

—『창작과비평』18호(1971년)

*

　1970년대 초반 파괴되어가는 농촌공동체의 모습을 그들의 놀이인 농무의 신명에서 찾고 있는 시로, 문학과 사회적 현실과의 관련을 보여주는 작품이다. 이미 산업화 물결의 여파로 신명나지 않는 농촌생활과 이를 지키려는 농민들의 안타까운 몸짓을 사실적으로 전달하고 있다.

　일반적으로 시는 주관적 장르로 시인의 내면 정서를 직접 표출하거나 이를 비유적 형상으로 전달하는 것이다. 그러나 이 시는 이런 전통적인 서정시의 규범에 매달리지 않고, 서사적인 행위를 하는 시적 화자를 등장시키고 있다. 즉 농촌의 축제의 마당이 끝난 후 그 뒤풀이로 전개되는 농무패들의 놀이 마당을 따라가면서 변화되어가는 농촌의 모습을 시적으로 형상화하고 있다.

　학교 운동장에 설치했던 가설 무대의 공연이 끝나자 구경꾼들은 모두 돌아가고, "텅 빈 운동장"만이 우선 제시된다. 이 텅 빔은 실제로는 이제는 더이상 농무에 신명을 느끼지 않는 농민들의 의식을 반영한 것이자 공연자들의 이런 현실에 대한 안타까움과 공허함을 표현하는 것이다. 그래서 그들은 자신들의 텅 빈 마음과 고달픈 삶을 소주로 달래고 있다.

　그리고 "우리"로 표현되고 있는 시적 화자는 자신들의 "원통"함을 풀려고 꽹과리를 앞세워서 지신밟기를 하고 있다. 아마도 술기운에 시작한 것이리라. 그러나 여전히 그들의 주위에는 같이 길을 갈 친구들이 많지 않다. 그렇기에 신명은 나지 않고 호기심 많은 꼬마들과 처녀애들만이 무슨 구경거리라도 만난 듯이 그들의 주위를 맴돈다.

　이런 시적 형상은 산업화에 의하여 소외되어가는 농촌의 삶을 진솔하게 드러내는 것이다. 비료값도 안 나오는 농사를 짓는 자신들의 울분을 삭이기 위해 "울부짖고" "해해대"고 "발버둥" 치고 있는지도 모른다. 오늘 하루만이라도 농사일은 아낙들에게 맡기고 산구석 촌놈의 한을 춤과 노래로 표현하고 있다. 특히 이 부분에서는 시적 화자 "우리"를 "껵정이" "서림이(임껵정의 부하)" 등으로 특수화시키고 있으며 "어떤 녀석은"을 행간 걸림의 수법으로 사용하여 절망감을 절실하게 표현하고 있다.

이런 절망감이나 소외의식은 풀지 않으면 안 된다. 이 시는 이런 측면에서 마지막의 절정에서 신명으로 풀려고 하였다. 농무의 행렬이 도수장 앞에 왔을 때, 농민들은 자신들의 한과 설움을 신명나는 몸짓으로 풀려고 한다. "불꺼나" "흔들꺼나" 등의 표현에서 암시하듯이 완벽한 풀이에는 미흡하지만, 그래도 나름대로 "우리"의 슬픔과 한이 원통함으로 맺혀서 끝나지는 않는다.

이 시는 농민들이 자신들의 생활공동체를 지키려는 몸부림을 사실적으로 표현함으로써, 소박한 농민들의 정취와 정감을 느끼게 한다. 그리고 농촌의 일상에서 쓰이는 언어들을 효과적으로 구사하여, 서정성을 제고시키고 있다. 또 시적 화자의 감정을 서술하는 표현 다음에는 농무의 동작이나 농악기의 소리로 시상을 정돈하여 절제된 시의 내면 공간을 이루고 있다.

신경림(1935~　)
충북 충주에서 태어나 동국대 영문과를 졸업했다. 1956년 『문학예술』에 「갈대」가 추천되어 등단했다. 시집 『농무』(1973), 『새재』(1979), 『달넘세』(1985), 『남한강』(1987), 『가난한 사랑노래』(1988), 『길』(1990) 등이 있다. 만해문학상(1973), 한국문학작가상(1981)을 수상했다. 초기에는 인간존재를 다룬 시를 쓰다가 1960년대부터 농촌의 현실 문제를 다룬 시를 발표했다. 민중들의 삶의 이야기를 민요적 가락으로 압축적으로 전달하는 기법을 보여줌으로써 현대시의 새로운 경지를 개척했다는 평가를 받는다.

| 조태일 |

국토서시

발바닥이 다 닳아 새살이 돋도록 우리는
우리의 땅을 밟을 수밖에 없는 일이다.

숨결이 다 타올라 새 숨결이 열리도록 우리는
우리의 하늘 밑을 서성일 수밖에 없는 일이다.

야윈 팔다리일망정 한껏 휘저어
슬픔도 기쁨도 한껏 가슴으로 맞대며 우리는
우리의 가락 속을 거닐 수밖에 없는 일이다.

버려진 땅에 돋아난 풀잎 하나에서부터
조용히 발버둥치는 돌멩이 하나에까지
이름도 없이 빈 벌판 빈 하늘에 뿌려진
저 혼에까지 저 숨결에까지 닿도록

우리는 우리의 삶을 불 지필 일이다.
우리는 우리의 숨결을 보탤 일이다.

일렁이는 피와 다 닳아진 살결과
허연 뼈까지를 통째로 보탤 일이다.

—『국토』(1975년)

1970년대 이후 일반화된 민중적 목소리의 서정시라 할 만한 작품이
다. 거의 동일한 내용 요소를 병렬적으로 제시하며 그것을 점증시켜가
는, 비교적 단순한 구조로 되어 있다. 1~3연과 4~6연으로 이분하여
시상이 전개되고 있다.

1연에서 3연까지의 전반부는, 우리는 우리의 국토에, 더 나아가 국토
의 정신성에 제한되어 있음을, 혹은 뿌리내리고 있음을 역설하고 있다.
우리는 발바닥이 다 닳아 새살이 돋을 때까지 우리의 국토를 다 밟아야
한다. 숨결이 타올라 새 숨결이 열릴 때까지 우리의 하늘 밑을 서성대야
한다. 비록 야위었을망정 팔다리 한껏 휘저어 슬픔과 기쁨을 서로 나누
며, 우리는 우리의 가락 속을 거닐 수밖에 없다는 것이다.

4연에서 6연에 이르는 후반부에서는, 그 구속력의 연장선상에서 우리
가 국토에 대해 지니는 당위를 제시하고 있다. 버려진 땅의 풀잎과 돌멩
이 하나에까지 그리고 이름도 없이 빈 벌판과 하늘에 흩어져간 많은 혼
과 숨결들에까지, 우리는 우리의 삶을 불 지피고 숨결을 보태야 하며,
피와 살결과 뼈까지를 통째로 덧보태야 한다.

1970년대는 가히 시의 혁명기였다. 그 이전까지 소위 순수시가 우리
시의 주된 전통인 것처럼 오해되던 풍토를 깨고, 신경림의 『농무』로부터
비롯된 민중시의 가능성이 전면화되던 시기였기 때문이다. 이 무렵을
주도해온 많은 시인들 가운데 조태일은 돋보인다. 그것은 그가 왕성한
시 창작과 실천을 통해 1970년대라는 군부독재의 칼날을 온몸으로 맞받
아나갔었기 때문이다. 그러한 시인의 시적 실천 가운데서도 단연 앞자
리에 서 있는 것이 이른바 「국토」 연작인데, 이 시는 그 연작의 서곡에
해당된다.

    당대를 지탱했던 민중사관을 뿌리로 하여 창작된 이 시에는, 지배하는 것, 군림하는 것, 높은 것들에 대한 부정의식과 더불어, 지배당하는 것, 짓눌리는 것, 낮은 것들에 대한 애정이 흠뻑 배어 있다. 풀잎과 돌멩이 혹은 이름 없이 역사의 전면에서 사라져간 숱한 민중들에게 보내는 시인의 애정은 그러므로 소박하고도 절실하다. 이 땅 위에 먼저 사라져간 민초들의 숨결에 우리들의 숨결, 우리들의 삶 전체를 보태야 한다는 시인의 주장 또한 선명하다. 다스리는 자의 국토가 아니라 처음부터 끝까지 내 발로 걸어서 답파해내는, 살아 있는 국토만을 진정한 국토라고 생각하는 시인의 진지성이 돋보인다.

조태일(1941~1999)
전남 곡성에서 태어났으며 경희대 국문과와 동대학원을 졸업했다. 1964년 경향신문에 「아침선박」이 당선되어 등단했다. 시집 『아침선박』(1965), 『식칼론』(1970), 『국토』(1975), 『가거도』(1983), 『자유가 시인더러』(1987), 『산 속에서 꽃 속에서』(1991) 등이 있다. 편운문학상(1991), 만해문학상(1995)을 수상했다.

| 정희성 |

저문 강에 삽을 씻고

흐르는 것이 물뿐이랴
우리가 저와 같아서
강변에 나가 삽을 씻으며
거기 슬픔도 퍼다 버린다
일이 끝나 저물어
스스로 깊어가는 강을 보며
쭈그려 앉아 담배나 피우고
나는 돌아갈 뿐이다
삽자루에 맡긴 한 생애가
이렇게 저물고, 저물어서
샛강 바닥 썩은 물에
달이 뜨는구나
우리가 저와 같아서
흐르는 물에 삽을 씻고
먹을 것 없는 사람들의 마을로
다시 어두워 돌아가야 한다

—『문학사상』65호(1978년 2월호)

　노동하는 삶의 고달픔이 진솔하게 배어 있는 시편이다. 썩은 물을 간직한 채 흐르는 강물처럼 우리도 사회의 최하층에서 한 인생을 탕진하고 있다. "삽자루에 맡긴 한 생애가 / 이렇게 저물고, 저물어서"라는 표현에서 읽을 수 있는 것은 그런 노동하는 삶에 대한 진한 허탈감이다. 노동이 신성하지 못하고, 인생을 탕진하고 있는 것처럼 느껴지는 상황이 이 시대의 현실이라면 이 시는 시대적 현실감과 현장감을 생생히 보여주고 있는 셈이다. 노동의 생명력과 건강함이 이 시편에서 보이지 않는 것으로 보아 그만큼 시인이 현실에 절망하고 있음을 알 수 있다.

　다른 한편, 이 시에서 지배적인 것은 '강물'과 '인생'을 동일시하는 은유이며, 그 은유를 가능하게 하는 것은 '흐름'이다. "흐르는 것이 물뿐이랴 / 우리도 저와 같아서"에서 볼 수 있듯이 강물의 흐름을 노동의 인생에 비유하고 있는데, 이 내포적 의미는 다소 암울하다. 강물이 흐르듯 하루의 "일이 끝나 저물"며, 더 나아가 "삽자루에 맡긴 한 생애가 / 이렇게 저물고, 저물어"간다. 하루의 일과, 그리고 인생 전체가 황혼을 맞고 있는 것이다.

　강물의 이미지는 다양하게 변화하는 생동감으로 그려지는 것이 아니라 하루, 혹은 일생이라는 제한된 시간의 범주 속에서 보람 없이 허비되는 것으로 포착된다. 시간의 끝무렵에서 강물은 이제 서서히 흐름을 멈추고 고여 썩게 된다. 그것을 "샛강 바닥 썩은 물"이라는 부패의 이미지로 보여준다. 하루의, 일생의 황혼녘에서 시적 화자는 결실을 맺고 보람을 느끼는 것이 아니라, 공허함과 체념을 맛본다. "쭈그려 앉아 담배나 피우고 / 나는 돌아갈 뿐"인 것이다.

　이런 어두운 분위기에 함몰되어 있지 않은 부분도 찾아볼 수 있다. 화자는 "강변에 나가 삽을 씻으며 / 거기 슬픔도 퍼다 버린다"라고 말한다. 또한, 하루가 저물면서 "스스로 깊어가는 강을" 바라본다. 비록 썩은 강물이긴 하지만, 거기에 "달이 뜨"고 있다. 이 구절들은 희미하게 시인이 품고 있는 희망의 씨앗을 보여주긴 하지만, 이 시 전체의 분위기 속에서는 너무나 미약하다. 일을 마친 화자와 동료들은 강물에서 "슬픔도 퍼다 버"리지만, 슬픔의 강물, 부패의 강물이 마르지는 않을 것이다.

그렇게 봤을 때, 썩은 물위로 떠오르는 달 역시 희망의 메시지와는 거리가 멀다. 달은 떠 무엇 하겠는가라는 탄식이 그 속에는 배어 있는 것이다. 썩어서 흘러가는 강물처럼 우리도 어쩔 수 없이 흘러가야 한다. 이 썩은 삶에서 빠져나올 가능성이란 거의 없다. 그저 흘러가면 그뿐인 것이다. 그래서 "먹을 것 없는 사람들의 마을로 / 다시 어두워 돌아가야 한다"라고 시인은 말한다. 하루의 노동을 마치고 언제나처럼 희망 없이 귀가해야 하는 참담함이 여기에 있다. 특히 "다시"라는 부사는 이 궁핍한 상황으로의 귀가가 언제까지나 계속되고 있음을 보여준다.

이 도저한 비관주의는 시인의 관념적 비관주의라기보다는 시인이 현장에서 경험한 숙명적이고 구체적인 비관주의라고 생각된다. 그만큼 현실의 노동은 비참하고 비인간적이다. 노동이 기쁨이 되지 못하는 사회에 대한 시인의 고발이 아주 돋보이는 시이다. 왜냐하면 고통스런 현실에 대해 절규하는 것이 아니라 오히려 담담한 어조로 전달함으로써 그 현실이 생생히 솟아나며, 시 속에 담겨 있는 시적 대상에 대한 시인의 애정이 배가되어 나오기 때문이다.

| 정희성 |

물구나무서기

뿌리가 뽑혀 하늘로 뻗었더라
낮말은 쥐가 듣고 밤말은 새가 들으니
입이 열이라서 할말이 많구나
듣거라 세상에 원
한 달에 한 번은 꼭 조국을 위해
누이는 피 흘려 철야작업을 하고
날만 새면 눈앞이 캄캄해서
쌍심지 돋우고 공장문을 나섰더라
너무 배불러 음식을 보면 회가 먼저 동하니
남이 입으로 먹는 것을 눈으로 삼켰더라
대낮에 코를 버히니
슬프면 웃고 기뻐 울었더라
얼굴이 없어 잠도 없고
빵만으론 살 수 없어 쌀을 훔쳤더라
물구나무서서 세상을 보고
멀리 고향 바라 울었더라
못 살고 떠나온 논 바닥에
세상에 원
아버지는 한평생 허공에 매달려
수염만 허옇게 뿌리를 내렸더라

—『저문 강에 삽을 씻고』(1978년)

이 시는 기본적으로 반어의 미학으로 구축되어 있다. 우선 "낮말은 쥐가 듣고 밤말은 새가 들으니 / 입이 열이라서 할말이 많구나"에서는 일상적으로 통용되는 관용어구를 뒤집어놓았다. 입이 열이라도 할말이 없어야 할 텐데 그 반대의 상황이 되어버린 이유는 무엇인가. 그것은 시인이 현실에 대해 발언할 내용이 그만큼 많다는 뜻이며, 이렇게 독자에게 충격하는 반어적 시구를 앞에 배치함으로써 시인이 직접 말하고자 하는 것에 대해 흥미를 부여한다.

두번째 반어는 구체적 현실에서 흘러나온다. 노동자로서 "피 흘려 철야작업을 하"는 누이는 "날만 새면 눈앞이 캄캄해서 / 쌍심지 돋우고" 나온다. 우선 철야작업은 밤을 새워 일을 하고 낮에 잠을 자야 하는 것이므로, 낮과 밤이 뒤바뀐 상황을 야기한다. 또 날이 새면 원래는 눈앞이 밝아져야 할 텐데, 밤새 철야작업을 했기 때문에 눈앞이 캄캄하게 마련이다. 그에 따라 앞을 분간하기 힘들어야 할 텐데 쌍심지를 돋운다는 표현은 표면적으로는 반어이다. 그러나 그렇게 되어 있는 것이 현실이다. 즉 현실은 정당한 시각으로 보기에는 반어적이다. 현실은 도대체 이해할 수 없다. 왜냐하면 인간을 위한 노동이 되어야 할 터인데, 도리어 조국을 위한답시고 인간을 파괴하는 노동이 되어버린 현실은 그야말로 반어적이기 때문이다.

그렇게 죽어라 노동해도 배불리 먹기 힘들다. 그런데 이를 시인은 "너무 배불러 음식을 보면 회가 먼저 동"한다고 뒤집어놓았다. 배부르면 회가 동할 수 없다. 이는 배불리 먹도록 하기 위해 노동자에게 과도한 노동을 시키는 자들의 간교한 술책이 사실은 노동자들을 이용하기 위한 것이라는 사실을 드러낸다. 노동자들은 일을 하면 할수록 배가 고픈 것이다. 그러므로 "남이 입으로 먹는 것을 눈으로 삼"켜야 하는 것이다. "빵만으론 살 수 없어 쌀을 훔쳤더라"도 반어적 현실을 드러내는 것으로, 원래는 인간이 빵뿐만 아니라 여러 문화적 욕구도 충족시키며 살아야 한다는 의미를 뒤집어, 쌀을 훔치게 만드는 현실을 드러나게 하도록 했다.

이 시의 대부분은 "누이"로 표상되는 공장 노동자의 기막힌 삶, 반어적인 삶에 할애되어 있다. 그것을 가장 집약적으로 보여주는 부분이 첫 행 "뿌리가 뽑혀 하늘로 뻗었더라"이다. 고된 노동을 하면서 핍박받고 정당하게 대우받지 못하는 상황을 시인은 대지에 박혀 있어야 할 뿌리가 거꾸로 서 있는 것으로 형상화하고 있다. 도시 노동자의 삶이 이렇게 "물구나무서서" 있는 삶이라면, 뿌리라는 식물적 이미지가 연상시키는 농촌은 어떤가.

누이는 "멀리 고향 바라 울"고 있는데, 그 고향은 과연 거꾸로 서 있지 않고 제대로 있는가. 시인은 "세상에 원"을 되풀이하면서 농촌의 참상 또한 이야기한다. 고향에 있는 아버지의 삶 역시 "한평생 허공에 매달려 / 수염만 허옇게 뿌리를 내"려 있다. 이 시는 이렇게 물구나무선 세상이 공장 노동자뿐만 아니라 농민의 삶에도 미쳐 있다는 것을 폭넓게 보여주고 있다.

노동이 인간을 풍요롭게 하고 완성시키는 것이 아니라, 오히려 착취당하는 현실은 정당한 시각으로 보아서 반어이다. 이 반어의 현장을 시인은 보여주고 싶었던 것이다. 이러한 현실에 대해 시인이 느끼는 안타까움은 "세상에 원"을 두 번 되풀이하고 있는 데서 드러난다. 그만큼 세상은 기가 차다.

현실은 제대로 서지 못하게 막고 있으며, 물구나무선 채 살아야 하는 것이며, 이 현실을 제대로 보려면 또한 물구나무를 서야 한다. 물구나무선 현실, 이 현실을 다시 뒤집어보기, 이것이 시인이 드러내려 한 시적 진실이다.

정희성(1945~)
경남 창원에서 태어났으며 서울대 국문과를 졸업했다. 1970년 동아일보 신춘문예에 「변신」이 당선되어 등단했다. 시집 『답청』(1974), 『저문 강에 삽을 씻고』(1978), 『한 그리움이 다른 그리움으로』(1991) 등이 있다. 제1회 김수영문학상(1981)을 수상했다.

| 정호승 |

슬픔을 위하여

슬픔을 위하여
슬픔을 이야기하지 말라.
오히려 슬픔의 새벽에 관하여 말하라.
첫아이를 사산한 그 여인에 대해 기도하고
불빛 없는 창문을 두드리다 돌아간
그 청년의 애인을 위하여 기도하라.
슬픔을 기다리며 사는 사람들의
새벽은 언제나 별들로 가득하다.
나는 오늘 새벽, 슬픔으로 가는 길을 홀로 걸으며
평등과 화해에 대하여 기도하다가
슬픔이 눈물이 아니라 칼이라는 것을 알았다.
이제 저 새벽별이 질 때까지
슬픔의 상처를 어루만지지 말라.
우리가 슬픔을 사랑하기까지는
슬픔이 우리들을 완성하기까지는
슬픔으로 가는 새벽 길을 걸으며 기도하라.
슬픔의 어머니를 만나 기도하라.

—『슬픔이 기쁨에게』(1979년)

*

    살아가는 현실이 고달프고, 이를 견디기가 힘들 때 시인은 그 고달픈 현실을 오히려 포용의 대상으로 여겨야 한다고 말한다. 즉 "슬픔을 사랑"할 수 있어야 하는 것이다. 이 역설적 인식 전환이 이 시의 가장 큰 매력이다.

    그 역설은 시의 첫 부분에서 "슬픔을 위하여 / 슬픔을 이야기하지 말라"라는 전언으로 나타난다. 그 대신 "새벽"의 비유를 통해 "슬픔의 새벽에 관하여 말하라"라고 주문한다. "슬픔의 새벽"이란, 시인을 따라 슬픔의 아침이라 이름 붙일 수 있을 진정한 슬픔의 완성을 위해 필요한 과정이다. 그 과정을 통해 슬픔은 "칼"의 힘을 얻는다. "슬픔이 눈물이 아니라 칼"이라는 사실을 깨달았을 때, 눈물로 뒤범벅이 된 현실은 이제 견딜 만한 것으로 변한다.

    "슬픔의 상처를 어루만지"는 행위는 슬픈 현실을 견디지 못해 절망하는 모습이다. 상처를 만지며 아파만 하는 행위는 현실을 어떻게도 변화시킬 수 없다. 그것은 무기가 될 수 있는 진정한 슬픔에 못 미치는 단순한 "눈물", 즉 센티멘털에 불과한 것이다. 그래서 슬픔을 이야기하지 말아야 한다. 대신 첫아이를 사산한 여인의 아픔과 실연한 애인의 아픔을 통해 진정으로 슬퍼하는 것이 그 슬픔을 이기는 길이라는 인식으로 나아가야 한다.

    아이를 사산한 여인과 실연한 애인을 위해 기도하는 것이 바로 '슬픔의 새벽길'을 걷는 것이 된다. 이 "기도"에서 우리는 종교적 경건성을 느낄 수도 있을 텐데, 이는 "상처를 어루만지"는 얄팍한 위안이 아니라 타인의 고통에 대한 깊이 있는 공감과 이해가 있어야 함을 역설하고 있다. 그때 슬픔은 바로 "평등과 화해"를 실현할 수 있는 칼, 무기가 될 수 있을 것이다. 이를 시인은 "우리가 슬픔을 사랑하기까지는/슬픔이 우리들을 완성하기까지는" "슬픔의 상처를 어루만지지 말라"고 표현한다.

이 현실이 고통일 때, 이 고통의 현실을 애달파하는 것으로는 여기서 빠져나갈 수 없으며, 현실을 개선할 수 없다. 우리가 슬픔을 사랑해야지만 슬픔은 고통을 이겨나갈 힘이 될 수 있으며, 무기가 될 수 있다. 우리에게 칼이 될 수 있는 것이다. 그래서 적당히 슬퍼해서는 안 되는 것이다. 슬픔의 끝에 도달하여 그 슬픔의 어머니를 만나야 한다. 이를 시인은 "슬픔이 우리들을 완성"해야 한다고 표현하는데, 이는 진정으로 슬퍼하는 자만이 슬픔을 이길 수 있다는 인식의 표현이다.

여기서 "슬픔의 어머니"는 아마도 슬픔의 근원이라고 할 수 있을 것이다. 그 근원에까지 닿는 아픔의 깊이가 있어야 진정으로 세상을 아파하는 것이며, 이를 통해 세상을 조금이나마 바꿀 수 있는 것이다. 그래서 시인은 "평등과 화해에 대해 기도하다가" 이제는 그렇게 하지 않기로 한다. 평등과 화해를 열심히 바란다고 그런 것이 도래하는 것이 아니라는 사실을 깨달았다는 뜻이다. 물론 그런 행위도 필요하지만, 그보다는 평등과 화해를 왜 요구하는가, 왜 평등과 화해를 바라게 되었는가, 다시 말해서 슬픔의 근원은 어디인가를 질문해야 함을 깨달았던 것이다.

'슬픔을 위하여'라는 제목은 사실 역설적 표현이다. 이는 '진정한 슬픔을 알기 위하여', 그래서 '슬픔을 이겨내기 위하여' 정도의 뜻이 담겨 있다. 슬픔은 단순한 감정의 발산이 아니라 삶의 힘이 될 수 있으며, 삶 속에서 힘이 되는 진정한 슬픔이란 그저 주어지는 것이 아니라 경건한 "기도"를 통해서 성취된다는 것을 이 시는 전해준다.

| 정호승 |

맹인 부부 가수

눈 내려 어두워서 길을 잃었네
갈 길은 멀고 길을 잃었네
눈사람도 없는 겨울 밤 이 거리를
찾아오는 사람 없어 노래 부르니
눈 맞으며 세상 밖을 돌아가는 사람들뿐
등에 업은 아기의 울음소리를 달래며
갈 길은 먼데 함박눈은 내리는데
사랑할 수 없는 것을 사랑하기 위하여
용서받을 수 없는 것을 용서하기 위하여
눈사람을 기다리며 노랠 부르네
세상 모든 기다림의 노랠 부르네
눈 맞으며 어둠 속을 떨며 가는 사람들을
노래가 길이 되어 앞질러 가고
돌아올 길 없는 눈길 앞질러 가고
아름다움이 이 세상을 건질 때까지
절망에서 즐거움이 찾아올 때까지
함박눈은 내리는데 갈 길은 먼데
무관심을 사랑하는 노랠 부르며
눈사람을 기다리는 노랠 부르며
이 겨울 밤거리의 눈사람이 되었네
봄이 와도 녹지 않을 눈사람이 되었네

—『서울의 예수』(1984년)

*

    정호승의 시집 『서울의 예수』에는 1980년대 한국사회의 희망과 절망이 함께 놓여 있다. "술 취한 저녁", 긴 그림자를 늘어뜨리고 삶의 고달픈 비탈길을 오르는 "서울의 예수"는 어둡고 암울하던 1980년대 한국민중의 자화상 바로 그것이다. 정호승은 이 "예수"의 이미지를 통해 당대에 있어 "고통 속에 넘치는 평화", "눈물 속에 그리는 자유"의 가능성을 질문한다. "누더기 예수"가 절망의 끝을 향해 걸어가면서 남긴, 곧 "내 이름을 간절히 부르는 자들은 불행하고, 내 이름을 간절히 사랑하는 자들은 더욱 불행하다"는 잠언은 이 땅에서 "평화와 자유"가 왜 고통과 눈물의 "비빔밥" 속에서 울 수밖에 없는가를 역설적으로 말한 것이다. 정호승은 고통과 절망을 결코 어둡고 무거운 언어로 말하지 않는다. 시의 언어는 아름답다. 한(恨)을 노래할 때조차도 그것은 통절하거나 애달프지 않다. 오히려 아름답게 빛난다. 이 "빛남"이 전통적인 가락에 의해 '읊어지듯' 읽힌다는 점 때문에 그의 시는 당대의 다른 '무거운 민중시'들과 뚜렷이 구분된다. 그의 시는 시가 아니라 고통을 감내하는 노래이다. 이것은 고통스러운 현실을 괄호 치면서 체념과 비판의 아우라를 형성하게 될지, 아니면 진득한 기다림의 정서와 연결되면서 "복음의 날"에 대한 또다른 희망을 낳게 될지, 우리는 아직 의문의 길 위에 서 있다.

    이 시집의 뒷부분에 실려 있는 「맹인 부부 가수」를 통해, 가난하고 추운 삶의 한가운데 있는 민중의 고통과 눈물이 희망과 기다림으로 어떻게 아름답게 변주되는지를 보자.

    맹인 부부 가수는 거리의 군중들의 사랑을 구하는 노래를 부르고 있다. 그러나 사람들의 관심은 점점 줄어들고 눈은 이들의 머리 위로 자꾸 쌓여만 간다. 앞으로 갈 길은 멀고 그 길의 방향마저 찾기가 힘들어졌다. 이들에게는 아무런 희망도 없어 보인다. 그러나 시인은 이들의 시선 속에서 따뜻함과 관용과 화해의 눈빛을 읽어낸다. 함박눈에 덮인 성가족(聖家族)은 어느새 눈사람이 되어 거리에 서 있다. 눈사람의 자태는 성스러움을 지니고 있다. 맹인 부부 가수는 바로 서울의 판자촌에 기거하는 누더기 예수이며, 절망의 펜 끝에서 고통스러운 현실을 그려내던 시인 예수는 당대를 호흡하던 민중들 바로 그 자신이다.

"눈사람"은 정호승의 시에서 주로 기다림과 희망의 이미지로 나타난다. 이들이 기다리는 "눈사람"은 어두운 세상과 우리의 고통스런 영혼을 구원하는 자이다. "눈사람도 없는" 겨울 밤거리는 어둡고 삭막하며 사람들은 "세상 밖"을 돌아간다. 세상의 "안"이 아닌 "밖"을 향해 있는 것이다. 왜 그러한가를 묻는 것은 이제 진부하다. 우리는 그저 1980년대를 떠올려보고 고개를 끄덕일 수 있을 뿐이다. 아무튼 맹인 부부 가수는 이 어두운 거리를 밝히는 구원자이자 "빛"의 예언자인 "눈사람"을 기다리며 믿음의 노래를 부른다. 이들의 노래는 "사랑할 수 없는 것을 사랑하고" "용서받을 수 없는 것을 용서하기 위한" 순교자의 노래이다. 이 노래는 절망이 즐거움으로, 추함이 아름다움으로 변하게 한다.

이 시에서 가장 아름다운 장면은 이 맹인 부부 가수가 눈사람으로 변하는 대목이다. 결국 그들이 부른 사랑의 노래는 모든 이 세상의 인간을 구원하고 세상의 추함과 고통스러움을 아름다운 것으로 변용시키는 "생성"의 힘을 가졌던 것이다. 그리고 그들이 기다리던 구원자는 바로 자신이었던 것이다. 성가족의 자태를 발견해내는 것은 시인의 눈이다. 그러나 그가 이 고통을 그저 없었던 듯 '덮어버린다'면 그의 시가 보여주는 아름다움은 가식적인 것이며 진실을 은폐하는 하나의 허위수단이거나 화해를 가장한 위선일 뿐이다. 당대적인 아픔을 뒤로 한 채, 화해를 가장한 편안함을 시인은 즐길 수 있다. 그럴 때 그가 말하는 아름다움은 그저 하나의 선언이나 관념일 뿐 구체적이고 보편적인 진실인 휴머니즘과 조우하기는 어렵다. 이 함정에서 벗어난다면 그의 시는 충분히 '아름답게' 읽힐 수 있다. 고통을 피하지 않고 끝까지 고통을 노래할 것, 고통에 찬 사람들을 향한 따뜻한 시선을 결코 거두지 않으면서 그 위악적인 현실을 뛰어넘어 아름다움을 발견할 것, 그리고 끝까지 희망을 잃지 않겠다는 믿음. 맹인 부부 가수가 부르는 이 노래는 사실 시인이 부르는 예언가적 노래이다. 눈사람이 된 맹인 부부에게서 아름다움을 발견해낸 시인은 그 눈사람이 봄이 되어도 녹지 않을 것이라고 말한다. 이는 아름다움의 영원성을 향한 갈망을 의미하는 것이며 이 점에서 이 시는 '1980년대의 시'라는 시간적 한계를 뛰어넘는다. 이 시가 지금도 감동을 주는 것은 이 때문이다.

「맹인 부부 가수」는 1980년대의 이 땅의 현실을 전경(前景)으로 깔고 있는, 고통과 눈물의 아름다움이 어떻게 가능한지를 보여주는 아름다운 시이다.

정호승(1950~)
경남 하동에서 태어났으며 경희대 국문과를 졸업했다. 1972년 김요섭에 의해 『현대시학』에 추천되어 등단했으며 1973년 대한일보 신춘문예에 시 「첨성대」가 당선되었다. 『1973』 『반시』 동인으로 활동하였다. 1982년에는 조선일보 신춘문예에 소설 「위령제」가 당선되었다. 시집 『슬픔이 기쁨에게』(1979), 『서울의 예수』(1982), 『새벽편지』(1987), 『별들은 따뜻하다』(1990)와 시선집 『흔들리지 않는 갈대』(1991), 장편소설 『서울에는 바다가 없다』(1993)가 있다. 소월시문학상(1989), 동서문학상(1997)을 수상했다.

그날

그날 아버지는 일곱시 기차를 타고 금촌으로 떠났고
여동생은 아홉시에 학교로 갔다 그날 어머니의 낡은
다리는 퉁퉁 부어올랐고 나는 신문사로 가서 하루 종일
노닥거렸다 전방(前方)은 무사했고 세상은 완벽했다 없는 것이
없었다 그날 역전(驛前)에는 대낮부터 창녀들이 서성거렸고
몇 년 후에 창녀가 될 애들은 집일을 도우거나 어린
동생을 돌보았다 그날 아버지는 미수금(未收金) 회수 관계로
사장과 다투었고 여동생은 애인과 함께 음악회에 갔다
그날 퇴근길에 나는 부츠 신은 멋진 여자를 보았고
사람이 사람을 사랑하면 죽일 수도 있을 거라고 생각했다
그날 태연한 나무들 위로 날아오르는 것은 다 새가
아니었다 나는 보았다 잔디밭 잡초 뽑는 여인들이 자기
삶까지 솎아내는 것을 집 허무는 사내들이 자기 하늘까지
무너뜨리는 것을 나는 보았다 새점(占) 치는 노인과 변통(便桶)의
다정함을 그날 몇 건의 교통사고로 몇 사람이
죽었고 그날 시내 술집과 여관은 여전히 붐볐지만
아무도 그날의 신음 소리를 듣지 못했다
모두 병들었는데 아무도 아프지 않았다

—『뒹구는 돌은 언제 잠깨는가』(1980년)

시인 이성복의 초기시는 항상 고통이란 단어와 관련을 맺고 있다. 그의 시에는 항상 시인으로서의 그의 삶의 고통이 배어 있다는 말이기도 하고, 그런 그의 시를 읽는 행위 역시 고통의 체험이라는 말이기도 하다. 이처럼 그의 시가 고통의 대명사처럼 통하던 1980년대는 누구에게나 참혹한 정신적 고통의 시기였다. 겉으로 보면 세상은 아무렇지도 않은 듯, 모두들 행복해 보였지만 그 삶들의 표피를 걷어내고 나면 거기에서 우리가 볼 수 있는 것은 추하고 악한 것들뿐이었다. 그 추하고 악한 세상을 외면하지 않고 양심의 불빛을 비췄을 때, 우리에게 돌아오는 것은 참혹한 고통이다. 그 고통들과의 맞대면의 흔적이 바로 이성복의 초기시들이며, 그의 시는 급기야 시대적 고통의 준엄한 흔적으로 여겨졌다.

「그날」을 비롯한 초기작품들은 대체로 고통이라는 단어를 연상하지 않고는 이해될 수 없다. 이 작품은 서사적 화자를 내세워 "그날"로 지칭된 어느 날 한 가족의 일상사를 서술하고 있다. 그러나 마지막 행이 끝날 때까지도 "그날"이 과연 어떤 날인지는 밝혀지지 않는다. "그날" 아침 화자의 아버지는 기차를 타고 타관으로 떠나고, 여동생은 학교에 간다. 여기까지는 별달리 독자의 주목을 요하는 특별한 사건은 발생하지 않는다. 다만 아버지와 여동생의 행위의 기점을 정확한 시간까지 밝혀 놓고 있음이 무언가 심상치 않게 느껴진다. 그리고 곧이어 어머니의 다리가 부어올라 있음이 화자의 시선에 포착된다. 그리고 화자인 "나는 신문사로 가서 하루 종일 노닥거렸다". 그러나 화자의 이와 같은 진술은 화자 자신이 기자는 아니라는 점을 암시한다. 여기에 이르면 이 시에 등장하는 어느 가족의 풍경은 마치 부조리극에 등장하는 인물들의 모습처럼 자못 기괴한 인상을 준다. 무언가 정상적인 가족의 풍경은 아니라는 것이다. 아버지의 부재, 그리고 어머니의 이상 증후, 그리고 화자 자신의 무용함, 이런 것들이 이 가족의 모습이다. 다만 여동생만이 다소 정상적으로 보인다. 그러나 이와 같은 가족의 풍경이 어떤 의미를 가지는지는 쉽게 이해되지 않으며, 막연한 불안감을 줄 뿐이다.

신문사에서 화자는 휴전선에 아무 이상이 없고, 세상이 순탄하게 돌아가고 있으며, 일상은 없는 것 없이 만족스럽게 돌아가고 있다는 내일을 재확인하고 여기에 만족감을 표시한다. 그러나 과연 화자의 이러한 진술을 액면 그대로 믿어도 좋을까? 혹시 화자의 이런 만족감은 불만족스러운 세상의 고통스러움에 대한 반어는 아닐까? 이렇게 한번 생각해 보자. 혹시 휴전선에 긴장감이 감돌거나 세상이 무질서하게 돌아가며, 있는 것은 하나도 없는 것 아닐까? 이렇게 시인의 진술을 뒤집어 읽는 편이 옳을 듯하다. 이 시가 씌어졌던 1980년을 전후한 현실을 감안한다면, 그리고 한층 더 본질적으로 세상과 불화함으로써만 존재가치를 지니는 시인의 사회적 존재를 감안한다면 이같은 뒤집어 읽기는 한층 더 설득력을 가질 것이다. 그러나 아직 확실히 단정짓기는 어렵다. 조금 더 읽어내려갈 필요가 있다.

"그날" 화자는 대낮부터 역 앞을 서성거리는 창녀들을 보게 되고, 그 광경에서 예비 창녀들의 모습을 연상한다. 그러나 이런 광경이 과연 정상적인 사회의 모습은 아닐 것이다. 이와 같은 부조리한 현실에 대한 관찰보다 한층 통렬하게 다가오는 부분은 시인이 예비 창녀를 연상하는 대목이다. 그녀들은 지금 집에서 집안일을 하고 있거나 어린 동생을 돌보는 또래의 다른 소녀들과 다르지 않은 모습으로 연상된다. 정상적인 소녀들이 창녀가 된다는 시인의 당돌한 연상에는 악에 절어 있는 부정적 현실이 은밀하게 드러나고 있다.

그러나 다시 시인의 서사적 진술은 한 바퀴 순환한다. 아버지, 여동생,

화자인 나의 "그날"의 일상사가 시간적 경과를 따라 간략히 묘사된다. 그러나 이 부분에서는 어머니가 등장하지 않는다. 이 점이 이 시의 초반부와 차이 나는 점이다. 아버지가 돌아오자 어머니는 부재의 공간으로 사라진다. 그 외에는 별 다를 것이 없다. 여동생은 애인과 음악회에 가고, 나는 무용한 인간처럼 지나가는 여자를 쳐다보며 상상에 빠진다. 이처럼 이 시에 아버지와 어머니는 결코 한자리에 마주 설 수 없을 정도의 거리를 취하고 있다. 그것은 이 가족 누구에게나 다 해당하는 설명일지도 모른다. 가족이기는 하지만 모두 다 서로의 삶에서 거리를 취하고 있는 이 가족의 풍경은 쉽사리 화합될 수 없는 세상에 대한 비유처럼 보인다.

이처럼 살풍경한 가족의 부재는 가족을 벗어난 세상의 복사판이다. "그날" 화자는 "태연한 나무들" 위로 날아오르는 것이 모두 다 새는 아니었음을 고통스럽게 환기하고 있다. 그렇다면 "그날" 그 하늘을 비상한 것은 과연 무엇이란 말인가? 화자가 고통스럽게 "그날"이라고만 얘기한 "그날" 혹시 세상에 참혹한 광경이 벌어졌던 것은 아닌가? 무엇이 화자로 하여금 "그날"에 대해서 구체적으로 밝히는 것을 주저하게 만드는가? "그날" 하늘로 비상하던 것은 새가 아니라 전투기는 아니었을까? 여기에 대해서는 쉽사리 단정할 수는 없고, 여러 가지 정황을 참조하여 상상해볼 수밖에 없다. 그러나 시인은 확실히 그것이 무엇인지를 알고 있다. 차마 그 참혹한 광경에 대해서 말하지 못하는 것은 시인의 고통이 치유될 수 없을 정도로 깊기 때문이다. 세상의 추와 악에 상처입은 시인에게 잔디밭 잡초 뽑는 여인들과 집 허무는 사내들의 삶은 무너지는 것으로 보인다. "그날"도 역시 여느 때와 마찬가지로 시내 술집과 여관은 아무 일 없는 듯 붐볐다. 그러나 시인만은 "그날"의 고통이 양심에 걸린다. "아무도 그날의 신음 소리를 듣지 못했다 / 모두 병들었는데 아무도 아프지 않았다". 이 시의 마지막 두 행에서 지금까지 다소 신비롭고 암시적이었던 시인의 고통이 폭발하고 있다. 분명 세상 한구석이 고통에 신음하는데도 아무도 그것에 대해서 괴로워하지 않는 현실이 시인을 또 한번 고통스럽게 만드는 것이다.

그렇다면 시인이 고통스럽게 환기하던 "그날"은 과연 어떤 날인가? "그날"은 아마도 우리 현대사에서 미증유의 참혹한 살육이 벌어지던 날일지도 모른다. 그러나 이성복이 "그날"을 구체적으로 적시했던들 위에서 본 것 같은 시적 긴장을 창출하지는 못했을 것이다. 오히려 이 시의 "그날"은 어느 특정한 사건이 발생하던 시간이 아니라 양심의 고통을 감내하며 시를 써나가던 시인의 젊은 날의 하루하루였을지도 모른다. 시인 이성복이 시를 쓰기 시작하던 시절의 암울함을 생각하면 이런 추측에는 단순히 추측으로만 머무를 수 없는 그 어떤 신빙성이 있다. 고통을 감내하며 시쓰기의 고통을 또한번 감내해야만 했기에 그가 단번에 많은 이들의 주목을 받았던 것이다.

이성복은 1982년 이 시가 실린 첫 시집 『뒹구는 돌은 언제 잠깨는가』로 김수영문학상을 수상했다. 김수영이 지식인적 양심으로 날카롭게 현실과 부딪혔던 시인임을 기억한다면 그가 때 이른 나이에 문학상을 수상했다고 해서 그리 이상할 것이 없다. 오히려 그들 사이에 상당한 친화점을 발견할 수 있다. 현실을 고통의 시선으로 받아들였고, 그 고통을 자신의 시 속에서 항상 환기함으로써 거기서 벗어난 세상을 꿈꾸어보는 것, 이것이 두 시인의 내밀한 유사성이라고 생각된다. "내 생각으로는 어느 시대, 어느 민족의 삶이든 모든 삶은 거대한 상처이며, 그때 문학은 '지금, 이곳에서 내가 너와 함께' 나누고 좌절하고 극복하였던 상처의 기록이며, 기억의 현재진행형 같은 것이다." 김수영문학상의 수상소감으로 발표된 이 한 토막은 그의 문학관을 여실히 보여주고 있다. 그에게 삶의 상처와 고통은 문학의 또다른 이름이었던 것이다.

| 이성복 |

어째서 이런 일이 벌어졌을까

1

내가 나를 구할 수 있을까
시가 시를 구할 수 있을까
왼손이 왼손을 부러뜨릴 수 있을까
돌이킬 수 없는 것도 돌이키고 내 아픈 마음은
잘 논다 놀아난다 얼싸
천국은 말 속에 갇힘
천국의 벽과 자물쇠는 말 속에 갇힘
감옥과 죄수와 죄수의 희망은 말 속에 갇힘
말이 말 속에 갇힘, 갇힌 말이 가둔 말과 흘레붙음, 얼싸

돌이킬 수 없는 것도 돌이키고 내 아픈 마음은
잘 논다 놀아난다 얼싸

2

나는 '덧없이' 지리멸렬한 행동을 수식하기 위하여
내 나름으로 꿈꾼다 '덧없이' 나는 '어느 날'
돌 속에 바람 불고 사냥개가 천사가 되는
'어느 날' 다시 칠해지는 관청의 회색(灰色) 담벽

나는 '집요하게' 한번 젖은 것은 다시 적시고
한번 껴안으면 안 떨어지는 나는 '집요하게'

내 시에는 종지부(終止符)가 없다
당대의 폐품(廢品)들을 열거하기 위하여?
나날의 횡설수설을 기록하기 위하여?

언젠가, 언젠가 나는 '부패에 대한 연구'를 완성 못 하리라

3

숟가락은 밥상 위에 잘 놓여 있고 발가락은 발끝에
얌전히 달려 있고 담뱃재는 재떨이 속에서 미소짓고
기차는 기차답게 기적을 울리고 개는 이따금 개처럼
짖어 개임을 알리고 나는 요를 깔고 드러눕는다 완벽한
허위 완전 범죄 축축한 공포, 어째서 이런 일이 벌어졌을까

(여러 번 흔들어도 깨지 않는 잠, 나는 잠이었다
자면서 고통과 불행의 정당성을 밝혀냈고 반복법과
기다림의 이데올로기를 완성했다 나는 놀고 먹지 않았다
끊임없이 왜 사는지 물었고 끊임없이 희망을 접어 날렸다)

어째서 이런 일이 벌어졌을까 어째서 육교 위에
버섯이 자라고 버젓이 비둘기는 수박 껍데기를 핥는가
어째서 맨발로, 진흙 바닥에, 헝클어진 머리, 몸빼이 차림의
젊은 여인은 통곡하는가 어째서 통곡과 어리석음과
부질없음의 표현은 통곡과 어리석음과 부질없음이
아닌가 어째서 시는 귀족적인가 어째서 귀족적이 아닌가

식은 밥, 식은 밥을 깨우지 못하는 호각 소리 —

— 『딩구는 돌은 언제 잠깨는가』(1980년)

*

　시인의 자기 반성이 진정한 면모를 획득하고 있는 시이다. 이는 우선 현실에 대한 인식으로부터 시작된다. 너무나 당연한 일상적 현실이 갑자기 낯설어 보이는 것은 그 현실을 인정할 수 없다는 인식을 저변에 깔고 있다. 누구나 당연하다고 생각하는 그 현실을 절대로 당연하지 않다고 간주하기 때문에 그 현실은 시인에게 낯선 것이다. 숟가락이 밥상 위에 놓여 있고, 기차가 기차답게 기적을 울리는 이 자연스러움이 사실은 "완벽한／허위"라고 느껴지기에 시인은 "어째서 이런 일이 벌어졌을까"라며 놀라워한다. "완벽한／허위"는 다시 "완전 범죄"가 되고, 이는 시인에게 "축축한 공포"로 다가온다. '이러한 현실은 아닌데' 라고 생각하는 시인에게 완전 범죄와 같이 일상이 자연스러움을 내보일 때, 시인은 공포를 느끼게 된다. 이 공포는 축축해서 온몸을 둘러싸고 있는 것이며, 도저히 빠져나갈 수 없을 지경이다.

　그런데 시인은 어떤 생활을 했던가? 괄호 안에 묶인 부분에서 시인은 자신의 행동을 드러낸다. 그는 항상 잠을 자고 있었다. 깨어 있지 못했던 것이다. 그래서 "고통과 불행의 정당성"이나 논했고, "반복법과／기다림의 이데올로기"를 생각했던 것이다. "나는 놀고 먹지 않았다／끊임없이 왜 사는지 물었고 끊임없이 희망을 접어 날렸다"라는 진술은, 사실은 그 반대로 읽혀야 한다. 시인이 이것을 괄호로 묶은 이유도 여기에 있다. 사실 시인은 놀고 먹었다. 물론 삶의 이유에 대해 질문했고, 희망을 꿈꾸기도 했다. 그러나 이것은 진정 어린 행위가 아니었다. 그래서 "나는 잠이었다"라고 말하는 것이다.

　이러한 시인의 자기 반성은 다시 자신의 시에 대한 근본적 회의로 이어진다. 시가 시를 구할 수 있으며, 나를 구원할 수 있으며, 천국에 대해 이야기할 수 있는 것인가 하는 질문을 던진다. 이는 시 자체에 대한 근원적 회의가 아니라 자신에게 한정된 질문이다. 자신은 "갇힌 말이 가둔 말과 홀레붙"은 시라는 놀이 속에서 "얼싸" 잘 놀아났기 때문이다. 그것도 기만적인 자기 위안거리로 삼으면서 말이다. "돌이킬 수 없는 것도 돌이키고 내 아픈 마음"은 잘 놀아났다. 현실의 아픔에 진솔히 대응하지 못하고도 이를 만회하기 위해 쉽게 자기 위안으로 돌아서는 시인은 마음이 아팠다. 그러면서도 시인은 시를 썼다. 이 시가 진정한 시가 아니었다는 인식이 바로 "잘 논다"에 들어 있다. 시인은 시를 쓴 것이 아니라 사실은 시와 놀아난 것이다. 여기에 담겨 있는 시인의 뼈저린 자기반성은 그 강도만큼이나 감동적이다.

이는 직접적으로 다음과 같이 표현되기도 한다. "나는 '덧없이' 지리멸렬한 행동을 수식하기 위하여 / 내 나름으로 꿈꾼다". 이는 진정한 꿈꾸기가 아니라 자신의 위선적이고 나태한 행위를 보상하기 위한 것에 불과하다. 그래서 그는 "언젠가 나는 '부패에 대한 연구'를 완성 못 하리라"고 말한다. 이러한 자기 반성의 결과는 다시 돌아가 일상적 현실의 비일상성에 대한 깨달음으로 연결된다. 자신이 지금까지 잘못 살았다는 갑작스런 인식이 바로 자신의 일상에 대해 공포를 느끼게 한 것이다. 그래서 일상의 허위에 대해 폭로하고 바꿔야 한다는 잠재적 목소리를 시의 배면에 깔고 있는 것이다.

1959년

그해 겨울이 지나고 여름이 시작되어도
봄은 오지 않았다 복숭아나무는
채 꽃피기 전에 아주 작은 열매를 맺고
불임(不姙)의 살구나무는 시들어갔다
소년들의 성기(性器)에는 까닭 없이 고름이 흐르고
의사들은 아프리카까지 이민(移民)을 떠났다 우리는
유학 가는 친구들에게 술 한잔 얻어먹거나
이차대전 때 남양(南洋)으로 징용 간 삼촌에게서
뜻밖의 편지를 받기도 했다 그러나 어떤
놀라움도 우리를 무기력(無氣力)과 불감증(不感症)으로부터
불러내지 못했고 다만, 그 전해에 비해
약간 더 화려하게 절망적인 우리의 습관을
수식(修飾)했을 뿐 아무것도 추억(追憶)되지 않았다
어머니는 살아 있고 여동생은 발랄하지만
그들의 기쁨은 소리 없이 내 구둣발에 짓이겨
지거나 이미 파리채 밑에 으깨어져 있었고
춘화(春畵)를 볼 때마다 부패한 채 떠올라왔다
그해 겨울이 지나고 여름이 시작되어도
우리는 봄이 아닌 윤리(倫理)와 사이비 학설(學說)과
싸우고 있었다 오지 않는 봄이어야 했기에
우리는 보이지 않는 감옥(監獄)으로 자진해갔다

　　　　　　　　　　　　　—『뒹구는 돌은 언제 잠깨는가』(1980년)

*

　이 시에서 이성복은 현실에 대한 절망적 인식과 태도를 보여준다. 이 시는 "불임" "무기력" "불감증" "감옥"과 같은 부정적인 시어들이 분위기를 주도하면서 시 전체를 암울한 상황으로 내몰고 있다. 봄이 오지 않는다는 시 초두의 언명은 시 전체에서 이와 유사한 반복적 이미지를 통해 구체화된다. 살구나무는 열매 맺지도 못하고 시들어가며, 소년들의 성기에선 벌써 고름이 흐른다. 그리고 친구들은 유학을 통해 이 나라를 떠나가지만, 우리는 어떤 놀라움도 놀라움으로 느끼지 못할 정도로 불감증에 걸려 있다. 이는, 그 시대가 부패했으며, 모든 사람으로 하여금 이 나라를 떠나도록 만들었으며, 떠나지 못하는 자들은 남아서 오직 춘화로 세월을 때우며 무기력하게 늘어져가야 했다는 사실을 전해주며, 이것은 곧 이 시인이 바라보았던 당대의 감각이다.

　이런 도저한 비관주의적 세계관이 어디서 유래되었는지는 시인의 전 작품에 대한 섬세한 검토 이후에나 답할 수 있는 문제이지만, 우선 제목이 뜻하는 바를 통해 시인의 세계관의 성격을 명확히 해두는 것이 필요하다. 시인은 1952년에 출생했다. 1959년이라면 시인이 7세 정도 되는 나이라고 할 수 있다. 그러므로 이 나이에 "우리"라는 시적 화자의 진술은 불가능하다. 그렇다면 왜 7세쯤 되는 시기를 제목으로 설정했던가. 이는 아마도 시인이 어리지만, 그래도 세상에 대해 눈을 뜨기 시작하던 때를 상징하는 제목이라고 할 수 있다. 세상에 대해 최초로 각성하고, 미약하나마 자신의 자아를 형성해가던 그 원초적 순간에 벌써 시인은 이 세상에 봄이 더이상 오지 않는다는 사실을 알아버린 것이다. 세상은 썩어 있으며, 이 세상에서 바랄 것은 더이상 없다는 사실을 눈치챈 것이다. 이렇게 세계에 대한 최초의 각성의 순간을 설정하고 시를 전개해나간 것은 이 세계에 대한 절망을 배가시키려는 시인의 의도라고 생각할 수 있다. 여기서 시인의 비관주의가 단순한 성질의 것이 아님을 알게 된다. 그는 세계에 눈을 뜰 때부터 지금까지 절망하고 있는 것이다. 이 절망을 벗어날 희망의 여지란 절대 없다. 그래서 시인은 차라리 "보이지 않는 감옥으로 자진해갔다". 이렇게 현실의 어둠 속으로 자진해 걸어들어간 그에게 남은 일은 이 어둠의 터널을 끝까지 가는 일일 것이다. 그 끝에 밝은 빛이 비칠지는 알 수 없다. 이는 시인의 작품 전체를 검토해야 하는 일이기도 하다.

| 이성복 |

또 비가 오면

사랑하는 어머니 비에 젖으신다
사랑하는 어머니 물에 잠기신다
살 속으로 물이 들어가 몸이 불어나도
사랑하는 어머니 미동(微動)도 않으신다
빗물이 눈 속 깊은 곳을 적시고
귓속으로 들어가 무수한 물방울을 만들어도
사랑하는 어머니 미동도 않으신다
발 밑 잡초가 키를 덮고 아카시아 뿌리가
입 속에 뻗어도 어머니, 뜨거운
어머니 입김 내게로 불어온다

창을 닫고 귀를 막아도 들리는 빗소리,
사랑하는 어머니 비에 젖으신다
사랑하는 어머니 물에 잠기신다

—『남해금산』(1987년)

*

이 시는 이성복의 두번째 시집 『남해금산』에 실린 작품이다. 세계의 고통에 몸을 맡기고, 그 고통을 읊으며, 동시에 이에 저항하고자 했던 시인이 그 고통의 순간에 마지막 의지할 수 있었던 정처(定處)는 바로 "어머니"이다. 그러나 이 어머니는 시인의 어머니에 한정되는 것이 아니라, 대지모로서의 어머니라는 보편성으로 확장된다. 이 어머니에 대한 사랑과 연민의 정서가 아름답게 펼쳐진 시이다.

비 오는 날, 화자는 어머니가 비에 젖고 물에 잠기신다고 읊조린다. 그 물에 어머니의 몸이 불고 눈, 귀, 입이 해체된다고 말한다. 이러한 기괴한 상상력은 일순 독자를 당황하게 하는데, 어머니를 물가에 묻고 비올 때마다 슬퍼하고 걱정한다는 청개구리의 이야기를 연상하게도 한다. 아무튼 이 시에 등장하는 어머니는 죽음의 상태에 들어 있는 듯하다. 그것을 나타내는 것이 어머니가 "미동도 않으신다"는 구절이다. 물에 의해 육체가 잠식되고 분해되어도 어머니는 반응하지 않는다. 이는 우선 어머니의 육체가 수동적 상태에 빠져 있음을 뜻한다. 화자의 "사랑하는 어머니"는 돌아가신 어머니인 것이다.

이 시에서 돋보이는 것은 물의 이미지인데, 그것은 바슐라르의 말대로 분해 작용을 강하게 나타낸다. 빗물로 인해 어머니의 육체, 감각기관은 해체되고 서서히 소멸한다. "발 밑 잡초가 키를 덮고 아카시아 뿌리가 / 입 속에 뻗"듯이 결국 어머니의 육체는 흔적도 없이 식물로 바뀔 것이다. 여기서 물 이미지는 이렇게 죽음과의 친화성을 드러내고 있다. 그런데 이러한 육체의 소멸과는 대조적으로 마멸되지 않고 지속되는 것이 있다. 그것은 "뜨거운 / 어머니 입김"이다. 이는 해체되지 않는, 변질되지 않는, 아마도 어머니의 사랑 정도로 해석될 수 있을 것이다. 앞 행에 나온 육체의 분해는 이 어머니의 입김을 보다 부각시키는 데 기여하고 있다.

이런 점에서 어머니의 "미동도 않으"시는 상태는, 다른 한편으로 어떤 외부 자극에도 흔들리지 않는 초연함, 의연함을 상징한다고도 볼 수 있겠다. 이런 점에서 어머니는 힘을 지닌 강인한 존재이다. 비에 젖고 물에 잠겨도 어머니는 미동도 하지 않으면서, 오히려 나에게 뜨거운 입김을 불어준다. "창을 닫고 귀를 막아도 들리는 빗소리"처럼 이 세상을 맹렬히 휘몰아대고 있는 아픔 속에서도 어머니는 의연하다. 이 의연함은 곧 자식에 대한 사랑에서 비롯된 것이겠지만, 그렇기 때문에 시인이 마지막으로 기댈 수 있는 존재인 것이다. 어머니가 보내주는 최후까지의 사랑은 시인으로 하여금 이 아픈 세상에서 견디며 살아갈 수 있도록 해주는 최후의 힘이다.

이성복 시의 많은 부분을 차지하는 어머니 시편은 시인의 유년 체험과 결부되어 구체성을 지니는 동시에 시적 형상화에 의해 보편적 경지로까지 고양된다. 「또 비가 오면」과 같은 시는 그중 보편성이 확대되어 드러나는 경우라고 할 수 있다. 가령 「어머니 1」에서 "오늘도 화장지 행상에 지친 아들의 손발에, 가슴에 깊이 박힌 못을 뽑으시는 어머니"와 같은 시구에서처럼, 가난한 어린 시절, 그 때문에 화장지 행상을 해야 했던 자신의 고통을 감싸주던 어머니와 같이 구체성의 수준에서 묘사된 시들도 있다. 어쨌든 이 어머니는 아버지로 상징되는 부성적 이미지와 대립되어 현실의 고통과 아픔을 껴안는 모성적 대지모의 이미지를 간직하고 있다.

이성복(1952~)
경북 상주에서 태어났으며 서울대 불문과와 동대학원을 졸업했다. 1977년 『문학과지성』에 「정든 유곽에서」 등을 발표하며 등단했다. 시집 『뒹구는 돌은 언제 잠깨는가』(1980), 『남해금산』(1986), 『그 여름의 끝』(1990), 『호랑가시나무의 기억』(2000) 등이 있다. 김수영문학상 (1982), 소월시문학상(1990)을 수상했다.

신생(新生)

녹슨 펜을 삼켜라.
저의 절망의 부스러기를 삼키듯이.
사랑이 그리움으로 저를 야위게 하듯이.
저를 무작정 깎아내리듯이.

불을 삼켜라.
저의 암울의 덩어리를 삼키듯이.
볼에 볼을 비벼 그 죽음 입맞추듯이.
저를 더더욱 저질러버리듯이.

다가오는 날들을 모두 삼켜라.
그리고 뿜어내라.
숨죽여 가버린 것들이 다시 오듯이.
저를 끊임없이 태어나게 하듯이.

—『백제행(百濟行)』(1977년)

＊

　이 시는 제목 '신생(新生)'이 나타내듯이, 새로운 탄생, 새로운 것의
도래를 갈망하고 있다. 그 새로운 것은 이 작품에서는 '자기'를 뜻하는
"저"로 지칭되고 있을 뿐인데, 그것을 '현실'로 볼 수도 있을 테고, 시적
화자 자신으로 볼 수도 있을 것 같다. 시인 이성부는 절망적인 무엇인가
가 새롭게 태어나야 함을 강력하게 역설하고 있다.

　이 시는 3연으로 이루어져 있는데, 각 연의 통사구조가 유사한 형태로
되어 있어 강력한 메시지를 단정한 형식에 담아내고 있다. 각 연의 1행
은 '-를 삼켜라'라는 강한 명령형으로 맺고 있고, 각 2~4행은 1행을 수
식하는 부사절로서 '-듯이'라는 조사로 끝나고 있다. 1연과 2연은 정확
히 그러한 동일성을 유지하고 있으며, 마지막 3연에서는 변형이 이루어
져 있다. 즉 2행이 명령형으로 되어 있어 시 전체의 구조로 볼 때 단조로
움을 피하면서도 통일성을 잘 유지하고 있다.

　각 연의 첫 행마다 반복되는 "삼켜라"라는 시어가 이 시의 중심적 이
미지로 기능하고 있다. '삼킴'이라는 동작, 행위는 우선 소화작용이며,
그것이 함축하는 바는 회피하지 않는 수용, 정직한 대면, 직시이다. 부
정적인 대상을 피하지 않고 내 것으로 껴안고 흡수할 수 있을 때에야만
새로운 것의 탄생이 가능한 것이다. 그 새로움의 탄생은 마지막 연에 나
오는 '뿜어내기'라는 행위로 표현된다. 삼킴의 행위는 거기서 그치는 것
이 아니라 '뿜어내기'의 행위를 이루기 위한 준비 과정이 된다.

　시인이 새로운 탄생을 위해 삼키라고 단호하게 외치는 대상은 우선
"녹슨 펜-절망", "불-암울"이다. 절망, 암울과 같은 부정적인 것을 삼
켜야 한다는 것은, 그 행위가 결코 쉽지 않음을 보여준다. 이 행위를 가
능하게 하는 것은, "사랑이 그리움으로 저를 야위게 하듯이"와 같은 시

구에서 드러나듯이, 그리움에 철저히 야위어갈 때만이다. 새로운 세상에 대한 그리움이 자신을 야위게 할 때, 그는 절망이나 암울과 같은 고통을 삼켜서 새로운 세상을 향해 토해낼 수 있다.

이렇게 끊임없이 새로운 세상에 대한 갈망 속에 사는 것은 고통스러운 일이다. 새로운 세상을 갈망하는 것은 사실 쉬운 일이다. 그러나 진정으로 새로운 세상을 갈망하는 일은 어렵다. 그래서 시인은 그러한 행위를 "죽음 입맞추"는 행위라고 표현한다. 죽음을 껴안아 새롭게 태어나는 것은, 죽음 속에 곧 생명이 있다는 인식의 표현이다. 광주를 경험한 시인은 이 세상이 곧 죽음이다. 그러나 그 죽음 속에서 생명의 잉태를 동시에 보았기 때문에 이러한 시를 쓸 수 있었던 것이다. 그러나 이런 인식의 전환은 쉬운 일이 아니다. 왜냐하면, 자신을 진정 저질러버릴 줄 알아야 가능하기 때문이다. 나를 아끼고, 나를 절망하거나 위안하는 삶은 죽음 속에서 생명을 보지 못한다. "저를 무작정 깎아내리듯이" 그리고 "저를 더더욱 저질러버리듯이"에서 보듯 자신을 내던질 수 있어야 한다.

이 삼킴의 행위는 마지막 연에서 시간성의 측면으로 연결된다. 그것은 "다가오는 날들을 모두 삼"키라는 주문이다. 앞의 두 연에서 절망과 암울이 현재나 그 현재를 있게 한 과거를 규정하고 있다면, 3연에서는 미래에 대한 태도를 나타내고 있다. 미래를 모두 삼키고, 다시 뿜어내라는 것은 미래에 대한 불안마저 포용하라는 요구로 들린다. 그것을 다시 뿜어낸다는 것은 실제적 행위의 필요성을 강조한다. 불안은 삼켰을 때, 즉 포용했을 때에만 비로소 극복될 수 있다. 시인은 그 극복 위에서 힘찬 행동을 감행하라는 메시지를 보내고 있다. 그런 행동을 통해 "숨죽여 가버린 것들이 다시 오"는 것이다. 이 새로운 세상에 대한 시인의 강렬한 열망이 이와 같은 힘찬 호흡의 시를 만들어낸 것이다.

몸

몸은 제 눈으로 울고
제 입으로 웃는다.
몸은 나뒹굴어져서도
제 몸으로 저를 할딱거리게 한다.

몸이 쓰러지며 던지는 한마디 말
아스팔트 위에 피투성이가 된 말
거짓으로 살아 있을 줄을 모르는 말
불타는 말

몸은 언제나 밖에 있다
총칼과 문자와 화려함의 문 밖에
서울의 금줄 밖에
우리들 사랑 밖에

정신보다도 더 믿을 수 있는 것은 몸이다.
살아 있는 것은 오직 몸뿐이다.

—『빈 산 뒤에 두고』(1989년)

1980년 광주에 대해 자신이 행동하지 못한 것에 깊은 죄의식을 갖고 있는 이성부 시인은 역사적 현장과 현실의 중심에서 그 현실에 맞서려는 시를 써왔다. 현실을 눈감지 않으려 한 정신, 그것이 바로 이러한 「몸」이라는 시를 쓰게끔 한 것이다.

이 시에서 가장 중요한 시어는 "몸"이다. 몸의 의미망을 파악하는 것이 중심적인 시 해석의 방법이다. 몸은 제 눈으로 울고 웃는, 자율적 존재다. 남에게 의존하지 않는 그러한 존재다. 그래서 나뒹굴어져도(이러한 피동형의 표현을 통해 강압적 방식에 의한 넘어짐을 알 수 있으며, 이것이 시 해석에서도 중요하다) 제 몸으로 저를 할딱거리게 한다.

다시 몸은 "말"과 연결되어 그 의미가 넓어진다. 몸은 그냥 말이 아니다. 거짓을 모르는 말이 몸이다. 또한 피투성이가 된 말이 몸이며, 결국 불타는 말이어야 몸이 된다. 그렇다면 '그냥 말'과 "불타는 말"의 대립적 관계도 시의 의미를 깊고 넓게 해주는 것으로 볼 수 있다. 몸은 그냥 몸이 될 수 있지만 말은 그냥 말이어서는 안 된다. 말이 불타올라 거짓을 모를 때 진정 몸이 될 수 있는 것이다. 여기서 이 시가 이성부 시인의 시론임을 알 수 있게 된다. 거짓을 모르는 말로 이루어진 시를 쓰고 싶은 소망은 곧 거짓 없는 몸이 되고 싶은 소망과 동일하다. 그의 시는 몸이 되고자 한다. 정신의 나약한 소리가 아니라 몸의 정직한 소리가 되고 싶은 것이다.

몸은 이제 그 의미가 확대되어(아니 더 깊어졌다고 하는 것이 옳을 것이다) 언제나 밖에 있는 존재다. 총칼과 문자와 화려함, 서울의 금줄, 우리들 사랑 밖에 있는 것이다. 몸은 안에 있지 않다. 안에 있을 때 몸은 몸이 아니다. 항상 밖에 있어야 한다. 바깥을 사유하고 사는(生) 몸은 안에서는 "나뒹굴어"질 수밖에 없다. 그래서 몸은 "울고" 그럼에도 그것을 '웃음'으로 만들어낼 수 있는 존재다. 바깥에 거주한다는 것은 곧 제도와 규범과 금기를 벗어나고자 하는 것이다. 규범과 제도와 억압 안에 있을 때 비판은 비판일 수 없다. 밖에서 보아야 이 규범과 제도의 모순과 폐해들이 보인다. 그 밖에 서고자 하는 것은 몸이다. 그런데 여기서 중요한 것은 몸이 그렇게 하고자 해서 그런 것이 아니라는 것이다. 몸은 애초부터 안을 견디지 못한다. 정신은 안에서 자신을 기만하면서 살아갈 수 있으나, 몸은 거짓과 아픔에 솔직하다. 그래서 몸은 정직하며, 항상 바깥에 거주하는 것이다.

마지막 연에서 몸의 의미는 종합적이고 총체적 의미를 획득한다. 살아 있는 것은 오직 몸뿐이며, 정신보다도 믿음이 가는 것이다. 정신은 살아 있을 때도 죽을 때도 있지만 몸은 항상 살아 있다. 그래서 몸만이 믿을 수 있는 유일한 것이 된다. 이 시를 통해서 시인은 몸의 정직성과 충실함을 배우고자 한다.

이성부(1942~)
광주에서 태어났으며 경희대 국문과를 졸업했다. 1967년 동아일보 신춘문예에 시 「우리들의 양식」이 당선되어 등단했다. 시집 『이성부시집』(1969), 『우리들의 양식』(1974), 『백제행』(1977), 『전야』(1981), 『빈 산 뒤에 두고』(1989), 『야간 산행』(1996) 등이 있다. 제15회 현대문학상(1969), 제4회 한국문학작가상(1977)을 수상했다.

새들도 세상을 뜨는구나

영화가 시작하기 전에 우리는
일제히 일어나 애국가를 경청한다
삼천리 화려 강산의
을숙도에서 일정한 군을 이루며
갈대숲을 이륙하는 흰 새떼들이
자기들끼리 끼룩거리면서
자기들끼리 낄낄대면서
일렬 이렬 삼렬 횡대로 자기들의 세상을
이 세상에서 떼어메고
이 세상 밖 어디론가 날아간다
우리도 우리들끼리
낄낄대면서
깔쭉대면서
우리의 대열을 이루며
한세상 떼어메고
이 세상 밖 어디론가 날아갔으면
하는데 대한 사람 대한으로
길이 보전하세로
각각 자기 자리에 앉는다
주저앉는다

—『새들도 세상을 뜨는구나』(1983년)

*

첫 시집에 실린 이 작품에서 황지우는 그의 세계관을 핵심적으로 보여주고 있다. 즉 이 세상을 떠나고 싶다는 소망을 간절히 이야기하고 있다. 이 세상을 떠나고 싶은 것은 물론 이 세상이 극히 부정적인 것이기에 그러하겠지만, 이는 시 속에서 직접 형상화되어 있지 않다.

시의 구조상에 있어, 이 시는 영화 시작 전의 애국가의 울림으로부터 출발하여 애국가가 끝나는 순간에 끝나는 것으로 되어 있다. 그리고 시 중간에 나오는 새들은 아마도 애국가가 불려지면서 보이는 화면에 등장하는 새들일 것이다. 화면에는 새들이 날고, 이것을 배경으로 하여 애국가가 울려퍼지고, 이때 일어나서 다시 앉는 과정중에 시인은 자신의 사유를 전개하고 있다.

"삼천리 화려 강산의 / 을숙도에서 일정한 군을 이루며 / 갈대숲을 이륙하는 흰 새떼들이" "이 세상 밖 어디론가 날아간다". 새들이 자신들의 대형을 이루어 날아가는 모습을 시인은 이 세상 밖으로 날아가는 것으로 인식한다. 이는 시인이 항상 이 세상을 떠나고 싶다는 소망을 가지고 있었기 때문에 가능한 것이다. 그 소망의 원천을 탐색하기란 이 작품만으로는 곤란하다. 그럼에도 추측해본다면, 삼천리 화려 강산이라는 이곳에서, 영화가 시작될 때마다 애국가를 듣기 위해 일어섰다 앉았다 해야 하는 나라란 아마 올바른 곳이 아닐 것이다. 일종의 강제 동원 체제라는 인식이 저변에 흐르고 있는 듯한 느낌이다. 자유롭게 보아야 하는 영화관에서조차 애국가가 울려대며 나라를 사랑하라 외쳐대는 그러한 엄숙주의 속에서 시인은 갑갑하다. 그래서 시인은 "낄낄대면서 / 깔쭉대면서" 날아가고 싶은 것이다. 이는 엄숙주의를 무시하고, 거기에 딴죽을 걸고자 하는 행위로 읽힌다.

348

이 세상을 뜨고 싶었던 시인은, 애국가 후반부의 "대한 사람 대한으로 / 길이 보전하세"의 구절에 다시 가로막힌다. 이 나라를 길이 보전하라는 말은 시인에겐 아무런 탈출구도 없는 상황인식으로 다가온다. 그래서 시인은 "각각 자기 자리에 앉는다". 결국 "주저앉는다". 이 주저앉음은 시인을 극도로 괴롭히는 것일 텐데, 왜냐하면, 이 세상을 영원히 벗어날 수 없다는 극도의 절망을 안겨주기 때문이다. 이 세상에서 빠져나갈 수 없으며 여기에 주저앉아야 한다는 생각은 시인으로 하여금 이곳, 이 나라에서의 시적 저항의 길을 터놓는다. 그것이 황지우 시인이 계속적으로 시를 써나가는 매개가 되는 것이다.

게 눈 속의 연꽃

1

처음 본 모르는 풀꽃이여, 이름을 받고 싶겠구나
내 마음 어디에 자리하고 싶은가
이름 부르며 마음과 교미하는 기간,
나는 또 하품을 한다

모르는 풀꽃이여, 내 마음은 너무 빨리
식은 돌이 된다, 그대 이름에 내가 걸려 자빠지고
흔들리는 풀꽃은 냉동된 돌 속에서도 흔들린다
나는 정신병에 걸릴 수도 있는 짐승이다

흔들리는 풀꽃이여, 유명해졌구나
그대가 사람을 만났구나
돌 속에 추억에 의해 부는 바람,
흔들리는 풀꽃이 마음을 흔든다

내가 그대를 불렀기 때문에 그대가 있다
불을 기억하고 있는 까마득한 석기시대,
돌을 깨뜨려 불을 꺼내듯
내 마음 깨뜨려 이름을 빼내가라

2

게 눈 속에 연꽃은 없었다
보광(普光)의 거품인 양
눈곱 낀 눈으로
게가 뻐끔뻐끔 담배연기를 피워올렸다
눈 속에 들어갈 수 없는 연꽃을
게는, 그러나, 볼 수 있었다

3

투구를 쓴 게가
바다로 가네

포크레인 같은 발로
걸어온 뻘밭

들고 나고 들고 나고
죽고 낳고 죽고 낳고

바다 한가운데는
바다가 없네

사다리를 타는 게,
게좌(座)에 앉네

—『게 눈 속의 연꽃』(1990년)

*

이 시는 선적(禪的)인 사유와 이미지가 번뜩이는 작품이다. "연꽃" "보광"이라는 시어와, "게 눈 속에 연꽃은 없었다"와 "바다 한가운데는 / 바다가 없네"라는 말 속에 담긴 사유가 그러하다. 바다를 찾아 바다에 이르렀더니 그곳에 바다가 없더라는 인식 속에 담긴 정신은 투구게의 이미지와 동일하다. 투구게는 포크레인 같은 발로 "뻘밭"을 기어 몇 세대에 걸쳐 바다로 나아갔다. 그러나 그곳에 바다는 없었다. 그래서 "게 좌"가 되어버렸다. 일종의 신화적 이미지를 풍기는 이러한 시 전개 속에서 파악할 수 있는 것은 이 세상이 "뻘밭"과 같이 고통으로 가득 찼다는 인식이다. 이 고통을 넘어 바다에 이르는 도정은 연꽃을 찾는 해탈의 과정으로 비유되고 있다. 그래서 게의 거품은 "보광"이다. 그러나 "게 눈 속에 연꽃은 없었다".

시인이 생각하는 해탈은 아마도 완성으로서의 경지가 아니라 끊임없는 과정으로서의 해탈이라고 생각된다. 그러므로 바다 가운데 가도 바다는 없다. 단지 바다를 보고자 하는 마음에만 바다가 있는 것이다. 바다 속에 살더라도 바다를 보지 못할 수 있기 때문이다. "눈 속에 들어갈 수 없는 연꽃을 / 게는, 그러나, 볼 수 있었다"는 표현은 이를 뜻한다. 중요한 것은 연꽃을 보고자 하는 마음의 간절함이지 연꽃 그 자체가 아니다. 이는 다시 현실로 내려와서 생각해보면, 현실의 "뻘밭"을 기어갈 수 있는 것은 그 고통을 벗어나고자 하는 간절한 소망이 있기 때문이다.

이것을 시인은 시의 첫 부분에서 섬세하게 묘사하고 있다. 너무나 빨리 식어버리는 내 마음의 "돌을 깨뜨려 불을 꺼내듯" 마음과 마음이 서로 진정으로 "교미"했으면 하는 소망이 풀꽃과의 대화로 잘 드러나 있다. 풀꽃의 마음과 교미하려는 순간 내 마음은 식은 돌이 되고, 그럼에도 풀꽃이 내 마음속에서 흔들린다면 둘은 교미할 수 있다. 풀꽃이 내 마음을 이끌었기 때문에 가능한 것이기도 하지만, 참으로 중요한 것은 "내가 그대를 불렀기 때문에 그대가 있다"는 사실 때문이다. 애초에 내가 그대와 교미하고자 하는 마음을 가지고 있었기 때문에 모든 일이 가능한 것이다. 내가 간직한 적극성과 간절함은 바로 투구게의 고투와 연결되어 시적인 총체성을 획득한다. 투구게는 곧 나다. 나는, "불을 기억하고 있는 까마득한 석기시대, / 돌을 깨뜨려 불을" 꺼내고 싶어하기 때문에, 투구게와 같이 "들고 나고 들고 나고 / 죽고 낳고 죽고 낳고" 할 수 있는 것이다. 이 투구게의 노력의 성과는 중요하지 않다. 핵심은 간절히 소망한다는 것에 있기 때문이다. 그러므로 최소한 "계좌에 앉"을 수는 있는 것이다.

결국 이 시는, 황지우 시인이 방법적인 시쓰기를 통해 현실에 저항하던 모습에서 더 넓어지고 원숙해진 시세계로 나아가고 있음을 적극적으로 보여주고 있다고 할 수 있다.

황지우(1952~)
전남 해남에서 태어났으며 서울대 미학과를 졸업했다. 1980년 「연혁(沿革)」이 중앙일보 신춘문예에 입선하고 「대답 없는 날들을 위하여」 등을 『문학과지성』에 발표하며 등단했다. 시집 『새들도 세상을 뜨는구나』(1983), 『겨울-나무로부터 봄-나무에로』(1985), 『나는 너다』(1987), 『게 눈 속의 연꽃』(1990) 등이 있으며, 시선집 『성(聖)가족』, 산문집 『사람과 사람 사이의 신호(1993)』를 펴냈다. 김수영문학상(1983), 현대문학상(1991), 소월시문학상(1994)을 수상했다.

성에꽃

새벽 시내버스는
차창에 웬 찬란한 치장을 하고 달린다
엄동 혹한일수록
선연히 피는 성에꽃
어제 이 버스를 탔던
처녀 총각 아이 어른
미용사 외판원 파출부 실업자의
입김과 숨결이
간밤에 은밀히 만나 피워낸
번뜩이는 기막힌 아름다움
나는 무슨 전람회에 온 듯
자리를 옮겨다니며 보고
다시 꽃이파리 하나, 섬세하고도
차가운 아름다움에 취한다
어느 누구의 막막한 한숨이던가
어떤 더운 가슴이 토해낸 정열의 숨결이던가
일없이 정성스레 입김으로 손가락으로
성에꽃 한 잎 지우고
이마를 대고 본다
덜컹거리는 창에 어리는 푸석한 얼굴
오랫동안 함께 길을 걸었으나

지금은 면회마저 금지된 친구여.

─『성에꽃』(1990년)

"성에꽃"은 시인이 지어낸 조어로, 겨울에 유리창에 어리는 성에를 가리킨다. 성에꽃이라는 단어에서 이미 독자는 시인의 예민한 관찰력과 주위 사물에 대한 애정을 엿볼 수 있다. 성에 '꽃'이라 이름 붙인 데서 먼저 성에가 그리는 형태의 아름다움과 자연이라는 화가의 신비로운 솜씨를 떠올리게 된다. 시인의 감각에 처음 와 닿은 것도 그러한 시각적 신비감과 아름다움이었으리라. 그러나 이 시는 단지 성에의 형태적 아름다움을 노래하는 데 그치지 않고, 거기서 사람들의 숨결과 호흡을 읽어낸다. 사소한 사물 하나에서도 인간에 대한 따뜻한 애정과 관심을 빚어내는 데 이 시의 매력이 있다고 볼 수 있다.

시인은 어느 추운 겨울 새벽, 시내버스를 타고 어디론가 가고 있다. 거기서 차창에 어리는 "웬 찬란한 치장"을 발견한다. 그것은 "엄동 혹한일수록 / 선연히 피는 성에꽃"이다. 시인의 상상력은 평범한 성에에서 추울수록 더욱 아름답게 피어나는 꽃, 그 생명력의 꿈틀거림을 본다. 그것은 기대하지 않았던 것이기에 더욱 아름답고 신비롭다. 시인은 "전람회에 온 듯 / 자리를 옮겨다니며" 그 "번뜩이는 기막힌 아름다움", "섬세하고도 / 차가운 아름다움에 취한다".

그러나 시인의 감탄은 단지 그 형태의 아름다움에만 머물지 않는다. 성에꽃의 개화를 가능하게 한 버스 안의 온기는 평범한 장삼이사의 "입김과 숨결"에서 온 것이다. "어제 이 버스를 탔던 / 처녀 총각 아이 어른 / 미용사 외판원 파출부 실업자"의 존재와 삶이 성에꽃에 깃들여 있는 것이다. 시인의 도취와 찬탄은 바로 버스를 타고 다니는 보통 서민들, 특히 파출부나 실업자 등과 같은 하층민들의 팍팍한 생활을 향해 있다. 즉 고단하고 막막하나 꿋꿋하게 살아가는 사람들이 시인의 눈에는 꽃으로 피어나 있는 것이다. 그러기에 그것은 "엄동 혹한일수록 / 선연히 피는" 끈질긴 생명력을 지니는 꽃이다. 그것은 "막막한 한숨" "더운 가슴이 토해낸 정열의 숨결"에서 보듯, 고뇌하고 좌절하나 뜨겁게 열심히 삶을 살아가는 모습이기에 아름답다.

16행까지가 이렇게 시인의 관심이 서민들의 삶 즉 외부를 향해 있다면, 마지막 6행에서는 시인의 시선이 전환한다. 시인은 "정성스레" "성에꽃 한 잎 지우고" 차창에 비친 영상을 바라본다. 그 순간 차는 덜컹거리고 "푸석한 얼굴"이 보인다. "오랫동안 함께 길을 걸었으나 / 지금은 면회마저 금지된 친구"의 얼굴이다. 이를 액면 그대로 학생운동을 하다 감옥에 갇힌 친구에 대한 회상으로 볼 수도 있겠다. 그러나 앞부분과의 연관성을 고려할 때, 그리고 덜컹거리는 순간 창에 비친 영상은 실제적이라기보다는 보다 내면적인 의식을 반영한다고 볼 때, 이는 유리창-거울을 매개로 이루어지는 자아 성찰의 장면으로 해석될 만하다.

푸석한 얼굴의 친구는 시인 안에 있는 또다른 자아, 혹은 과거로 지나가버린 예전의 자아라고 할 수 있다. "한숨"과 "정열", 즉 삶의 고뇌와 열정을 지닌 또다른 나를 시인은 응시하고 있다. 고뇌와 고통이 있지만 그래서 오히려 꽃으로 피어날 수 있는 삶의 치열함을 시인은 되찾고자 하는 것이 아닐까. 일상에 안주하고 있던 마비된 의식을, 성에꽃과 거기 깃들인 보통 사람들의 고통스럽지만 힘찬 삶이 깨우고 있는 것은 아닐까.

노래와 이야기

노래는 심장에, 이야기는 뇌수에 박힌다
처용이 밤늦게 돌아와, 노래로써
아내를 범한 귀신을 꿇어 엎드리게 했다지만
막상 목청을 떼어내고 남은 가사는
베개에 떨어뜨린 머리카락 하나 건드리지 못한다
하지만 처용의 이야기는 살아남아
새로운 노래와 풍속을 짓고 유전해가리라
정간보*가 오선지로 바뀌고
이제 아무도 시집에 악보를 그리지 않는다
노래하고 싶은 시인은 말 속에
은밀히 심장의 박동을 골라 넣는다
그러나 내 격정의 상처는 노래에 쉬이 덧나
다스리는 처방은 이야기일 뿐
이야기로 하필 시를 쓰며
뇌수와 심장이 가장 긴밀히 결합되길 바란다

— 『대꽃』(1984년)

* 정간보(井間譜) : 조선 세종이 창안한 악보. 井자 모양으로 칸을 질러놓고 율명(律名)을 기입함.

*

　최두석은 1989년에 발표한 평론 「이야기 시론」으로 문단에서 호응을 받기도 했다. 이 시는 '이야기'의 요소를 강조하는 그의 시론을 작품으로써 보여준다는 점에서 주목할 만하다. 이 시의 제목인 '노래와 이야기'는 시의 두 요소를 이루며, 시인이 보기에 가장 바람직한 시의 방향은 노래와 이야기, 즉 "뇌수와 심장이 가장 긴밀히 결합"된 것이다.

　어찌 보면 시에서 이야기의 요소가 중요하다는 주장은 낯설다. 시와 소설이라는 구도를 놓고 볼 때, 노래는 전자에, 이야기는 후자에 다소 배타적으로 귀속된다는 것이 일반적인 인식이다. "이야기"의 요소는 소설 영역에 국한된 것으로 치부되어, 시는 "노래"의 요소만을 지니는 것으로 인식되는 것이다. 이 시는 노래와 이야기가 각각 지니는 힘을 보여주면서 왜 시에서도 역시 이야기 요소가 필요한지, 중요한지를 웅변하고 있다.

　우선 시인은 "노래는 심장에, 이야기는 뇌수에 박힌다"고 함으로써 노래와 이야기가 각각 지니는 궁극적 특성을 짚는다. 그것들은 각각 심장과 뇌수에 호소한다. 달리 말하면 인간의 의식 작용들 중 노래는 감성을, 이야기는 지성을 대표한다고 할 수 있겠다. 시인은 감성과 지성 중 후자에 더 중요성을 부여한다기보다는 일반적으로 간과되어온 시에 있어서의 지성의 중요성을 역설하며, 가장 이상적인 시를 감성과 지성이 결합된 시로 본다. 이러한 시관에 부응하여 시인의 시세계는 '감성과 지성의 어려운 통합을 이뤄냈다'는 평가를 받는다.

　「처용가」를 통해 노래와 이야기가 각각 지니는 힘이 구체적으로 드러난다. 처용이 귀신을 굴복시킬 수 있었던 건 노래의 힘을 통해서다. 만약 가락이 없고 가사 즉 이야기만 있었다면 "머리카락 하나 건드리지 못"했을 거라는 것이다. 귀신을 쫓아내는 이 힘은 주로 주술적 힘이라고 논의되는데, 이는 산문적, 현실적 질서를 뛰어넘은 데서 나오는 힘, 비유용성의 힘이라 할 수 있을 듯하다.

그러나 이야기는 처용이 귀신과 맞대면하는 상황, 바로 그 순간 속에서는 무력하지만, 다른 힘을 지니고 있다. "처용의 이야기는 살아남아 / 새로운 노래와 풍속을 짓고 유전해가리라"는 것이다. 이야기는 순간의 주술적 힘을 가지고 있지는 않지만, 전승되고 지속되어 새로운 노래의 씨앗이 된다. 새로운 노래가 계속 만들어지는 것을 가능케 하는 상상력의 보물창고, 지반이 된다는 것이다.

뿐만 아니라 이야기는 내면의 상처를 다스리는 치유력을 지닌다. 노래로써는 "내 격정의 상처는 쉬이 덧"난다. 그것을 치유할 수 있는 것은 "이야기일 뿐"이다. 고통, 열정과 같은 정념은 감성의 영역에 속하는 것으로, 감성을 감성으로 치유하기는 어렵다. 오히려 더 악화되기가 쉽다. 정념을 다스리기 위해서는 자신의 감정에서 한 발 물러나 거리를 두고 객관화시키는 힘, 곧 지성의 힘이 필요하다. 시가 대부분 일인칭인 데 반해 소설은 삼인칭 시점을 지니듯이, "이야기"는 주체로 하여금 격정이나 경험에 몰입하는 것에서 벗어나 객관적 거리를 두고 바라보는 것을 가능하게 해준다. 이런 점에서 시에서 "이야기"의 요소는 "노래"의 요소 못지않게 필수 불가결한 것이 된다.

최두석(1955~)
전남 담양에서 태어났으며 서울대 국어교육과와 동대학원 국문과를 졸업했다. 1980년 『심상』에 「김통정」 등을 발표하며 등단했다. 1982년 『오월시』 동인으로 활동했다. 시집 『대꽃』(1984), 서사시집 『임진강』(1986), 『성에꽃』(1990), 『사람들 사이에 꽃이 필 때』(1997) 등이 있다. 단단한 현실인식과 섬세한 상상력으로 '이야기 시' 양식을 시도했다.

5 사물의 비밀과 존재의 탐구

한용운

윤동주

김현승

구상

김남조

고은

정현종

강은교

고정희

조정권

님의 침묵

님은 갔습니다. 아아 사랑하는 나의 님은 갔습니다.

푸른 산빛을 깨치고 단풍나무숲을 향하여 난 작은 길을 걸어서 차마 떨치고 갔습니다.

황금의 꽃같이 굳고 빛나던 옛 맹서는 차디찬 티끌이 되어 한숨의 미풍에 날아갔습니다.

날카로운 첫 키스의 추억은 나의 운명의 지침을 돌려놓고 뒷걸음쳐서 사라졌습니다.

나는 향기로운 님의 말소리에 귀먹고 꽃다운 님의 얼굴에 눈멀었습니다.

사랑도 사람의 일이라 만날 때에 미리 떠날 것을 염려하고 경계하지 아니한 것은 아니지만, 이별은 뜻밖의 일이 되고 놀란 가슴은 새로운 슬픔에 터집니다.

그러나 이별을 쓸데없는 눈물의 원천으로 만들고 마는 것은 스스로 사랑을 깨치는 것인 줄 아는 까닭에, 걷잡을 수 없는 슬픔의 힘을 옮겨서 새 희망의 정수박이에 들어부었습니다.

우리는 만날 때에 떠날 것을 염려하는 것과 같이, 떠날 때에 다시 만날 것을 믿습니다.

아아, 님은 갔지마는 나는 님을 보내지 아니하였습니다.

제 곡조를 못 이기는 사랑의 노래는 님의 침묵을 휩싸고 돕니다.

―『님의 침묵』(1926년)

*

　이 시는 시집 『님의 침묵』에 실린 88편 중 첫번째 시이자 표제시로서 시집 전체에 지속적으로 반복되는 시인의 문제의식을 보여주는 작품이다. 따라서 「님의 침묵」은 만해의 '님'의 문제를 이해하는 데 반드시 필요한 작품이다. 이 시에서 "님"이 뜻하는 바에 대해서는 절대자, 조국, 연인 등 많은 논의가 있어왔다. 시집 『님의 침묵』을 열면 첫 페이지에 '군말'이 나타난다. 군말은 쓸데없는 말이라는 뜻이지만, 이 글에서 시인은 "기룬 것이 다 님"이라는 것, 즉 그리움의 대상이 모두 님이 될 수 있다는 사실을 강조하고 있다. 그리고 그 구체적인 예로 석가의 님으로서의 중생과 칸트의 님으로서의 철학 그리고 장미화의 님으로서의 봄비와 마치니의 님으로서의 이탈리아를 제시한다. 이를 통해 만해가 최초에 설정해두었던 "님", 즉 만해가 그리워했던 님의 실체는 적어도 민족과 조국, 절대자와 자연의 진리 등을 포함하고 있음이 명백해진다. 이와 같이 '군말'은 시집 『님의 침묵』에서의 님이 대단히 추상적이며 복합적이라는 사실을 증명하는 증거가 될 수 있다. 여러 해석들 중 어느 하나가 절대적으로 옳다고 주장하기보다는, 그만큼 이 작품 자체가 밀도 높은 함축성을 지니고 있다는 점을 우선 높이 평가해야 할 것이다. 『님의 침묵』에서의 님은 「당신을 보았습니다」「찬송」과 더불어 잃어버린 조국의 광복에 대한 불굴의 의지와 신념을 노래한 것으로 파악해볼 수 있다. 우선 이 작품에서 '님은 갔다'라는 표현이 반복되고 있는데, 이를 '조국의 상실'로 해석할 수 있다. 한용운이 3·1운동 당시 민족대표 33인 중 실질적인 대표로 참여했다는 전기적 사실 또한 이를 뒷받침한다. 제목 '님의 침묵'은 "나"에게 절대적인 존재의 상실을 의미하며, 당시의 역사적 상황과 결부시켜볼 때 이는 조국의 상실로 충분히 연결될 수 있다.

1~4행까지는 '님이 떠나갔다'는 상황이, 5~8행에서는 "나"의 상태와 다짐이, 9~10행에서는 새로운 '나와 님의 관계'가 진술되고 있어서 전체 한 연으로 이루어진 이 시를 크게 세 부분으로 나눌 수 있다. 다른 한편으로 "그러나"로 시작되는 7행에서 나오는 반전에 주목한다면, 1~6행, 7~10행 까지의 두 부분으로 구분할 수도 있다.

　세 부분으로 구분했을 때, 첫 부분에서 1행은 "님은 갔습니다"를 두 번 반복하고 있어 조국을 잃은 원통함이 강조된다. 2행에서 "푸른 산빛을 깨치고" 님이 사라졌다고 하여, 님의 사라짐이 푸르른 조국산천의 상실로 이어지고 있음을 암시한다. "차마 떨치고 갔습니다"의 "차마"라는 부사의 용법은 문법적으로 옳지 않다. "차마" 뒤에는 부정어가 와야 하지만, 여기서는 그렇게 하지 않음으로써, 오히려 시적인 묘미와 리듬감을 살리고 있다. 3행은 황금이 티끌이 되었다는 비유를 통해 님의 존재와 부재가 얼마나 큰 차이를 만들어내는지를 말하고 있다. 4행 역시 첫 키스의 추억이 사라지고 있다고 함으로써 님의 부재를 강조하고 있다.

　님의 떠나감에 대한 진술은 이제 일단락되고 5행부터는 그 상황을 맞는 "나"가 제시되고 있다. 5행은 님이 떠나가기 전의 상황, 과거를 말하고 있다. "향기로운 님의 말소리에 귀먹고 꽃다운 님의 얼굴에 눈멀었"다는 표현이 그것이다. 이 부분은 뛰어난 시적 기교를 보여주는데, '역설'적 장치를 쓰고 있다 할 만하다. 귀먹고 눈멀었다는 표현을 통해 님의 절대성을 역설적으로 보여주고 있는 것이다. 이 님은 화자에게 절대적인 존재인 조국이다. 너무나 절대적인 존재이기에 그 음성에 귀먹고 그 모습에 눈멀지 않을 수 없는 것이다.

　5행이 "나"의 과거 상황을 보여준다면, 6행에서는 님이 떠나간 현재 상황 속에서의 "나"를 묘사하고 있다. 절대적인 존재인 님을 상실했으니, 6행에서처럼 화자의 가슴은 슬픔에 터질 수밖에 없다. 그러나 그 슬픔에도 불구하고 7행에서는 슬픔에 머물러 있는 것은 님과의 사랑을 훼손시킬 뿐이라는 자각이 나타난다. 7행에서부터 시상의 전환이 일어나는데, 님과의 이별에서 오는 절망과 슬픔을 새로운 희망과 기다림으로 극복하고자 한다. 그러므로 슬픔을 슬픔으로만 받아들여 절망하지 않고 오히려 그것을 희망으로 바꾸려는 강한 의지로 발전해간다. "새 희망의 정수박이에 들어부었습니다"라는 표현에서는 강한 주관적 의지가 나타나는데, 그것을 압축적으로 보여주는 시어는 "정수박이"이다.

슬픔을 희망으로 승화시키려는 시적 화자의 강한 의지는 마침내 8행과 같은 불교적 각성과 통찰을 통해 달관의 태도에 이르게 된다. 이는 불교적 표현으로 '회자정리 거자필반(會者定離 去者必返)'이다. '회자정리'라는 철리(哲理)에 대한 믿음은 9행과 같은 결구를 이끌어낸다. 님은 비록 떠났지만, 즉 조국은 일제에 의해 빼앗기고 말았지만, "나는 님을 보내지 아니하였"다고 함으로써 조국 독립에 대한 시적 화자의 강력한 의지를 집약적으로 보여준다.

그리하여 마지막 10행에서 보듯 "제 곡조를 못 이기는 사랑의 노래" 즉 조국에 대한 견딜 수 없는 사랑과 독립에 대한 강한 의지는 "님의 침묵" 즉 조국의 상실에 맞서서 싸우지 않을 수 없게 한다. 여기서 "님의 침묵"은 곧 '님의 부재'를 뜻하는데 그것은 바로 님이 없는 공간인 것이다. 땅은 있으나 그 땅의 주인으로서 마음껏 자유를 누릴 수 있는 권리를 상실한 것이다. 주권을 상실한 조국인 셈이다. 결론적으로, 이 시에 나타난 정신은 종교적 경지로까지 승화된 애국의 신앙이라 할 만하다.

| 한용운 |

나룻배와 행인

나는 나룻배
당신은 행인

당신은 흙발로 나를 짓밟습니다.
나는 당신을 안고 물을 건너갑니다.
나는 당신을 안으면 깊으나 옅으나 급한 여울이나 건너갑니다.

만일 당신이 아니 오시면 나는 바람을 쐬고 눈비를 맞으며
밤에서 낮까지 당신을 기다리고 있습니다.
당신은 물만 건너면 나를 돌아보지도 않고 가십니다그려.
그러나 당신이 언제든지 오실 줄만은 알아요.
나는 당신을 기다리면서 날마다 낡아갑니다.

나는 나룻배
당신은 행인

—『님의 침묵』(1926년)

*

이 시는 나와 당신의 관계를 나룻배와 행인의 관계에 비유하여 나의 묵묵한 사랑과 당신의 무심함을 부각시키고 있다. 표면적으로 이 시는 나룻배인 시적 화자가 사랑하는 대상인 이인칭(당신)에게 말을 건네는 대화의 방식으로 되어 있다. 그렇지만, "당신"의 자리에 삼인칭인 "님"을 넣는다 하더라도 아무 변화가 없다. 결국 이 시는 나룻배인 "나"가 독백을 읊조리는 것으로 볼 수 있다. 무심하게 나를 지나쳐가는 사랑하는 대상에 대한 기다림을 읊고 있는 것이다.

1연에서 나와 당신의 관계를 비유를 통하여 암시하고 있다. 나는 나룻배고, 당신은 행인이다. 당신은 나를 무심코 밟지만, 나는 당신을 안는다. 당신을 안으면 나는 아무리 어려워도 강을 건너갈 수 있다. 2연은 나의 지속되는 기다림을 형상화한다. 당신은 강을 건너면 그저 가버리지만, 나는 언제나 당신을 기다린다. 나는 당신이 언제든 오실 것이라고 믿으며 서서히 낡아간다. 3연은 나와 당신을 나룻배와 행인에 비유하는 1연의 첫 두 행을 반복하여 여운을 남기고 있다.

나와 당신을 각각 나룻배와 행인에 비유함으로써 나를 다소 소극적이고 수동적인 여성적 화자로 설정하고 있다. 당신은 나를 아무 생각 없이 밟고 가지만, 나는 당신을 소중하게 품에 안고 강을 건넌다.(2연) 강을 다 건너면, 당신은 뒤도 돌아보지 않고 가버리지만 나는 어떤 어려운 시기에도 당신을 기다린다.(3연) 표면적으로 볼 때, 시적 화자의 이러한 맹목적인 헌신과 기다림은 주어진 것에 순종하는 전통적인 여성상을 닮아 있는 것 같다. 또한 당신과 나는 사랑의 여부에 따라 우열의 관계를 맺고 있는 것 같다. 즉 나를 사랑하지 않는 당신은 나에 대해 우월한 존재이며, 나를 쳐다본 적도 없는 당신을 맹목적으로 기다리며 마멸해가는 나는 상대적으로 열등한 존재인 것으로 보인다. 당신은 나에 대해 자유로우나, 나는 당신에게 부자유스러운, 즉 종속되어 있는 상태이기 때문이다.

그러나 시각을 달리하면 이러한 관계는 전도된다. 당신은 나를 그저 강을 건너기 위한 도구, 수단으로 다룬다. 당신에게 세계의 모든 사물은 단지 유용성을 위한 도구일 뿐이다. 당신은 도구적 가치에 경사되어 있다고 볼 수 있다. 반면, 나는 당신을 사랑의 대상으로 본다. 나에게 있어 세계는 사랑할 만한 가치가 있는 존재인 것이다. 나는 세계를 도구나 수단이 아니라 소중한 존재로 여기는 것이다. 서로에 대한 나와 당신의 태도는 이렇게 세계를 향한 자세로 확장되는 것이다.

이러한 확장을 가능하게 하는 것은, 이 시에서 당신의 얼굴이 전혀 보이지 않는다는 점이다. 나는 당신의 발의 감촉을 느끼고, 그 뒷모습만을 바라볼 수 있을 뿐이다. 이런 점에서, 당신이 사랑받을 만한 존재이기 때문에 시적 화자가 사랑을 느끼는 것이라기보다는, 시적 화자는 헌신적인 사랑의 자세를 삶의 태도로 취하고 있다고 할 수 있다.

이와 연결하여, 언뜻 소극적으로 보이는 나의 태도는 오히려 적극적인 것으로 다시 읽힐 수 있다. 당신은 강을 건너기 위해 나를 필요로 하는 나약한 존재이며, 반대로 나는 사랑의 힘을 통해 어떤 역경도 이겨낼 수 있는("깊으나 옅으나 급한 여울이나 건너갑니다") 강인한 존재이다. 나는 당신의 부재 때문에 점차적으로 마멸해가지만("나는 당신을 기다리면서 날마다 낡아갑니다"), 당신의 귀환에 대한 믿음에는 조금도 흔들림이 없다. 시적 화자는 당신의 부재라는 사실에서 역설적으로 당신의 현존을 이끌어내는 의지적인 존재이기도 한 것이다. 이러한 역설은 "님은 갔지마는 나는 님을 보내지 아니하였습니다"라는 「님의 침묵」과도 맥락을 같이하는 것으로, 결국 나는 당신에 의해 수동적으로 구원을 받는 것이 아니라 당신에 대한 나의 사랑을 통해 스스로 능동적으로 구원되는 것이다.

한용운(1879~1944)
승려이자 독립운동가로 호는 만해, 용운은 법명이다. 충남 홍성에서 태어났다. 1918년 『유심』을 발간했으며 1919년 3·1운동에 주도적 역할을 했다. 1926년에는 시집 『님의 침묵』을 발간했다. 시집 외에 소설 『흑풍』과 불교서적 『불교대전』 『불교유신론』 등이 있다. 사후에 대한민국 건국공로 훈장이 서훈되었다.

자화상

산모퉁이를 돌아 논가 외딴 우물을 홀로 찾아가선 가만히 들여다봅니다.

우물 속에는 달이 밝고 구름이 흐르고 하늘이 펼치고 파아란 바람이 불고 가을이 있습니다.

그리고 한 사나이가 있습니다.
어쩐지 그 사나이가 미워져 돌아갑니다.

돌아가다 생각하니 그 사나이가 가엾어집니다.
도로 가 들여다보니 사나이는 그대로 있습니다.

다시 그 사나이가 미워져 돌아갑니다.
돌아가다 생각하니 그 사나이가 그리워집니다.

우물 속에는 달이 밝고 구름이 흐르고 하늘이 펼치고 파아란 바람이 불고 가을이 있고 추억처럼 사나이가 있습니다.

—『하늘과 바람과 별과 시』(1948년)

*

해방 직전인 1940년대 초반 암흑기를 대표하는 윤동주의 시세계는 부끄러움의 미학으로 불린다. 그는 시대의 고통을 회피하지 않고 내면의 순결을 통해 그에 대면한 시인이다. 식민지 상황에 정면 대결하고 있지 못하다는 자책감과 자기 희생정신을 주로 시화했으며, 끊임없는 자기 성찰의 태도가 주조를 이룬다. 「자화상」은 이러한 자기 반성과 어느 정도 맥이 닿아 있지만, 부끄러움의 태도라기보다는 조용한 자기 관조의 자세를 보여주는 작품이다.

이 시에서 자기 자신을 비춰보는 매개체는 "우물"이다. 그것은 자신에 대한 반영을 가능하게 한다는 점에서 "거울"과 유사하지만 다른 면 또한 지닌다. 「참회록」에 자기 반영의 매체로서 거울 이미지가 등장한다. "파란 녹이 낀 구리 거울 속에 / 내 얼굴이 남아 있는 것은 / 어느 왕조의 유물이기에 / 이다지도 욕될까"로 시작하는 「참회록」에서 거울이 비춰주는 것은 치욕이며, 그것은 "손바닥으로 발바닥으로 닦아보자"는 엄격한 자기 반성을 낳는다. 「참회록」이 이렇게 당위와 준엄함을 담고 있는 데 비해, 「자화상」에는 그것이 없으며 상대적으로 정적(靜的)이고 동화적인 분위기를 띤다.

이러한 차이는 매체의 상이함에서도 빚지고 있는 것 같다. 거울은 인위적인 문명의 도구로서 선명한 영상을 제공한다. 우물이 비추는 영상은 흔들려 흐릿하며 몽롱하다. 그 결과 거울은 명증한 인식이나 지성을, 우물은 꿈, 몽상, 관조와 친연성을 맺게 된다. "우물" 이미지를 지닌 「자화상」이 자기 반영을 다루면서도 시대적 고통보다는 다소 행복한 몽상에 가까운 것은 이 때문이다.

1연의 도입은 화자가 외딴 우물을 홀로 찾아가는 것으로 이루어진다.

우물을 찾아가기 위해 "산모퉁이를 돌아"야 하는 것은 자아 성찰의 공간이 일상의 세속잡사와 단절된 곳에 있음을 의미한다. 우물은 "외딴" 곳에 있으며 "홀로" 찾아가야 하는 곳으로 고독을 필요조건으로 한다. 또한 길을 걷다가 우연히 우물을 마주치는 것이 아니라 의지에 의해 "찾아가"는 공간이라는 점도 의미 깊다. 비일상적 자아의 발견은 의식적인 추구에 의한 것이다. 그러나 인식작용이 아니라 "가만히 들여다"보는 관조를 통해서만 가능하다.

그 우물이 비추는 정경이 2연에 나타난다. 우물 속에는 달 밝은 가을 밤하늘이 들어 있다. 구름과 파아란 바람도 함께 있다. 맑고 부드럽고 평화로운 자연의 풍경이다. 3연에서 5연까지는 우물 속에서 한 사나이를 발견한 화자의 반응을 그리고 있다. 그 사나이는 화자 자신의 모습일 텐데, 화자는 어쩐지 그가 미워져 돌아선다. 돌아서니 연민이 느껴져 돌아와보지만 다시 미움을 느낀다. 다시 돌아서는데 그가 그리워진다. 우물 속 사나이는 "그대로" 있는데, 우물 밖 화자는 그에 대한 감정이 자꾸만 바뀐다. 마지막 연은 2연의 변주다. 우물 속 풍경과 더불어 "추억처럼" 사나이가 있다. 5연의 "그리움"을 "추억"이란 표현으로 강조하고 있다.

이 시에서 특이한 점은 제목이 '자화상'임에도 불구하고 우물 속 "사나이"의 모습, 표정, 내면, 특징 등이 전혀 밝혀져 있지 않다는 것이다. '우물 속 나'는 "사나이"라는 단어로만 존재할 뿐, 그에 대한 정보는 감추어져 있어 공백으로 존재한다고 할 수 있다. 주요하게 나타나는 것은 우물 속 사나이에 대한 화자의 재차 바뀌는 반응, 번복되는 태도이다. 미움에서 연민으로, 다시 미움으로, 결국 그리움으로 변화하는 감정의 계기가 작품 속에서 은폐되어 독자를 당황하게 할 뿐이다.

"사나이"는 우물 속에만 존재하는데, 그와 함께 우물 속에 있는 것은 달, 구름, 하늘 등 자연이다. 우물 속의 나는 자연물과 분리되지 않은 상태로 있다. 즉 자연물들 중의 하나, 자연의 일부로 존재하는 것이다. '우물 속 나'가 그에 대한 어떤 묘사, 진술도 허용하지 않은 채 텅 빈 여백으로 남아 있는 것은 바로 자연물처럼 즉자태로서 존재하기 때문이다. 달, 구름과 같은 즉자적 존재는 의식이 없기 때문에 결핍, 고통을 모른다. 그런 점에서 '우물 속 나'는 순수한 본연의 자아라 할 만하다. 반대로, '우물 밖 나'는 의식을 지닌 대자적 존재다. "자화상"을 발견하기 위해 우물을 찾아가는 행위 자체가 이미 의식의 소산이다. 이 의식 덕분에 인간 존재는 분열, 결핍, 의무로부터 비롯된 고통을 겪을 수밖에 없다.

우물 밖 내가 우물 속 나에게 재차 느끼는 미움은 질투, 시기에 가깝다. 즉자로서 존재하는 우물 속 나는 결핍을 모르는 충족된 존재이기 때문이다. 그것은 화자의 행위가 '-지다'라는 변화를 나타내는 동사("미워져" "가엾어집니다" "그리워집니다")로 표현되는 것과 달리 사나이에 대한 서술어는 오직 '있다'("있습니다" "그대로 있습니다")라는 것에서도 드러난다. 우물 속 나는 변화나 갈등에 사로잡히지 않고 초연하게 "그대로" 있을 뿐이다.

그러나 결국 "사나이"에 대한 화자의 감정은 그리움으로 귀착된다. 자연 자체와 맞닿아 있는 본연의 나를 화자는 "추억처럼" 그리워한다. 의식에 의해 분열되지 않은 자기 완결적인 상태는 인류의 유년이라 할 것이다. 그에 대한 향수를 통해 우물 밖 나와 우물 속 나는 화해로운 관계를 맺는다. 우물 속 사나이는 이미 지나간 것, 돌이킬 수 없는 것에 속하지만, 그래도 우물 밖 화자는 그것을 추억으로서 감싸안는다.

병원

　살구나무 그늘로 얼굴을 가리고, 병원 뒤뜰에 누워, 젊은 여자가 흰옷 아래로 하얀 다리를 드러내놓고 일광욕을 한다. 한나절이 기울도록 가슴을 앓는다는 이 여자를 찾아오는 이, 나비 한 마리도 없다. 슬프지도 않은 살구나무 가지에는 바람조차 없다.

　나도 모를 아픔을 오래 참다 처음으로 이곳에 찾아왔다. 그러나 나의 늙은 의사는 젊은이의 병을 모른다. 나한테는 병이 없다고 한다. 이 지나친 시련, 이 지나친 피로, 나는 성내서는 안 된다.

　여자는 자리에서 일어나 옷깃을 여미고 화단에서 금잔화 한 포기를 따 가슴에 꽂고 병실 안으로 사라진다. 나는 그 여자의 건강이 — 아니 내 건강도 속히 회복되기를 바라며 그가 누웠던 자리에 누워본다.

　　　　　　　　　　　—『하늘과 바람과 별과 시』(1948년)

＊

　윤동주의 시세계를 해석하는 데 있어서 시대적 고뇌 못지않게 중요한 열쇠 중의 하나로 '죽음'을 들 수 있다. 그의 대표작인 「별 헤는 밤」에서도 "내 이름자 묻힌 언덕 위에도／자랑처럼 풀이 무성할 거외다"라고 자신의 사후를 예기하며, 「또다른 고향」에서는 "고향에 돌아온 날 밤에／내 백골이 따라와 한방에 누웠다"고 자신의 죽음을 대면하고 있다. 「병원」은 죽음의 변형태인 병을 다루고 있는 작품이다. 인간의 일생을 죽음을 향해 다가가는 행로라고 볼 때, 병은 삶 속에 있는 죽음을 일깨우는 계기가 된다. 병은 엄연히 삶 속에 존재하는 죽음의 흔적이다.

　첫 연에서는 병원의 풍경을 묘사하고 있다. 초점은 햇볕을 쬐는 젊은 여환자에게 맞추어져 있다. 폐병을 앓는다는 이 여자는 흰옷을 입고 흰 다리를 내놓은 채 일광욕을 하고 있다. 이 모습은 미묘하게 관능적인 분위기를 자아내며, 중첩되는 흰색 이미지에서는 병약함, 생기 없음이 엿보인다. 방문객의 부재가 정적감을 자아내는데, "찾아오는 이, 나비 한 마리도 없다"는 구절이 이 여인을 이동성 없이 붙박여 있는 식물 이미지로 표현한다. "한나절이 기울도록"이라는 오랜 시간의 경과는 정적감, 정지의 상태를 고조시킨다. 이 정적감은 여인이 기대 누운 "슬프지도 않은 살구나무 가지에는 바람조차 없다"는 구절에서 더욱 배가된다. 그 정적, 무(無)의 느낌은 한줄기의 바람이나 슬픔, 쓸쓸함의 감정조차도 틈입할 수 없이 완강한 것이다.

　다음 연에서 초점은 여자에게서 화자의 내면으로 옮겨진다. 화자는 이 병원에 "나도 모를 아픔을 오래 참다" 처음으로 찾아왔다. 그러나 원인 모를 나의 고통에 대한 늙은 의사의 진단은 병이 없다는 것이다. 의사의 몰이해에 "지나친 시련" "지나친 피로"를 느끼지만 "성내서는 안

된다"고 분노를 자제한다.

마지막 연은 다시 병원 풍경으로 돌아온다. 여인은 일어나 꽃을 가슴에 꽂고는 병실로 들어간다. 첫 연에서 여인이 아무런 행위도 취하지 않은 것에 비해, 여기에서는 일련의 행위들이 이루어지지만 다분히 절제된 최소한의 것일 뿐이다. 단, 금잔화를 화단에서 따 가슴에 꽂는 것은 잉여의 행동이다. 이러한 꽃에 대한 선호를 통해 여인의 식물적 이미지가 부각된다.

그것을 지켜본 화자는 여인과 자신이 모두 회복되기를 바라며 "그가 누웠던 자리에 누워본다". 화자는 여인에 대해 병자라는 점에서 연대감을 느끼는 듯하다. 그 속에서 여인과 자신의 회복을 소망한다. "여자의 건강이 — 아니 내 건강도"에서 "도"라는 조사는, 화자의 마음이 자신의 치유보다도 여자의 그것에 더욱 경사되어 있음을 보여준다. 여인이 누웠던 그 자리에 눕는 행위는 에로틱한 분위기를 어렴풋이 띠기도 하는데, 막연한 연민을 넘어서 보다 실제적인 유대로 나아가고자 하는 태도를 짐작하게 한다.

"병"을 제재로 하고 있는 이 작품에서 독특한 점은 병-고통이 존재함에도 불구하고 그 진단은 병이 없음으로 내려진다는 것이다. 화자가 호소하는 원인 불명의 오랜 고통에 대해 의사는 건강이라고 판정할 뿐이다. 이에 대해 화자는 "지나친 시련" "지나친 피로"를 느낀다. 이 시련과 피로는 타인에게 이해와 공감을 얻지 못하는 상황에서 비롯할 것이다. 어쩌면 화자가 겪는 "나도 모를 아픔" 자체가 이미 피로감이며 타인과의 소통 불가능에서 오는 고통일지도 모른다.

타인의 공감을 구할 수 없다는 이 계속되는 시련에 대해 화자는 "성내서는 안 된다"고 말한다. 분노는 타인과의 교감을 오히려 차단하기 때문이다. 자신의 고통이 누구에게도 이해받을 수 없을 때, 화자가 할 수 있는 것은 스스로 타인의 고통에 감응하는 것이다. 나비 한 마리도, 바람 한 점도 찾아오지 않는 완벽한 정적, 고독 속에 존재하는 젊은 여자의 회복을 바라는 것은 그 때문이다. 여자가 누웠던 자리에 누워 타인의 병과 고통을 반추해봄으로써, 화자는 이제 치유의 길에 들어서게 된다.

윤동주(1917~1945)
만주 북간도 명동촌(明東村)에서 태어났다. 만주에서 명동소학교 및 용정 은진중학, 평양 숭실중학을 거쳐 1938년 용정 광명중학을 졸업, 연희전문학교 문과에 입학하였다. 1942년 일본 릿쿄대 및 도시샤대 영문과에서 수학했다. 1943년 사상문제와 관련하여 일경에 체포되어 후쿠오카 형무소에서 복역중 1945년 2월 옥사하였다. 중학 시절 간도에서 발행되던 잡지 『카톨릭소년』(1936년 11월)에 「병아리」 등 동시를 발표하였고, 연희전문 시절에는 조선일보(1938년 10월)에 산문 「달을 쏘다」 등을 발표하였다. 해방 후에 그의 친구들과 아우에 의해 유고시집 『하늘과 바람과 별과 시』(1948)가 간행되었다.

| 김현승 |

플라타너스

꿈을 아느냐 네게 물으면,
플라타너스,
너의 머리는 어느덧 파아란 하늘에 젖어 있다.

너는 사모할 줄을 모르나
플라타너스,
너는 네게 있는 것으로 그늘을 늘인다.

먼길을 올 제,
호올로 되어 외로울 제,
플라타너스,
너는 그 길을 나와 같이 걸었다.

이제 너의 뿌리 깊이
나의 영혼을 불어넣고 가도 좋으련만,
플라타너스,
나는 너와 함께 신이 아니다.

수고로운 우리의 길이 다하는 날,
플라타너스,
너를 맞아줄 검은 흙이 먼 곳에 따로이 있느냐?

나는 길이 너를 지켜 네 이웃이 되고 싶을 뿐
그곳은 아름다운 별과 나의 사랑하는 창이 열린 길이다.

—『문예』 1953년 8월호

*

    플라타너스를 제재로 취하고 있는 이 시는 화자가 플라타너스에게 말을 건네는 형식으로 이루어져 있다. 플라타너스라는 나무를 통해 화자가 노래하고 있는 것은 자신의 꿈과 사랑, 고독이다. 화자는 자신의 삶을 투영하여 플라타너스를 바라보고 있는 것이다. 이러한 투영으로 인해 플라타너스는 화자의 반려자가 된다. 삶의 동반자를 사물에서 구하는 데서 오히려 화자의 고독, 쓸쓸함을 읽을 수 있을 것이다.

    화자는 플라타너스에게 꿈과 사랑을 아느냐고 묻는다. 이에 대해 플라타너스는 말이 아니라 행위를 통해 대답한다. 나무의 머리는 꿈을 꾸는 듯이 "파아란 하늘에 젖어 있"고, 사모하는 사람을 위해 쉴 곳을 마련해주듯이 "그늘을 늘인다". 화자와 플라타너스는 이렇게 언어가 개입되지 않은 완벽한 의사소통을 나눈다. 이는 반대로 언어로써 소통해야 하는 인간과 인간 사이의 관계에 화자가 적응하지 못함을 보여주는 것 같기도 하다. 그래서 화자는 "호올로 되어 외로"운 상태로 인생의 "먼길"을 걷는다. 인생을 "먼길"로 여기는 것은 그 길이 그다지 행복하지는 않음을 보여준다. 그래서 그 길은 "수고로운" 길이기도 하다. 인생을 지루하고 고단한 먼길로 만드는 것의 하나가 바로 고독일 것이다. 그 외롭고 먼 삶의 길을 같이하는 반가운 동반자가 바로 플라타너스다.

    화자에게 플라타너스는 외로운 삶의 도정에서 언제나 옆에 있는 존재다. 그러기에 화자는 그가 삶을 마치게 될 때, 플라타너스의 뿌리에 "나의 영혼을 불어넣고" 싶어한다. 그러나 "나는 너와 함께 신이 아니"기에 그렇게 하지 못한다. 이는 플라타너스와 완전히 합일하고자 하는 소망과 그럴 수 없는 현실의 간극을 드러낸다. 여기에서도 신에 대한 겸손함을 엿볼 수 있다. 인간은 불완전한 존재이므로 객체와의 합일이란 불가능하며 고독을 감수해야 한다. 그러나 화자는 고독에 대해 절망하지 않고 인간의 본원적 한계인 고독을 겸허하게 수용한다.

시인은 겸허한 자세로 고독을 받아들이고 있으며, 그것은 플라타너스와 합일되기를 바라지 않고 그저 "이웃"으로 머물고자 하는 소박한 희망으로 나타난다. 화자는 삶이 다하는 날이 오면 "너를 맞아줄 검은 흙이 먼 곳에 따로이 있느냐"고 플라타너스에게 묻는다. "먼 곳에" 그리고 "따로이"라는 단어는 플라타너스와의 단절, 결별을 뜻한다. 화자는 물론 이러한 의문문의 형식을 통해 부정적인 대답을 기대할 것이다. 화자는 플라타너스가 화자와 "따로이" 묻히기를 원하지 않고, 플라타너스의 "이웃"이 되기를 소망한다. 그곳은 "아름다운 별과 나의 사랑하는 창이 열린" 낭만적인 공간이다. 화자는 여기서 플라타너스와 일체가 되지는 못하더라도 죽음 이후에도 동반자로 남아 있기를 바라는 소망을 드러낸다. 화자에게 고독은 없어지지 않지만, 플라타너스라는 반려자의 존재는 그 고독을 부드럽게 감싸줄 것이다.

사람에게는 평생을 함께할 반려가 필요하다. 그것이 세속적인 것이 아니라 정신적인 것이라도 좋을 것이다. 이 시의 화자는 플라타너스를 그 동반자로 삼고 있다. 그것을 통해 화자는 자신의 꿈과 사랑과 고독까지를 함께 나누고 있다. 이 시는 플라타너스라는 나무를 소재로 하여 각자의 고독한, 그러나 꿈을 가진 삶의 반려를 노래하고 있다.

눈물

더러는
옥토에 떨어지는 작은 생명이고저……

흠도 티도,
금가지 않은
나의 전체는 오직 이뿐!

더욱 값진 것으로
드리라 하올 제,

나의 가장 나아종 지닌 것도 오직 이뿐.
아름다운 나무의 꽃이 시듦을 보시고
열매를 맺게 하신 당신은,
나의 웃음을 만드신 후에
새로이 나의 눈물을 지어주시다.

—『김현승 시초』(1957년)

*

이 작품은 시인 김현승이 아들을 잃고 그 슬픔을 달래기 위해 쓴 시로
알려져 있다. 혈육과 사별한 정신적 고통을 종교적 믿음으로 승화시킨
시라 할 수 있다. 시인은 '인간이 신 앞에 드릴 것이 있다면 그 무엇이겠
는가. 그것은 변하기 쉬운 웃음이 아니다. 이 지상에 오직 썩지 않는 것
이 있다면 그것은 신 앞에 흘리는 눈물뿐일 것이다'라고 말한다. 고통을
그 자체로 신의 은총으로 수용하려는 경건한 자세가 잘 나타나는 말이
다. 절대자를 상정하고 그를 경배함으로써 인생의 고통을 순화하려는
경건한 태도는 정갈한 어조에서도 잘 드러나 있다.

눈물은 우선 "옥토에 떨어지는 작은 생명"이다. 그런데 여기에 "더러
는"이라는 한정사가 붙는다. 그것은 인간존재 자체는 "생명"을 결여하
고 있다는 뜻을 지닌다. 인간은 생명을 지니고 있으나 그것을 피워낸다
기보다는 생명의 결핍상태인 죽음을 향해 나아가는 존재일 뿐이다. 인
간은 생성의 존재가 아니라 부패와 변질의 방향으로 접근해가는 존재이
다. 그러나, 죽음이 아니라 "생명"을 지닌 부분이 인간에게 있다.

그것은 "눈물"로서, 인간존재의 일부가 아니라 중핵을 이룬다. 눈물은
인간의 그 어떤 부분보다도 '생산'의 가능성을 지니고 있다. 눈물은 옥토
속에서 싹을 틔울 수 있는 생명인 것이다. 그래서 눈물에는 인간의 모든
잠재력과 가치가 응축되어 있다. 이를 화자는 "흠도 티도, / 금가지 않은 /
나의 전체는 오직 이뿐!"이라고 읊는다. 인간의 "눈물"은 어떤 결함 오염
변질로부터도 자유로운 완전무결한 것이어서, 그것은 인간존재 전체로까
지 확장된다. 인간이 지니는 가치의 핵심이 바로 "눈물"이기 때문이다.

"더욱 값진 것으로 / 드리라 하올 제"라는 구절은 이 시가 절대자를 상
정하고 있음을 비로소 드러내는 대목이다. "드리라"의 여격은 명시적으

로 나타나지 않지만, 거기에 '신에게' 혹은 '절대자에게'가 생략되어 있음을 충분히 추측할 수 있다. 화자는 이에 대해 "나의 가장 나아종 지닌 것도 오직 이뿐"이라고 말하는데, 이는 절대자에게 인간이 바칠 수 있는 유일한 것이 눈물임을 나타낸다. 눈물은 인간 존재의 궁극적인 본질에 해당한다. 그것을 신에게 드린다는 것은, 눈물이 인간과 신의 연속성을 보증함을 암시적으로 드러내는 것 같다. 눈물은 신에게 접근할 수 있는 통로인 동시에, 신의 완전성을 모방하는, 인간의 작은 완전성이다. 완전한 신, 즉 절대자에게 바칠 수 있는 것이라면, 그것 역시 절대성을 어느 정도 지니고 있어야 할 것이다.

화자는 눈물을 신에게 바치려 하는데, 애초에 눈물을 만든 존재가 신이라는 사실이 나타난다. 화자의 통찰에 의하면, 신은 인간의 웃음을 만든 후에 눈물을 만들었다. 웃음과 눈물의 관계는 꽃과 열매의 관계에 대응된다. 웃음 - 꽃은 화려하지만 곧 시들어버리는 불완전한 존재이다. 이 불완전성을 치유하기 위해 신이 만든 것이 눈물 - 열매이다. 눈물 - 열매는 꽃과 같은 화려함을 지니지 않으나, 바로 그 점 때문에 더욱더 가치가 있다. 그것은 웃음 - 꽃으로 표상되는 인간적 삶이 불완전함을 깨닫는 계기가 되기 때문이다. 그래서 그것은 불완전성을 깨닫는다는 의미에서의 역설적인 완전함이 된다. 따라서 이 시에서 눈물이 뜻하는 것은 우선 인간적 고통이며, 그 고통으로 인해 지니게 되는 겸허함이다. 눈물은 인간으로 하여금 삶의 불완전함을 자각하게 하고 신에 대한 겸허하고 경건한 자세를 불러일으키는 상징이다.

김현승(1913~1975)
광주에서 태어났으며 숭실전문학교를 졸업했다. 1934년 「쓸쓸한 겨울 저녁이 올 때 당신들은」을 동아일보에 발표하며 등단했다. 1946년부터 본격적으로 시를 발표하기 시작하여 『김현승시초』(1957), 『옹호자의 노래』(1963), 『견고한 고독』(1968) 등의 시집을 냈다. 그의 시는 인간조건에 대한 투철한 추구로 특징지어지며 지적이고 건강한 생리를 지닌 것으로 평가된다.

| 구상 |

초토(焦土)의 시 1

판잣집 유리딱지에
아이들 얼굴이
불타는 해바라기마냥 걸려 있다.

내려쪼이던 햇발이 눈부시어 돌아선다.
나도 돌아선다.
울상이 된 그림자 나의 뒤를 따른다.

어느 접어든 골목에서 걸음을 멈춘다.
잿더미가 소복한 울타리에
개나리가 망울졌다.

저기 언덕을 내려 달리는
소녀의 미소엔 앞니가 빠져
죄 하나도 없다.

나는 술 취한 듯 흥그러워진다.
그림자 웃으며 앞장을 선다.

—『초토의 시』(1956년)

「초토의 시」는 1956년에 출간된 같은 이름의 시집에 실린 총 열다섯 편의 연작 중 첫번째 시이다. 제목이 환기하는 대로 한국전쟁을 제재로 삼은 이 시편들은, "전쟁의 비극적 체험을 인간정신의 초토로, 생명부재의 초토로, 세계역사의 초토로, 그리고 언젠가는 구원되어야 하는 초토로 파악"하고 있다.(장부일, 「구상의 「초토의 시」―역사와 구원」) 이들 연작시는 한편으로 고통과 타락으로 가득 찬 현실의 참상을 묘사하고 있고, 다른 한편으로 기독교적 구원의식에 기반하여 그러한 현실을 휴머니즘으로 극복하고 있다. 「초토의 시 1」은 이 두 가지 측면을 잘 드러내는 작품이다. 구상은 한국에서 연작시를 끊임없이 실험한 대표적인 시인이다. 1950년대 전쟁중에 쓴 위의 「초토의 시」를 비롯해 1960년대의 「밭 일기」, 1970년대의 「목과(木瓜) 옹두리에도 사연이」, 그리고 1980년대에 쓴 「강」 등이 모두 그렇다.

첫 연에서는 피폐한 삶의 모습을 "판잣집 유리딱지"라는 말로 축약적으로 보여주고 있다. 다 쓰러져가는 판잣집이 있고 거기에 나 있는 유리창은 아마 여기저기 부서져 종이로 덕지덕지 이어놓았을 것이다. 그 창가에 매달려 있는 아이들의 얼굴이 보인다. 아이들 얼굴은 "불타는 해바라기마냥 걸려 있다". "불타는 해바라기"라는 직유가 강렬하고 생기 있는 이미지를 보여주고 있고, 반대로 "걸려 있다"는 묘사는 생기 없는 정물화를 연상케 하며 정태적 이미지를 이룬다. 이 모순된 묘사는, 불타는 해바라기처럼 생기 넘치는 아이들과 그들이 거주하는 판잣집의 누추함이 이루는 대조에 그대로 대응된다.

"해바라기" 이미지의 연장선상에서 2연에서는 "햇발"이 나온다. 햇발은 해바라기처럼 불타는 아이들의 얼굴이 "눈부시어" "돌아선다". 해가 바로 쳐다보지 못할 만큼이나 아이들은 강렬한 에너지를 품고 있다. 아이들의 해바라기는 태양 자체를 능가한다. 그런데도, 돌아서는 햇발을 따라 화자는 뒤돌아서고 그림자도 울상이 되어 화자를 따른다. 아이들의 희망 찬 모습에 슬픔을 느끼고 등을 돌리는 것은 왜일까? 그것은 '아이들-해바라기'의 생기와 "판잣집"의 비루함이 이루는 대조, 간극이 너무나 크기 때문일 것이다. 해바라기 같은 아이들이 판잣집에 갇혀 고통스러운 현실에 압박되어 있는 것은 슬픈 일이다.

이제까지의 암울한 분위기가 3연에 이르러 전환된다. 화자는 어느 골목길에서 망울진 개나리를 발견한다. 그곳은 "잿더미가 소복한 울타리"다. 전란에 의해 모든 것이 파괴된 폐허 위에서 꽃이 피고 있다. 비천하고 추레한 곳에서도 꽃은 핀다. 꽃은 장소의 선악, 미추를 구별하지 않는다. 아니 어쩌면 꽃이 어울리지 않는 초라한 곳에 피어 있기 때문에 꽃은 더욱 눈길을 끄는 것인지도 모른다.

다음 연에서, 길을 걷던 화자는 또다른 광경을 발견한다. 그것은 저쪽 언덕을 달려 내려가는 소녀의 모습이다. 소녀는 미소짓고 있는데 앞니가 다 빠져 있다. 앞니가 "죄 하나도 없다"는 결핍을 지니고 있으나, 소녀는 거기에 개의치 않고 환하게 미소를 띠고 있다. 1연의 아이들이 집의 내부에 있으며 "걸려 있"는 정태적 이미지를 지니고 있던 것에 비해, 소녀는 집의 외부에서 "달리"는 역동적 이미지를 띠는 것도 주목할 만하다.

마지막 연은 2연을 반복하고 있으면서도 그 내용은 정반대다. 화자는 "술 취한 듯 흥그러워진다". 고통스럽게 짓눌려 있던 마음이 부드럽게 이완된다. "술 취한 듯", 마치 묘약을 마신 것 같다. 화자를 흥그럽게 하는 그 묘약은 3, 4연에서 본 광경 때문일 것이다. 그림자는 웃음을 띠고, 뒤를 따르는 것이 아니라 이제 앞장을 선다.

이 시에서는 절망이 희망으로 전환되는 구도가 비교적 선명하게 나타난다. 3연을 중심으로 해서 1, 2연은 참담한 현실과 그 고통을, 4, 5연은 그 속에서 발견하는 구원과 희망을 그리고 있다. 고통과 희망을 상징적으로 보여주는 이미지는 2, 5연에 나오는 그림자이다. 화자와 그림자가 어떤 관계인지, 다시 말해 그림자가 화자의 앞에 섰는지, 뒤를 따르는지가 중요한 이미지가 된다. 그림자는 화자의 분신일 텐데, 신에 의한 구원에 대한 갈망이 다른 작품에서 나타나는 것을 볼 때(「초토의 시 9」), 그것은 화자의 정신 가운데 신성을 담지하고 있는 부분으로 생각된다. 그림자가 화자의 뒤를 수동적으로 따라가는 것은, 절망적 상황이 그만큼 깊음을 보여준다. 그림자가 웃으며 앞장을 서는 것은, 화자로 하여금 희망을 품도록 이끈 것이 그림자임을 암시한다. 개나리나 소녀의 미소를 화자는 그냥 지나칠 수도 있었으리라. 그러나 그림자의 존재, 즉 종교적 구원의 영역이 화자에게 희망적 광경을 발견하도록 인도한 것이리라.

그리스도 폴의 강 36

내가 이 강에다
종이배처럼 띄워보내는
이 그리움과 염원은
그 어디서고 만날 것이다.
그 어느 때이고 이뤄질 것이다

저 망망한 바다 한복판일는지
저 허허한 하늘 속일는지
다시 이 지구로 돌아와 설는지
그 신령한 조화 속이사 알 바 없으나

생명의 영원한 동산 속의
불변하는 한 모습이 되어

내가 이 강에다
종이배처럼 띄워보내는
이 그리움과 염원은
그 어디서고 만날 것이다
그 어느 때고 이루어질 것이다.

—『그리스도 폴의 강』(1994년)

*

    구상은 한국에서 연작시를 끊임없이 실험한 대표적인 시인이다. 그가 일관되게 연작시를 써온 것은 어떤 사물이나 존재물에 대한 집중적인 통찰을 통해 그 본질에 닿고 싶은 욕망 때문이었다. 그 가운데 생성과 소멸이 잘 드러나지 않는 '강'의 존재 인식을 추구한 것이 「그리스도 폴의 강」 연작이다.

    이 시에서 강의 이미지에 성인 그리스도 폴을 연결시킨 것은, 한평생 강가에 살면서 강을 건너는 사람들을 업어 건네주는 일을 하다 예수를 만나고 싶었던 유일한 소원을 이루게 된 성인 그리스도 폴에 시인 자신의 신앙심의 발원을 두고 싶었기 때문이었을 것이다.

    구상의 연작시(36)를 읽고 나서 다시금 인간의 가장 밑바닥에 있는 삶의 가장 질긴 한 부분을 본다. 그것은 우리의 삶이 내다보는 깊은 갈망, 갈증과도 같은 것이다. 그것은 물론 사람들마다 서로 제각각 다른 모습으로 자신의 마음 깊숙이 잠겨 있다. 사랑하는 사람과의 헤어짐, 이룰 수 없었던 어떤 바람이나 욕망 등이, 하늘이 한없이 깊어지는 어두운 밤이나 자신을 이 무한한 세계 속에서 한없이 조그맣게 만드는 그러한 고독의 순간에 그 속에서 너울지는 것을 사람들은 본다. 그러한 때에 사람들은 자신의 그 깊은 내면으로부터 미묘한 세월의 강물이 흘러나감을 깨닫게 될지도 모른다. 그 강물은 저 과거로 흘러가는 것이 아니라 저 멀리 바라보이는 미래로 흘러간다. 거기에 띄워보내는 것은 과연 무엇이겠는가?

    시인이 띄워보내는 "그리움"과 "염원"이란 여기서는 그러한 인간들의 미묘한 감정의 무늬들을 가리키는 일반적인 어휘들이다. 시인은 그 감정의 특수한 상태를 들여다보려 하기보다는 그것에 조용하고 내밀한 추진력을 불어넣고자 한다. '강물'이 바로 그러한 추진력을 가져다준다. 독자들은 그 강물의 흘러가는 힘을 느껴야 하지 않겠는가? 가장 연약한 "종이배"를 소중히 싣고 흘러가는 조용한 힘이 바로 그곳에 있다. 우리는 물의 부드러움이 우리의 영혼을 받아주고 편안한 안식처를 꿈꾸게 한다는 것을 느껴야 할 것이다. 그렇게 부드러운 물이라면 우리의 가장 소중한 것을 맡겨도 좋지 않겠는가!

그 물은 자신에게 오는 모든 것을 깊이 껴안는다. 그것은 우리들의 가장 친근한 주변에 하느님의 품과도 같이 아늑한 초장(草場)을 마련한다. 거기에 우리의 가장 힘든 영혼들을 풀어놓는다면 하느님의 계절이 우리를 따뜻하게 하고 우리의 목을 축여주지 않겠는가!

시인은 자신이 종이배를 띄우는 이 강물이 바로 그러한 축복된 하느님의 동산에 다다르게 될 것이라고 믿는다. 그 동산에서 우리들의 영원한 생명이 결실을 맺을 것이라고 믿는다. 그러나 그렇게 되기 위해서 우리들은 다만 그 신의 거대한 강물에 자신의 가장 소중한 염원을 풀어놓아야 할 것이라고 말하는 것이다.

이러한 강물과도 같은 하느님의 힘을 우리는 어떻게 받아들여야 할 것인가? 시인은 우리가 끊임없이 도전하면서 키워온 인간의 의지를 비켜간다. 그는 '의지' 대신에 "그리움"을 내면의 가치로 떠받든다. 신에 대한 그리움, 신적인 삶과 가치에 대한 그리움만이 우리의 삶을 완전하게 만들 수 있다고 이 시는 주장하는 것 같지 않은가?

구상(1919~　)
서울에서 태어났으며 함남 원산으로 이주해 성장했다. 천주교 집안의 영향을 받아 일본 니혼대 종교과를 졸업했다. 원산문학가동맹에서 출간한 동인시집 『응향』에 「길」 「여명도」 등을 발표하며 등단했으나 이들 작품으로 인해 북한에서 반동작가로 비판받고 월남했다. 시집 『구상시집』(1951), 『초토의 시』(1956), 『까마귀』(1981) 등이 있다. 「초토의 시」 「밭 일기」 「그리스도 폴의 강」 등을 발표하여 대표적인 연작시 시인으로 꼽힌다.

부활의 새벽

차마 믿기지 않고
아무도 본 이 없었습니다
이것이 당신의 뜻입니다

총총한 별밤에 무덤은 비고
먼 데 바람 같은 아스므레한
설핀 갈밭인 양 머물러 있었습니다
이것이 당신의 뜻입니다

랍비여 부르던 어느 한 사람조차
함께해드리질 않아
밤새워 드리시는 기도에는 홀로이셨던 겟세마니의 산상이며
닭 울기 전 거듭 세 번을 모른다던
당신 사랑하신 시몬 베드로며

유례 없으신 영혼의 주여
높으신 고독은 이왕에도 순히 다스리시던
당신의 그림자였거니

부활의 새벽엔들 오직 그윽한 고요만이
큰 물인 양 넘쳐드리면 족하셨습니다

이것이 당신의 뜻입니다
죽음은 멎고
슬픔은 쉬고
생명은 영글어 무성합니다
이것이 당신의 뜻입니다

울려드리는 종소리 하나도 없이
오히려 그 전날과 꼭같이 새벽이었거니

현요한 영혼의 축제일수록
조촐한 표지 속에 잠잠하라 하셨습니다
이것이 당신의 뜻입니다

—『나무와 바람』(1958년)

*

    이 시는 김남조의 세번째 시집 『나무와 바람』에 수록된 작품이다. 『나무와 바람』에서는 말할 것도 없고, 다른 시집에서도 시인은 한 사람의 진실한 신앙인으로서 신의 깊은 뜻을 어떻게 이해하고, 나아가 시인으로서 신의 뜻에 합당한 삶을 어떻게 살아갈 것인가를 진솔하게 이야기하고 있다.

    이 시도 그러한 작품 중의 하나로서 특히 예수의 부활을 제재로 취한 작품이다. 다섯 번 반복되는 "이것이 당신의 뜻입니다"라는 구절을 통해 신의 진정한 가르침이 어떤 것이며, 우리가 종교에서 배워야 하는 것이 정녕 어떤 것인가를 차분하고 진지하게 음미하고 있다. 이 작품을 통해 종교적 거듭남이라는 것은 도그마로 존재하는 것이 아니라 고귀한 정신 속에서 배태한다는 것을 독자들은 아마도 되새겨볼 수 있을 것이다.

    그런데 시인은 여기서 예수의 부활이란 문제를 놓고 우리에게 무엇을 이야기하려 하는 것일까. 상식적으로 말한다면 부활이란 다시 태어남이다. 그러니까 어머니 뱃속으로부터 태어난 생명이 죽음이라는 세속적 종말을 맞이한 이후에 다시 영원한 생명으로 태어나는 것을 우리는 부활이라고 부르고 있다.

    바로 이러한 부활의 신비를 보여준 분 중의 하나가 예수라고 우리는 생각한다. 그렇다면 어떤 사람은 질문할 것이다. 정말로 예수가 부활한 것을 입증할 수 있느냐고. 물론 이러한 질문 앞에서 나는 무어라고 대답을 할 수 없다. 그것은 내가 입증할 수도 없거니와 영원한 생명을 얻는 것이 반드시 바람직한 것인지도 알 수 없기 때문이다. 단지 내가 말할 수 있는 것은 부활의 가능성을 생각해볼 수 있지 않느냐 하는 것과 부활이야말로 인간의 원초적인 소망 가운데 하나가 아닐까 하는 점일 뿐이다.

이 작품에서 "당신의 뜻" 즉 예수의 가르침은 "침묵"으로 나타나고 있다. 부활의 순간 예수는 자신이 행한 기적을 사람들에게 알리지 않고, 또한 자신의 힘과 존재를 증명하지도 않는다. "아무도 본 이 없"으며, 그래서 "차마 믿기지" 않는 것이다. 그것은 "먼 데 바람"이나 "아스므레한/설핀 갈밭"에서 보듯이 잘 감지되지도 않는 소박한 자연현상과도 같다. 자신을 선전하지 않고 증명하지도 않는 이 침묵과 고요의 경지는 "고독"과 '겸허'를 담고 있다.

십자가에 못 박히기 전날 밤새워 기도드리신 겟세마니 산 위에서는 "랍비여 부르던 어느 한 사람조차/함께해드리질 않아" "홀로이셨"으며, 당신을 그렇게도 사랑한 시몬 베드로는 "닭이 울기 전 거듭 세 번을 모른다"고 부인했다. 가장 어려운 고난의 순간, 결정적인 순간에 따르는 이 아무도 없이 혼자였던 것이다. 그러나 고독과 그 고독을 포용할 줄 아는 데에 바로 "당신"의 고귀함이 있고 부활의 힘이 있다. 고독은 "순히 다스리던 그림자"이며, 그렇게 다스렸기에 "높으신 고독"으로 승화한다.

그렇게 고독을 통과하나 부활의 새벽은 뜻밖에도 "울려드리는 종소리 하나도 없이/오히려 그 전날과 꼭같이 새벽이었"을 뿐이다. 이 평범함, 소박함이 보여주는 것은 '겸허함'이다.

"현요한 영혼의 축제일수록/조촐한 표지 속에 잠잠하라 하셨습니다". 안으로 정신이 빛날수록 밖으로는 겸손한 태도가 잠잠함, 고요함으로 나타난다. 그래서 부활의 새벽에 넘쳐나는 것은 "오직 그윽한 고요"일 뿐이다. 침묵, 고요는 겸손한 정심이 부르는 노래인 것이다.

이렇게 해서, 조촐함과 잠잠함 속에서만 눈부시도록 빛나는 찬란함이 깃들인다는 역설을 이 시는 호소하고 있다. 화려함이나 권능으로 남을 제압하고 자기를 내세우는 것에서가 아니라, '침묵' 즉 겸허한 고독을 깊이 살아가는 데에서 부활이 이루어진다는 것이 "당신"의 가르침이다. 그때에야 비로소 인간은 육체적 한계, 생물학적 죽음에도 불구하고 진정한 정신성을 얻고 거듭날 수 있으리라. "죽음은 멎고/슬픔은 쉬고/생명은 영글어 무성"할 것이다.

너를 위하여

나의 밤 기도는
길고
한 가지 말만 되풀이한다.

가만히 눈을 뜨는 건
믿을 수 없을 만치의
축원(祝願).

갓 피어난 빛으로만
속속들이 채워 넘친 환한 영혼의
내 사람아.

쓸쓸히
검은 머리 풀고 누워도
이적지 못 가져본
너그러운 사랑.

너를 위하여
나 살거니
소중한 건 무엇이나 너에게 주마.
이미 준 것은

잊어버리고
못다 준 사랑만을 기억하리라.
나의 사람아.

눈이 내리는
먼 하늘에
달무리 보듯 너를 본다.

오직
너를 위하여
모든 것에 이름이 있고
기쁨이 있단다.
나의 사람아.

　　　　　　　　　　　―『풍림(楓林)의 음악』(1963년)

*

　이 시는 우선 첫 연에서 제시된 "기도"라는 시어를 통해서도 느낄 수 있듯이, 종교적인 사색의 내용을 바탕으로 하고 있다. 즉 어조에 있어서 화자의 목소리가 기원의 대상을 향해 자기 반성적인 이야기를 토로함으로써 시 전편이 마치 하나의 기도문과도 같이 표현된 것이다.

　우선 첫 연에서 기도하는 행위를 통해 시상을 제시하고 있다. 조용한 밤이면 화자는 오래도록 단 하나의 간절한 마음을 기도에 담는 것이다. 2, 3연은 기도를 끝낸 순간을 묘사하고 있다. 기도를 끝낸 뒤 살며시 눈을 뜨는 순간 화자는 넘쳐흐르는 기쁨을 느끼게 된다. 그는 그 어떤 생명의 탄생과도 같이 광명과 축복으로 빛나는 영혼을 지닌 신성한 존재를 느끼게 된다. 기도를 통해 순수한 영혼을 지닌 아름다운 사람에 대한 연모의 감정이 나타난다.

　4, 5연에 이르러, 화자는 베푸는 사랑으로 충만한 삶을 바라는 마음을 피력한다. 고독한 자신의 존재를 돌아보며 베푸는 사랑을 가지고 싶다는 생각이 드는 것이다. 그리하여 화자는 모든 사랑의 마음을 그대에게 헌신적으로 주고 싶어한다. 6, 7연에는, 삶의 가치를 숭고한 존재인 그 사람에 대한 사랑에 두고자 하는 화자의 의지가 나타난다. 그리운 사람은 마치 추운 겨울 눈으로 덮여 아득한 하늘에 뜬 달무리처럼 아련한 모습으로 내 마음에 다가온다. 그런 당신에게 사랑을 보낼 수 있도록 세상의 모든 존재가 있고 삶의 기쁨이 있다.

　그렇다면 그 기원의 대상인 "너"는 어떤 사람을 지칭하는 것일까. 작품에서 작자는 그를 먼저 "내 사람"으로 규정했으며, 또한 "갓 피어난 빛으로만 / 속속들이 채워 넘친 환한 영혼"으로 비유하였다. 이러한 "너"에 대한 기원은 궁극적으로 나의 사랑을 바칠 수 있는 대상을 향한 것이

402

라는 점에서 "너"는 곧 삶의 아름다운 가치를 구현하고 있는 어떤 성스럽고 아름다운 존재를 뜻한다고 할 수 있다. 그러므로 그 존재는 "눈이 내리는 / 먼 하늘에 / 달무리 보듯" 바라볼 수밖에 없는 일종의 현실 저편에 있는 일종의 초월적인 존재인 것이다.

이처럼 종교적 명상의 세계를 그려내는 시는 철저히 현실과는 차단된 개인의 내면의 소리를 들려주는 점을 특징으로 하게 마련이다. 그러나 그 내면의 소리는 대체로 기원의 대상을 향해 있다는 것, 다시 말하면 시 속에 이미 설정된 청자의 존재를 의식하는 화자의 목소리라는 점에서 사실상 독특한 개성의 존재를 기대하기 어려운 측면도 있다. 단지 이 작품에서는 4연에서 "쓸쓸히 / 검은 머리 풀고 누워도"라는 표현을 통해 고독한 존재로서 화자 자신의 현존재적 모습을 보여주고 있다. 즉 감각적으로 구상화된 표현에 힘입어 종교적 사랑을 위해 헌신하고자 하는 화자의 내면의식이 드러나고 있는 것이다.

김남조(1927~)
대구에서 태어났으며 서울대 국어과를 졸업했다. 시집 『목숨』(1953), 『나아드의 향유』(1955), 『나무와 바람』(1958), 『정념의 기』(1960), 『설일(雪日)』(1971), 『동행(同行)』(1980), 『바람에게』(1988) 등이 있다. 초기에는 인간성과 생명력을 주로 표현했으며, 이후 신앙을 바탕으로 한 가톨릭적 사랑의 세계와 윤리의식을 표현했다.

해연풍(海軟風)

옛 노래는 누가 지었는지 모르고 노래만 남아 있다.
저녁 풀밭이 말라서 비린 풀냄새가 일어나고,
처음부터 말떼는 조심스럽게 돌아온다.
여러 산들은 제가끔 노을을 받아 혹은 가깝고 혹은 멀다.
또한 마을 처녀가 밭에서 숨지는 햇살을 가장 넓은 등에 받고
이 고장에서 자라 이 고장에서 시집갈 일밖에는 생각하지 않는다.
아무리 어제의 뭉게구름이 그토록 아름다웠을지라도
그 구름은 오늘 바라볼 수 없으며 벌은 날아가다 죽는다.
이 땅에 묻힌 옛 피가 하루하루를 그들에게 가르치며,
아직 밭 일꾼과 귀 작은 소떼와 처녀들이 돌아오지 않은 채
화북(禾北) 마을의 갈칫배는 희미꾸레한 돛을 올리고
제 마음에 따라 다른 바다를, 그러나 한 마음으로 떠난다.
옛 노래는 누가 지었는지 모르고 노래만 남아 있으며,
바다는 좀더 북쪽 별 나타날 곳으로 기울었는지
성산포 우도 배와 마주친 배들은 나비처럼 떠나간다.
그러나 먼 상하이는 밝을 것이고 서쪽 바다의 지평선에는
가까스로 돌아오는 애월(涯月) 배들이 날카롭게 솟아 있고,
지는 해를 등지며 때로 바다는 오늘같이 인자하구나.
저 저녁 바다로 떠나지 않고 밭에서 돌아온 자여, 맞이하라.
비로소 해연풍(海軟風)은 노는 애들과 그대 적막한 가슴 앞을 적시고
이 고장의 질긴 협죽도(夾竹桃) 꽃들을 마지막에 적시리라.

어느 돌담 앞에나 옛 노래인 양 감태 잎새와 소라 껍데기가 있어도
가장 풍요한 빈손으로 이 땅을 떠나지 않게 하고

저 깊은 밤바다 위에서는 이미 별이 빛나기 시작하며
어여쁜 갈치 아씨가 잡혀 하느님처럼 실려 오리라.
밤은 알리라. 더구나 저 바다의 밤은 알고 있으리라.
어제는 사시나무였고 오늘은 마른 살가죽에서 저물고
비로소 해연풍은 아득한 밤배 불빛을 씻어 오리라.

— 『해변의 운문집』(1964년)

*

   이 시는 시인이 제주도에서 기거하며 쓴 작품이다. "성산포" "우도" "애월"이라는 고유명사에서도 제주도를 배경으로 하고 있음을 알 수 있다. 제주도 시절에 쓴 시들은 『해변의 운문집』에 수록되어 있는데, 후에 시인은 그 당시 자신이 상징주의, 특히 말라르메와 보들레르에 심취했었다고 술회한다. 그 탓인지 이 작품 역시 묘하게 시적 애매성을 띠고 있다. 얼핏 보면 제주도의 정경을 묘사하고 있으나, 묘사된 장면이 자아내는 분위기가 함축적이며, 또한 그 장면들의 연결이 쉽게 이해되지 않는다. 그리고 이 시에서 두 번 반복되는 "옛 노래는 누가 지었는지 모르고 노래만 남아 있다"라는 구절과 같이, 아포리즘이 섞여 있기도 하다.

   이 시의 제목인 '해연풍'은 '낮에 바다에서 육지로 부는 바람'이라는 뜻이다. 그러다가 밤에는 방향이 바뀌어 육지에서 바다로 불게 되어 '육연풍'이 된다. 이것을 합쳐 '해륙풍'이라고 한다. 이 제목은 의미심장한데, 이 시가 다루는 시간적 배경은 저녁이기 때문이다.("저녁 풀밭" "노을" "지는 해") 그런데 시간의 경과는 나타나지 않고 저녁 무렵의 한 순간만을 포착해 장면을 여기저기 옮기고 있을 뿐이다. 이는 해연풍이 육연풍으로 바뀌는 순간, 다시 말해 해연풍이 소멸하는 순간을 이 시가 노래하고 있다는 것을 설명한다. 거기다가 "바람"의 이미지를 고려하면, 이 시는 '변화와 무상'을 그리고 있음을 알 수 있다. "옛 노래는 누가 지었는지 모르고 노래만 남아 있다"는 경구 역시 그러한 무상, 소멸이라는 주제와 연결된다. 지금 노래는 불리지만, 그것을 만든 사람은 존재하지 않으며, 알 수도 없다. 노래를 시작품이라 여긴다면, 그것은 시인으로서의 자아 또한 소멸될 것임을 가리킨다. 인간은 관념적으로는 죽음을 인식하고 있으나, 자신의 죽음은 잊고 살아간다는 것을 생각할 때,

406

이 경구는 시인 자신의 죽음과 결부된다는 점에서 모든 소멸 중 가장 근본적이고도 은폐되어 있는 소멸을 말하고자 하는 듯하다.

　이 시는 장면에 따라 크게 두 부분으로 나눌 수 있다. "옛 노래는 누가 지었는지 모르고 노래만 남아 있다"라는 구절이 두번째 나오는 13행을 전후해서 나눌 수 있는데, 앞부분은 제주도의 육지를, 뒷부분은 제주도의 바다(엄밀히 말해 바다를 그린 장면은 11행부터 나온다)를 풍경으로 그리고 있다. 전반부는 저녁 무렵 산과 밭의 풍경을 그리고 있다. 말떼가 돌아오고, 산에는 노을이 들고 있다. 들녘에서는 마을 처녀가 "밭에서 숨지는 햇살"을 등에 받고 있다. 짧아지는 저녁 햇살을 "숨지는"이라고 표현하는 데서 시인의 '죽음'이나 '소멸'에 대한 관심을 짐작할 수 있다. 이어 처녀의 마음으로 돌아가 "이 고장에서 자라 이 고장에서 시집갈 일밖에는 생각하지 않는다"고 시인은 말한다. 이는 이 시가 취하는 제재가 '섬'이라는 것과 무관하지 않은 것 같다. 섬이라는 한정된 닫힌 공간에서 인간은 역시 한정된 닫힌 시선만을 갖기가 쉽다. 그러한 시야는 시간의 차원에서도 닫혀 있기가 쉬워서 변화, 소멸, 덧없음을 자각하기 어려울 것이다. 바다를 다루는 후반부에서, 주목되는 것은 "화북 마을" "상하이"라는 고유명사를 통해 제주도라는 좁은 공간과 중국 대륙이라는 광대한 공간을 대비시키고 있다는 점이다. 이는 공간적인 차원에서 나타나는 좁음/넓음의 대비에 빗대어 시간의 긴 흐름을 상기시키려 하는 의도가 아닐까 한다. 시간성을 긴 호흡으로 바라보는 시선이 있어야만 "아무리 어제의 뭉게구름이 그토록 아름다웠을지라도/그 구름은 오늘 바라볼 수 없으며 벌은 날아가다 죽는다"는 것을 인식할 수 있기 때문이다. 구름의 아름다움, 벌의 화려한 비상 모두 시간 속에서 지나간 것으로 사라지게 마련이다. 그래서 모든 것은 덧없이 사라지고 지나친다는 '소멸'의 미학을 이 시는 노래하고 있다.

| 고은 |

문의 마을에 가서

겨울 문의에 가서 보았다.
거기까지 닿은 길이
몇 갈래의 길과
가까스로 만나는 것을.
죽음은 죽음만큼 길이 적막하기를 바란다.
마른 소리로 한 번씩 귀를 닫고
길들은 저마다 추운 쪽으로 뻗는구나.
그러나 삶은 길에서 돌아가
잠든 마을에 재를 날리고
문득 팔짱 끼어서
먼 산이 너무 가깝구나.
눈이여 죽음을 덮고 또 무엇을 덮겠느냐.

겨울 문의에 가서 보았다.
죽음이 삶을 껴안은 채
한 죽음을 받는 것을
끝까지 사절하다가
죽음은 인기척을 듣고
저만큼 가서 뒤를 돌아다본다.
모든 것은 낮아서
이 세상에 눈이 내리고

아무리 돌을 던져도 죽음에 맞지 않는다.
겨울 문의여 눈이 죽음을 덮고 또 무엇을 덮겠느냐.

—『문의 마을에 가서』(1974년)

*

　이 시는 작자가 동료 시인인 신동문의 모친상을 접하여 충북 청원군에 있는 문의(文義) 마을에 가서 장례식을 주관한 사실을 배경으로 하고 있다. 시인이 직접 호상(護喪)이 되어 장례절차를 주관하였는데, 시인은 거기서 삶과 죽음에 대한 깊은 통찰을 얻었다. 흔히 죽음은 절망이나 공포, 비애 등의 격렬한 감정과 어울려 나타나는 경우가 많지만, 이 시에서는 죽음마저도 친근한 것이 되고 있다. 그 친근성은 인간의 삶에 대한 경건함을 동반하여 나타나고 있다.

　1연에는 어느 해 겨울 문의 마을에 가서 죽음을 보았다는 상황이 설정되어 있다. 즉 장례식이 있었다는 뜻이다. 문의 마을까지 닿는 길은 몇 갈래의 길들이 하나로 합쳐서 통해 있는데, 그 길이 적막한 것과 같이 죽음의 길도 적막하다. 그 길이 죽음의 길이기에 추운 쪽으로 뻗었다고 말한다. 그러나 죽음을 애도하는 살아 있는 사람들은 길에서 돌아가 죽은 사람의 유품을 태우는데, 그 태운 재들이 마치 잠든 것처럼 고요한 마을을 향해 흩날리고 있다. 그것을 바라보는 시적 화자는 문득 팔짱을 끼고서 먼 산을 바라보는데, 그 산이 무척 가깝게 여겨진다. 즉 죽음과 삶의 거리가 그다지 멀지 않음을 깨달은 것이다. 그 장례식 날, 눈마저 날리어 죽음을 덮고 있다. 그 눈은 죽음뿐만 아니라 이 세계의 만물을 덮고 있는 것이다.

　여기에서 문의 마을로 통하는 "길"은 죽음의 "길"과 연관되어 있다. 문의 마을이 세상과 통하는 길 위로 장례행렬이 지나가는 것이다. 이러한 연관성을 통해 길의 적막함은 곧 죽음의 적막함으로 치환된다. 그러기에 길은 "추운 쪽"으로 뻗는 것이다. 그러나 그 "길"은 곧 죽음이 가는 길이자, 삶이 가는 길이기도 하다. 장례식 날에 눈까지 날리는데, 눈이 내리면 먼 산조차 가깝게 느껴진다. 가깝다는 느낌은 죽음과 삶의 거리가 그리 멀지 않음을 의미하고 있다. 이러한 사실을 깨닫는 것은 죽음을 통해 삶의 경건함을 역설적으로 드러내는 것이 된다.

그것이 2연에서는 "죽음이 삶을 껴안은 채 / 한 죽음을 받는 것"으로 표현된다. 망자가 죽음 받기를 "끝까지 사절하다가" 이 세상의 살아 있는 것들의 "인기척을 듣고"는 마침내 죽음을 받아들이면서 죽음을 향해 "저만큼 가서 뒤를 돌아다"보는 것을 시적 화자는 마음의 눈으로 본 것이다. 엄숙한 장례의식을 통해 죽음과 삶의 관계와 그것들의 경건함을 깨달은 것이다. 세상의 모든 사물들은 죽음 앞에서 낮아지고, 곧 겸허하게 되는데, 그 위로 눈이 내리고 있다. 이는 바로 엄숙함이자 경건함이다. 이제 장례절차도 끝나 죽음은 저승을 향해 떠나서 "아무리 돌을 던져도 죽음에 맞지 않는다." 눈이 내리는 겨울날 문의 마을에서는 장례식이 있었다. 눈은 내려 죽음을 덮고 마침내 이 세상마저 모두 덮어버리고 있는 광경을 그리고 있다.

이렇게 죽음의 의식(儀式)을 통해 삶의 경건함을 보여주는 이 작품은 제재상에서는 차이가 나지만 「자작나무숲으로 가서」라는 시와 유사한 분위기를 자아낸다. 즉 두 시는 모두 삶에 대한 깊이 있는 통찰력을 보여주고 있다.

고은(1933~)
전북 군산에서 태어났다. 1947년 군산중학에 입학했다가 한국전쟁으로 휴학했다. 1952년 입산하여 승려가 되었다가 환속했다. 1958년『현대문학』에 「폐결핵」이 추천되어 등단했다. 시집『피안감성』(1960), 『해변의 운문집』(1963), 『문의 마을에 가서』(1974), 『조국의 별』(1984), 『내일의 노래』(1992) , 연작시집『만인보』와 장편서사시 『백두산』(1993) 등이 있다. 한국문학작가상(1974), 만해문학상(1988) 등을 수상했다. 1970년대 이후 문학의 사회적 기능과 현실참여에 관심을 두어 민족문학 발전과 민주화운동에 기여했다.

| 정현종 |

거울

사물은 각각 그들 자신의 거울을 가지고 있다. 내가 나의 거울을 가지고 있듯이. 나와 사물은 서로 비밀이 없이 지내는 듯하여 각자의 가장 작은 소리까지도 각자의 거울에 비추인다. 비밀이 없음은 그러나 서로의 비밀을, 비밀의 많고 끝없음을 알고 사랑함이다. 우리의 거울이 흔히 바뀌어 있는 것을 발견한다. 거울 속으로 파고든다. 내 모든 감각 속에 숨어 있는 거울이 어디서 왔는지 나는 모른다. 사물을 빨아들이는 거울. 사물의 피와 숨소리를 끓게 하는 입술식(式) 거울. 사랑할 줄 아는 거울. 빌어먹을, 나는 아마 시인이 될 모양이다.

―『현대시학』 20호(1970년)

단연으로 이루어진 산문시이다. 형식상으로 볼 때, 시라기보다는 약간 긴 아포리즘과 같은 느낌을 주는 작품이다. 사물과 인간(시적 화자)의 관계를 거울이라는 대상을 매개로 형상화하고 있다. 정현종 시인은 앞서 「철면피한 물질」이라는 시를 지었는데, 그에게 있어 "물질"과 "사물"은 매우 다른 시적 개념이다. 물질은 유한한 인간과는 달리 무한함을 특성으로 지닌다. 유한한 인간이 볼 때 물질은 그 무한함으로 인해 위압적인 존재이다. 물질은 유한한 개체의 죽음을 모두 기억하고 있기 때문이다. 화자는 물질에 대해 적대감을 드러낸다. 반면, 「사물의 정다움」 등의 시에 나타나는 "사물"은 화자와 조화로운 관계를 맺는다. 사물은 유한한 인간의 절망을 구원하기까지 하는, 화해를 도모하는 존재이다. 이 시는 이러한 사물과 인간의 관계를 묘파하고 있다.

1. 사물(인간을 포함하여)은 각각 자신의 거울을 가지고 있다 : 이 거울은 자신을 바라보는 거울이 아니라 다른 대상을 비추는 거울이다. 인간의 감각기관에 비유한다면, 이 거울은 '눈'이라 할 수 있다. 눈이라는 거울을 매개로 하여 사물은 다른 대상을 바라보고 조우할 수 있는 것이다. 사물들은 거울을 통해 서로 교통한다.

2. 나와 사물은 서로 비밀이 없는 사이이다. 가장 작은 소리까지도 서로의 거울에 비친다 : 화자와 사물의 거울은 형태뿐만 아니라 소리까지도 비추는 특이한 거울이다. 각자의 거울은 상대방의 모든 것을 수용하여 비춘다. 거울의 시·청각적 완벽함은 화자와 사물의 투명한 소통을 보장한다. 그래서 화자와 사물 사이에는 어떤 비밀도 없다.

3. 그러나 비밀이 없다는 것은 비밀의 무한함을 사랑한다는 것 외에 아무것도 아니다 : 거울을 매개로 한 사물과 인간의 관계가 삶의 비의(秘意)

에 연결된다는 것을 독자는 짐작할 수 있다. 화자와 사물 사이에 비밀이 없다는 것은, 오히려 끝없는 비밀을 사랑한다는 것의 역설적 표현이다. 여기서 중요한 것은 사랑이다. 사물과 화자 사이에 비밀이 없고 모든 것이 투명하다면 거기에서 의미를 길어올릴 수 없고 양자의 관계는 지속될 수 없을 것이다. 비밀이 한 겹씩 파헤쳐지더라도 사물에는 끝없는 비밀이 존재한다. 완전히 도달할 수 없는 사물의 비밀은 의미의 풍요로움을 역설적으로 간직하게 되는 것이다. 화자가 무한한 비밀을 "사랑"할 때, 비밀은 무한한 의미의 근원으로 기능하게 될 것이다.

4. 사물과 화자의 거울은 자주 바뀌어 있다. 거울은 고정된 존재(어떤 사물이건 인간이건)에 귀착되지 않는다 : 사물이 각자 지니고 있던 거울은 이제 고정된 사물의 소유물이기를 그친다. 거울이 비추고 있는 것은 어떤 사물의 한정된 존재가 아니기 때문이다. 거울이 담고 있는 것은 그저 무한한 비밀일 뿐이다. 무한한 비밀에 접근하다보면, 주체(거울의 주인인 주체)는 불확실하게 된다. 주체(거울을 보는 존재)와 대상(거울에 비치는 존재) 사이의 유동적이고 비밀스런 만남 자체가 중요할 뿐, 주체와 객체라는 위치 자체는 의미를 잃는 것이다.

5. 거울과 사물(인간)의 관계가 전도된다. 사물이 거울을 소유하는 것이 아니라, 거울이 사물의 존재근거가 된다. 사물이 생기 있게 되는 것은 거울을 통해서만이다. 사물을 사랑하는 것이 바로 거울이기 때문이다 : 거울은 보는 주체와 보이는 객체 사이의 매개물, 혹은 그 관계 자체이다. 그래서 주체와 객체를 뛰어넘어 거울이 우위권을 지니게 된다. 이제 중요한 것은 화자도, 사물도 아니라 화자와 사물의 관계로서의 거울인 것이다. 그런데 여기서 거울은 시각·청각과 관련될 뿐만 아니라 촉각과 관련된다. 그것은 "사물의 피와 숨소리를 끓게 하는 입술식 거울"이다. 에로스적인 분위기를 강하게 풍기는 이러한 형상화는, 사물과 화

자가 원시적이고 직접적인 관계를 맺음을 나타낸다. 그 관계는 화자와 사물의 존재를 뒤흔들고 교란시킬 만큼 강렬한 관계이며, 이를 추상적으로 표현한 단어가 "사랑"이다. 정현종에게 있어 사물과 인간과의 사랑이란 플라토닉한 것이 아니라 에로스적인 것임을 알 수 있다.

거울은 문학작품에서 자주 채택하는 소재들 중 하나이다. 한국시 중에서는 윤동주와 이상의 작품을 들 수 있다. 거울이라는 시적 대상을 통해 윤동주가 자기 성찰이나 반성을 노래했다면, 이상은 현대인의 분열적인 자기 의식을 그렸다고 할 수 있다. 정현종은 동일한 제재를 통해 전혀 새로운 상상력을 보여준다. 그것은 사물과 인간의 소통이다. 또한 이상과 윤동주가 거울을 자신을 비춰보는 매체라는 다소 평범한 의미에서 바라본 반면, 정현종은 거울을 자신을 비춰보는 것이 아니라 자신을 둘러싼 외적 대상을 비추는 매체로 사용했다는 점도 주목할 만하다.

정현종의 시적 출발점은 인간의 한계상황이라는 실존적 고뇌이다. 그것을 그는 사물과의 교감을 통해 극복하려 한다. 인간의 유한성과 대조적으로 사물은 무한성을 지닌다. 또한 인간이 의식을 지니고 있어 결핍감을 느낄 수밖에 없는 존재(대자존재)라면, 사물은 의식을 지니지 않으므로 결핍되지 않은 채 그 자체로 충만한 존재(즉자존재)이다. 정현종에게 사물은 이러한 의미에서 양면성을 지닌다. 사물의 무한성에 주목할 때 그것은 "물질"로 표현되며 인간의 결핍감을 심화시키는 적대적인 존재로 나타난다. 그에 반해서 사물의 충만함에 주목할 때, 그것은 "사물"로 표현되며 영원히 결핍된 인간존재를 구원할 수 있는 가능성으로 제시된다. 이 작품은 후자의 경향을 뚜렷이 드러내고 있는데, 사물과 인간의 비밀스럽고도 격렬한 만남이 아주 아름답게 형상화된 시이다.

| 정현종 |

사물의 정다움

의식의 맨 끝은 항상
죽음이었네.
구름나라와 은하수 사이의
우리의 어린이들을
꿈의 병신들을 잃어버리며
캄캄함의 혼란 또는
괴로움 사이로 인생은 새버리고,
헛되고 헛됨의 그 다음에서
우리는 화환과 알코올을
가을바람을 나누며 헤어졌네
의식의 맨 끝은 항상
죽음이었고.

죽음이었지만
허나 구원은 또 항상
가장 가볍게
순간 가장 빠르게 왔으므로
그때 시간의 매(每)마디들은 번쩍이며
지나가는 게 보였네
보았네 대낮의 햇빛 속에서
웃고 있는 목장의 울타리

목간*의 타오르는 정다움을,

무의미하지 않은 달밤 달이 뜨는
우주의 참 부드러운 사건을.
어디로 갈까를
끊임없이 생각하며
길과 취기(醉氣)를 뒤섞고
두 사람의 괴로움이 서로 따로
헤어져 있을 때도
알겠네 헤어짐의 정다움을.

불붙는 신경(神經)의 집을 위해
때때로 내가 밤에 깨물며
의지하는 붉은 사과, 또는
아직도 심심지 않은
오비드**의 헤매는 침대의 노래
뚫을 수 없는 여러 운명의
크고 작은 입맛들을.

—『사물의 꿈』(1972년)

* 목간(木幹) : 나무 줄기.
** 오비드 : 고대 로마의 서정시인인 오비디우스의 약칭인 듯하다.

*

4연으로 구성된 자유시이다. '-네'라는 종결어미를 사용하여 경쾌하고 동요적인 분위기를 만들고 있다. 이러한 어미는 고유한 우리말의 사용을 보여주는 것이지만, 어휘의 결합이 기본적으로는 서구적 어법에 경사되어 있다. 가령, "내가 밤에 깨물며 / 의지하는 붉은 사과"라는 구절은, 영어를 번역한 듯한 서구적 구문을 보여준다. 영어의 관계대명사 용법을 떠올리게 하는 이러한 구문은 우리말 어법에서는 자연스럽지 않은 것이다. 이는 영어를 교육받은 전후세대의 일반적인 어법을 보여주는 것이기도 하다.

1연의 시적 진술을 보자. 의식을 철저하게 밀고 가다보면, 죽음 즉 인간의 유한성이라는 한계에 부딪치게 된다. 꿈의 상실, 절망과 고통으로 뒤덮이고 해체되는 삶을 노래하고 있는데, 이는 이 연의 맨 앞과 맨 뒤에서 반복되는 "죽음"에서 기인하는 것이다. 시적 화자는 인간의 유한함이라는 실존적 고뇌를 앓고 있는 것이다. 인간의 삶에 내재해 있는 죽음 때문에 모든 것은 헛되고 헛되다. 이 헛됨, 무의미는 이어서 인간과 인간 사이의 분리, 부조화를 수반한다. "화환"과 "알코올" "가을바람"과 같은 시적 대상들을 통해 독자는 어느 가을날의 장례식을 떠올리게 된다. 시적 화자는 거기서 친우들과 화환, 알코올, 가을바람을 나누고 헤어진다. 죽음이라는 한계상황은 이렇게 헤어짐, 분리의 이미지와 강하게 결부된다.

2연에서 반전이 나타난다. 죽음에도 불구하고 구원은 가볍고도 빠르게 즉 순간적으로 나타난다. 그때 시간은 무한한 흐름이기를 그치고 마디로, 순간으로 솟아오른다. 그 구원의 순간은, 목장의 울타리나 나무줄기와 같은, 주변에 널려 있는 평범한 사물들로부터 온다. 평범한 사물

418

을 평범하지 않은 시각으로 볼 때 구원은 찾아온다. 사물들이 햇빛 속에서 어느 순간 찬란하게 빛날 때 시적 화자는 거기에서 구원을 보는 것이다. 이때의 사물이란 인간과 분리되어 인간 앞에 놓여 있는 단순한 대상이 아니다. 그것은 즉자적으로 존재하므로 그 자체로 충만하고 풍요로운 시적 존재이며 이러한 충만한 존재를 깨달을 때 인간 역시 풍요롭게 된다. 사물들은 의식에 얽매인 인간을 풍요로운 존재로 변화시키며 구원하는 것이다.

3연으로 가면, 사물을 다른 시각으로 볼 수 있을 때 세상은 더이상 무의미하지 않고 의미로 충만하게 된다. 달밤에 떠오른 달 또한 의미로 가득 찬 우주적 사건이 된다. 인간은 의식이 있기 때문에 끊임없이 방황할 수밖에 없으며 독립적인 개체로 존재하기 때문에 항상 헤어짐의 고독을 느낄 수밖에 없지만, 우주적인 사건을 본 시적 화자는 헤어짐에서도 정다움을 발견한다. 충만한 사물의 존재는 화자로 하여금 "헤어짐의 정다움"이라는 역설을 알 수 있게 하는 것이다.

4연에서 화자는 긴장된 신경을 이완시키기 위해 밤에 붉은 사과를 깨문다. 여기서 붉은 사과는 울타리, 나무 줄기, 달과 같이 화자를 구원시키는 사물들의 계열에 포함되는 시적 대상이다. 또한 '깨문다' 는 행위, 사과의 동그란 형태 등이 에로스적인 분위기를 연상시킨다는 점에서 독특한 의미를 지닌다.(후에 정현종의 시세계에서 나타나는 에로스에의 탐닉이 이 시에서 이미 예비되어 있음을 알 수 있다.) 인간의 운명은 서로 교환될 수도 침투될 수도 없는 개별적인 것이어서 인간은 고독할 수밖에 없지만, 그 다양성("크고 작은 입맛들")으로 인해 화자는 "헤어짐의 정다움"을 보는 것이다. 그 정다움은 화자가 사과를 깨물듯이 사물의 육체와 접촉함으로써 얻어지는 것으로 보인다.

정현종의 초기 시세계가 인간의 유한성이라는 실존적 고뇌로부터 출발한다는 것은 많은 평자들에 의해 지적되어왔다. 이 시 역시 "의식의 맨 끝은 항상 / 죽음이었네"라는 인간의 한계상황에 대한 통찰과 그에 대한 구원의 가능성을 타진하는 시도로 이루어져 있다. 그런데 실존적 한계에 대한 구원을 현실 바깥으로 벗어남으로써 구하지 않고 현실 안에서 찾으려 한다는 것이 정현종 시세계의 특징이라 할 만하다. 그의 꿈은 현실과 대립되는 현실의 외부에 존재하는 것이 아니라, 현실 내부의 사물들에서 발견된다. 정현종에게 있어서 한계상황으로부터 벗어나려는 기도는 초월적이지 않다. 다시 말하면 현실 외적이지 않고 현실 내적이다.

정현종의 상상력에서 특징적인 것은, 인간의 부정적인 상황이 상대적으로 무거운 이미지들로, 긍정적인 가능성이 가볍고 경쾌한 이미지로 형상화된다는 점이다. 1연에서 "죽음"으로 표상되는 인간의 한계상황은 "꿈"의 상실로 나타난다. 그 꿈은 어린이들이 구름나라와 은하수 사이를 떠돌며 놀게 할 수 있는 힘이다. 이 꿈의 상실이 "캄캄함"으로 나타남으로써 부정적 상황은 추락의 무거운 이미지로 나타나는 것 같다. 반면, 구원은 가장 가볍게 가장 빠르게 온다. 구원이 올 때 흐름의 연쇄로 이루어져 있는 시간조차 마디를 빛내며 재빠르게 지나간다. 이때는 평범한 사물들조차 "웃고 있"거나 "타오르"고 있어 작은 폭이지만 역동적인 뉘앙스를 강하게 풍긴다.

사람이 풍경으로 피어나

사람이
풍경으로 피어날 때가 있다
앉아 있거나
차를 마시거나
잡담으로 시간에 이스트를 넣거나
그 어떤 때거나

사람이 풍경으로 피어날 때가 있다
그게 저 혼자 피는 풍경인지
내가 그리는 풍경인지
그건 잘 모르겠지만

사람이 풍경일 때처럼
행복한 때는 없다

― 『월간문학』 99호(1977년)

*

    정현종은 박남수의 사물 이미지 추구와 김춘수의 존재 의미 천착 경향을 겹쳐놓은 듯한 시풍을 가졌다. 즉 그는 인간성과 사물성, 주체성과 도구성 사이의 정당한 의미망을 나름대로 구축해보려 함으로써, 그 동안 인간들의 아집과 욕망에 의해 더럽혀지고 훼손된 사물 본성의 회복 가능성을 타진해온 시인이다. 그는 이 세계를 구성하는 온갖 사물들이 (인간까지 포함하여) 어느 한쪽이 다른 한쪽에 의해 더럽혀지거나 왜곡되거나 용도 변경되거나 평가절하되거나 하지 않고, 자기의 기능과 직분을 다하면서 다채롭고 조화로운 화해의 세계를 만들기를 꿈꾼다. 그 점에서는 그조차도 사물이다.

    이 시에서 사람이 풍경이 된다는 것도, 주변의 온갖 사물을 주무르고 더럽히며 폭력을 행사하는, 인간성이라는 욕망과 주관의 덩어리에서 벗어나, 그가 주변의 것들과 조화하며 공간의 사소한 한 부분이 되는 순간을 지칭한 것이다. 풍경이 된 사람까지를 포함하여 사물들 스스로가, 그렇게 자기들의 위치를 찾아갔다고 보아야 할지, 사물들은 아무렇지도 않고 다만 내가 나서서 그렇게 생각하는 것인지는 분명치 않다. 하지만 어쨌든 사람이 순수하고 객관적인 대상으로 물러나 앉을 때, 그 사람이 행복하거나 혹은 그것을 보는 사람이 행복한 것은 틀림없는 사실인 것이다. 그때 그 풍경이 된 사람은 한 송이 꽃에 다름아니다.

거지와 광인

한산(寒山)*에게

거지와 광인(狂人).

나는 너희가 체현(體現)하고 있는 저 오묘한
뜻을 알지만 나는 짐짓 너희를 외면한다
왜냐하면 나는
안팎이 같은 너희보다
(너희의 이름은 안팎이 같다는 뜻이거니와)
안팎이 다른 나를 더 사랑하니까.
너와 나는 그 동안
은유(隱喩) 속에서 한 몸이었으나
실은 나는 비의(秘意)인 너희를 해독하는
기쁨에 취해
그런 주정뱅이의 자로 세상을 재어온지라
나는 아마 취중득도(醉中得道)했는지
인제는 전혀 구별이 안 가느니 ―
누가 거지고
누가 광인인지

(구걸이든 미친 짓이든
한산이나 프란체스코**
덤으로 그 팔촌八寸 그림자들쯤이면

필경 우주의 숨통이려니와)

———『거지와 광인』(1985년)

---

* 한산(寒山) : 중국 당대(唐代)의 승려이자 시인. 불교의 철학 이론에 두루 통하고 문수보살의 화
신(化身)이라 일컬어짐. 작품에 『한산시집』이 있음.
** 프란체스코 : 이탈리아 가톨릭 교회의 성인(聖人). 프란체스코 수도회를 창립했으며, 청빈한
생활을 통하여 수도생활의 이상을 실현함.

3연으로 이루어진 자유시이다. 첫 연은 '거지와 광인'이라는 제목을 그대로 반복하고 있고, 마지막 연은 괄호로 이루어져 있어, 단연시의 구성에 프롤로그와 에필로그를 붙인 셈이다. '한산에게'라는 부제는 이 시가 대화의 방식을 취하고 있음을 암시한다. 거지와 광인을 너(혹은 너희)라고 지칭하며 말을 건네는 어조를 취하고 있어, 부제에 적절히 상응하는 형식을 드러낸다. 청자를 한산이라는 승려로 설정한 것은, 이 시의 주제가 '초탈'에 집중되어 있음을 암시하는데, 특이한 것은 초탈과 기쁨, 즐거움의 정서가 어우러져 있다는 점이다.

1연은 "거지와 광인"이라는 짧은 구절로만 이루어져 있다. 이 시의 제재를 강하게 환기시키는 부분이다. 거지와 광인은 일상적 질서에 편입되어 있지 않다는 점에서 '타자'라 할 만하다. 무소유, 무분별의 미덕에서 시인은 어떤 문제에 대한 해답을 찾으려 하고 있다.(그것은 마지막 연에서 "우주의 숨통"이라 표현하고 있다.)

2연을 세 부분으로 나누면 첫 부분은 1~6행이다. 여기서 거지와 광인은 안팎이 같음을 표상한다. 반면, 나는 안팎이 다른 일상적 질서에 속해 있는 존재이다. 안과 밖은 인간이 유용성을 위해 이성의 눈으로 세상을 구획한 질서체계이다. 그러므로 안과 밖의 다름이란 유용성의 질서, 도구적 가치, 비본질적 세계를 표현한다. 이와 대조적으로, 안과 밖의 같음은 이성적 질서를 벗어나 세상을 다른 각도로 바라보는 시선을 표상한다. 안과 밖의 다름을 혼란시키고 교란시키는 자유로움을 표현하는 것이다. 거지와 광인은 이러한 자유를 환기하는 '타자'이다. 시적 화자는 여기서 안과 밖의 다름, 즉 이성적 질서를 고수해왔음을 고백하고 있다. 이 고백은 화자가 곧바로 안과 밖이 같은 세계로 이행할 것임을 예고한다.

　2연의 두번째 부분인 7～15행에서, 거지와 광인은 비의(秘意)를 품고 있는 존재이다. 그 비의를 해독하는 것은 화자인 나에게 기쁨이다. 그것을 위해 화자는 주정뱅이의 시선을 지녀야 하며, 취한(醉漢)의 시선은 득도를 가져다준다. 안팎이 같은 세계란 모든 것이 무화된 불모의 세계가 아니라, 오히려 풍요로운 의미를 숨기고 있는 충만한 세계이다. 그 세계는 비밀스런 의미로 가득 차 있는 것이다. 화자는 이 세계에 동참하기 위해 주정뱅이가 된다. 주정뱅이는 일상적 분별의 질서를 거부한다는 점에서 거지와 광인의 다른 이름이다. 아니, 이 비의적 세계에 참가하려는 것 자체가 이미 주정뱅이의 태도이다. 화자는 비의를 해독한다는 기쁨에 도취될 수밖에 없는 것이다.

　화자는 3연에 이르러 거지와 광인, 혹은 주정뱅이의 경지에 이르렀던 한산과 프란체스코를 얘기하면서 그들에게서 "우주의 숨통"을 발견한다. 일상적, 합리적 세계에서 벗어나 도취의 즐거움으로 세상을 살아가는 것은 해방이라 할 만하다. 그것은 왜소한 인간적 세계에서도 벗어나 우주적 비밀과 교감하는 것이기도 하다. 한산은 중국의 고승(高僧)이며 프란체스코는 이탈리아의 성인이다. 화자는 동·서양과 현재·과거를 넘나들며 초탈의 경지를 노래한다. 그들의 "팔촌 그림자들쯤이면" 환희가 가능하다고 말함으로써, 독자에게 우주적 즐거움의 세계에 동참할 것을 권유하고 있다.

　이렇게 볼 때 이 시는 거지와 광인을 제재로 하여 비일상적 삶의 방식이 가져다주는 즐거움에 대해 노래한 작품이다. 거지와 광인은 합리적인 일상적 세계에서 축출된 주변적인 존재이지만, 그들은 일상적 질서에 반하는 성격으로 인해 한산이나 프란체스코와 같은 성인과 어떤 동일한 지점을 공유한다. 정현종 시인은 이 축출된 타자들에게서 행복의 가능성을 엿본다. 안과 밖을 배타적으로 구획하는 이성적 질서 속에는 합리성, 질서, 유용성만이 있을 뿐, 즐거움이나 기쁨이 깃들이기는 힘들다. 시인은 '인간은 행복하게 숨쉴 수 있기 위해 태어났다'는 프랑스 철학자의 말을 실천하고 있기나 한 듯, 타자들의 존재를 통해 초탈과 기쁨을 배합해 행복한 삶의 방식을 실험하고 있는 것 같다.

화자는 주정뱅이의 시선으로 세상을 보며 도취의 기쁨 속에서 살려고 한다. 이때 모든 구별, 구획, 분별은 무화된다. 어떤 구별도 무화시키려 하는 이러한 태도는 니체의 디오니소스적인 것을 연상시킨다. 니체는 비극 속에 디오니소스적인 것과 아폴론적인 것이 있음을 언명했는데, 전자의 경우 도취의 경지 속에서 모든 개별적인 것은 해체되어 거대한 입자로 흡수된다. 이 시가 보여주는 거지와 광인을 분별하지 않는 주정뱅이의 시선은 이러한 점에서 디오니소스를 닮아 있다. 그러나 디오니소스가 장엄한 분위기를 강하게 띠며 인간을 압도하는 데 반해, 정현종의 시는 언제나 발랄함, 경쾌함의 뉘앙스를 잃지 않는다. 초탈의 경지와 경쾌한 기쁨을 결합시키는 데 정현종 시인의 고유한 능력과 어쩌면 그 한계가 있을 것이다.

정현종(1939~)
서울에서 태어났으며 연세대 철학과를 졸업했다. 1965년 『현대문학』에 「독무(獨舞)」 「화음」 등이 추천되어 등단했다. 시집 『사물의 꿈』(1972), 『나는 별아저씨』(1979), 『떨어져도 튀는 공처럼』(1984), 『사랑할 시간이 많지 않다』(1989) 등과 시선집 『고통의 축제』(1974), 시론집 『숨과 꿈』(1982) 등이 있다. 이산문학상(1992), 현대문학상(1995)을 수상했다.

사랑법

떠나고 싶은 자
떠나게 하고
잠들고 싶은 자
잠들게 하고
그리고도 남는 시간은
침묵할 것.

또는 꽃에 대하여
또는 하늘에 대하여
또는 무덤에 대하여

서둘지 말 것
침묵할 것.

그대 살 속의
오래 전에 굳은 날개와
흐르지 않는 강물과
누워 있는 누워 있는 구름,
결코 잠깨지 않는 별을

쉽게 꿈꾸지 말고

쉽게 흐르지 말고
쉽게 꽃피지 말고
그러므로

실눈으로 볼 것
떠나고 싶은 자
홀로 떠나는 모습을
잠들고 싶은 자
홀로 잠드는 모습을

가장 큰 하늘은 언제나
그대 등뒤에 있다.

—『시문학』1973년 1월호

*

　「사랑법」에서 먼저 눈에 띄는 것은 독특한 어조이다. 다섯 개의 서술형 어미가 하나를 제외하고는(맨 끝 연 "가장 큰 하늘은 언제나 / 그대 등 뒤에 있다") 모두 '-할(하지 말) 것'으로 되어 있다. 이 '-할(하지 말) 것'이라는 반복되는 종결어미는 '사랑법'이라는 제목과 어우러져 절대적인 종교적 계율이나 칸트의 정언명령이 그렇듯이 엄숙한 분위기를 조성한다. 그 내용은 "침묵할 것"(1연, 3연), "서둘지 말 것"(3연), 그리고 "실눈으로 볼 것"(6연)이다. 이러한 종결어미와 동격을 이루는 연결형 어미로는 "떠나게 하고" "잠들게 하고"(1연), "쉽게 꿈꾸지 말고" "쉽게 흐르지 말고" "쉽게 꽃피지 말고"(5연)가 있다. 시인은 사랑의 방법으로서 이 여덟 개의 항목을 제시한다. 이는 그 어조상 '네가 그것을 해야 하기 때문에 그것을 해야 한다'는 칸트의 정언명령과도 같이 절대적인 무게를 지니고 있다. 이중 네 개는 '-말 것'이라는 금지의 의미를 지닌다. 나머지 네 개는 금지는 아니지만 역시 적극적인 행위에 대한 경계를 담고 있다. 발언이 아니라 "침묵"이, 만류나 개입이 아니라 조용한 수락이, 두 눈을 부릅뜬 정시(正視)가 아니라 "실눈"을 통한 관조가 사랑의 진정한 방식이라고 이 시는 노래하고 있다.

　이 시에서 유일하게 나타나는 인칭은 "그대"이다. "그대"라는 시어는 시적 화자가 상정한 인물을 가리킬 수도 있겠지만 결국 독자를 향해 열려 있는 듯하다. 이 시의 어조가 지니는 엄숙주의, 절대주의의 무게가 독자를 압도하는 것으로 느껴질 수도 있을 것이다. 그러나 정다움의 뉘앙스를 지니는 "그대"라는 시어가, 어조가 지니는 위압적 분위기를 해소하고 있다. "그대"라는 시어를 통해 화자는 독자를 친근함의 영역으로 이끌어들이기 때문이다. 또한, "그대"란 화자 외부에 있는 어떤 대상이라기보다는 화자 내부에 있는 또다른 자아로 비쳐지기도 한다. 화자는 어떤 사랑의 방법을 권고하면서 동시에 스스로 "그대"가 되어 그 권고에 귀를 기울이고 있기도 하다. 이 시 전반을 지배하는 절제의 분위기는 여기에 기인한다고 볼 수 있다. 화자는 그대라는 외적 대상을 설정하여 자기 자신에 대한 심리적, 정서적 거리두기에 성공하고 있는 것 같다. 시인은 자신을 이인칭으로 만들어 스스로를 이분함으로써 자기 자신에게 사랑의 어떤 방식을 다짐하고 있는 것이다.

이 시가 권고하는 사랑의 방식인 수락, 관조는 우선 연인과의 사랑이라는 차원에 관련되어 있는 듯하다. 섣부르게 개입하지 말고 그저 조용히 관망하라는 요구는 1연에서부터 떠남과 잠듦의 테마로 나타나며("떠나고 싶은 자/떠나게 하고/잠들고 싶은 자/잠들게 하고"), 다시 6연에서 반복된다.("실눈으로 볼 것/떠나고 싶은 자/홀로 떠나는 모습을/잠들고 싶은 자/홀로 잠드는 모습을") 이는 일차적으로 연인과의 이별을 뜻할 것이다. 김소월의 「진달래꽃」에서처럼 "나 보기가 역겨워" 가시는 님을 "말없이 고이 보내드리우"겠다는 태도와 흡사하다. 그러나 김소월의 시는 사랑하는 이를 절대로 떠나보낼 수 없다는 강렬한 정념을 반어적으로 표현하는 데 반해, 이 시는 사랑하는 이의 행위에 대한 어떠한 개입도 허용하지 않는다. 냉정하리만큼 절제된 수락을 권고할 뿐이다. 거기에는 "진달래꽃/아름 따다 가실 길에 뿌리우"겠다는 반어적인 행위조차도 틈입할 수 없다. 이는 체념의 미학에 가깝지만 그보다는 "침묵"이라는 시어에서 보듯 어떤 절대적인 무의 경지를 나타내고 있는 듯하다. 그것은 정념이 억제된 것이 아니라 해소된 마음의 상태이다.

떠남의 테마가 연인과의 이별을 보여준다면, 잠듦의 테마는 이별을 강조하는 표현으로 해석될 수 있는 한편, 2연에 나오는 "무덤"과 연결되면서 '죽음'의 이미지를 보여준다. 이는 이별의 심화, 확장된 의미로서 사별을 함축할 수도 있을 것이다. 그런데, 1연에 이어서 3연으로 연장, 반복되는 "침묵할 것"이라는 서술어가 목적어로 취하는 2연 전체를 살펴보면, 유한한 삶이라는 존재론적 테마를 이끌어낼 수 있다.("또는 꽃에 대하여 / 또는 하늘에 대하여 / 또는 무덤에 대하여") 단순화하자면 "꽃"과 "무덤"은 각각 삶과 죽음으로, "하늘"은 삶과 죽음 양자를 포괄하는 보다 큰 원리로 해석될 수 있다. 이 세 시어들이 병치됨으로써 삶과 죽음의 공존, 언제나 죽음을 껴안고 있는 삶, 삶의 유한성이라는 시적 인식을 나타내고 있다. 이러한 점에서 2연에서 보이는 사랑의 차원이란 유한한 삶에 대한 사랑, 혹은 긍정이다. 여기서 세 번 반복되는 "또는"이라는 접속어는 1연에 나타나는 연인과의 사랑이라는 차원이 유한한 삶에 대한 긍정이라는 차원으로 연결됨을 나타낸다.

금지의 명령을 담고 있는 5연("쉽게 꿈꾸지 말고 / 쉽게 흐르지 말고 / 쉽게 꽃피지 말고")의 목적어는 4연의 다섯 행("그대 살 속의 / 오래 전에 굳은 날개와 / 흐르지 않는 강물과 / 누워 있는 누워 있는 구름, / 결코 잠깨지 않는 별")이다. 여기서 주목할 것은 "그대 살 속의"와 "오래 전에 굳은 날개와"가 행갈이됨으로써 "그대 살 속의"라는 관형구가 2행에만 걸리는 것이 아니라 3, 4, 5행에 동시에 걸린다는 점이다. 날개와 강물과 구름과 별은 다소 소녀 취향의 낭만적인 시어들이지만 여기서 그것들은 경화(硬化)되고 생성이 중단된 채 잠들어 있어서 무기력, 불구의 이미지를 이루고 있다. "오래 전에 굳은 날개"에 유의한다면, 이 이미지들은 과거에 지녔던 열정과 가능성의 소진을 가리키는 듯하다. "그대"를 시적 화자 자신의 객관화된 표상이라고 가정한다면, 2연은 화자 내부의 절망을 암시하는 듯하다.

이렇게 볼 때 이 시가 노래하는 사랑의 방식은 연인과의 사랑, 유한한 삶, 자아의 절망이라는 세 차원에 걸쳐져 있는 것 같다. 이 시에서 이 세

차원은 "또는"이라는 접속사가 보여주듯이 서로 환원되지 않으며 겹쳐져 있을 뿐이다. 연인과의 이별 때문이건, 죽음이라는 존재론적 문제 때문이건, 가능성의 고갈 때문이건, 고통스러운 삶을 어떻게 사랑할 것인가, 혹은 긍정할 것인가가 이 시의 테마라 할 수 있다. 이 시는 그에 대해 우선 금지의 전언으로 답하고 있다.("서둘지 말 것" "쉽게 꿈꾸지 말고 /쉽게 흐르지 말고/쉽게 꽃피지 말고") 섣부르거나 안이한 희망과 낙관을 갖지 말라는 것이다.

　　그것을 긍정적인 방식으로 표현하면, 고통스런 상황을 그대로 수용하라는 것이다. 그것은 언어의 측면에서 "침묵"이며, 시선의 측면에서 "실눈으로 볼 것", 즉 관조이다. 상황을 변혁하거나 개선하기 위해 옳고 그름을 분별하는 '정시'와는 달리, "실눈으로" 보는 관조는 보이는 객체와 보는 주체의 거리를 최대한 벌리는 방식이다. 그 거리 두기의 궁극 지점에서 주체의 소멸이 일어나고 주체의 의식이 고수했던 절망과 희망, 삶과 죽음, 고통과 기쁨, 헤어짐과 만남, 보이는 객체와 보는 주체 등에 대한 분별 또한 사라진다. 마지막 연의 "가장 큰 하늘은/언제나 그대 등뒤에 있다"는 전언은 바로 이를 나타낸다. "가장 큰 하늘"은 주체의 의식이 이분법적으로 구별했던 모든 대립항들을 감싸안는 긍정의 원리이다. 이러한 긍정의 태도는 정시가 아니라 관조에 의해서만 도달될 수 있다. 하늘이 그대 앞에 있지 않고 "그대 등뒤에" 있기 때문이다. 이러한 관조, 해탈의 미학은 체념, 도피로 향하는 소극적 허무주의에 빠질 위험을 분명히 지닌다. 그 함정에서 벗어나기 위해서는 긍정의 태도를 견지하는 미묘한 긴장이 필요할 것이다.

| 강은교 |

우리가 물이 되어

우리가 물이 되어 만난다면
가문 어느 집에선들 좋아하지 않으랴.
우리가 키 큰 나무와 함께 서서
우르르 우르르 비 오는 소리로 흐른다면.

흐르고 흘러서 저물녘엔
저 혼자 깊어지는 강물에 누워
죽은 나무뿌리를 적시기도 한다면.
아아, 아직 처녀인
부끄러운 바다에 닿는다면.

그러나 지금 우리는
불로 만나려 한다.
벌써 숯이 된 뼈 하나가
세상에 불타는 것들을 쓰다듬고 있나니

만리 밖에서 기다리는 그대여
저 불 지난 뒤에
흐르는 물로 만나자.
푸시시 푸시시 불 꺼지는 소리로 말하면서
올 때는 인적 그친

넓고 깨끗한 하늘로 오라.

—『우리가 물이 되어』(1986년)

강은교는 1968년 『사상계』 신인문학상에 「순례자의 잠」으로 당선되어 등단했다. 많은 논자들은 강은교 시의 주된 특징으로 허무주의를 지적해왔다. 그가 대학시절을 보낸 1960년대 후반은 독재정권에 의한 정치적 억압, 파행적 근대화 정책에 의한 부의 불균형 등 사회적 부조리가 만연해 있던 시대였다. 자유와 평등이 상실된 이러한 사회적 상황에서 강은교의 허무주의는 인간적 가치를 회복하려는 대응 전략이었다고 볼 수 있다.

「우리가 물이 되어」는 주객의 일체가 물로 흘러 하나로 만나는 현상을 노래하고 있는 시이다. 이 시의 주된 제재인 물은 합일의 매개체로 기능한다. 합일의 매개체가 물로 제시되는 이유는 '가뭄'과 연관지어 이해할 수 있다. 1연에 나타난 물과 가뭄의 대립쌍은 그러한 물의 특성을 부각시킨다. 가뭄은 물에 의해 그 갈증을 해소할 수 있으며 여기서 물의 일차적 특성인 갈증의 해소가 드러난다.

2연에서는 물의 이차적 특성인 생명 부여자로서의 역할, 그리고 바다에 이른 자족적 황홀감이 드러난다. 물은 "저 혼자 깊어지는 강물"이 되어 죽어가는 나무뿌리를 적시어 생명을 부여할 수 있고, 태초의 신비를 간직하고 있는 더 넓은 바다에 이를 수도 있는 것이다. 이는 시적 화자가 물이 되어 바라는 성질들로서, 시적 화자의 감정이 전이된 객관적 상관물이라 할 수 있다. 즉 시인은 "저 혼자 깊어지는 강물"이 되어서 죽어가는 것들에게 생명을 부여하고 싶은 것이며 또한 "아직 처녀인 / 부끄러운 바다"가 되고 싶은 것이다.

물로 만나 흐르기 위해서는 먼저 더러운 것들을 깨끗이 태워버릴 필요가 있다. 따라서 3, 4연에서는 모든 것들을 태워버릴 수 있는 "불"의 이미지가 동반되고 있다. 지금 우리는 불이 되어 세상에 불기운을 일으키고 싶다. 3연의 "불"의 이미지와 4연의 "넓고 깨끗한"의 이미지가 자연스럽게 연결되고 있다. 이제 우리는 저 불이 모든 것들을 깨끗하게 태우고 지나간 후에 물로 만나 하나로 흘러 자족적 황홀감을 누릴 수 있는 것이다.

물은 주체와 객체를 "우리"로 합일시킬 수 있는 매개체로서 '가뭄'으로 상징되는 삶의 고독을 해소시킬 수 있는 기호이다. 가뭄이란 물이 부족한 상태 즉 인간적 정이 고갈된 상태이다. 현대사회에 오면서 인간은 기계문명의 편의성에 물들어 타인의 도움 없이도 별 불편 없이 물질적 삶을 영위할 수 있게 되었다. 그러나 그렇게 됨에 따라 인간은 이기주의라는 무서운 병에 빠져 자신이 아닌 남의 일에는 관심조차 갖지 않아 이 사회에서 사람의 정은 날이 갈수록 메말라가는 상황이다. 이런 상황을 시인은 '가뭄'이라 칭하고 있으며 이런 가뭄의 상황에서 시인은 누구보다도 "물"을 그리워하고 있다. "물"은 유동적이며 서로 완벽하게 하나로 섞일 수 있는 물질이다. 자신의 것을 그대로 지닌 채, 그냥 섞여 있는 단순한 혼합의 상태가 아니라 서로 부딪쳐 하나로 흐르는 완벽한 합일의 지향이 바로 "물로 만나" 흐르는 것이다.

우리가 물로 만나 흐를 때, 우리는 비로소 힘을 지니게 되는데 그 힘은 죽은 나무뿌리를 적시어 생명을 불어넣을 수 있는 것이다. 이때 "죽은 나무"는 현대사회의 여러 병폐에 찌들어 사라져버린 것들을 의미하는데 "물"은 그 나무뿌리에 새 생명을 부여할 수 있는 실체이다. 한편 시인이 물로 만나 흘러, 되기를 갈망하는 것은 이런 힘을 지닌 것만은 아니다. 시인은 물로 만나 흘러 "저 혼자 깊어지는 강물"과 "아직 처녀인/부끄러운 바다"에 이르고 싶은데, 이는 내면의 존재론적 깊이에의 열망을 나타낸 것이라 할 수 있다. 동시에 이는 시인의 삶에 대한 긍정과 낙관적인 인식을 드러낸 것으로 볼 수 있다.

강은교(1946~)
함남 홍원에서 태어났으며 연세대 영문과와 동대학원 국문과를 졸업했다. 1968년『사상계』신인
문학상 수상으로 등단한 후『70년대』동인으로 활동했다. 시집『빈자일기』(1977),『우리가 물이
되어』(1986),『바람노래』(1987),『오늘도 너를 기다린다』(1989),『그대는 깊디깊은 강』
(1991),『벽 속의 편지』(1992),『등불 하나가 걸어오네』(1999) 등과 산문집『젊은 시인에게 보
내는 편지』(2000) 등이 있다. 한국문학작가상(1975), 현대문학상(1992)을 수상했다.

상한 영혼을 위하여

상한 갈대라도 하늘 아래선
한 계절 넉넉히 흔들리거니
뿌리깊으면야
밑둥 잘리어도 새순은 돋거니
충분히 흔들리자 상한 영혼이여
충분히 흔들리며 고통에게로 가자

뿌리 없이 흔들리는 부평초* 잎이라도
물 고이면 꽃은 피거니
이 세상 어디서나 개울은 흐르고
이 세상 어디서나 등불은 켜지듯
가자 고통이여 살 맞대고 가자
외롭기로 작정하면 어딘들 못 가랴
가기로 목숨 걸면 지는 해가 문제랴

고통과 설움의 땅 훨훨 지나서
뿌리깊은 벌판에 서자
두 팔로 막아도 바람은 불듯
영원한 눈물이란 없느니라
영원한 비탄이란 없느니라
캄캄한 밤이라도 하늘 아래선

마주 잡을 손 하나 오고 있거니

—『이 시대의 아벨』(1983년)

* 부평초 : 개구리밥.

*

　'상한 영혼을 위하여'라는 제목이 나타내듯, 내면의 고통에 대해 노래하고 있는 작품이다. 상처받은 내면의 상태를 바람에 흔들리는 갈대의 이미지로 표현하고 있다. '흔들리다'라는 동사가 네 번 나타나는〔그 변주로 '(바람) 불다'가 있다〕데서 흔들림이 이 시의 주된 이미지로 작용하고 있음을 알 수 있다. 또한 그 흔들림의 반대편에는 '뿌리깊음'이 있다. 요컨대 흔들림 – 고통을 부정, 회피하지 않고, 탄탄한 뿌리로써 고통과 대면하고 고통을 포용하는 것이 이 시가 담고 있는 삶에 대한 태도이다.

　정신적 고통을 주로 갈대나 흔들림의 이미지를 통해 비유적으로 노래하고 있지만, "고통"이라는 추상적 단어 역시 등장한다. 세 연으로 이루어진 구성에서 "고통"은 각 연마다 한 번씩 나타난다. 흥미로운 것은, 시의 전개에 따라 고통에 대한 시인의 위치, 곧 태도가 변화하고 성숙해진다는 점이다. 첫 연에서 시인은 "고통에게로 가자"라고 외친다. 고통이 없는데도 작위적으로 고통을 겪겠다는 것이 아니라, 고통을 겪고 있으면서도 그 고통을 인정하지 못하고 회피하는 상태에 머무르지 않겠다는 결의이다. 즉 내면에 존재하는 고통에 접근하고 대면하겠다는 다짐을 시인은 "고통에게로 가자"라고 표현하는 것이다.

　2연에 이르면, 고통과 대면해 있는 시인은 이제 고통을 청자로 하여 고통에게 말 건넨다. "고통이여 살 맞대고 가자." 1연이 고통에게로, 고통을 향하여 가는 도정을 보여준다면, 2연에서는 "가자"는 전진에의 의지는 변함이 없으나, 고통과 함께 가는 행보가 나타난다. 시인이 고통에게 "살 맞대고" 함께 가자고 청하는 것은, 고통에 대한 수용, 포용이 이루어졌음을 보여준다. 고통을 떨쳐버리는 것이 아니라, 고통을 감싸안고 동반한 채로 시인은 길을 걷는다. 그것은 "가기로 목숨 걸면"이라는 구절이 말해주듯, 시인의 전 존재를 바쳐 감행하는 매우 어려운 작업이다.

마지막 연에서 시인은 고통을 "훨훨 지나서" 어디엔가 도달한다. 그곳은 "뿌리깊은 벌판"이다. 그러나 그곳이 고통과 공간적, 외부적으로 차단된 곳이 아님은 물론이다. '뿌리깊음'은 고통-흔들림에 대립되는 것이 아니라 오히려 그것을 내부에 포용한 어떤 경지일 것이다. 시인은 예언과도 같이 읊는다. "두 팔로 막아도 바람은 불듯／영원한 눈물이란 없느니라／영원한 비탄이란 없느니라". 고통의 땅 너머에 있는 벌판에도 역시 바람은 불고 있고 눈물과 비탄은 존재한다. 뿌리 깊은 벌판은 고통을 완전히 축출한 초월적 영역이 아니라 오히려 고통이 완전히 소거된 곳, 바람이 불지 않는 곳은 존재하지 않는다는 깨달음의 공간이다. 부는 바람을 막을 수도 없으며 고통으로부터 도피할 수도 없다. 그것을 직시할 때, 영원한 고통 또한 존재하지 않는다는 것을 즉 고통은 바람과도 같이 왔다가 다시 가는 것이라는 것을 알게 된다. 삶에 대한 성숙한 태도는 견디기 힘든 고통을 부정하는 것이 아니라 굳건한 뿌리로 받아들이는 것이라는 전언을 이 시는 보여준다.

지리산의 봄 1
뱀사골에서 쓴 편지

남원에서 섬진강 허리를 지나며
갈대밭에 엎드린 남서풍 너머로
번뜩이며 일어서는 빛을 보았습니다.
그 빛 한자락이 따라와
나의 갈비뼈 사이에 흐르는
축축한 외로움을 들추고
산목련 한 송이 터뜨려놓습니다.
온몸을 싸고 도는 이 서늘한 향기,
뱀사골 산정에 푸르게 걸린 뒤
오월의 찬란한 햇빛이
슬픈 깃털을 일으켜세우며
신록 사이로 길게 내려와
그대에게 가는 길을 열어줍니다
아득한 능선에 서 계시는 그대여
우르르우르르 우레 소리로 골짜기를 넘어가는 그대여
앞서가는 그대 따라 협곡을 오르면
삼십 년 벗지 못한 끈끈한 어둠이
거대한 여울에 파랗게 씻겨내리고
육천 매듭 풀려나간 모세혈관에서
철철 샘물이 흐르고
더웁게 달궈진 살과 뼈 사이

확 만개한 오랑캐꽃 웃음소리
아름다운 그대 되어 산을 넘어갑니다
구름처럼 바람처럼
승천합니다

　　　　　　　　　　　　　　—『지리산의 봄』(1987년)

이 시에서는 시적 화자가 지리산 뱀사골을 여행하면서 겪은 내적 체험을 시화하고 있다. 고정희 시의 지배적 분위기가 그렇듯 이 시의 화자 또한 "축축한 외로움"과 "끈끈한 어둠"을 내면에 간직하고 있다. 그러한 부정적 내면이 봄의 자연을 접하면서 변화하는 과정을 그리고 있는 작품이다. 그런데 그 변화를 인도하는 것은 '슬픔'이라는 것이 특징적이다.

25행이 한 연으로 이루어진 이 시는 화자의 여정에 따라 크게 두 부분으로 나눌 수 있다. 13행까지의 전반부는 산을 오르기 전이며, 14행부터는 산을 오르는 과정이다. 따라서 후반부를 지배하는 것은 '상승'의 이미지이며, 그에 비해 전반부에서는 '하강'의 이미지가 상대적으로 부각된다. 상승-가벼움 이미지와 하강-무거움 이미지는 시 전체의 흐름 속에서 대비를 이루고 있는데, 여기서 주목할 것은 가볍기 위해서는 충분히 무거워져야 하며, 상승하기 위해서는 하강의 과정이 필요하다는 시적 전언이다.

화자는 섬진강 어귀에서 "빛 한자락"을 만난다. 그 빛이 후반부에서 "그대"로 변모하며, 빛-그대가 화자의 내면을 변화시키는 과정을 이 시는 그리고 있다. 전반부에서 빛은 우선 화자의 "축축한 외로움"을 발견하게 하고 그 자리에 "산목련 한 송이 터뜨려놓"는다. 활짝 터진 꽃은 화자에게 "향기"로 변모하여 곧이어 산꼭대기에 걸린다. '꽃-향기-그대'로 이어지는 이 구원의 빛을 따라 산을 오르는 여정이 후반부를 이룬다.

그런데, 화자를 산정에 걸려 있는 "그대"에게로 인도하는 매개가 있다. 그것은 "슬픈 깃털"을 지닌 "오월의 찬란한 햇빛"이다. 슬픈 오월의 햇빛이 "길게 내려와" 화자가 그대를 찾아갈 수 있도록 길을 열어준다. 어떤 평자는 여기에서 '광주의 오월'을 읽기도 한다. 햇빛은 찬란한데도 그것은 "슬픈 깃털"을 달고 있다. 그 슬픔의 연원은 개인적인 것이라기보다도 역사적, 공적인 것이라는 해석이다. 고정희의 다른 작품들에 비추어 그런 해석이 가능할 것이며, 여기서 주의할 것은 "슬픈 깃털"이 지니는 상승의 이미지이다. 여기에 나타난 슬픔은 습기를 머금어 무거운 것이 아니라 깃털과도 같이 가벼운 것이다. 그러나 그것은 곧장 올라가는 것이 아니라 화자를 이끌기 위해 일단 아래로 내려온다. 이는 상승－해방－자유를 얻기 위해서는 그 전제로서 하강－추락－구속이 필요함을 보여준다. 하강, 무거움을 겪어보지 못한 상승, 가벼움은 진정한 것이 아니다. 진정 가벼워지기 위해서는 무거움에 대한 체험이 필요하며, 여기에서 그 무거움은 슬픔으로 나타나고 있다.

빛－꽃향기는 후반부에 이르러 "그대"로 변용되는데, 이것이 무엇을 뜻하는지는 확실하지 않다. 다만 "그대"는 지금 "아득한 능선에 서" 있으며, "골짜기를 넘어가"고 있다. 이는 화자가 지향하고 추구하는 "그대"라는 존재가, 어떤 경계선을 옮아가는, 이행하는 과정 자체임을 말해준다. '넘어감'의 행위 그 자체가 중요한 것이지, 누가 넘어가느냐는 상관이 없는 것이다. 화자 역시 그대를 따라 이제 변형되고 있다. 즉 어두운 내면을 지닌 자아라는 경계를 넘어서고 있는 것이다. "끈끈한 어둠"은 물살에 깨끗이 정화되고, 무수히 맺혀 있고 막혀 있던 핏줄에서는 샘물이 솟는다. 물 이미지에 의해 그렇게 부드럽게 풀린 화자의 육체 사이사이에서 "확 만개한 오랑캐꽃 웃음소리"가 피어난다. 빛－꽃－향기－그대는 여기서 "소리"로 변모한다. 화자의 내면을 차지한 그 꽃의 발랄한 웃음소리는 이제 그대 자신이다. 화자는 "아름다운 그대가 되어 산을 넘어"간다.

바슐라르의 물질적 상상력을 염두에 두자면, "소리"는 공기의 이미지에 속한다. 특히 여기에 나오는 활짝 핀 꽃의 경쾌한 웃음소리는 그 가벼움을 더욱 증폭시킨다. 그대가 되어 산을 넘어가는 행위는 "구름처럼 바람처럼 / 승천"하는 것으로, 소리는 구름, 바람과 같이 모든 무거움의 무게를 잊고 자유롭게 비상한다. "그대"를 둘러싼 이러한 상승, 가벼움, 비상의 이미지군은 화자의 내면을 덮치고 있던 "축축한 외로움" "끈끈한 어둠"이 지니는 무거움, 하강, 중력의 이미지군과 대비를 이루고 있기도 하다. 그러나 그 대비는 기계적인 것이 아니라, 전자는 후자가 있기에 가능한 것이다. 화자를 변형으로 이끄는 매개는 단순한 상승이 아니라 하강을 간직하고 있는 상승인 "슬픈 깃털"이기 때문이다.

고정희(1948~1991)

전남 해남에서 태어났으며 한국신학대를 졸업했다. 1975년 『현대시학』에 「연가」 「부활과 그 이후」를 발표하며 등단했다. 시집 『나는 홀로 술틀을 밟고 있는가』(1979), 『실락원 기행』(1981), 『초혼제』(1983), 『지리산의 봄』(1987), 『저 무덤 위의 푸른 잔디』(1989), 『아름다운 사람 하나』(1991) 등이 있다. 대한민국문학상(1983)을 수상했다.

산정묘지(山頂墓地) 1

겨울 산을 오르면서 나는 본다.
가장 높은 것들은 추운 곳에서
얼음처럼 빛나고,
얼어붙은 폭포의 단호한 침묵.
가장 높은 정신은
추운 곳에서 살아움직이며
허옇게 얼어터진 계곡과 계곡 사이
바위와 바위의 결빙을 노래한다.
간밤의 눈이 다 녹아버린 이른 아침,
산정(山頂)은
얼음을 그대로 뒤집어쓴 채
빛을 받들고 있다.
만일 내 영혼이 천상(天上)의 누각을 꿈꾸어왔다면
나는 신이 거주하는 저 천상의 일각(一角)을 그리워하리.
가장 높은 정신은 가장 추운 곳을 향하는 법.
저 아래 흐르는 것은 이제부터 결빙하는 것이 아니라
차라리 침묵하는 것.
움직이는 것들도 이제부터는 멈추는 것이 아니라
침묵의 노래가 되어 침묵의 동열(同列)에 서는 것.
그러나 한번 잠든 정신은
누군가 지팡이로 후려치지 않는 한

깊은 휴식에서 헤어나지 못하리.
하나의 형상 역시
누군가 막대기로 후려치지 않는 한
다른 형상을 취하지 못하리.
육신이란 누더기에 지나지 않는 것.
헛된 휴식과 잠 속에서의 방황의 나날들.
나의 영혼이
이 침묵 속에서
손뼉 소리를 크게 내지 못한다면
어느 형상도 다시 꿈꾸지 않으리.
지금은 결빙하는 계절, 밤이 되면
물과 물이 서로 끌어당기며
결빙의 노래를 내 발 밑에서 들려주리.

여름 내내
제 스스로의 힘에 도취하여
계곡을 울리며 폭포를 타고 내려오는
물줄기들은 얼어붙어 있다.
계곡과 계곡 사이 잔뜩 엎드려 있는
얼음 덩어리들은
제 스스로의 힘에 도취해 있다.

결빙의 바람이여,
내 핏줄 속으로
회오리치라.
나의 발끝에서 머리끝까지
나의 전신을
관통하라.
점령하라.
도취하게 하라.
산정의 새들은
마른나무 꼭대기 위에서
날개를 접은 채 도취의 시간을 꿈꾸고
열매들은 마른 씨앗 몇 개로 남아
껍데기 속에서 도취하고 있다.
여름 내내 빗방울과 입맞추던
뿌리는 얼어붙은 바위 옆에서
흙을 물어뜯으며 제 이빨에 도취하고
바위는 우둔스런 제 무게에 도취하여
스스로 기쁨에 떨고 있다.

보라, 바위는 스스로의 무거운 등짐에
스스로 도취하고 있다.

허나 하늘은 허공에 바쳐진 무수한 가슴.
무수한 가슴들이 소거(消去)된 허공으로,
무수한 손목들이 촛불을 받치면서
빛의 축복이 쌓인 나목(裸木)의 계단을 오르지 않았는가.
정결한 씨앗을 품은 불꽃을
천상의 계단마다 하나씩 바치며
나의 눈은 도취의 시간을 꿈꾸지 않았는가.
나의 시간은 오히려 눈부신 성숙의 무게로 인해
침잠하며 하강하지 않았는가.
밤이여 이제 출동명령을 내리라.
좀더 가까이 좀더 가까이
나의 핏줄을 나의 뼈를
점령하라, 압도하라,
관통하라.

한때는 눈비의 형상으로 내게 오던 나날의 어둠.
한때는 바람의 형상으로 내게 오던 나날의 어둠.
그리고 다시 한때는 물과 불의 형상으로 오던 나날의 어둠.
그 어둠 속에서 헛된 휴식과 오랜 기다림
지치고 지친 자의 불면의 밤을
내 나날의 인력으로 맞이하지 않았던가.

어둠은 존재의 처소(處所)에 뿌려진 생목(生木)의 향기
나의 영혼은 그 향기 속에 얼마나 적셔두길 갈망해왔던가.
내 영혼이 내 자신의 축복을 주는 휘황한 백야(白夜)를
내 얼마나 꿈꾸어왔는가.
육신이란 바람에 굴러가는 헌 누더기에 지나지 않는가.
영혼이 그 위를 지그시 내려누르지 않는다면.

—『문예중앙』(1987년)

조정권은 「산정묘지」 연작을 완성하는 데만 사 년을 보내야 했다. 1991년에는 「산정묘지」로 김수영문학상과 소월문학상을 한꺼번에 수상하기도 했다. 그는 모두 여섯 권의 시집을 발간했는데, 초기부터 타협할 줄 모르는 강인한 의지의 세계를 그려왔다고 할 수 있다. 1970년대 이후 정치적, 사회적 현실에 대한 관심이 많은 시인들을 사로잡아왔지만, 조정권은 자기 구원의 명제에 몰두한 몇 안 되는 시인에 해당된다. 초기의 벼랑 끝에 닿은 절망감을 다룬 시로부터 다소 하이데거 풍의 영향을 입은 존재론적 시편들, 그리고 한시나 선시의 경향을 띤 동양정신의 추구 등을 거쳐 그는 「산정묘지」에 이른 것이다. 「산정묘지」를 쓰기 바로 전에 그는 열여덟 편이나 되는 「베드로」 연작을 시도한 바 있는데, 그것도 세 번이나 예수를 부정했던 "나약한 한 인간이 어떻게 자기 믿음을 위해 순교할 수 있을 정도로 강한 정신을 갖게 되는지"에 대한 것이었다. 「산정묘지」는 바로 그러한 강한 정신의 도래를 장대한 어조로 노래하는 작품이고, 조정권 자신은 이를 "가장 값없는 것들에서 힘과 놀이와 신성(神性)을 발견해가려 했던 고투"라고 회고한 바 있다.

이 시는 서른 편의 「산정묘지」 연작시 중에서 서시에 해당하는 작품이다. 상당히 긴 호흡으로 유장하게 읊조리고 있는 이 시에서 느낄 수 있는 가장 선명한 것은 조정권 시인의 정신주의라고 할 수 있다. 시에서, "육신"과 "정신"의 대립을 통해서 알 수 있듯이, 시인의 지향점은 정신이다. "육신이란 바람에 굴러가는 헌 누더기에 지나지 않"기 때문이다. 육체의 비속함이나 공소함에 대립되는 정신은 "가장 높은 것들은 추운 곳에서 / 얼음처럼 빛나고"에서처럼 가장 높은 것으로 상징된다. 고고한 정신, 비속한 육체를 지그시 눌러 차라리 침묵하는 정신이 시인의 지향점이다. 이러한 정신주의는 이 시에서 다양한 이미지를 통해 전달되고 있다.

우선, 높음과 낮음의 대립을 보면, "가장 높은 정신"이 높은 겨울 산에서 살아움직인다는 표현에서 알 수 있듯이 낮음의 이미지는 시인에게 부정적인 정신으로 다가온다. 이 이미지의 대립은 다시 무거움과 가벼움의 대립적 이미지로 확산된다. "영혼이 그 위를 지그시 내려누르지 않는다면" 바람에 굴러가고 마는 육신은 가벼움의 이미지를 간직하고 있다. 반면에 "나의 시간은 오히려 눈부신 성숙의 무게로 인해 / 침잠하며 하강하지 않았던가"라는 표현에서, 높은 정신은 무거움을 가지고 있는 묵직한 것으로 나타난다.

높음 / 낮음, 무거움 / 가벼움의 대립적 이미지는 다시 상승과 하강의 이미지를 낳는다. 이때 주의해야 할 점은 상승과 하강이 표면적으로 보이는 바와 달리 대립적이지 않다는 것이다. 시인은 천상을 지향한다. 그래서 겨울 산의 정상으로 가고자 하는 것이다. 겨울 산의 추위를 견디어 낸 정신은 그런데 하강하기 시작한다. 왜냐하면 상승해서 얻어진 정신의 성숙은 그 무게로 인해 내려올 수밖에 없기 때문이다.

추운 겨울 산에서 "결빙의 바람"에 "발끝에서 머리끝까지" 온 "전신을 / 관통"당하고 난 정신은 물론 정신적 시련을 의미할 것이다. 이 시련의 이미지는 시인에게 "어둠"이다. "그 어둠 속에서 헛된 휴식과 오랜 기다림 / 지치고 지친 자의 불면의 밤을 / 내 나날의 인력으로 맞이하지 않았던가". 어둠이라는 시련과 그것을 극복한, 정신의 성숙이라는 밝음의 이미지는 표면적으로는 대립적이지만, 상승 / 하강의 대립과 같이 차라리 변증법적이다. 어둠이 있어야 밝음이 있을 것이기 때문에 시인에게 정신적 시련이란 늘 준비된 것이다. 그래서 시인은 이를 달콤하게 받아들인다. "어둠은 존재의 처소에 뿌려진 생목의 향기". 어둠 후에 찾아오는 밝음의 변증법적 이미지는 다음과 같이 아름다운 시적 표현을 얻고 있다. "내 영혼이 내 자신의 축복을 주는 휘황한 백야".

이런 시련 끝에 정신에 찾아오는 고고함과 묵직함은 가벼운 육신의 수다가 아니라 차라리 침묵이어야 한다. 가장 높은 정신 "저 아래 흐르는 것은 이제부터 결빙하는 것이 아니라／차라리 침묵하는 것"이기 때문이다. 고고한 정신을 얻고자 하는 조정권 시인의 강렬한 남성적 의지는 유치환의 시세계를 환기시킨다. 조정권 시인은 이러한 정신주의 계열의 시인이라고 할 수 있을 것이다.

조정권(1949~)
서울에서 태어났으며 중앙대 영어교육과를 졸업했다. 1970년『현대시학』으로 등단했다. 시집『비를 바라보는 일곱 가지 마음의 형태(形態)』(1977),『시편(詩篇)』(1982),『허심송(虛心頌)』(1985),『하늘이불』(1987),『산정묘지』(1991),『신성한 숲』(1994) 등이 있다. 녹원문학상(1985), 한국시협상(1988), 소월시문학상(1991), 김수영문학상(1991), 현대문학상(1993)을 수상했다.

한계전

1937년 충남 홍성에서 태어나 서울대 국어교육과와 동대학원을 졸업했다. 서울대 국문과 명예
교수이며, 만해학회 회장으로 활동하고 있다. 저서로 『한국 현대시론 연구』(1983) 『문학의 이
해』(공저, 1989) 『문학개론』(공저, 1990) 『한국 현대시 해설』(1994) 『한국 현대시론사 연구』(공저,
1998) 『시집이 있는 풍경』(2003) 등이 있다.

한계전의 명시 읽기

ⓒ 한계전 2002

1판 1쇄 │ 2002년 10월 5일
1판 16쇄 │ 2024년 4월 2일

지은이 한계전
책임편집 김현정 조연주 장한맘 손미선
저작권 박지영 형소진 최은진 서연주 오서영
마케팅 정민호 서지화 한민아 이민경 안남영 왕지경 정경주 김수인 김혜원 김하연 김예진
브랜딩 함유지 함근아 고보미 박민재 김희숙 박다솔 조다현 정승민 배진성
제작 강신은 김동욱 이순호 │ 제작처 한영(인쇄) 경일(제본)

펴낸곳 (주)문학동네 │ 펴낸이 김소영
출판등록 1993년 10월 22일 제2003-000045호
주소 10881 경기도 파주시 회동길 210
전자우편 editor@munhak.com │ 대표전화 031)955-8888 │ 팩스 031)955-8855
문의전화 031) 955-2696(마케팅) 031) 955-2660(편집)
문학동네카페 http://cafe.naver.com/mhdn
인스타그램 @munhakdongne │ 트위터 @munhakdongne
북클럽문학동네 http://bookclubmunhak.com

ISBN 89-8281-575-9 03810

www.munhak.com